BASTEI
LÜBBE

Chester Himes

FLIEH, WENN DU KANNST

Ins Deutsche übertragen
von Dirk Muelder

Schwarze
SERIE

BASTEI
LÜBBE

BASTEI-LÜBBE-TASCHENBUCH
Schwarze Serie
Band 19160

Erste Auflage: November 1991

Deutsche Lizenzausgabe 1991
Bastei-Verlag Gustav H. Lübbe GmbH & Co., Bergisch Gladbach
Originaltitel: If he hollers, let him go
Lektorat: René Strien
Titelillustration: Achim Bock
Umschlaggestaltung: Quadro Grafik, Bensberg
Satz: VID Verlags- und Industriedrucke GmbH & Co. KG,
Villingen-Schwenningen
Druck und Verarbeitung:
Clausen & Bosse, Leck
Printed in Germany
ISBN 3-404-19160-9

Der Preis dieses Bandes versteht sich einschließlich
der gesetzlichen Mehrwertsteuer.

1

Ich träumte, daß mich jemand fragte, ob ich einen neuen Hund haben wollte, und ich sagte, ja, ich hätte gern einen Hund, und er ging los und kam mit einem kleinen schwarzen Hund mit steifem, borstigem Haar mit goldenen Spitzen und traurigen Augen zurück, der so ähnlich aussah wie ein Drahthaarterrier. Ich stand vor einer Straßenbahn, die gerade losfahren wollte, und der Mann führte den Hund an einem starren dicken Drahtende, das er ihm um den Hals geschlungen hatte, und gab mir das Drahtende und fragte mich, ob mir der Hund gefiele. Ich nahm das Drahtende und sagte, klar, der Hund gefiele mir. Da riß der Hund sich los und rannte zur anderen Straßenseite hinüber und zog das Drahtende hinter sich her, und der Mann rannte los und schnappte es sich und brachte ihn zurück und gab ihn mir wieder.

›Und was die . . .‹ Wieviel er koste, wollte ich fragen, denn ich hatte kein Geld.

Er unterbrach mich. ›Und was die Bezahlung angeht: Er kostet einen Dollar und fünfunddreißig Cent.‹

Ich sagte: ›Ich habe jetzt kein Geld, aber ich gebe es dir am Montag.‹

›Na klar‹, sagte er. ›Einverstanden.‹

Ich nahm den Hund und stieg in die Straßenbahn. Der Hund gefiel mir; aber als ich nach Hause kam, schien ihn sonst niemand zu mögen.

Dann drehte ich mich um und träumte auf der anderen Seite.

Ich arbeitete in einem Rüstungsbetrieb, in dem jemand einen Weißen namens Frankie Childs umgebracht hatte, und die Polizei wollte herausbekommen, wer es getan hatte.

Der Polizeileutnant sagte: ›Wir müssen einen großen Mann mit starken Armen, großen Händen und einem verkrüppelten Bein finden.‹

So riefen sie die farbigen Männer herein. Der erste war ein mittelgroßer, gut gebauter, behender dunkelbrauner Mann von etwa fünfunddreißig Jahren. Er trug ein ausgewaschenes blaues Arbeitshemd und Overallhosen aus grobem blauem Baumwolldrillich, um die in der Taille ein Strick gebunden war. Er kam aus dem Keller und ging schnurstracks auf den Leutnant zu, sah ihm in die Augen und stand gerade und ohne mit der Wimper zu zucken da.

Der Leutnant fragte: ›Können Sie den Test bestehen?‹

›Welchen Test?‹ wollte der farbige Mann wissen.

›Können Sie in den dritten Stock hinaufgehen und dem Leichnam von Frankie Childs ins Gesicht sehen?‹

Der farbige Mann sagte: ›Frankie Childs! Na klar kann ich raufgehen und dem Bastard ins Gesicht sehen, ob lebendig oder tot.‹ Er hatte eine schöne, gebildete Stimme, sonor, aber unmelodisch. Er drehte sich um und ging die Treppe hinauf, wobei er immer drei Stufen auf einmal nahm. Plötzlich fing ich an zu lachen.

›Oh!‹ sagte ich zu dem Leutnant. ›Sie jagen sie die Treppe hoch, und dann sehen Sie, wer verkrüppelt ist.‹ Ich fiel hin und kugelte mich vor Lachen.

Dann drehte ich mich herum und träumte auf dem Rücken liegend.

Ich bewarb mich bei zwei weißen Männern um einen Job. Sie sahen so aus, als ob sie mir den Job nicht geben, es aber nicht offen sagen wollten. Statt dessen fragten sie mich, ob ich mein Werkzeug hätte. Ich sagte, ich hätte kein Werkzeug, aber ich könnte die Arbeit machen. Sie fingen an, mich auszulachen. Ihr Lachen klang verächtlich und höhnisch. Der eine sagte: ›Er hat kein Werkzeug!‹, und sie lachten höllisch.

Es machte mir nichts aus, daß sie mir den Job nicht gaben, aber es tat mir weh, daß sie mich auslachten. Ich fühlte mich klein, gedemütigt, verzweifelt, als ich die beiden großen weißen Männer ansah, die mich auslachten.

Plötzlich wachte ich auf. Eine Zeitlang lag ich da, im Leeren hängend, ohne an etwas zu denken. Alles war sinnlos; ich erinnerte mich nicht einmal mehr, daß ich geträumt hatte.

Der Wecker rasselte wieder los; da wußte ich, daß ich vom Weckerklingeln aufgewacht war. Ich streckte die Hand aus, ohne hinzusehen, und hielt das Läutwerk an; die Augen hatte ich fest geschlossen. Aber die Angst überkam mich, obwohl ich mich vor dem Tageslicht versteckte. Sie kam zusammen mit dem Bewußtsein. Zuerst in meinem Kopf. Irgendwo hinter meinen geschlossenen Augen entstand sie, hohl und kalt, bewegte sich langsam unter meiner Schädeldecke zur Gehirnbasis, sickerte ins Rückenmark hinunter, floß in die Arme hinein, dehnte sich mit beinahe sexuellen Folterqualen in der Leistengegend aus, setzte sich wie ein Schmetterlingsflügel schlagend in den Magen. Einen Augenblick fühlte ich mich im Innern zerrissen, eingeschrumpft, gelähmt, als müsse ich nach einer Weile aufstehen und sterben.

Ich war nun jeden Tag, seit der Krieg begonnen hatte, auf diese Weise aufgewacht. Und seit man mich bei Atlas auf der Werft als Vorarbeiter beschäftigte, machte mir das schwer zu schaffen. Vielleicht hatte ich mein Leben lang Angst gehabt, merkte es aber erst seit dem Angriff auf Pearl Harbour. Als ich im Herbst '41 nach Los Angeles gekommen war, hatte ich mich wunderbar gefühlt. Ich war größer als der Durchschnitt, genau ein Meter achtundachtzig, breitschultrig, sehr von mir selbst eingenommen und hatte keine Probleme. Ich wußte, ich würde zurechtkommen. Wenn's so weit gekommen wäre, daß ich einem Iren was aufs Maul hätte geben müssen, dann hätte ich es getan und nicht lange überlegt. Ich hätt's ihm gegeben, weil er ein Ire war und weil er's nötig hatte.

Meine Rasse war ein Hindernis, überlegte ich, klar. Aber zum Teufel, ich brauchte ja keine Weiße zu heiraten. Ich ging, wohin ich wollte, und ich fühlte mich wohl dabei. Zu Hause in Cleveland hatten sie mich oft abgewiesen. Cleveland, Ohio, war auch nicht gerade ›the land of the free‹ oder ›the home of the brave‹, wie's in der Nationalhymne hieß. Das war mit ein Grund, warum ich von dort weg und nach Los Angeles gegangen war; ich wußte, wenn sie mich immer wieder abwiesen, während sie weiße Jungens einstellten, die nach mir in der Schlange kamen, dann würde ich so sicher, wie's 'ne Hölle gab, irgendwen aufhängen. Aber sie hatten mich nicht damit untergekriegt. Einmal hatte ich einem Restaurant mit dem Gericht gedroht und hundert Dollar bekommen. Ich hatte sogar überlegt, ob ich das nicht zu einem Erwerbszweig ausbauen sollte. Meistens, wenn ich abgewiesen wurde, ging ich einfach irgendwo anders hin, schlug es mir aus dem Kopf, vergaß es.

In Los Angeles war das anders. Die Sache war nicht so sehr, daß schwarze Jobsucher in der Industrie abgewiesen wurden. Als ich hinkam, konnte eine Neger praktisch nur bei den Weißen in der Küche Arbeit kriegen. Aber nicht das war es vor allem. Es war der Gesichtsausdruck der Leute, wenn du sie nach Arbeit fragtest. Die meisten sagten es nicht geradeheraus, daß sie mich nicht einstellen würden. Sie sahen mich einfach nur so gottverdammt überrascht an, daß ich sie überhaupt gefragt hatte. Als ob irgendein freundlicher Hund zur Tür hereingekommen wäre und gesagt hätte: ›Ich kann sprechen.‹ Es hat mich erschüttert.

Vielleicht hatte es damals angefangen – ich bin mir nicht sicher – oder vielleicht erst, als sie die Japaner abholten und ins Lager steckten, vielleicht habe ich es erst da gemerkt. Der kleine Riki Oyana, der ›Good Bless America‹ sang und am nächsten Tag mit seinen Eltern nach Santa Anita mußte. Sie rissen einen Menschen heraus und entwurzelten ihn und sperrrten ihn ein und ließen ihm keine Chance mehr. Alles ohne Gerichtsverfahren. Ohne Anklage. Ohne einen Vorwurf. Sie gaben ihm nicht mal Gelegenheit, ein einziges Wort zu sagen. Wenn sie das nun mit mir, Robert Jones, Mrs. Jones' dunklem Sohn, machen würden, überlegte ich, und so bekam ich Angst.

Von da an war es überall. Es war der Gesichtsausdruck der Weißen, wenn ich die Straßen hinunterging. Es war der wahnsinnige, wilde, entfesselte Haß in ihren Augen, den die allererste japanische Bombe auf Pearl Harbour wie eine Flut in Gang gesetzt hatte. Das irre, mulmige Gefühl auf der Straße wie ein stechender Gasgeruch. Rassenhaß. Jedesmal, wenn ich aus dem Haus trat, war es eine Herausforderung, die ich annehmen oder ignorieren mußte. Tausendmal am Tag mußte ich diese eine Entscheidung treffen: *Ist jetzt der Augenblick? Geht es jetzt los?*

Ich hatte dieselbe Hautfarbe wie die Japaner, genau dieselbe. ›Ein Gelbbauch-Japs‹ hätte auch ich sein können. Ich fühlte den Rassenhaß, gefährlichen Haß, nie mehr als einen halben Meter entfernt. Niemand belästigte mich. Niemand sagte ein Wort. Aber ich war andauernd zum Zerreißen gespannt.

Ich hielt es solange aus, wie ich konnte. Ich trug die Arme hoch, die Muskeln so hoch wie meine Ohren. Aber ich konnte nicht mehr. Ich verlor zwanzig Pfund in zwei Wochen, und meine Hände fingen an zu zittern. Ich arbeitete damals als Monteur auf der Werft, und jedesmal, wenn mein weißer Vorarbeiter auf mich zukam, war in mir eine unerträgliche Spannung. Es wurde so schlimm, daß ich mich schließlich nur noch beim Schlafen im Bett sicher fühlte.

Ich hatte sogar Angst davor, es jemandem zu sagen. Wenn ich zu einem Psychiater gegangen wäre, hätte er mich einsperren lassen. Jeden Tag Angst, zwischen Mauern eingesperrt. Ich war nicht mehr zum Kämpfen aufgelegt; nun würde ich es mir zweimal überlegen, bevor ich einem Iren eine aufs Maul gab. Ich konnte nicht mehr jeden Tag bereit sein zu sterben; es nahm mich zu sehr mit. Ich mußte schon jeden Tag hart genug fürs bloße Überleben kämpfen. Alles, was ich von den Weißen wollte, war, daß sie mich in Ruhe ließen; mich nicht ansprachen, mich nicht mal ansahen. Sie konnten die gottverdammte Welt nehmen und zur Hölle mit ihr gehen.

Plötzlich fing das Baby im Zimmer neben mir zu schreien an, und ich hörte das Bett quietschen, als Ella Mae aufstand, um es zu füttern. Ich fragte mich, ob sie wußten, wie gut ich sie durch die dünne Wand hören konnte. Wenn ja, dann ließen sie sich dadurch nicht stören. Ich hörte Henry verschlafen murmeln: »Gottverdammt! Gottverdammt!« Dann hörte ich nur noch das Baby gierig saugen, und ich dachte, wenn sie ihm einen Gefallen tun wollten, sollten sie ihm die Kehle durchschneiden und es im Hinterhof begraben, bevor es alt genug war zu erfahren, daß es ein Nigger war. Dann schämte ich mich. Ella Mae liebte das Baby. Wenn ihm etwas zustieße, würde sie sterben.

Bruchteile meines Traums tauchten wieder auf, und ich erinnerte mich undeutlich an einen kleinen schwarzen Hund mit goldenen Haarspitzen und an den Polizeileutnant, der einen großen verkrüppelten Mann suchte, der farbig sein mußte. Ich erinnerte mich, im Traum gesagt zu haben: ›Oh, Sie jagen sie die Treppe hoch, und dann sehen Sie, wer verkrüppelt ist.‹ Plötzlich kam es mir komisch vor, und ich fing an zu lachen. Aber mitten im Lachen hatte ich das verrückte Gefühl, weinen zu müssen. Ich wollte nur daliegen und weinen.

Zur Hölle, ich sollte heute zu Hause bleiben, dachte ich. Ich sollte rübergehen und Susie besuchen und einen Liter Rum mitnehmen. Sie war wunderbar, wenn man genug getrunken hatte. Einmal hatte sie zu mir gesagt: »Ich bin nicht hübsch, aber ich bin wundervoll.« Ich konnte mir ihren drolligen schwarzen Körper mit der winzigen Taille und den runden, eimerförmigen Hüften vorstellen. Ich wußte, wenn ich weiter an sie dachte, würde ich aufstehen und hinübergehen und loslegen, und zum Teufel mit meinem Job.

Ich versuchte mir eine Leere, ein Nichts vorzustellen. Ich mußte mich sammeln; ich mußte aufstehen.

Ich konnte das Baby noch immer saugen hören. Dieser kleine Spitzbube hat Glück, dachte ich, der weiß nicht, was für ein Glück er hat. Ich wünschte mir, ich hätte Ella Mae bei mir im Bett; mit ihr zusammen konnte ich mich auch verlieren. Ich erinnerte mich an früher, als sie alles mit sich machen ließ, wenn Henry abends weg zur Arbeit war. Das war in der Zeit gewesen, als ich so schwer dafür kämpfen mußte, mich auf der Werft als Handwerker zu qualifizieren, und jeden Abend ausgebrannt nach Hause kam. Als ich merkte, daß sie es nur aus Mitleid mit mir getan hatte, sprach ich eine Woche lang nicht mit ihr. Aber sie hatte alles so hingenommen, wie es kam.

Am Abend zuvor war ich im Lincoln Theatre gewesen und dachte nun darüber nach, wie laut das Publikum den beiden weißen Akrobaten zugejubelt hatte. Die anderen Darsteller – Sänger und Tänzer und Komiker – waren alles Farbige gewesen. Ich dachte an die Zeit, als die Weißen noch jedem zeigen mußten, wie stark sie waren, und als wir schwarzen Spukgestalten noch immer zu beweisen suchten, wie glücklich wir waren. Aber richtig irre fand ich, wie das schwarze Publikum hingerissen den weißen Akrobaten applaudierte – nicht so sehr, weil sie weiß waren, obwohl das an sich auch schon Grund genug war, dachte ich, sondern weil einer von ihnen blind war.

»Er ist blind«, hörte ich eine Frau hinter mir flüstern.

»Ach ja? Welcher denn?«

»Der Kleine.«

»Ist das wahr? Und wie flink er ist!«

Es ging durchs ganze Publikum: Der Kleine ist blind.

Wir sind eine wundervolle, gottverdammte Rasse, dachte ich. Einfältige, edelmütige, verständnisvolle, mitfühlende Hundesöhne. Uns tun alle leid, nur wir selbst nicht; je schlimmer uns die Weißen behandeln, um so mehr lieben wir sie. Ella Mae, die mit mir schlief, weil ich nicht verheiratet war und sie meinte, genug für mich und für Henry übrig zu haben; und ein schwarzes Publikum, das hingerissen einem blinden weißen Akrobaten applaudierte.

Ich dachte an Ben, der draußen auf der Werft zu Conway gesagt hatte: »Ich habe den Mann nur etwas gefragt, Kollege. Ich nehme dir deinen weißen Mann schon nicht weg. Ich weiß, daß ein Neger das nicht verzeiht – daß man ihm seinen kostbaren weißen Mann wegnimmt.«

Ich versuchte, meine Gedanken jetzt unbedingt von Alice fernzuhalten, ließ mich auf ihnen dahintreiben, solange sie sie nicht berührten. Wenn ich jetzt an sie dächte, könnte ich mir irgendwelche Fragen stellen, vielleicht sogar an ihr zweifeln, fürchtete ich. Sie war am Abend zuvor nicht zu unserer Verabredung erschienen; deshalb war ich ins Lincoln gegangen.

Als nächstes merkte ich, daß ich die Augen aufgeschlagen hatte und ihr Photo auf der Kommode ansah. Es war, als suchte ich in ihren Augen eine Antwort. Aber ich fand keine; sie hatten den gleichen freundlichen, intelligenten, zuversichtlichen Ausdruck wie immer. Ich sah sie nur an und dachte überhaupt nicht über sie nach – ich lag nur da und erfreute mich am Anblick dieser tollen Puppe. Sie hatte ein herzförmiges Gesicht mit einem Mund wie Cupidos Bogen und schwarzes, in der Mitte gescheiteltes Haar, das die Ohren bedeckte.

Jetzt dachte ich auch gern über sie nach – wer sie war:

Abteilungsleiterin im Wohlfahrtsamt der Stadt. Ihr Vater war Arzt – Dr. Wellington L.-P. Harrison – so ein aufgeblasener kleiner Kerl, dem man einen Namen mit Bindestrich zutraut, einer der reichsten Neger in der Stadt, wenn nicht an der ganzen Westküste.

Ich sprang aus dem Bett, ging hinüber und nahm das Bild in die Hand. Es gab mir Mut, so ein Mädchen zu haben. Ich war stolz darauf, daß sie mir gehörte. Und dann war ich auch stolz auf sie. Stolz auf ihr Aussehen und wie sie in Gesellschaft von Weißen auftrat; stolz darauf, wie anspruchsvoll sie war und wieviel die Weißen ihr zutrauten; und auf ihre Position und ihr Prestige unter ihren eigenen Leuten. Allein schon mit ihr die Straße entlangzugehen, machte mich wahnsinnig glücklich; und wenn wir zufällig irgendwelchen weißen Werftarbeitern begegneten, fühlte ich mich wer weiß wie.

Ich wollte nicht daran denken, daß sie unsere Verabredung nicht eingehalten hatte. Sie hatte angerufen und gesagt, sie müsse zu einem Meeting ihrer Studentenverbindung, das sie ganz vergessen habe – sie war die Vorsitzende ihrer Sorority. Und ob es mir wirklich sehr viel ausmache. Natürlich machte es mir nichts aus; soweit hatten mich die gesellschaftlichen Konventionen gebracht. Wenn es Susie gewesen wäre, hätte ich sagen können: ›Ja, zum Teufel, es macht mir etwas aus!‹ Aber Alice gegenüber mußte ich mich wie ein Gentleman verhalten. Und ich wollte jetzt wirklich einer sein. Nur als ich jetzt daran dachte, hatte ich so ein mieses, eifersüchtiges Gefühl dabei. Ich fragte mich, weshalb sie so einen wie mich – mit zwei Jahren College und einem Job auf der Werft – heiraten wollte, wenn sie jede Menge Männer mit Geld und in guter Position haben konnte. Aber sie gab sich solche Mühe, mich so weit zu bringen, daß ich die Abendkurse an der Universität besuchte, damit ich nach dem Krieg wieder aufs College gehen und Jura studieren konnte. Sie mußte es wirklich ernst meinen, beruhigte ich mich.

Bevor die Zweifel wiederkamen, stellte ich das Bild auf die Kommode zurück und ging in die Küche, um mir Kaffee aufzubrühen. Ich wußte nicht, daß Ella Mae dort herumhantierte; ich ging barfuß, und mein Schlafanzug war offen. Sie stand vor dem kleinen Gasherd, und als ich hereinkam, drehte sie sich zu mir um. Ihr Morgenmantel stand offen, aber als sie mich sah, zog sie ihn zusammen, nicht hastig, aber mit einer gewissen Endgültigkeit, und knöpfte ihn zu.

»Ich wollte dich gerade wecken«, sagte sie.

Sie war eine füllige junge Hausfrau mit langsamen Bewegungen und einem großen, breiten, flachen Gesicht, einer flachen Nase und dicken Lippen, gelblicher, aber nicht heller Haut. Sie hatte große, braune, glasige Augen, die zu ihrer übrigen Erscheinung paßten; ihr Haar war kurz und geglättet, und sie trug es in Lockenwickler eingerollt.

»Guten Morgen, *Missis* Brown«, sagte ich scherzend und fügte dann leise hinzu: »Ich habe gerade an dich gedacht, Baby.«

Sie lächelte verschämt, aber als sie mich ansah, knöpfte ich meinen Schlafanzug zu. »Dein Wecker hat das Baby wach gemacht«, sagte sie.

»Er ist ein niedliches Kerlchen«, sagte ich. »Ich habe ihn gehört.«

Sie wandte sich wieder dem Herd zu, so daß ich ihr Gesicht nicht sehen konnte. »Es ist eine *Sie*«, verbesserte sie mich.

»Ich hab's vergessen.« Ich fuhr ihr mit dem Finger das Rückgrat hinunter.

Sie wich mir aus und fing an, ihre Kaffeemaschine zu füllen.

»Los, geh und zieh dich an«, sagte sie. »Du kommst sonst wieder zu spät.« Als ich mich nicht rührte, fügte sie hinzu: »Ich mache dir deinen Kaffee. Willst du sonst noch was?«

»Ja«, sagte ich. Sie antwortete nicht. »Ich würde heiraten, wenn ich jemanden wie dich finden könnte«, fuhr ich fort. »Dann würde ich gern morgens aufwachen.«

»Los, geh und zieh dich an«, wiederholte sie. Ich machte noch einen Annäherungsversuch, und sie sagte: »Ach, geh doch, Bob! Du bist in einer Minute darüber weg. Jeder wacht so auf.«

»So!« sagte ich, legte meinen Arm um ihre Taille und versuchte sie an mich zu ziehen. »Das hättest du mir nicht sagen dürfen, Baby.« Ich legte meine rechte Hand auf ihre

Schulter und wollte erreichen, daß sie mich ansah. »Komm, Baby, sei lieb.«

Sie gab mir einen harten Stoß, der mich aus dem Gleichgewicht brachte. »Geh los jetzt! Sei nicht nicht so verrückt. Beeil dich, oder du kommst zu spät.«

Ich wich einen Schritt zurück und sah sie plötzlich ernüchtert an. »Wachst du jemals in Angst und Schrecken auf?« fragte ich hart.

Sie wandte sich um und sah mich an. Ein seltsamer Ausdruck lag auf ihrem flachen, gelben Gesicht. Sie kam auf mich zu, hob ihre Arme hoch und legte ihre Hände um meinen Kopf, zog mich herunter, damit ich sie küßte. Dann stieß sie mich wieder weg und sagte: »Jetzt beeil dich, deine Mitfahrer kommen durch dich auch alle zu spät.«

»Okay, Schwesterchen«, sagte ich. »Wenn Henry zur Armee ist und du ganz heiß und aufgeregt zu mir gelaufen kommst, dann erinnere ich dich daran.«

Sie lachte spöttisch und steckte die Zunge heraus. Ich fühlte mich jetzt anders. Die ganze Spannung und Angst, sogar die Eifersucht waren fort. Nun spürte ich den Zeitdruck.

Ich rannte zurück in mein Zimmer, zog Hemd und Shorts an und lief, immer noch barfuß, zurück durch die Küche ins Bad. Das einstöckige Vierzimmerhäuschen lag an der Wall Street, fast an der Ecke 45. Straße, hinten in einem Hof. Die Zimmer hingen aneinander, ohne Korridor, so daß es keine Möglichkeit gab, einander auszuweichen und eine auf dem Zufall beruhende Art von Intimität zu vermeiden, selbst wenn ich Ella Mae nie gehabt hätte. Mein Zimmer lag hinten, neben der Küche, und das Bad auf der anderen Seite. Ihr Schlafzimmer ebenso wie das Wohnzimmer gingen nach vorn hinaus.

Als ich mit dem Zähneputzen und Waschen fertig war, durchquerte ich wieder in meiner Unterwäsche die Küche und stieß beinah mit Ella Mae zusammen, die zurück ins Bett wollte. Ich tätschelte ihre Hüften und sagte: »Knickrig.« Sie ging durchs Wohnzimmer und verschwand in ihrem Schlafzimmer.

Ich nahm einen frischen Overall aus der Kommode, zog ihn über, zog meine hochhackigen Stiefel mit den Eisenspitzen an, setzte meinen Schutzhelm auf und schlüpfte in meine Lederjacke. Etwas an meiner Arbeitskleidung gab mir das Gefühl, robust, stärker als ein Angestellter – sogar ein leitender Angestellter – zu sein. Und auch wichtig. Ich war nicht irgendwer. Ich fühlte meinen Stolz in dem wiegenden Gang, als ich zur Kommode ging, Schlüssel und Brieftasche, Ausweise, das Abzeichen, Taschentuch und Zigaretten an mich nahm. Ich schaute nach, ob ich genügend Geld hatte, sah einen Zehner und ein paar Einer. Dann ging ich in die Küche und trank zwei Tassen schwarzen Kaffee. Plötzlich rannte ich los, um noch rechtzeitig zur Arbeit zu kommen.

2

Ich ging zur Garage hinaus, warf die Tür hoch, jagte den Wagen rückwärts gleich den halben Weg zur Straße hinauf und sagte mir, daß ich das lieber nicht tun sollte. Ich hatte meinen Buick Roadmaster, Baujahr '42, vier Monate vorher gekauft, nachdem ich Vorarbeiter geworden war, und jedesmal, wenn ich mich hinters Steuer setzte und die breite, flache, kilometerlange Motorhaube entlangsah, dachte ich daran, daß sich die reichen Weißen in Beverly draußen wegen der Rationierung nicht mal mehr ein neues Auto kaufen konnten, und dieser Gedanke tat mir gut. Ich richtete mich auf und raste mit quietschenden Reifen los, nahm die Kurve mit 60, drückte auf der 54. Straße zwischen San Pedro und Avalon kräftig auf die Tube, und meine Nerven spannten sich und sagten mir, ich solle langsamer fahren, bevor ich noch mit einem dieser rassistischen weißen Motorradbullen Ärger kriegte. Und ich antwortete, zum Teufel mit diesen Hinterwäldlern, ich war auf der Werft ein wichtiger Mann, nicht weniger wichtig als irgendwer heute.

Homer und Conway warteten vor dem Drugstore 44. Straße Ecke Central Avenue.

»Kommst ein bißchen spät, Playboy«, sagte Homer und kletterte neben Conway herein.

Ich bog um die Ecke, und auf der Central Avenue trat ich aufs Gas, um aufzuholen. »Sie wollte mich nicht gehen lassen«, sagte ich.

»Du hattest noch'n Dollar in der Tasche, meinst du«, sagte Conway.

Ich quetschte mich zwischen einem Lastwagen und einer entgegenkommenden Straßenbahn durch, streifte sie fast, und Homer sagte: »Hast du das gesehen? Jetzt will er uns umbringen. Ihm isses egal, ob er stirbt, aber warum muß er dich und mich gleich mit umbringen?«

»Genau wie der Mann von der Unfallverhütung gesagt hat: Riskiert dreißig Jahre, um dreißig Sekunden zu gewinnen«, sagte Conway.

Ich stoppte vor dem Hotel an der 57. Straße, und meine drei anderen Mitfahrer, Smitty, Johnson und Pigmeat, kletterten nach hinten.

Bevor ich losfuhr, drehte ich mich zu Pigmeat um und sagte: »Du schuldest mir Geld, Freundchen.«

»Rutsch 'rüber, verdammt noch mal!« knurrte Johnson Smitty auf dem Rücksitz an und stieß ihn an. »Willst du die ganze Bank für dich haben?«

»Nenn mich nicht ›Freundchen‹, Mann«, sagte Pigmeat zu mir. »Als ich aus Mississippi abgehauen bin, hab' ich mir geschworen, daß ich den ersten Hurensohn lynchen werde, der noch mal ›Freundchen‹ zu mir sagt.«

»Da streiten diese Nigger doch schon wieder rum«, sagte Homer und schüttelte den Kopf. »Kaum sind ein paar Nigger zusammen, fangen sie auch schon damit an.«

Smitty rutschte rüber, um Johnson Platz zu machen. »Bei Gott, hier is' ein Mann, der wacht jeden Morgen böse auf. Nicht nur an *manchen* Morgen – *jeden* Morgen wacht der böse auf.« Er sah Johnson an. »Was ist los mit dir, Mann, schlägt dich deine Alte?«

Homer meinte, sie würden gleich handgreiflich werden, und beschloß, ihren Streit zu schlichten. »Na, du weißt ja, wie

Johnson ist«, sagte er zu Smitty. »Das ist nun mal so seine Art. Du weißt, er meint es nicht böse.«

Sobald Smitty merkte, daß jemand bereit war, mit ihm zu diskutieren, wurde er richtig ärgerlich. »Woher weiß ich, wie er ist?« schrie er. »Weiß er vielleicht, wie ich bin? Zum Teufel, alle sind böse am Morgen. Ich genauso. Ich bin keinen Deut weniger böse als er.«

»Halt den Mund!« brüllte Conway. »Bob will was sagen.« Dann wandte er sich mir zu. »Weißt du nicht, was ein ›Freundchen‹ ist, Bob? Ein ›Freundchen‹ säuft Bilgenwasser, frißt Dreck und jagt Kaninchen. Das meint ein weißer Hinterwäldler unten im Süden, wenn er ›Freundchen‹ zu dir sagt.«

»Ich mache keine Witze«, sagte ich zu Pigmeat.

Er fing an, nach seiner Brieftasche zu suchen. »Da könnt ihr mal sehen«, beklagte er sich. »Der setzt mich doch glatt wegen drei lumpiger Dollars raus. Was soll man mit so einem machen?« Er gab mir drei Dollarscheine.

»Das ist für die letzte Woche«, sagte ich und nahm sie. »Was ist mit dieser Woche?«

»Ach, Mann, die gebe ich dir Freitag«, brummte er ärgerlich. »Du machst vielleicht 'nen Wirbel wegen der drei lumpigen Dollar . . .«

Ich drückte auf den Starter und schoß los, ohne den Rest zu hören. Johnson hatte angefangen, über den Job zu meckern, und da hatten sie alle etwas zu reden.

»Wie kommt es, daß wir immer die schwersten und dreckigsten Arbeiten kriegen?« fragte Smitty. »Angenommen, jemand scheißt aufs Deck, dann würde Kelly zu uns kommen, und wir müßten es wegmachen.«

»Ich arbeite jetzt zwei Jahre auf der Werft – Bob wird's bestätigen können – und ich habe noch nie andere Arbeiten gemacht als die, die sonst keiner wollte«, sagte Conway. »Ich geh' weg von dieser Werft, das sage ich euch, wenn da nichts passiert, und suche mir einen Job bei Cal Ship.«

»Die wollen dich auch nicht«, sagte Pigmeat.

»Sie wollen nicht mal mehr, daß ein Schwarzer hier zur Schule geht«, warf Homer ein. »Bessie hat Kelly neulich gefragt, wegen zur Schule gehen – sie is' jetzt seit drei Monaten hier –, und er sagte zu ihr, sie wären noch immer überfüllt. Und genau hinter ihr kam ein Weißer – ich stand direkt daneben –, und den schrieb er sofort auf.«

»Du weißt, sie wollen keine Nig – keine von uns mehr für einen Mechanikerlohn einstellen«, sagte Pigmeat. »Das weißt du. Sie muß ihm eben weiter auf den Füßen stehen.«

»Wenn ich mich jemals dazu entschließe, die Arbeit hinzuschmeißen«, sagte Johnson, »dann ist er der erste Hurensohn, der von mir was abkriegt. Ich werde ihm den Arsch aufreißen, bis er zu singen anfängt.«

Conway sagte: »Ich laß dich gar nicht erst. Er gehört mir. Diesen Hinterwäldler mit den roten Backen hab' ich mir schon zu lange aufgespart, um ihn jetzt aufzugeben. Den peitsch' ich so lange durch, bis er kotzt; dann laß ich ihn auskotzen; dann nehm' ich ihn mir wieder vor, bis er scheißt . . .« Er redete weiter, als ob es ihm gut täte. »Dann kann er sich ausscheißen; dann nehm' ich ihn mir vor und peitsch ihn aus, bis er . . .« Alle lachten jetzt.

»Du kannst ihn erst auspeitschen, wenn du ihn hast!« rief ich ihm über die Schulter zu.

»Sag's ihnen, Bob«, sagte Smitty. »In 'ner halben Stunde treffen wir Kelly, und dann sehen wir, was Conway tut.«

»Ich hab' nicht gesagt, daß ich den Mann heute morgen auspeitsche«, machte Conway einen Rückzieher. »Ich hab' gesagt, wenn ich *aufhöre* – das hab' ich gesagt.«

Die rote Ampel erwischte mich an der Manchester Street; und das machte mich warm. Das geschah jedesmal; immer wenn ich unter Zeitdruck kam, mußte ich an jeder Ampel halten. Ich hielt in der rechten Spur, auf gleicher Höhe mit einem V 8 und einem Oldsmobile, legte den ersten Gang ein und machte mich fertig, als erster loszuschießen. Als die Ampel grün wurde, zog ein weißes Paar noch über die Straße. Der V 8, vollgepackt mit Weißen, donnerte los, und sie fingen an zu rennen, und die beiden Weißen im Oldsmobile hupten wie verrückt, so daß sie wie Grashüpfer hopsten. Aber als sie dann hochguckten und sahen, daß wir Farbige waren, ließen sie sich Zeit und warfen uns bloß einen eiskalten, haßerfüllten Blick zu.

Ich ließ die Kupplung los und trat aufs Gaspedal. Diese gottverdammten Weißen mangele ich über, dachte ich. Aber kurz bevor ich sie erwischte, hielt ich mich etwas zurück. Ich trat voll auf die Bremse.

»Was, zum Teufel«, knurrte Johnson wütend und kam wieder vom Boden hoch.

Ich saß da und sah dem weißen Paar zu, bis es den Fußweg überquert hatte, starrte sie an, so, wie sie mich anstarrten, mit demselben Haß. Hinter mir ertönte wütendes Gehupe, von den anderen beiden Fahrspuren sahen mich die Leute an, als sie vorbeifuhren, aber ich sah nur diese beiden weißen Hinterwäldler, die mich nicht mehr haßten, als ich sie haßte. Schließlich fuhren wir los, haarscharf an einem neuen Packard Clipper vorbei. Meine Arme fühlten sich an wie Gummi, und meine Finger waren taub; ich fühlte mich so schwach, als hätte ich einen ganzen Tag in der Sonnenhitze Zementsäcke geschleppt.

Danach ging mir alles unter die Haut. Ich holte schnell auf in der mittleren Fahrspur, und ein Weißer scherte direkt vor mir aus, ohne Zeichen zu geben. Ich mußte voll auf die Bremse steigen, um ihm nicht den Kotflügel abzureißen, und der Wagen hinter mir stieß gegen meine Stoßstange. Ich wußte nicht, ob er in den Rückspiegel geblickt hatte, bevor er die Fahrspur wechselte, aber wenn er es getan hatte, hatte er sehen können, daß wir nur ein Haufen Farbige waren – und so verstand ich es auch. Ich hängte mich an ihn dran, bis ich neben ihm an einer Ampel halten konnte, lehnte mich aus dem Fenster und schrie: »Wir sind hier nicht in Alabama, du Hinterwäldler, du Hurensohn! Wenn du die Fahrbahn wechseln willst, streck gefälligst die Hand heraus!«

Er warf mir einen raschen Blick zu und sah dann starr geradeaus. Danach tat er so, als wäre ich gar nicht vorhanden. Das machte mich wütender, als wenn er etwas geantwortet hätte. Ich blieb bis zur Compton Street hinter ihm. Ein paarmal hätte ich ihn vor einen entgegenkommenden Lastwagen drängen können. Dann begann ich, mich besser zu fühlen, und ich ließ ihn davonfahren.

Aber am Eingang zur Shell-Raffinerie erblickte uns der weiße

Polizist, der dort den Verkehr regelte, und wies mich an zu halten. Die weißen Arbeiter, die die Straße überquerten, sahen den großen, neuen Wagen voll mit schwarzen Gesichtern und reagierten kalt und feindselig. Ich antwortete ihnen ebenso, Blick für Blick.

»Was ist denn heute morgen mit diesen Hinterwäldlern los?« fragte Homer. »Sind denn jetzt alle bösartig?«

Inzwischen war es Viertel vor acht. Bis zur Werft blieben noch zwanzig Kilometer zu fahren. Ich knirschte mit den Zähnen und trat wieder das Gaspedal durch und schwor mir, daß ich den Nächsten, der mich anzuhalten versuchte, überfahren würde. Aber der Verkehr war den ganzen Tag zähflüssig, auf allen Straßen, die zum Hafen führten, und während der Schichtwechsel in den zahlreichen Raffinerien und Werften chaotisch.

Es war ein strahlender Junimorgen. Die Sonne stand schon hoch am Himmel. Wenn ich weiß gewesen wäre, hätte ich vielleicht an der wilden Jagd in der Morgensonne, an dem harten Kampf um einen Vorsprung von sieben oder acht Metern auf einer Schnellstraße von fünfzig Kilometern Länge meinen Spaß gehabt. Aber für mich war es eine Rassenhaßgeschichte. Die riesigen Industrieanlagen zu beiden Seiten – die Werften, Raffinerien, Stahlwerke, Baufirmen –, die Tausende von dahineilenden Arbeitern, die niedrig hängenden Sperrballons, das nahe, harte Brüllen von Diesellastwagen und das entfernte Dröhnen der patrouillierenden Flugzeuge, der stechende Geruch der Abgase, der mich an einem sonnigen Sommermorgen quer durch Ohio begleitet hatte, und die schneebedeckten Berge im Hintergrund wie Postkartenansichten sagten mir nichts. Ich sah sie nicht einmal; alles, was ich auf der Welt wollte, war, mit meinem Buick Roadmaster einem weißen Hinterwäldler über die Visage fahren.

Immer wieder überholte und schnitt ich schnell fahrende Wagen, Reifen jaulten und Bremsen quietschten, Fahrer fluchten, und ich hoffte, daß mir so ein blöder Ire einen Kotflügel ankratzte, damit ich aussteigen und ihm mit meinem Montierhebel eins überziehen konnte. Meine Augen fühlten sich rot und klebrig an, und im Mund hatte ich einen bitteren

Geschmack. Ich bog in die scharf überwachte Hafenstraße ein und fuhr achtzig, fünfundachtzig, neunzig.

Conway redete vor sich hin: »Oh, Bob hat eine Menge Geld, hat einfach zuviel Geld. Er zahlt gern jede Strafe.«

Niemand antwortete darauf. Inzwischen waren wir alle zu böse, als daß wir noch viel geredet hätten. Wir kamen zu den Werften – Consolidated, Bethlehem, Western Pipe and Steel –, mit einem Mal hatten wir ein, zwei Kilomter freie Bahn vor uns, und ich erreichte die Hundert, Weiße sahen uns komisch an, als wir an ihnen vorbeizogen. Niemand hielt uns an, aber wir schafften es trotzdem nicht. Es war fünf nach acht, als wir bei Atlas Ship auf den Parkplatz fuhren. Ich fand eine freie Lücke und parkte, und wir kletterten heraus, nervös, weil wir zu spät kamen, und aggressiv, weil wir uns von niemandem irgendwas dazu anhören wollten.

Der Parkwächter wartete, bis ich den Wagen abgeschlossen hatte, dann kam er herüber und sagte mir, ich müsse ihn wegfahren, ich hätte auf einem reservierten Platz für Firmenangestellte geparkt. Ich sah ihn wütend an, eisig, zu eschöpft und ausgebrannt, um ihm auch nur eine reinzuhauen. Ich atmete langsam aus, stieg wieder in den Wagen und fuhr ihn weiter. Die anderen waren aufs Werftgelände gegangen. Ich mußte am Tor Nr. 2 stehenbleiben und mir eine ›Verspätungskarte‹ geben lassen.

Der Pförtner sagte: »Herr im Himmel, ihr farbigen Jungens kommt heute morgen alle zu spät.«

Ein Wachmann, der in der Nähe stand, grinste mich an. »Was habt ihr'n alle gestern abend gemacht? Ich wette, ihr habt auf der Central Avenue richtig einen draufgemacht.«

Ich wollte ihn schon anbrüllen, ich wäre die ganze Nacht mit seiner Mutter zusammengewesen, aber ich fühlte mich nicht in der richtigen Verfassung. Ich stempelte meine Karte, ohne mir anmerken zu lassen, daß ich es gehört hatte. Dann ging ich quer über den Hof zum Ausrüstungs-Dock. Wir arbeiteten an einem Reparaturschiff – es nannte sich schwimmendes Trokkendock – für die Marine. Meine Leute installierten die Be- und Entlüftung in den Duschen und Toiletten.

Am Eingang zum Dock sagte der Wachmann: »Mach die

Zigarette aus, Junge. Was ist denn los mit euch farbigen Jungs, könnt ihr nie die Anweisungen befolgen?«

Ich warf sie auf den hölzernen Kranweg, wo sie immer noch brannte. Er murmelte etwas, als er hinging und sie austrat.

Die Weißen hatten ihr Weiß an dem Morgen wirklich zur Arbeit mitgebracht.

3

Ich kletterte vom Dock die äußere hölzerne Gangway hinauf und ging durch die Öffnung an Bord, die mich auf das dritte von fünf Decks brachte. Die Abteilung, in die ich ging, war die Maschinenwerkstatt; nach vorn hin lag die Zimmermannswerkstatt, und achtern befanden sich verschiedene verschließbare Kammern, Werkzeuglager, Materiallager und dergleichen und endlich die Duschen und Toiletten des dritten Decks – alles zum Reparaturschiff selbst gehörig –, wo meine Leute arbeiteten.

Die Decks waren niedrig, und mit dem Werkzeug und der Ausrüstung der Arbeiter, den tausend Kabeln der Schweißer, den Kompressoren, Öfen, Brennern, den Lichtkabeln, hölzernen Gerüsten, dazu dem Zubehör des Schiffs, den Formteilen und Platten, Belüftungsschächten und -kanälen, Reduzierstükken, Verteilern, Transformatoren, den Maschinen, Drehbänken, Bohrmaschinen und dergleichen, zur Hälfte noch nicht installiert, sah der Ort aus wie ein Irrenhaus, in dem eine Prügelei stattgefunden hatte. Ich mußte sorgfältig auf jeden meiner Schritte achtgeben, um einen Weg hindurch zu finden, und gleichzeitig nach oben schauen, um mir nicht an einem überhängenden Teil ein Ohr abzureißen oder ein Auge auszuschlagen. Alle zwei, drei Schritte stieß ich mit einem Arbeiter zusammen. Entschuldigungen waren nur üblich, wenn einer den anderen zu Boden rempelte.

Bessie, eine der Helferinnen in meiner Gruppe, begegnete mir mittschiffs am Schott mit den Stempelkarten.

»Sind Sie auch böse?« begrüßte sie mich.

»Ihnen nicht, Schöne«, sagte ich und schnitt eine Grimasse.

Ich wußte von ihr nur, daß sie eine braune Haut und geglättetes Haar hatte und mittelgroß war; sie trug einen Schutzhelm, ein sauberes Baumwollhemd, blaue Drillichhosen und einen braunen Pullover. Ich hatte sie mir nie näher angesehen.

»Wegen euch Typen hab' ich beinahe Angst, zur Arbeit zu kommen«, sagte sie.

Ohne zu antworten, duckte ich mich durch die Einstiegsöffnung, kam an eine Luke, kletterte eine Jakobsleiter hinunter zum zweiten Deck und gelangte durch ein Labyrinth von Formstücken und Teilen zum Werkzeugraum der Feinblechabteilung. Der Kelly, den Conway im Wagen ausgepeitscht hatte, war unser Meister. Ein hagerer, drahtiger, nervöser Ire mit einem blutroten, schnabelförmigen Gesicht und engstehenden, hellblauen Augen. Er hatte sich aus Leibeskräften dagegen gesträubt, daß ich Vorarbeiter wurde, und wir hatten einander nicht viel zu sagen.

Ich warf die Karten der Sekretärin auf den Tisch, die Verspätungskarten obendrauf. Sie nahm sie, ohne irgend etwas zu sagen. Kelly sah von einer Blaupause auf, die er zusammen mit Chuck, einem weißen Vorarbeiter, studierte, und sein Gesicht rötete sich noch mehr. Er sagte kein Wort und beugte sich wieder über seine Planzeichnung, und ich wandte mich um und wollte gehen. Er hatte mir genug Arbeiten für eine Woche gegeben, und ich sah keine Notwendigkeit, irgend etwas zu ihm zu sagen. Aber bevor ich ging, hielt er mich zurück.

»Wie kommt deine farbige Mannschaft zurecht, Bob?«

Es dauerte einen Augenblick, bis ich mich umdrehte. Ich mußte mir erst klar werden, ob ich ihm sagen wollte, er solle zur Hölle gehen, oder nicht. Schließlich sagte ich: »Prächtig, Kelly, prächtig! Meine farbige Mannschaft kommt prächtig zurecht.« Ich wollte ihn fragen, wie die weißen Mannschaften zurecht kämen, aber ich fing mich gerade noch rechtzeitig.

»Ihr farbigen Jungs gebt gute Arbeiter ab, wenn ihr lernt, wie man's macht«, sagte er. »Ich habe überhaupt nichts an euch auszusetzen.«

Chuck grinste mich verständnisvoll an.

»Das ist wunderbar«, sagte ich. Ich öffnete den Mund, um zu fragen: ›Wie finden Sie denn die Art, wie wir Irland Saures gaben?‹ Aber ich fragte nicht.

Ich drehte mich zur Sekretärin um und fragte sie: »Kann ich mal die S-14 haben?«

Sie war ein dralles, hübsches Farmgirl mit blauen Augen, runden, roten Wangen und bräunlichem Haar. Sie riß die Augen fragend auf: »Wie bitte?«

»Was für eine Blaupause?« fragte sie.

Sie machte die Arbeit noch nicht lange, darum sagte ich geduldig: »Die Blaupause ist der Plan, der Entwurf. Sie sind in dem Schrank dort. Sie haben den Schlüssel. Würden Sie den Schrank öffnen und mir die Blaupause geben – die mit dem Aufdruck S-14?«

Sie schloß den Schrank zögernd auf, warf Kelly rasche Blicke von der Seite zu, um zu sehen, ob er er irgend etwas sagte, und als sie feststellte, daß auf der S-14 ›Nicht aus dem Büro nehmen‹ stand, wandte sie sich zu Kelly um und fragte: »Darf er das sehen?«

Mein Kopf wurde wieder heiß. Kelly sah auf und nickte. Sie nahm die Blaupause heraus und gab sie mir. »Sie müssen sie sich hier ansehen«, sagte sie.

Alle Vorarbeiter nahmen die Zeichnungen mit. Ich wollte es ihr erklären, wußte ja, daß sie neu bei der Arbeit war. Aber sie hatte meine Geduld strapaziert, also sagte ich: »Hören Sie zu, kleines Mädchen, gehen Sie mir heute morgen nicht auf die Nerven!«

Sie sah wieder fragend Kelly an, aber der sah nicht auf. Ich ging mit der Blaupause hinaus. Sie rief: »He!« – unentschlossen, aber ich sah mich nicht um.

Ein weißer Helfer lötete eine Naht in einem Schacht, während ein weißer Monteur zusah. Der Monteur und ich waren in den vergangenen Jahren zusammen in derselben Abteilung gewesen, aber wir hatten nie miteinander gesprochen. Er sah mich an, als ich vorbeiging, ich sah ihn an; wir blieben einander nichts schuldig. Ich ging die Leiter hinauf und kam wieder auf dem dritten Deck heraus.

Es gab eine Menge Arbeiterinnen an Bord, die meisten von ihnen Weiße. Wenn ich an weißen Frauen vorbeikam, sahen sie mich immer an, manche neugierig, manche schüchtern, manche mit offener Feindseligkeit. Manche starrten mich einfach mit harten, leeren Augen an. Wenige wichen mir aus, um mich vorbeizulassen; ich ging einfach um sie herum. Im allgemeinen waren die älteren Frauen freundlicher als die jungen. Hier und da gaben mir manche der jungen weißen Frauen eine Gelegenheit, sie anzusprechen, aber ich war nie darauf eingegangen. Zuerst, weil die farbigen Arbeiter ebenso wie die weißen Männer darauf bedacht schienen, die weißen Frauen vor den farbigen Männern zu schützen, wahrscheinlich weil sie den Weißen beweisen wollten, daß sie mit weißen Frauen zusammenarbeiten konnten, ohne ihnen zu nahe zu treten; und dann, nachdem ich Vorarbeiter geworden war, weil ich wie ein verdammter Narr gewisse Verantwortung fühlte und mit gutem Beispiel vorangehen wollte. Nun hatte ich Alice, und die weißen Puppen interessierten mich nicht; ich fand, Alice sei besser als jede weiße Frau, die jemals gelebt hatte.

Als ich mich duckte, um durch die Öffnung im Querschott zu steigen, sah ich, daß jemand ein paar Worte darübergeschrieben hatte, und richtete mich auf, um sie zu lesen: ›Duck dich nicht, du hältst das aus.‹ Ich grinste, als ich durch das Loch stieg und mich aufrichtete und mich einem großen weißen Mädchen in einem ledernen Schweißeranzug gegenübersah.

Sie war eine wasserstoffsuperoxydblonde Frau mit einem großen, übermäßig geschminkten Gesicht und einem großen, glänzend angemalten, üppigen, nierenförmigen Mund, der in der Mitte schmaler als an den Seiten war. Ihre großen blauen Babyaugen waren so dick mit Wimperntusche bemalt wie bei einer Operettenkönigin, und in den Augenwinkeln und an den Nasenflügeln sah man winzige Falten, die sich zu ihren Mundwinkeln hinab erstreckten. Sie sah aus wie dreißig und sexuell bestens erfahren, reif, aber noch nicht ganz verrottet. Sie sah aus, als hätte sie ihr halbes Leben lang in einem

Hurenhaus gearbeitet, und wenn nicht, dann mußte sie eine Menge verschenkt haben.

Wir standen eine Zeitlang da und sahen einander an, bevor wir uns bewegten; dann setzte sie ein erschrecktes Gesicht auf, riß die Augen auf und wich vor mir zurück, als hätte ich ihr einen furchtbaren Schreck eingejagt, als wäre sie eine nackte Jungfrau und ich King-Kong. Es geschah nicht zum erstenmal, daß sie das tat. Ich war in den Wochen davor ein halbes dutzendmal an Bord mit ihr zusammengestoßen, und jedesmal hatte sie dieses zu Tode erschreckte Gesicht aufgesetzt. Ich war es gewöhnt, daß weiße Frauen alle möglichen Sachen machten, um die farbigen Männer zu ärgern, und so hatte ich bisher nicht weiter darüber nachgedacht.

Aber jetzt schoß mir die blinde Wut durchs Gehirn. Das Blut strömte mir in den Kopf wie Regen bei einem Wolkenbruch, und ich fühlte mein Gesicht brennen wie weiße Glut. Es stieg mir in die Augen, und meine Augen brannten; sie fing es auf und starrte mich weiter mit diesem falschen Blick aus aufgerissenen Augen an. Etwas an ihrem Mund löste es aus, ein Zucken ihres Mundes veränderte ihre Züge, als fühle sie eine sexuelle Erregung, und ihre getuschten Lider flatterten.

Begierde schüttelte mich wie ein Elektroschock; sie kam in meinem Mund hoch, füllte ihn mit Zunge, und mein ganzer Magen floß in meine Lenden. Und es rann als klebriger Erguß aus meinen Augen und spritzte über sie vom Kopf bis zu den Füßen.

Der erschreckte Ausdruck verschwand aus ihrem Gesicht, und sie errötete, und die Rötung wanderte ihr Gesicht hinunter und außer Sicht unter den Kragen ihrer Lederjacke, und ich konnte mir vorstellen, wie sie über ihre überreifen Brüste hinwegzog und sich über ihren milchweißen Bauch ausbreitete. Als sie wegsah, wurde mir schlecht, und ich dachte, ich müßte mich übergeben. Ich hatte die Leiter zum oberen Deck hinaufgehen wollen, statt dessen ging ich um sie herum – an ihr vorbei, langsam, und streifte sie. Sie bewegte sich nicht. Ich ging im Kreis.

Jemand sagte: »Wie geht's, Bob?« Aber ich hörte ihn erst, als ich schon ein Drittel der Jakobsleiter hinauf halb geklettert und halb gekrochen war. Dann sagte ich »Ja.«

Ich kam auf dem vierten Deck heraus, ging an zwei weißen Frauen vorbei, die verächtlich wegsahen, und kletterte empor zum Wetterdeck. Ein kleines dickes braunhäutiges Mädchen mit Hüften, die wie Gelee zitterten, lehnte in der Sonne an der Reling. »Hallo«, gurrte sie und legte alles, was sie hatte, in diesen ersten Blick.

»Hallo, Baby«, sagte ich. Die Übelkeit verschwand. Ich beugte mich zu ihr hin und flüsterte: »Sparst du's immer noch für mich auf?«

Sie kicherte und sagte halb im Ernst: »Du willst ja nicht.«

Ich hatte schon zwei Verabredungen mit ihr nicht eingehalten, und ich wollte es nicht noch einmal versuchen. »Ich sehe dich, wenn wir Mittag machen«, sagte ich und ging rasch weg.

Ich fand einen sauberen Fleck in der Sonne und breitete die Zeichnung aus. Ich wollte eine Übersicht über das ganze Entlüftungssystem haben. Ich war es müde, mich in einem stinkenden Loch nach dem anderen abzuquälen. Aber bevor ich einen Blick darauf werfen konnte, kam George herauf und sagte, Johnson und Conway hätten angefangen sich zu streiten.

»Zum Teufel, laß sie streiten«, knurrte ich. »Was geht's mich an, zum Teufel, ich bin nicht ihr Papa.«

Aber ich stand auf und stieg wieder zum dritten Deck hinunter, um zu sehen, was los war. Es war verdammt eng achtern, ein Wirrwarr aus schmalen, winkligen Niedergangstreppen mit harten Ecken und Kanten, voll von Gerüsten, Kabeln, Formstücken und Arbeitern, die zuallererst Schlangenmenschen sein mußten. Ich duckte mich durch eine Luke, quetschte mich am Gerüst der Elektriker vorbei, stieß einen Hilfsarbeiter aus dem Weg und gelangte durch eine Öffnung in den Duschraum. Gerade als ich den Kopf hineinsteckte, schlug mir der Lichtbogen eines Schweißers entgegen, der an den Wasserrohren arbeitete, und ich sprang zurück. Hinter mir bewegte jemand den Stutzen des Gebläses, mit dem das Loch gelüftet wurde, und der harte Luftstrom schlug mir wie eine Faust den Helm vom Kopf. Als ich ihn festhalten wollte, stieß ich mit dem Kopf gegen eine Kante des Schotts. Mein Helm segelte mitten in den Duschraum, wo meine Leute arbeiteten, und ich fing an zu fluchen und hörte nicht mehr damit auf.

Bessie warf mir einen wütenden Blick zu, und Pigmeat sagte: »Bob wirft uns seinen Helm vor die Füße. Damit müssen wir leben.«

Die Luft war so dick vom Rauch und beißendem Gestank der Schweißgeräte, dem Dunst der schwitzenden Körper und dem Zigarettenqualm, daß nicht einmal mehr der Luftstrom des Gebläses ihn herausbekommen konnte. Ich hatte fünfzehn Leute unter mir, zwölf Männer und drei Frauen, und alle schufteten in den winzigen, vollgestopften Räumen. In zwei Öfen wurden Lötkolben erhitzt. Jemand arbeitete mit einer Bohrmaschine. Zwei oder drei Männer nieteten mit der Hand. Auf dem Deck darüber klopfte jemand mit einem Schweißerhammer. Es war erstickend heiß, und der Lärm war irrsinnig.

Ich holte mir meinen Helm und setzte ihn wieder auf. Peaches saß auf dem Gerüst am anderen Ende des Raums, ließ die Beine herabbaumeln, aß einen Apfel und war mit sich und der Welt zufrieden. Sie hatte dunkelbraune Haut und kurzes Haar, dicke Lippen und die Ruhe weg – mehr wußte ich nicht von ihr.

»Wo ist Smitty?« fragte ich. Sie war seine Helferin.

»Ich weiß nicht«, sagte sie, ohne sich zu rühren.

Willie sagte: »Da du gerade hier bist, Bob, kannst du mir mal zeigen, wo ich diese Halter aufhängen muß? Dann brauche ich mir nicht extra die Blaupause zu holen.« Er hockte auf dem Gerüst unter dem Überdeck und versuchte, seinen Lüftungskanal aufzuhängen.

Ich wußte, daß er keine Blaupause lesen konnte, aber er bekam Monteurlohn. Ich leuchtete mit der Taschenlampe die Stelle aus und sagte: »Häng die ersten beiden dorthin, wo der Spalt ist, und die anderen beiden kurz hinter die Naht. Was ist dein X?«

»Das weiß ich nicht«, sagte er. »Ich hab' die Blaupause noch nicht gesehen.«

»Es ist drei-neun vom Schott aus«, sagte ich.

Hinter mir sagte Arkansas: »Conway, du bist ein böser

Mann. Du kommst mit niemand aus. Wie kommst du mit ihm aus, Zula Mae?«

»Er ist in Ordnung«, sagte sie. Sie war Conways Helferin. »Du mußt ihn nur verstehen.«

»Siehst du«, sagte Conway. »Sie's mein Baby.«

Arkansas sah sie geringschätzig an. »Weil sie immer noch denkt, du bist ihr Boß. Laß dich von dem Kerl nicht rumkommandieren, hörst du?«

»Er kommandiert mich nicht rum«, widersprach sie ihm.

»Du versuchst nur, zwischen mir und meiner Helferin Ärger zu machen«, sagte Conway. »Mit mir hier kommen alle bestens aus. Alle kommen mit mir aus.«

»Bist du aus Arkansas?« fragte Arkansas.

»Woher willst du wissen, daß ich nicht aus Kalifornien bin?« fragte Conway.

»Hier ist keiner aus Kalifornien«, sagte Arkansas. »Aus welcher Stadt in Arkansas bist du?«

»Er's aus Pine Bluff«, sagte Johnson. »Merkst du's nicht, wenn ein Nig. . . wenn einer aus Pine Bluff ist?«

»Hör dir den Marokkaner an«, feixte Conway. »Johnson, der Marokkaner, er ist kein Farbiger.«

»Hast du Angehörige in Forth Worth, Conway?« fragte Arkansas.

»Ich hab' nicht viele Angehörige«, sagte Conway. »Wir sind eine kleine Familie.«

»Du hast bestimmt 'n Großvater, hm?« fragte Arkansas hartnäckig.

»Hatte einen«, sagte Conway.

»Woher weißt du das dann?« fragte Arkansas.

Peaches grinste.

»Gehst du zurück?« fragte Homer.

Arkansas sah ihn an. »Mit wem sprichst du? Mit mir?«

»Du gehst zurück. Stimmt's?«

»Wohin zurück?«

»Zurück nach Arkansas?«

»Ja, ich gehe zurück – wenn die Pferde die Baumwolle pflücken und wenn die Mulis den Mais schneiden, wenn die weißen Hühner schwarze Eier legen und die Weißen Nigger werden und die Schwarzen . . .«

Er brach ab, als Smitty mit einem weißen Vorarbeiter namens Donald hereinkam. Sie sahen mich nicht. Er zeigte Donald, wo er eine Öffnung für den Ansaugstutzen in seinen Lüftungskanal geschnitten hatte, und Donald sagte, er hätte sie zehn Zentimeter neben das X gesetzt.

»Da soll ich schneiden, hat Bob mir gesagt«, erwiderte er.

Donald schüttelte nichtssagend den Kopf; er war ein netter Kerl, und er wollte nicht sagen, daß ich etwas falsch gemacht hätte. Ich fragte mich oft, ob er ein Kommunist war. Er hatte ein rundes, angenehmes Mondgesicht, obwohl er nicht lächelte, und den scharfen, abwägenden Blick hinter randlosen Brillengläsern, den manche Kommunisten haben.

Dann erst trat ich dazu. »Wann habe ich dir gesagt, daß du da schneiden sollst?« fragte ich Smitty.

Donald lief rot an. »Hallo, Bob«, sagte er. »Smitty sagte, du wärest heute nicht da.«

»Herr im Himmel, könnt ihr Farbigen denn gar nichts richtig machen?« fragte Kelly hinter mir. Er war unbemerkt hereingeschlüpft.

Ich fühlte einen Kloß in der Brust, und die Augen fingen an zu brennen. Ich sah Kelly an. Ich sollte ihm einfach eins gegen seinen hageren roten Hals geben, dachte ich. Ich würde ihn todsicher umbringen. Statt dessen würgte ich heraus: »Jeder Monteur hätte diesen Fehler machen können. Jeder Monteur außer einem weißen Monteur«, setzte ich hinzu.

Er bekam es nicht mit. »Ja, aber ihr Jungs macht mir zu viele Fehler. Das muß aufhören.«

Donald zog wieder ab. »Ich hab' den ganzen Monat keinen einzigen Fehler gemacht, Mr. Kelly.« Conway grinste vom Fußboden, wo er kniete, um eine Naht zu löten, zu ihm hinauf.

Pigmeat stieß mich an. »Siehst du, was ich meine? Reißt den Mund bis zu den Ohren auf. Er denkt, der Mann is'n Zahnarzt.«

Kelly hörte ihn, tat aber, als hätte er nichts verstanden. Er sagte zu Conway: »Ich habe nicht dich gemeint. Du bist ein guter Junge, ein guter Arbeiter. Ich meine ein paar von den anderen Jungs.«

In dem Schweigen, das folgte, sagte Peaches: »Oh, Conway kriegt 'ne Lohnerhöhung«, bevor sie sich zurückhalten konnte; sie hatte gedacht, wir würden weiterreden und nicht hören, was sie sagte. Jemand lachte.

Ich sah immer noch Kelly an, ohne etwas zu sagen. Er drehte sich plötzlich um und ging hinaus. Als er fort war, sagte Smitty: »Wieso hackt der immer auf dir herum? Diese weißen Vorarbeiter kriegen nie was ab. Du verstehst soviel davon wie sie.«

Ich klappte meinen Zollstock auf und klopfte an den Lüftungskanal, an dem er arbeitete. »Schneide deine Grundlinie zehn Zoll unterhalb der Stoßfuge«, wies ich ihn an und versuchte ganz ruhig zu sprechen. Er war ein einfältiger Nigger, sagte ich mir, ein Onkel Tom; er konnte nichts daran ändern. »Du hast einen Zwischenraum von vier Zoll. Bring dieses Teil zur Werkstatt und laß dir dort von einem Schweißer eine Einsatzplatte hineinschweißen und die Grate so glatt wie möglich abschleifen.« Ich drehte mich um und wollte gehen, blieb stehen. »Und vergiß nicht, ich bin dein Vorarbeiter«, fügte ich hinzu.

Ben stand in der Öffnung und grinste mich an. Er war ein hellhäutiger Farbiger, Anfang dreißig, gutaussehend, mit leicht kaukasischen Gesichtszügen und glattem braunem Haar. Er hatte die Universität von Kalifornien in Los Angeles absolviert und ließ sich von den Weißen nichts gefallen und schenkte ihnen nichts. Wenn er schon länger als neun Monate auf der Werft gearbeitet hätte, wäre er wahrscheinlich Vorarbeiter geworden und nicht ich; er verstand wahrscheinlich sowieso mehr als ich von der Arbeit.

Ich grinste zurück.

Er sagte: »Es ist hart, Bob, aber du mußt es einstecken.«

4

Auf der Niedergangstreppe stieß ich mit Red Williams zusammen, und er sagte, er hätte mich überall gesucht.

»Besorgst du mir einen Heftschweißer, Bob?« fragte er mich. »Ich hab' die Nase voll von diesen Leuten. Mir reicht's.«

Er war ein großer, grobknochiger, fröhlich dreinsehender Neger mit krausem, rötlichem Haar und braunen Sommersprossen.

Mir auch, wollte ich sagen, aber die Leute in meiner Gruppe sahen zu mir auf; immer wenn sie Ärger mit den weißen Arbeitern bekamen, wandten sie sich an mich, damit ich die Sache regelte. Also sagte ich einfach nur, ich würde mit Hank reden.

Hank, ein untersetzter, blonder Junge aus Georgia, ungefähr in meinem Alter und Absolvent der Technischen Hochschule von Georgia, war der Vorarbeiter der Heftschweißer. Weiße Monteure konnten zu ihm gehen und jeden Heftschweißer bekommen, den sie wollten, die schwarzen Monteure ließ er warten, bis er einen schwarzen Heftschweißer fand, der frei war. Die meisten weißen Heftschweißer arbeiteten nicht gern für farbige Monteure, und Hank gab ihnen nie solche Aufträge. Er war nicht aggressiv in diesen Fällen, er ließ die farbigen Monteure einfach warten, und wenn sie sich deshalb aufregten, gab er einen seiner Sprüche im weichen Südstaatenjargon zum besten. Ich fand ihn auf dem Achterdeck, wo er mit ein paar weißen Heftschweißerinnen redete, die in ihren Schweißermonturen dastanden.

»Ich bräuchte mal jemand zum Heftschweißen, für 'ne halbe Stunde oder so«, sagte ich.

Er hatte mich nicht kommen sehen, und als ich ihn ansprach, sprang er hoch. Dann setzte er sein Speziallächeln für Farbige auf. »He! Da ist ja der große Meister persönlich«, sagte er. »Was gibt's denn, großer Boß, lange nicht gesehen. Was ist los?«

»Alles, was ich will, ist ein Heftschweißer«, sagte ich. Ich wußte, daß ich so nicht zum Ziel kommen würde, aber ich hatte keine Lust, mit ihm zu quatschen.

»Sag, Freund, du wirst langsam fett – ein richtiger Kapitalist.« Er redete weiter in diesem Ton, dachte wohl, daß er mich auf diese Art auftauen würde. Dann wandte er sich an die beiden Frauen. »Hier is' ein Junge, der is' nach Kalifornien gekommen und hat es wirklich geschafft, wovon andere nur träumen; er ist Vorarbeiter in der Feinblechabteilung, einer von Kellys Jungs.«

Ich sah, daß ich ihn nicht zwingen konnte, also beschloß ich, ihn auch ein bißchen auf den Arm zu nehmen. »Du hast es aber auch geschafft«, sagte ich. »Deine Leute in Georgia würden dich nicht wiedererkennen.«

Er behielt sein Lächeln, aber sein Ton wurde schärfer. »Stimmt, mein Junge.« Dann zu den Frauen: »Der Junge geht wirklich scharf ran, die braunen Mädels sind alle verrückt nach ihm.« Zu mir wieder: »Wie *machst* du das, Junge?«

Ich wollte ihn schon beschimpfen, als ich gerade noch rechtzeitig merkte, daß es voreilig wäre; er hatte noch gar nichts gesagt, wofür es sich lohnte, Krach zu schlagen. Ich mußte lachen. Die drei fingen an, mit mir zu lachen. Ich sagte: »Mach mich nicht *zu* sehr an, Kumpel, oder ich gehe hoch.«

Hank hörte, was ich sagte, die Falten in seinem Gesicht blieben dieselben, aber sein Lächeln verschwand. Die beiden Frauen kapierten, als sie die Veränderung seines Gesichtsausdrucks sahen; keine von ihnen wurde rot; sie bekamen nur mit einem Mal diesen brutalen Ausdruck im Gesicht.

»Du willst gar keinen Heftschweißer, klarer Fall«, sagte Hank und versuchte wieder die Oberhand zu bekommen.

Aber er hatte verloren. »Doch«, sagte ich. »Und zwar sofort.«

Wir sahen einander an, schätzten einander ab. Seine blauen Augen waren hart und feindselig, aber noch nicht richtig wütend. Ich weiß nicht, wie meine aussahen, aber ich versuchte, sie so hart wie seine zu machen.

Er entschloß sich, seine Karten offen auf den Tisch zu legen, wobei er immer im Vorteil war. »Um dir die Wahrheit zu sagen, Bob, all meine Heftschweißer sind beschäftigt, werden den ganzen Tag beschäftigt sein.«

Ich versuchte wieder die Oberhand zu kriegen. »Was ist mit einer dieser Damen?« Ich hatte ›Südstaatendamen‹ sagen wollen, entschloß mich aber, ihm nicht zu hart zuzusetzen.

»Sie sind auch beschäftigt«, sagte er. Nun lächelte er wieder ein bißchen.

Ich wollte gehen, sah zwei Heftschweißer an der Backbordreling bei den Generatoren herumlungern und palavern und wandte mich um: »Und die da?« Ich nickte in ihre Richtung.

Er warf ihnen einen Blick zu, sah mich wieder an. Jetzt lächelte er wieder so breit wie am Anfang. »Sie sind auch beschäftigt«, sagte er. »Du hast einfach kein Glück. Bob. Versuch's doch bei Tommy.« Tommy war auch so ein weißer Hinterwäldler-Hurensohn.

Ich konnte nicht sagen, daß er log; er hatte mich in der Falle. Ich konnte nicht zu Kelly hinuntergehen und ihm berichten: ›Hank hat gesagt, er hätte keine Heftschweißer‹ – selbst wenn ich gewollt hätte, und ich wollte es nicht. Er würde mich nur ansehen, als ob ich verrückt wäre, und antworten: ›Wozu erzählst du mir das, verdammt noch mal?‹ Ich drehte mich um und überlegte. Die Weißen gewinnen eben immer; ich versuchte es wegzulachen. Aber das Lachen blieb mir im Hals stecken. Wenn ich die Arbeit nicht schaffte, würde Kelly mich tyrannisieren; und um sie zu schaffen, mußte ich den Dreck von allen anderen fressen. Ich spürte wie jeden Tag einmal den Drang, ihnen ihren Vorarbeiterjob vor die Füße zu werfen, sollten sie ihn sich sonstwohin stecken.

Aber als ich die Leiter halb herunter war, dachte ich: Ach was, zur Hölle! Ich kletterte wieder hinauf und ging zu den Heftschweißern, die an der Reling tratschten. Ich sah, daß es Südstaatler waren, aber ich fragte trotzdem.

»Hört mal, kann mir einer von euch ein paar Halter anschweißen?«

Sie sahen einander an. Einen Augenblick dachte ich, keiner würde mir antworten, dann sagte einer: »Wir warten auf Hank.«

»Ihr habt aber keine Arbeit, oder?«

»Nein, wir warten nur.«

Ich wußte nicht, ob sie mich verarschten, oder ob sie immer

so redeten. Ich versuchte es noch einmal. »Wenn Hank sagt, er ist einverstanden, kann ich dann einen von euch haben?«

Sie sahen einander wieder an. Diesmal sprach der andere. Er sagte: »Klar.«

Plötzlich mußte ich lachen. Sie wußten, daß Hank sie mir nicht zuteilen würde. »O.k., Jungs«, sagte ich. »Ruht euch weiter aus.«

Ich ging, aber ich wußte nicht, wohin. Ich konnte nicht hinuntergehen und Red sagen, daß Hank mir keinen Heftschweißer geben wollte; dann würden sie mir auch die Schuld geben. Dann dachte ich an Don. Ich fand ihn am vorderen Ende, wo er die Installierung eines Haubenventilators beaufsichtigte.

»Tust du mir einen Gefallen?« fragte ich.

Er sah mich neugierig prüfend an. »Kelly erschießen?« Er lächelte nicht, als er es sagte, aber ich lachte einmal auf, um ihm zu zeigen, daß es komisch war.

Dann sagte ich: »Leih mir für eine halbe Stunde einen von deinen Heftschweißern.«

Er überlegte einen Augenblick. »Da ist ein Mädchen achtern – Madge. Die machen so was.« Er trat gegen die Ventilatorhaube. »Du kannst sie bis zur Lunchpause haben.«

»Schön«, sagte ich und lief los. Ich sah, daß die weißen Monteure ihm böse Blicke zuwarfen, aber ich dachte mir in diesem Augenblick nichts dabei.

Sie drehte mir den Rücken zu und hatte ihren Schweißhelm auf, so daß ihr Haar bedeckt war und ich sie im ersten Augenblick nicht wiedererkannte. Ich war noch sechs, sieben Meter von ihr entfernt und eilte auf sie zu, als einer der weißen Monteure aufsah, und daraufhin wandte sie sich um. Ich sah, daß es die große Wasserstoffsuperoxydblondine war, die ich morgens auf dem dritten Deck getroffen hatte; und ich wußte in dem Augenblick, als ich sie erkannte, daß sie mir wieder ihr Theater vorspielen würde – beide würden wir unsere Rollen spielen.

Sobald sie mich sah, tat sie furchtbar erschrocken und wich schaudernd vor mir zurück. Ich feixte, so daß sie wußte, daß ich wußte, daß sie mir nur etwas vorspielte. Sie wußte es sowieso;

aber sie spielte weiter. Ich hatte keine Vorstellung davon, wie weit sie gehen würde, und bekam es auf einmal mit der Angst zu tun. Bevor ich ihr zu nahe kam, fing ich an, mit ihr zu sprechen, so wie man es mit einem bissigen Hund macht, den man beruhigen möchte.

»Hör mal, Madge, Don sagte, du könntest eine Weile bei mir arbeiten.«

In ihren Augen schimmerte eine wilde Erregung auf, und ihre Lippen wurden schmal und hart; sie sah mich an, als ob sie gleich losschreien würde. Die ist ja verrückt, dachte ich, aber ich ging weiter auf sie zu und hob ihr Kabel auf, als ob nichts wäre. »Es ist nur ein kurzer Job«, sagte ich. »Ich trage das Kabel für Sie.«

Sie ließ ihr erschrecktes Getue und riß mir das Kabel wütend aus der Hand. »Ich arbeite nicht mit'm Nigger!« sagte sie mit einer harten, bösen Stimme.

Ich überlegte nicht. Ich sagte es einfach heraus aus dem Bauch: »Dann mach's dir selbst, du blöde Hinterwäldler-Hure.«

Ich stand einen Augenblick da, und wir tauschten Blicke aus. Sie zuckte nicht mit der Wimper – sah mich nur endlos lange mit ihren harten Augen an und wandte sich an die beiden Monteure, die mit offenen Mündern dahockten, und sagte: »Ihr laßt es zu, daß ein Nigger so mit mir redet?«

Einer wollte sich langsam aufrichten, eine Eisenstange in der Hand. »Nun also, bei Gott . . . «

Ich sah sie an. Es waren beides ältere Männer, klein, mager, keine Gefahr für mich. Ich drehte mich um und ging fort, ging zu den Toiletten hinunter und sagte Red, daß ich keinen Heftschweißer für ihn finden konnte, er müßte das Teil zur Werkstatt bringen und dort schweißen lassen.

»Diese Weißen weigern sich heute einfach, mit uns Niggern zu arbeiten«, lachte ich. Ich fühlte mich besser, jetzt, nachdem ich jemanden beschimpft hatte.

Um halb elf ließ mich MacDougal, der Abteilungsleiter, zu sich kommen. Ich ging über den Hof zur Feinblechwerkstatt, wo er sein Büro hatte.

»Hallo, Bob, der Boß redet gleich mit dir«, sagte Marguerite und sah von ihrem Schreibtisch neben der Tür auf. Sie war eine kleine, untersetzte Frau mit schwarzem Haar, scharfen braunen Augen und einer ewig fettigen Haut – nicht hübsch, aber sie trug teure Kleider. Sie sah aus wie dreißig und war hart wie Stahl.

»Wie geht's, Marguerite?« fragte ich, aber sie hatte sich umgedreht, um den Telefonhörer aufzunehmen, und hörte mich nicht.

Ich stand eine Minute lang da, dann bemerkte mich Marguerite wieder und sagte: »Setz dich, Bob, Mr. MacDougal hat jetzt gerade zu tun, er spricht gleich mit dir.«

Ich setzte mich auf einen der Stühle, die an der Wand standen, und sah zu Mac hinüber. Sein Schreibtisch stand mitten im Zimmer. Er sprach mit einem der weißen Vorarbeiter aus der Werkstatt und sah mich nicht an. Der Meister der Werkstatt und zwei andere Vorarbeiter kamen herein, und nun sprach er mit ihnen. Dann telefonierte er. Ein anderer Mann kam herein und setzte sich auf den Stuhl am Ende des Schreibtischs mit dem Rücken zu mir, und Mac sprach eine Zeitlang mit ihm; dann sah er auf und winkte mich zu sich.

Ich ging zu seinem Schreibtisch hinüber. »Hallo, Mac«, sagte ich.

Er mochte es nicht, daß die Farbigen ihn Mac nannten, aber er mochte es ihnen auch nicht geradeheraus sagen; er sagte dann Marguerite, sie solle ihnen sagen, daß sie ihn mit ›Mr. MacDougal‹ ansprechen sollten. Sie hatte es mir zweimal gesagt; sie sagte es mir nicht mehr.

Er war ein dicker Mann in Hemdsärmeln; er wog schätzungsweise dreihundert Pfund. Er hatte ein fröhliches, rotes Gesicht und funkelnde Augen, und wenn er lachte, schüttelte es seinen ganzen Körper. Jetzt saß er in seinem riesigen Schreibtischsessel, floß nach allen Seiten über und strahlte mich an.

»Hallo, Bob, ich bin froh, daß du da bist«, sagte er.

»Sie haben mich rufen lassen«, sagte ich.

Er hörte auf zu strahlen, und sein Gesicht wurde böse. »Du hast heute früh eine Arbeiterin beleidigt«, griff er mich an.

Es wurde mir plötzlich bewußt, daß alle im Büro uns zuhörten. »Sie hat mich einen Nigger genannt«, sagte ich.

Er kreuzte die Hände sorgfältig über seinem dicken Bauch

und lehnte sich in seinen Sessel zurück. Dann fing er wieder an zu strahlen. »Man muß mit allem rechnen, wenn man mit anderen Leuten zusammenarbeitet«, fing er mit vorsichtiger Stimme an. »Aber wenn man an verantwortlicher Stelle beschäftigt ist und Autorität verkörpert, dann muß man unter anderem vor allem eins lernen: Daß man nicht in Wut geraten und nicht die Nerven verlieren darf, weil man sich das nämlich nicht leisten kann. Ich kann mir keine Wutanfälle leisten. Mein Vorgesetzter auch nicht. Du hattest genausowenig das Recht, deswegen die Nerven zu verlieren. Jeden Tag geschehen Dinge, die mich so sehr ärgern, daß ich jemanden beleidigen könnte – aber ich tue es nicht. Ich würde sonst den Respekt meiner Arbeiter verlieren. Ein paar von ihnen würden in Wut geraten und mich auch beschimpfen. Ich würde die Autorität verlieren, die ich über sie habe, und die Disziplin wäre zum Teufel. Sie würden mich nicht mehr respektieren, und ich wäre meinen Job los. Du kannst das verstehen, Bob, du bist ein intelligenter Junge.«

Ich sagte nichts.

»Du weißt so gut wie ich, daß ein Teil deiner Arbeit darin bestand, mir dabei zu helfen, daß es möglichst nicht zu Streitigkeiten zwischen weißen und farbigen Arbeitern kommt«, sagte er dann. »Das war ein Grund dafür, daß ich dich in den Job eingesetzt habe. Ich dachte, du hättest genug Verstand, mit den Leuten, mit denen du arbeiten mußt, auszukommen, statt wie die meisten farbigen Jungs mit 'ner Wut im Bauch herumzurennen.«

Ich ließ ihn reden.

»Du weißt, daß ich dich gegen Mr. Kellys Wunsch in den Job eingesetzt habe – Mr. Kelly hat gesagt, ich beschwörte damit ja den Ärger geradezu herauf, aber ich sagte ihm, du wärst der intelligenteste farbige Junge, den ich kenne, und du wärst fähig, uns zu helfen.« Er machte ein bekümmertes Gesicht. »Du überraschst mich, Bob. Ich dachte, du wärst zu intelligent, du hättest bessere Manieren, mehr Respekt Frauen gegenüber. Du weißt, wie die Südstaatler reden, was für Gefühle sie haben, wenn sie mit euch farbigen Jungs zusammenarbeiten. Sie müssen sich daran gewöhnen, du mußt ihnen dazu Zeit geben.

Weshalb ich so wütend über dich bin, verdammt noch mal, das weißt du. Ich brauche dir nicht zu erzählen, was hätte geschehen können, als du eine weiße Frau beleidigt hast, das weißt du genausogut wie ich.« Er machte eine Pause und warf seinen Kopf zurück. »Weißt du das nicht?« drängte er mich.

»Klar, weiß ich«, sagte ich.

Sein Gesicht schwoll an, und seine Augen quollen hervor. »Ich will dich nicht und auch keinen anderen farbigen Jungen in dieser Abteilung haben, wenn ihr nicht fähig seid, den weißen Männern und Frauen gegenüber, mit denen ihr arbeiten müßt, ein höfliches und respektvolles Betragen an den Tag zu legen«, sagte er. Seine Stimme zitterte vor Wut. Er nahm die Hände auseinander, die ineinander verklammert gewesen waren, und schüttelte drohend die Faust. »Ich lasse es nicht zu, verdammt noch mal, das ist alles.«

»Ich lasse es auch nicht zu, daß jemand mich einen Nigger nennt«, sagte ich. Ich war nicht wütend; ich sagte es ihm nur einfach.

Für ihn war die Sache erledigt. »Du bleibst bis Sonnabend auf deinem Posten. Am Montag fängst du als Monteur an.« Er warf seinen Kopf in Richtung auf den Burschen, der am Ende seines Schreibtisches saß. »Das ist Dan Tebbel. Danny arbeitet diese Woche mit dir zusammen und übernimmt am Montag deinen Job.«

Ich hatte gewußt, daß Mac mir die Hölle heiß machen würde; aber ich hatte nicht mit einer Herabstufung gerechnet und daß ein weißer Junge meine Arbeit übernehmen sollte. Ich hatte gedacht, er hätte Angst, daß die farbigen Arbeiter Ärger machen könnten. Ich war wie vor den Kopf geschlagen, als ich merkte, daß ihm die farbigen Arbeiter völlig gleich waren. Ich sah Tebbel mit einem irgendwie leeren Blick an. Er war ein magerer, unterernährter Mann mit einer Habichtsnase, blaßblauen Augen und rötlichem Haar.

Aber ich fühlte es erst richtig, als Mac sagte: »Du verlierst auch deine Zurückstellung. Du bist unverheiratet und sofort verwendungsfähig.«

Plötzlich packte mich das verrückte, panische Angstgefühl, mit dem ich an diesem Morgen aufgewacht war. Es war in

Sekundenschnelle geschehen; mein Job war weg, und ich konnte sofort eingezogen werden; es ging mir wie den Japanern, die man mit den Wurzeln ausgerissen hatte. Aber ich wußte nichts zu meiner Verteidigung zu sagen. Etwas mußte ich sagen, also sagte ich: »Was soll Tebbel tun? In meiner Gruppe sind nur Farbige. Vielleicht arbeiten sie nicht für Tebbel.«

Mac wurde rot. »Das ist alles, Bob«, sagte er, und ich war entlassen.

»Wie wäre es mit Ben für meinen Job?« redete ich weiter; ich konnte die Dinge nicht so laufen lassen. »Er hat den Uni-Abschluß von der U.C.L.A. Er ist genauso intelligent wie . . .«

Das Telefon läutete. Mac hob den Hörer auf. Er hörte mir nicht zu. Ich stand einen Augenblick da und hörte ihn telefonieren und wußte nicht, was ich tun sollte. Ich hätte protestieren sollen, als er sagte: »Montag fängst du als Monteur an.« Aber ich hatte die Gelegenheit vorbeigehen lassen. Jetzt, wo der Bastard nicht mal zuhörte, war es zu spät, alles hinzuwerfen. Ich drehte mich um und ging.

Draußen stand ich eine Zeitlang da, fühlte mich betrogen, übers Ohr gehauen, in die Falle gestolpert. Ich wußte nicht, ob ich ein Feigling oder ein Narr gewesen war. Ich überlegte, ob ich zurückgehen und Krach schlagen sollte. Ich würde eine Geldstrafe und vielleicht ein paar Tage Gefängnis bekommen. Wahrscheinlich würden sie mich auf der Polizeiwache verprügeln. Ich würde meinen Wagen verlieren. Ich glaube, deswegen entschied ich, daß mein Stolz es nicht wert war. Mein Wagen war für mich der Beweis für irgendwas, ein Symbol. Aber in diesem Augenblick dachte ich nicht über meine Gefühle nach; ich wußte nur, daß ich meinen Wagen nicht verlieren durfte, selbst wenn ich meinen Job verlor.

Die Signalpfeife ertönte zur Mittagspause, aber ich brachte nichts herunter. Im meinem Mund war der beißende, brackige, bittere Geschmack von Galle. Ich wollte etwas mit den Händen tun, etwas anpacken, handeln. Ich sah mich nach einem Würfelspiel um. Schließlich fand ich eine Gruppe von Spielern zwischen den breiten Regalen, auf denen die Bleche lagerten. Ungefähr ein Dutzend Weiße und zwei Farbige hockten auf dem Zementboden im Kreis. In der Mitte lag Geld, und zwei große grüne Würfel mit weißen Punkten rollten.

Ich nahm sechs Einernoten und einen Zehner heraus, und zwei von den weißen Burschen machten mir Platz. Ein großer, kahlköpfiger Schweißer mit zerfurchtem Gesicht und knorpeligen Händen spielte um acht Dollar. Ich warf den Zehner hin, um sie ihm abzunehmen, und ein magerer, bleichgesichtiger Mann sah mich haßerfüllt an.

»Er hat mich zweimal geschlagen«, stieß er wütend hervor, und seiner Stimme hörte man an, daß er aus Oklahoma war. »Meinst du vielleicht, ich überlasse ihn jetzt dir?«

Ich nahm meinen Zehner wieder zurück. Er ließ sich Zeit, zählte acht Dollarscheine ab und warf sie in den Topf. Er flüsterte wutenbrannt weiter: »Kommt her und will das Spiel kaputtmachen.« Er warf mir wieder einen harten, feindseligen Blick zu. »Einer von diesen raffinierten Kerlen, meint, er kann hier einfach den Rahm abschöpfen. Verdammt schlau.« Er redete sich in Wut, um mich am Ende einen Nigger zu nennen, und ich dachte, ich sollte ihn lieber davon abbringen.

»Wenn du noch ein Wort sagst, schlage ich dir die Augen aus«, knurrte ich leise.

Er sprang auf wie ein Hampelmann, ein gebeugter, unterernährter Mann mittleren Alters mit dem verdammtesten Ausdruck von Verwirrung und Empörung im Gesicht. Ich sah nicht mal zu ihm hoch. Er blähte sich auf und schnaufte erregt. Der Schweißer hatte fünf Augen geworfen, und der Mann aus Oklahoma arbeitete an seinen Würfeln, bis er's schaffte – vier, eins.

»Ums Ganze«, sagte der Schweißer.

Ich sah zu meinem Freund aus Oklahoma hoch. Er war rübenrot angelaufen. »Du bist dran«, sagte ich.

»Nimm was runter«, sagte jemand zu dem Schweißer. »Du hältst das Spiel auf.«

»Ich hab's«, sagte ich und warf meine sechzehn Dollar in die Mitte.

Der Schweißer rollte die Würfel in der Hand, blies darauf und sagte: »Jetzt zeigt mal, was ihr könnt, Babys. Bringt mir die

Sieben!« Er bog den Arm zurück und warf sie. Sie blieben liegen – drei, vier.

»Little Joe from Kokomo«, murmelte einer der farbigen Burschen und sah mich an.

Der große kahlköpfige Schweißer hob sie auf und rieb sie am Bein seiner Lederhose. Ich sah ihn an.

»Mach schon«, sagte eine breite Texanerstimme ungeduldig. »Du hältst das Spiel auf.«

Der Schweißer wollte sie schon losrollen lassen, aber nun rieb er sie noch ein bißchen länger. Er warf dem Texaner einen trotzigen Blick zu. Dann warf er eine wundervolle Sieben.

»Ein klein bißchen zu spät leider«, krähte ich. Ich nahm meine zweiunddreißig Dollar und fühlte mich zum erstenmal an diesem Tage wohl.

Dann schnappte sich ein kleiner, giftiger weißer Hinterwäldler mit einem Rattenmund die Würfel und warf drei Vierteldollarmünzen in die Mitte. »Ich zeig's dem Nigger jetzt«, sagte er.

Ich bewegte mich nicht. Ich hockte da mit den Augen auf dem Zementboden und konnte nicht hochgucken. Als ich hochsah, blickte ich einen der Farbigen an. Er sah auch zu Boden, und als er aufschaute, sah er mich an. Eine Sekunde lang ging eine Welle durch den Ring; niemand bewegte sich. Dann warf der dritte Farbige drei Vierteldollarmünzen in die Mitte, und das Spiel ging weiter. Ich sah, daß mehrere Weiße mir verstohlene Blicke zuwarfen; aber ich sah nur auf den Spieler.

Als die Würfel zu mir kamen, blies ich die Luft aus den Lungen, atmete tief ein und sagte: »Ich setze alles.« Ich warf die Scheine in die Mitte.

»Wieviel ist das?« fragte jemand.

Der kleine Hinterwäldler-Rassist mit dem Rattengesicht fing an, es zu zählen. Ich beugte mich vor und stieß seine Hand weg. »Es sind zweiunddreißig Dollar«, sagte ich.

Er sah mich wütend an und sagte: »Ich habe einen Vierteldollar drin.«

Ich hockte mich zurück und wartete. Ich wußte, daß sie mir sagen wollten, ich solle etwas herunternehmen, damit das Spiel weiterging. Wenn ich weiß gewesen wäre, hätten sie gezetert.

Weil ich farbig war, sagten sie nichts; sie schluckten es herunter und fingen an, gemein zu werden.

Schließlich sagte einer der farbigen Burschen: »Legen wir zusammen – gegen ihn.«

Jeder Spieler setzte einen Anteil und legte ihn vor sich hin. Ich hob die Würfel mit der rechten Hand auf, tat sie in die linke, ließ sie locker über den Zementboden rollen. Einer blieb mit der Sechs oben liegen; der andere fiel in einen tiefen Spalt und blieb mit der Fünf zu mir hin und der Sechs in der entgegengesetzten Richtung auf Kippe liegen.

»Werft eure Einsätze rein, ihr guten Verlierer«, sagte ich. »Ich gehe nicht weiter.«

»Reinwerfen wofür?« griff der mit dem Rattenmund mich an.

»Der Würfel liegt auf Kippe«, sagte jemand.

Mir blieb die Luft weg, ich schluckte. »Hört zu, ich verschenke nichts. Ich habe eine gottverdammte Elf geworfen, und jetzt nehme ich mir mein gottverdammtes Geld.«

»Den Teufel wirst du tun, du Nigger-Bastard«, sagte der Kleine mit dem Rattenmund und fühlte sich in Gegenwart der zwölf anderen Weißen sicher.

Das Blut stieg mir zu Kopf, ich war blind vor Wut. Ich sprang hoch und trat nach ihm, alles in einer einzigen Bewegung. Er rollte zur Seite, und mein Stiefelabsatz schwang über seine Schulter, so daß ich das Gleichgewicht verlor. Ich schwenkte nach links, wobei ich halb nach vorn fiel, und mein rechter Arm stieß vorwärts, um meinen Fall aufzuhalten, während ich auf meinem rechten Bein stehenzubleiben versuchte.

»Ich kühl' den Nigger ab!« hörte ich eine Stimme knurren, und ich hob das Kinn, um zu sehen, wer es sagte.

Mir blieb gerade noch genug Zeit, ihn eben kurz zu sehen: einen großen blonden jungen Burschen ungefähr in meinem Alter und so groß wie ich. Sein einer Mundwinkel war herabgezogen, so daß wie bei einer Taschenratte die Spitzen seiner Eckzähne zu sehen waren, und seine blauen Augen sprühten vor Haß. Ich werde nie die Augen dieses Bastards vergessen. Dann kam das üble Gefühl in meiner Magengrube hoch – nur ein Zucken war's, und genau hinter meinen Augen explodierte etwas, als würden die Nervenzentren gesprengt, und ich sah nichts mehr. Ich hatte das verrückte Gefühl, daß meine Augen aus den Höhlen quollen, und ein teleskopisches Foto von einem Dutzend Figuren schossen, die teils schon aufgerichtet standen, teils noch im Kreis auf dem Boden hockten. Dann wußte ich nichts mehr.

Als ich zu mir kam, schrillte die Signalpfeife. Ich lag im Schatten des Feinblechstapels flach auf dem Rücken. Zwei Weiße und ein Farbiger beugten sich über mich und warteten, daß ich wieder zu mir kam. Als ich die Augen aufschlug, halfen sie mir beim Aufstehen.

Einer der Weißen grinste mich mitfühlend an. »Du bist ihm mit dem Kinn genau in die Faust gelaufen.«

Der andere sagte: »Ich habe einen Teil deines Geldes für dich aufgehoben – fünfundzwanzig Dollar und ein paar Münzen.« Er steckte es mir in die Hand.

Die Augen des Farbigen waren trübe, undurchsichtig. Sein flaches, braunes Gesicht lächelte nicht. Er sagte kein Wort.

Ich war immer noch benommen. Ich stützte mich auf die Bleche und schüttelte den Kopf, um ihn klar zu bekommen.

Einer der beiden Weißen sagte: »Nimm's nicht so schwer, Junge.« Sie warteten beide noch einen Augenblick, und als ich nichts sagte, gingen sie grinsend zusammen weg. Es waren ältere, freundliche Männer. Ich war nicht zornig auf sie; ich beachtete sie nicht weiter. Ich lehnte eine Weile an dem Stapel, halb in der Mittagssonne, fühlte mich etwas schwach. Ich hob die Hand und strich mir übers Kinn. Als ich aufsah, entdeckte ich in einiger Entfernung ein paar von den anderen Weißen, die an dem Spiel teilgenommen hatten, sie beobachteten mich.

Dann erinnerte ich mich an die Augen des blonden Jungen. Mir fielen seine Worte ein: ›Ich kühl' den Nigger ab!‹ Ich hatte wieder dieses üble Gefühl im Magen. Ich fing an zu zittern; ich fühlte mich schwach, fühlte diese panische Angst. Ich wußte, ich konnte es nicht hinnehmen; aber ich hatte Angst vor dem, was ich tun könnte. Angst vor dem, was danach mit mir geschehen mochte. Wenn ich doch nur aufhören könnte zu denken; jedesmal wenn ich nachdachte, dachte ich an den Tod. Dann sah ich wieder den Farbigen an. Sein Gesicht war unbewegt.

»Hast du gesehen, wo er hin ist?« fragte ich.

Er betrachtete mich einen Augenblick lang. »Ich weiß, wo er arbeitet«, sagte er. Sein Gesichtsausdruck änderte sich nicht.

Ich leckte mir über die Lippen, versuchte die Übelkeit, die Angst aus meinen Augen herauszuhalten. »Wo?« fragte ich.

Er stand da und sah mich an, als ob Zeit keine Rolle spielte. Dann nahm sein Gesicht den Ausdruck eines neugierigen Tieres an. Ich sah, daß er die Hand aus der Tasche nahm. Es berührte mich seltsam. Aber nun schienen wir einander nähergekommen zu sein, als gäbe es zwischen uns eine Übereinkunft, als hätten wir uns in einer Sache geeinigt.

»Der Typ arbeitet in der Kupferwerkstatt«, sagte er. »An einer Maschine ganz am Ende. Du brauchst nicht durch die ganze Werkstatt, du kannst hinten zur Tür rein.«

Ich ging los. Mein erster Schritt war mehr ein Schwanken, nicht so sehr infolge des Faustschlags als wegen des üblen Gefühls in meinem Magen. Der Farbige ging neben mir her; seine Augen schweiften nach links und nach rechts.

»Haste 'n Messer?« fragte er.

Ich wußte, daß ich keins hatte, aber ich sagte: »Muß es in meiner Kiste vergessen haben.«

Er sah sich vorsichtig um und schob mir dann seins zu. Ich sah es mir nicht an, aber es fühlte sich an, als ob es zwanzig Zentimeter lang wäre. Ich schob es in die Tasche.

»Ich würd' dem Bastard auch selbst den Hals aufschlitzen«, sagte er. »Aber ich denk' mir, du bist selbst scharf drauf.«

Er verschwand, und ich machte mich auf zur Kupferwerkstatt. Meine Hand ruhte auf dem Messer in meiner Tasche. Ich fing an, darüber nachzudenken, wie ich ihn aufschlitzen sollte. Ob ich mich anschleichen und ihm gleich in den Rücken stechen sollte, um so sein Herz zu erwischen; oder ob ich ihn umdrehen sollte, damit ich ihn von vorn hatte, um ihm dann das Gesicht zu zerfetzen, die Augen auszustechen und den Mund aufzuschlitzen. Vielleicht war er auf der Hut und erwartete mich, dachte ich, und hatte auch ein Messer. Dann würden wir umeinander herumtanzen und aufeinander einstechen, bis einer fiel.

Galle stieg in meinem Magen hoch und breitete sich in

meinem Mund aus. Ich mußte mich fast übergeben und riß mich zusammen. Die Sonne knallte auf meinen unbedeckten Kopf wie ein Regenschauer, meine Haut war gespannt und glühte, aber es kam kein Schweiß. Nur die Handfläche, die das Messer hielt, war verschwitzt. Ich hatte meinen Schutzhelm verloren; ich wußte nicht, wo.

Ich konnte den blutigen Körper des blonden Jungen halb auf seiner Maschine liegen sehen. Blut war überall auf dem Fußboden, auf allen Formteilen; Blut an meinen Händen; sein Gesicht völlig zerfleischt, ein Auge hing heraus und wurde runzlig wie die leere Haut einer Weintraube. Ich kam zur Kupferwerkstatt, ging weiter zum rückwärtigen Teil. An der Hintertür blieb ich einen Augenblick stehen und beruhigte mich. Ich nahm das Messer heraus, klappte es auf und packte es so, daß ich damit sofort zustechen konnte. Dann sah ich ein Holzscheit auf der Erde liegen. Ich hob es auf und hielt es in der linken Hand, das Messer in der rechten.

Ich trat ein und blieb stehen. Der blonde Junge sah im selben Augenblick hoch, und wir starrten einander in die Augen. Er streckte tastend die rechte Hand aus und packte einen Schlosserhammer, der auf seiner Werkbank lag.

In diesem Augenblick beschloß ich, ihn kaltblütig zu ermorden, ohne ihm eine Chance zu geben. Was, zum Teufel, war los mit mir, daß ich einfach hineinlief, um mit ihm zu kämpfen? dachte ich. Ich wollte den Hundesohn umbringen und selbst weiterleben. Ich wollte ihn so umbringen, daß er wußte, daß ich ihn umbrachte, und er sollte dabei wissen, daß er keine Chance hatte. Ich wollte, daß er genau dieselbe panische Angst, Ohnmacht und Schutzlosigkeit empfand wie ich jeden Morgen beim Aufwachen. Er sollte wissen, was es für ein Gefühl war, zu sterben und keine Chance zu haben; dem Tod ins Auge zu sehen und zu wissen, daß er kam und daß er nichts dagegen tun konnte, nur dasitzen und es hinnehmen, wie ich es von Kelly und Mac und der weißen rassistischen Hinterwäldlerhure hatte hinnehmen müssen, weil niemand ihm half oder es aufhalten oder irgend etwas dagegen tun würde.

Das üble Angstgefühl in meinem Magen verschwand. Ich sah

ihn nur an und dachte: Es gibt da eine gottverdammte Tatsache, daß du deine Farbe nämlich nicht mitnehmen kannst! – bis ich schließlich nur noch kalte Verachtung empfand. Ich drehte mich um und ging hinaus.

5

Ich ging in Macs Büro und bat Marguerite um einen Krankenpaß, um nach Haus zu fahren. Sie gab ihn mir in ihrer kalten Geschäftsmäßigkeit, ohne ein Wort zu sagen. Aber ich fand, sie war in Ordnung, sie war ein feiner Mensch, sie hatte nichts gegen mich. Ich lächelte sie an, sagte »Danke!« und ging hinaus.

Das half mir. ›Laßt sie los im großen Pferch‹, sagten die Jungs damals immer, wenn es heiß zuging beim Würfeln in Cleveland, Ohio. So ein Gefühl hatte ich, sie ließen mich los, ich war frei. Ich hatte Lust zu rennen und zu springen, zu schreien und zu lachen; ich fühlte mich so, wie ich mich gefühlt hatte, als Joe Louis Max Schmeling k.o. schlug – nur noch besser.

Als ich zum Tor Nr. 2 kam, sah mich der Pförtner an und sagte: »Was, du willst schon wieder nach Haus? Du bist doch gerade erst vor ein paar Minuten gekommen.«

Ich drohte ihm mit dem Finger. »Du weißt nicht, wie tempus fugit.«

Das gefiel ihm nicht. »Ihr farbigen Jungs laßt mal lieber die Finger vom Gin«, sagte er und zwinkerte dem Wachmann zu.

Ich lachte. »Du kannst mich jetzt nur mit einer Sache ärgern«, sagte ich. »Wenn du den Mund voll Pferdemist nimmst und ihn mir durch die Zähne ins Gesicht prustest.«

Er lief sofort rot an und wollte noch was sagen, aber ich hielt gar nicht mehr an. Ich fuhr meinen Wagen rückwärts heraus, über den Parkplatz, überquerte die Geleise der Pacific Electric und bog in die Hafenstraße ein – langsam und gemächlich. Ich hatte zum Schnellfahren keine Lust. Der Wagen fuhr sich mit einem Mal ganz leicht, dachte ich. Kein jähes Herumreißen war nötig, kein Kreischen und Quietschen. Die Unebenheiten schluckte er wie eine Sprungfedermatratze. Es war ein Vergnügen, einfach so dazusitzen, während meine Finger leicht auf dem Steuer lagen, und nur müßig zu sein, die Zeit zu vertrödeln.

Ich werde ihn umbringen, auch wenn sie mich dafür hängen, dachte ich vergnügt. Einen weißen Mann, ein höheres Wesen. Der Gedanke allein half mir schon, die Überlegung an sich, die Absicht. Die Spannung, die in meinem Körper gewesen war, die meine Bewegungen krampfhaft und ruckartig, meine Muskeln straff und hart gemacht hatte, war verschwunden, ich fühlte mich mobil, zuversichtlich, stark. Ich fühlte mich genau so, wie sich meiner Meinung nach ein weißer Junge fühlen mußte; ich hatte mich in meinem ganzen Leben noch nicht so stark gefühlt.

Eine Wärme durchströmte mich, als wäre ich gerade einem Dampfbad entstiegen und hätte eine gute Massage bekommen. Ich fühlte mich erleichtert, befreit, ohne eine Sorge auf der Welt. Während ich gemächlich an der langen Reihe von Industrieanlagen vorbeiglitt, empfand ich plötzlich einen Drang, die Weißen, die mich überholten, freundlich zu grüßen. Ich hatte Lust, ihnen zuzuwinken und zu sagen: ›Jetzt ist alles gut. Es ist alles wunderbar, großartig, ich bin zufrieden.‹

Eine gutangezogene, schlanke Weiße mittleren Alters setzte an, die Fahrbahn zu überqueren. Ich nahm den Fuß vom Gaspedal, bremste, hielt und wartete, damit sie hinübergehen konnte. Sie sah auf; erst war Überraschung in ihren Augen, dann lächelte sie vorsichtig. Ich lächelte zurück, warm und freundlich. Die ganze Welt sah nun anders aus; der Druck war aus meinem Kopf.

Jetzt empfand ich die Hitze des Tages, sah den harten, strahlenden kalifornischen Himmel. Der Sonnenschein lag auf der Straße wie ein weißer, gefrorener Glanz, heiß, aber ohne einen Schimmer, und zerschnitt, was ich sah, in starre, feste Kurven und harte, kantige, ungebrochene Winkel. Die Werften sahen beeindruckend aus, dreidimensional, aber unendlich.

Die Farben schienen leuchtender. Vor dem graublauen Hintergrund des Himmels ragten die Silhouetten der Kräne empor.

Ich empfand die Größe der Anlagen, die Ungeheuerlichkeit der Produktion. Ich empfand die Bedeutung des Ganzen, die Bedeutung des gesamten Krieges. Ich hatte sonst nie einen Gedanken an den Krieg verschwendet, außer, daß ich mich da heraushalten wollte; wie er ausging, war mir völlig gleich; zuerst hatte ich gehofft, daß die Japaner ihn gewannen. Und jetzt war es anders. Jetzt regte mich der Gedanke auf wie damals als Kind, als ich die Parade und die Fahne hatte vorbeiziehen sehen. Dieses erfüllte Gefühl für mein Land. Ich fühlte mich zu allem dazugehörig; ich hatte mich nie zugehörig gefühlt. Es war ein wunderbares Gefühl.

Als ich aufsah, entdeckte ich ein Restaurant-Café mit Tanz gegenüber der Firma Consolidated. Ich fuhr auf den Parkplatz, ließ den Wagen im Leerlauf ausrollen, stieg aus und ging hinein. Es war kühl im Innern und so dunkel, daß ich noch im Eingang stehenbleiben mußte, damit meine Augen sich daran gewöhnten. Die Bar über die Länge der einen Seite, und die Tische des Restaurants waren im Kreis davor angeordnet.

Eine Anzahl Männer saß an der Bar, ein paar Frauen. Einige Werftarbeiter, die sehr laut redeten, saßen an einem Tisch und würfelten. Sie waren alle weiß. Ich fand einen Hocker an der Bar zwischen einer Frau und einem Mann und machte es mir bequem. Die Sorge, nicht bedient zu werden, mag mir vielleicht in den Sinn gekommen sein, aber ich merkte jedenfalls nichts davon. Nach einer Weile blieb der Bartender vor mir stehen. Es war ein magerer Mann mit einem Durchschnittsgesicht, schütterem schwarzem Haar und einem Schnurrbart, dessen Enden wie Flügel aussahen. Ich bestellte einen doppelten Scotch, und er grinste. Die weiße Frau neben mir hörte auf zu reden und sah sich um. Ich konnte ihren Blick auf mir fühlen.

»Sie würden doch sicher auch einen Gin nehmen, nicht wahr?« fragte der Bartender.

Ich ließ meine Augen über die Flaschenreihen wandern. Ich sah nur Gin, Rum, Tequila, Wodka und Wein. Ich grinste zurück und sagte dem Bartender: »Gin ist auch gut. Damit hat man mich großgezogen.«

Er nahm die Flasche und wog sie in der Hand. »Einen Doppelten?«

»Genau«, sagte ich. Ich drehte mich ein wenig um, damit ich die weiße Frau neben mir ansehen konnte. Unsere Augen trafen sich. Sie hatte braune, offene, neugierige Augen und blondes, an den Wurzeln dunkles Haar, das auf den Kopf getürmt war. In dem matten, orangefarbenen Licht sah man ihren Lippenstift nicht, und ihr Mund sah zu schmal aus im Vergleich zu ihren übrigen Gesichtszügen. Sie hatte wegen der Hitze ihren Büstenhalter ausgezogen, und die Umrisse ihrer Brüste waren deutlich durch ihre weiße Kunstseidenbluse zu erkennen.

Sie sah nach einem Augenblick weg, und als ich in den Spiegel blickte, traf ich die Augen des Mannes, der an ihrer anderen Seite saß. Ich lächelte höflich und sah woandershin, noch bevor ich feststellen konnte, ob er es erwiderte oder nicht.

Der Bartender stellte die Ginflasche zurück. »Was zum Nachspülen?«

»Wasser«, sagte ich.

Er stellte das Wasser hin. »Wir haben keinen Whisky mehr, nur noch ein- oder zweimal die Woche«, sagte er. »Ich habe wer weiß wie lange schon keinen Scotch mehr gesehen.«

»Scotch? Was ist das?« sagte die Blondine. Ihre Stimme klang tief wie die eines Mannes.

»Da wir von Scotch sprechen, fällt mir ein Witz ein«, fing der Mann an der anderen Seite von ihr an. »Zwei Schotten gingen in den Laden eines Juden, um einen Anzug zu kaufen . . .«

Ich sah einen Mann am anderen Ende der Bar, der ein halb gefülltes Glas auf der Kante balancierte, und beobachtete ihn; ich hörte nicht zu. Als ich meinen Gin getrunken hatte, ging ich zu einem der Tische und nahm Platz. Ein junges Mädchen mit schwarzem Haar in einer blau-weißen Uniform kam, um meine Bestellung entgegenzunehmen. Sie hatte links und rechts in ihr Haar eine künstliche Gänseblume gesteckt. Ihr Gesicht war unpersönlich.

Ich bestellte das größte Steak, das sie hatten, und dazu einen doppelten Martini. Ein großer, grobknochiger alter Mann kam herein und suchte nach einem Platz zum Hinsetzen. Schließlich setzte er sich zu mir an den Tisch. Ich dachte: Ich muß mich ja wirklich in einen Weißen verwandelt haben, und ich grinste ihn an.

»Wenn ich eins nicht mag, dann ist es, ganz allein an einem verdammten Tisch zu sitzen«, begrüßte er mich.

»Das ist ziemlich schlimm«, sagte ich.

»Sind Sie verheiratet?« fragte er.

Ich schüttelte den Kopf. »Laufe immer noch frei herum.«

»Ich bin schon zweiunddreißig gottverdammte Jahre verheiratet«, sagte er. »Hab' die beste gottverdammte feinste Frau auf der Welt. Habe drei Jungs bei den Marines. Und gottverdammt, jedesmal, wenn ich in diesen gottverdammten Laden komme, finde ich nichts als leere Tische.« Ich dachte einen Augenblick, er würde mit der Faust auf den Tisch schlagen und sich beim Geschäftsführer beschweren.

»Arbeiten Sie bei Consolidated?« fragte er plötzlich.

Ich schüttelte den Kopf. »Ich arbeite bei Atlas.«

»In *dem* gottverdammten, stinkenden Laden!« sagte er. »Die Marine mußte diese gottverdammte Werft übernehmen, bevor irgendwelche Arbeiten erledigt werden konnten. Das ist die gottverdammteste, faulste, am schlimmsten unterbesetzte Werft, die sich am meisten anstellt und am voreingenommensten ist.« Er schimpfte auf Atlas, bis mein Steak kam, dann sah er es sich an und sagte: »Das sieht ziemlich gut aus. Die kommen jetzt anscheinend an besseres Fleisch ran.« Bis sein Steak kam, schimpfte er auf das miserable Rindfleisch, das es an der Westküste gäbe.

Wir aßen schweigend. Ich hatte noch nie ein Steak gegessen, das so gut schmeckte. Als ich fertig war, stand ich auf, zahlte meine Rechnung, sagte »Auf Wiedersehen!« und ging. Er sagte nichts; aber ich hatte ein gutes Gefühl dabei.

Ich entschloß mich, über die Figueroa Street zurückzufahren, und als ich einbog, steckten ein paar weiße Seeleute den Daumen heraus, und ich hielt an, um sie mitzunehmen. Sie waren noch sehr jung, keine zwanzig Jahre alt, mit sauber gewaschenen Gesichtern und leicht gebräunt. Wir saßen zu dritt auf der vorderen Sitzbank; der in der Mitte legte seinen Arm auf die Lehne hinter mir, damit wir mehr Platz hatten.

Eine Zeitlang fuhren wir dahin, ohne zu reden, dann fragte ich: »Wie heißt ihr?«

»Lester«, sagte der in der Mitte, und der andere sagte: »Carl.«

»Wie heißen Sie?« fragte Lester, und ich sagte: »Bob.«

»Sie arbeiten auf der Werft? fragte Carl.

»Bei Atlas«, sagte ich ihm. »In der Feinblechbteilung.«

»Ich habe eine Zeitlang oben in Richmond gearbeitet – Richmond Nr. 1, auf der Kaiser's Werft«, sagte er. »Ich bin aus San Francisco.«

»Ich war mal oben«, sagte ich. »Ich mag Frisco, es ist eine gute Stadt.«

Der Junge in der Mitte hatte gar nichts gesagt, also fragte ich ihn: »Wo sind Sie her, Lester?«

»Memphis«, sagte er. »Sind Sie jemals dort gewesen?«

Ich warf ihm einen raschen Blick von der Seite zu; dann lachte ich. »Nein, ich bin nie in Memphis gewesen«, sagte ich. »Ich bin aus Cleveland, Ohio.«

»Ich wette, Memphis würde Ihnen gefallen«, sagte er, als ob er's wirklich so meinte.

»Vielleicht«, sagte ich. »Aber ich werde es nie erfahren.«

Er grinste. »Los Angeles gefällt Ihnen, eh?«

»Ganz unter uns«, sagte ich. »Los Angeles ist die am meisten überschätzte, lausigste, provinziellste Stadt, die ich kenne, völlig verrückt.«

Darin stimmten wir alle überein. Mein Wagen gefiel ihnen, und wir redeten eine Zeitlang über Autos, während wir über die breite, gerade Schnellstraße glitten. Der Junge aus Frisco sagte: »Natürlich, wenn ich könnte, wie ich wollte, würde ich mir 'ne Frau zulegen.«

Ich sagte: »Wer würde das nicht?«

Wir fuhren an ein paar Mädchen vorbei, die in leuchtenden Sommerkleidern dahinwippten, und der Junge aus Memphis pfiff.

Ich sagte: »Ich wette, Sie würden's nicht nehmen, wenn sie's Ihnen anböte.«

»Was wollen wir wetten?« fragte er, und sie waren beide ein bißchen rot geworden.

Da kam mir ein komischer Gedanke; ich fragte mich, wann die Weißen weiß würden – oder vielmehr, wann sie aufhörten, weiß zu sein. Und wie es kam, daß man zwei weiße Kerle vom selben Ort nehmen konnte, und der eine würde sein Weißsein wie einen Knüppel vor sich hertragen, bereit, jedem anderen damit den Schädel einzuschlagen, während der andere einfach nur weiß wäre, als ob er nichts damit zu tun hätte, und es damit gut sein ließe. Die beiden weißen Jungens gefielen mir; sie waren weiß, aber wie meine Tante Fanny zu sagen pflegte: Sie konnten nichts dazu.

Als wir uns der Stadt näherten und mehr Frauen auf der Straße sahen, fingen wir an zu raten, was es für Frauen sein mochten: ob sie verheiratet oder ledig waren, oder wie viele Kinder sie hatten, ob ihre Männer bei der Armee waren, ob sie zu Seitensprüngen neigten. Alle älteren Frauen nannten wir ›Mom‹. Wir amüsierten uns prächtig, bis wir zu einer dunkelbraunen Frau mit einem dunkelroten Kleid und einem hellgrünen Hut kamen, die einen Schuhkarton trug, der mit einem Bindfaden zusammengebunden war, und die mit diesen gebeugten Knien im vornübergebeugten Hausangestelltengalopp dahinhoppelte und ihre Stirn so sehr krauste, daß ihr ganzes Gesicht verknotet schien. Sie sagten überhaupt nichts. Ich wollte etwas sagen, damit das Spiel weiterging, aber alles, was ich über sie hätte sagen können, war, daß sie eine häßliche, böse aussehende alte Dame war. Wenn wir alle farbig gewesen wären, hätten wir höllisch gelacht, denn sie war wirklich eine komische Schwester. Aber in Gegenwart der weißen Jungs konnte ich gar nichts sagen. Ich blickte starr geradeaus, und es war uns allen peinlich, und wir schwiegen eine Zeitlang. Als wir wieder zu sprechen anfingen, waren wir alle ein bißchen vorsichtig. Wir redeten nicht mehr über Frauen.

Als wir uns der Vernon Avenue näherten, fragte ich sie, wohin sie wollten, und sie sagten, herunter zu Warner's an der 7. und Hill Street. Ich fuhr sie hin und ließ sie am Eingang heraus. Sie bedankten sich und gingen los. Ich fuhr hinunter zur San Pedro Street und bog nach Süden ab. Es war halb drei, als ich zu Haus ankam. Henry war schon zur Arbeit, und Ella Mae war mit dem Baby hinaus an die Sonne gegangen.

Ich duschte, rasierte mich, zog ein Sporthemd, eine dazu passende Hose und Sandalen an; holte meinen .38er Special aus der untersten Schublade der Kommode, sah nach, ob er geladen war, ging hinaus, stieg ins Auto und fuhr zur Central Avenue hinunter, um zu tanken. Ich legte die Waffe ins Handchuhfach und ließ den Wagen an der Tankstelle stehen, damit Buddy ihn durchcheckte, während ich am Dunbar-Hotel vorbei die Straße hinunterspazierte.

Ich fühlte mich groß, gutaussehend und schick. Ich trug keinen Hut, und mein Haar fühlte sich gut an in der Sonne. Eine kleine Schwarze in einem locker fallenden rosa Sportanzug mit einem dicken roten Mund und krausem, gelocktem Haar schwirrte vorbei. Ich roch ihr billiges Parfüm und bekam einen elektrischen Schlag.

Alles sah eleganter aus. Sogar die Central Avenue roch besser. Ich schlenderte zwischen den Faulenzern vor Skippy's hindurch, lehnte mich an eine Hauswand und sah die Mädchen vorbeigehen. Eine weiße Frau in einem Sportwagen, einem Ford mit heruntergelassenem Verdeck, bremste wegen des starken Verkehrs, und ein schwarzer Junge rief: »Hallo, Blondy!« Sie sah sich schüchtern um.

Tia Juana fuhr in seinem langen grünen Cat an den Bordstein und parkte in einer Parkverbotszone. Er stieg aus, ein kleiner, untersetzter Schwarzer mit einer Hasenscharte und einem hübschen Mädchen von der Hautfarbe einer Bananenschale am Arm, ging ins Hotel, und einer der jungen Männer sagte: »Scharf und heiß und beinah weiß, verdammt, wie macht der Nigger das bloß?«

Ein paar bekiffte Krausköpfe versuchten sich in ihren dreckigen Redensarten gegenseitig zu übertreffen, und ein paar gutbetucht aussehende Zuhälter standen nahe bei ihnen und beachteten sie nicht. Ein abgerissener Bursche kam aus dem Friseurladen von der anderen Straßenseite herüber, wo im Hinterzimmer gewürfelt wurde, und sagte, Seattle hätte zweitausend Dollar gewonnen. Der farbige Polizist griff ihn sich, weil er an einer verbotenen Stelle über die Straße gegangen war, und fing an, ihm einen Strafzettel zu schreiben; und er versuchte, ihn davon abzubringen: »Du kennst mich doch, Mann, ich bin doch der Joe; jeder kennt den alten Joe . . .« Jeder, außer diesem Polizisten.

Es war ein grandios herausgeputzter, von Schwarzen wimmelnder Häuserblock – Huren und Zuhälter, Glücksspieler, Geschäftemacher und Handlanger aller Art. Aber das störte mich nicht. Ich war nicht mehr wie gestern noch da unten eingesperrt. Ich war jetzt frei und konnte gehen, wohin ich wollte; aber es gefiel mir dort bei meinen Leuten.

Ein paar Jungs kamen auf mich zu. »Hast du noch deinen Schlitten, Mann?« wollte einer wissen.

»Klar«, sagte ich.

»Sag mal, fährst du mich kurz mal raus nach Hollywood, Mann?« Es waren gut zwanzig Kilometer bis Hollywood. Ich lachte.

»Hör bloß nicht auf den Nigger, Mann«, sagte der andere. »Der Nigger ist verückt. Gib mir mal'n Fünfer, Mann. Ich hab da'n Kunden warten, gleich um die Ecke.«

»Klar«, sagte ich. »Versuch's mal woanders.«

Sie grinsten. »Du bist in Ordnung, Papa.« Sie zogen los, um jemand anderen zu finden.

Meine Leute – dachte ich. Ich wollte etwas trinken gehen, dann sah ich auf meine Armbanduhr. Es war Viertel vor vier. Ich lief zum Parkplatz hinüber, stieg in meinen Wagen, bog auf die Central Avenue ein und fing an, auf die Tube zu drücken. Es war genau halb fünf, als ich vor dem Eingang des Parkplatzes an der Atlas Ship kam.

Ich stieg aus und ging zu dem Tor, durch das die Leute aus der Kupferwerkstatt herauskommen mußten. Mein Junge war einer der ersten, die herauskamen. Ich dachte jetzt an ihn als ›meinen Jungen‹. Ich folgte ihm, überlegte, wie ich es anstellen sollte, falls er in einen Zug der Pacific Electric stieg. Aber ich hatte Glück; er wartete auf der anderen Straßenseite, bis eine graue Ford-Limousine für ihn kurz anhielt und er hineinkletterte. Ich sprintete zurück über die Straße, stieg in meinen Wagen und schoß los, gerade als einer der Bullen vom Werkschutz rüberkam, um mich zu verscheuchen. Ich drückte aufs Gaspedal und zwängte mich vor eine Fahrerin drei Wagen hinter dem grauen Ford; hielt die Position, bis wir zur Anaheim

Road in Wilmington kamen, beschleunigte dann und hängte mich hinter den Wagen, der dem grauen Ford folgte, und blieb dahinter. Ich dachte an meine Mitfahrer; sie mußten eine Heidenwut auf mich haben, daß ich sie versetzt hatte.

Im nächsten Augenblick hatte ich sie vergessen. Ich hatte ein gutes Gefühl, als ich dem Jungen folgte, und ich wußte, daß ich ihn umbringen würde. Ich war überhaupt nicht nervös und hatte gar keine Angst. Ich dachte daran, wie man an eine Verabredung mit einem schönen Mädchen denkt, mit dem man schon immer ausgehen wollte; ich hatte das Gefühl, daß es großartig werden würde.

In dem grauen Ford saßen außer dem Fahrer noch fünf Personen. An der Alameda Street bog er nach Norden in die Compton Avenue ein, und zwei Mitfahrer kletterten vom Rücksitz und stiegen aus, so daß mein Junge allein dort saß. Als der Wagen vor einem Haus in Huntington Park stoppte, hielt ich genau dahinter. Mein Junge stieg aus, sagte etwas zu den Leuten auf der vorderen Sitzbank, und der Wagen fuhr ab. Er warf einen Blick auf meinen Wagen, ging zwei Schritte auf das Haus zu, fuhr plötzlich herum und starrte mir in die Augen. Sie weiteten sich, als könnte er es nicht fassen, und sein Gesicht wurde weiß wie zerknittertes Papier. Erstarrt, halb umgewandt, wie angefroren stand er da.

Ich griff ins Handschuhfach und nahm meinen Revolver, dann öffnete ich die Tür und stieg aus. Ich hatte es nicht eilig. Sie würden mich wahrscheinlich aufhängen, das wußte ich, aber das hatte ich schon akzeptiert, darüber war ich schon hinweg. Er drehte sich hastig um und ging auf das Haus zu, die Gelenke steif, die Schultern hochgezogen und abwehrend starr, den Rücken flach wie ein Brett. Als er die Stufen erreichte, öffnete eine hausbacken wirkende blonde Frau von innen die Tür, und zwei kleine, flachsblonde Kinder zwängten sich an ihren Beinen vorbei und rannten auf ihn zu.

Er stieß die Kinder mit einer rohen, wilden Bewegung zurück durch die Tür und flüsterte dann in scharfem Ton der Frau etwas zu. Sie warf mir einen entetzten Blick zu, und ihr Mund öffnete sich, als ob sie schreien wollte. Sie ließ ihn hinein und schlug die Tür zu, und ich hörte, wie sie von innen verriegelt wurde.

Ich blieb stehen. Ich brauchte ihn nicht jetzt sofort umzubringen, dachte ich. Ich konnte es jederzeit tun; ich konnte ihn mir aufsparen, so wie sich die Weißen mich all die Jahre aufgespart hatten.

Aus dem Augenwinkel sah ich zwei alte Damen mit vollgestopften Einkaufstüten den Bürgersteig herunterkommen, sie warfen mir eisige Blicke zu. Ich verschwendete keinen Gedanken daran, daß mein Junge eine Waffe aus dem Fenster stecken und mich mit einem Kopfschuß von hinten erledigen könnte. Ich war ganz ruhig, völlig gleichgültig, fühlte mich unverwundbar. Ich dachte, er könnte vielleicht die Polizei anrufen, aber das berührte mich auch nicht. Als die beiden Damen vor mir standen, strahlte ich sie mit meinem besten, offensten Lächeln an und sagte wohlerzogen: »Was für ein schöner Tag heute, nicht wahr?«

Ich ließ sie auf dem Fußweg stehen, während sie ihre mageren Hälse nach mir verdrehten und mich in heller Entrüstung anstarrten, stieg in meinen Wagen und schoß davon.

Ich konnte sogar zurück zur Werft gehen und als Monteur arbeiten, dachte ich. Solange ich wußte, daß ich ihn umbringen würde, machte mir nichts etwas aus. Sie konnten meinen Kopf zu blutigem Brei zerschlagen und mir in den Bauch treten, bis das Gedärm herauskam. Aber sie konnten mich nicht beleidigen, was immer sie auch taten. Ich hatte das Leben eines Hinterwäldler-Rassisten in der Hand, und das war alles, was wirklich zählte.

6

Ich rief das beste Hotel in der Stadt an, als ich nach Haus kam, und ließ mir für neun Uhr zwei Plätze im Restaurant reservieren. Der Oberkellner, mit dem ich sprach, war sehr höflich: »Besten Dank, Mr. Jones.« Ich grinste, er würde aus allen Wolken fallen, wenn er wüßte, daß ich ein Neger war, dachte ich.

Dann rief ich Alice an. Ich hatte beschlossen, ganz groß auszugehen, und als ich ihr sagte, sie solle ein Abendkleid anziehen, klang ihre Stimme aufgeregt. »Jetzt weiß ich, daß wir ins ›Last Word‹ gehen.« Das war ein neuer Club auf der Central Avenue, in den sie seit der Eröffnung mit mir hatte gehen wollen; ich nehme an, die Leute ihrer Klasse gingen nicht in solche Nachtclubs, und anders als mit mir zusammen kam sie nicht hinein.

»Falsch getippt«, sagte ich. »Die Avenue ist heute nicht dran.«

»Du weißt, daß ich gern ins ›Last Word‹ möchte«, sagte sie. Ihre sanfte, wohlklingende Stimme schmeichelte mir.

»Heute nicht das Richtige«, sagte ich. »Und außerdem geht niemand in Abendkleidung ins ›Last Word‹.«

»Wohin gehen wir denn, Bob? In die ›Seven Nymphs‹?« Das war ein Club in Hollywood, in den manchmal auch Neger gingen.

»Immer noch falsch. Was Größeres und Besseres«, sagte ich.

»Spann mich nicht auf die Folter, Bob.« Ihre Stimme klang ein bißchen verärgert. »Ich komme nicht mit, wenn du es mir nicht sagst.«

»Es ist ein Geheimnis«, lachte ich. »Ich bin um acht bei dir.« Ich hängte auf, bevor sie etwas erwidern konnte.

Ella Mae kam durchs Wohnzimmer und trug das Baby eingewickelt in einer Decke. Sie hatte es gerade gebadet. »Du solltest dich schämen, Alice so zu quälen«, sagte sie.

»Mach dir um Alice keine Sorgen«, sagte ich zu ihr. »Alice kommt schon allein zurecht.«

Sie wickelte das Baby in eine Windel, die sie mit Sicherheitsnadeln befestigte. »Du wirst noch mal in dein Verderben rennen«, sagte sie. »Alice kennt dich nicht so gut, wie ich dich kenne.«

Ich grinste sie an. »Niemand kennt mich so gut wie du. Du bist mein Baby.« Sie schnaubte verächtlich. Ich zog mir langsam mein Sporthemd aus. »Ich spiele mit Alice nur herum, bis wir beide wissen, wie wir Henry loswerden«, sagte ich. »Dann heiraten wir, und ich behalte Alice für meine freien Montage.«

Sie warf mir einen langen, eigenartigen Blick zu. Dann kicherte sie plötzlich. »Dann mußt du für Emerald sorgen.«

»Was für'n Emerald?« Dann lachte ich. »Ich hatte ganz vergessen, daß sie Emerald heißt. Ich hab' den Namen immer schon sonderbar gefunden. Du hast deinem Baby damit wirklich keinen Gefallen getan«, fügte ich hinzu.

»Ich finde, Emerald ist ein hübscher Name«, verteidigte sie sich. »Auf jeden Fall hübscher als Alice.«

»Emerald Brown«, betonte ich und ging in mein Zimmer, um mich auszuziehen. »Emerald bedeutet Smaragd, also grün, also heißt sie mit anderen Worten, Grün Braun.«

Sie antwortete nicht.

»Na, es ist ja dein Baby«, sagte ich.

Ich duschte noch einmal und fing an, mich anzuziehen. Als Ella Mae in die Küche kam, um das Fläschchen für das Kind zu wärmen, sagte sie: »Du dürftest jetzt sogar für Alice sauber genug sein – zwei Duschen an einem Tag.« Ihre Stimme klang spöttisch.

»Ich versuche eben, weiß zu werden«, lachte ich.

»Würde mich nicht überraschen«, lächelte sie zurück.

»Du weißt ja, wie sehr ich die Weißen mag«, sagte ich; ich konnte nicht damit aufhören.

»Das sagst du nicht nur so«, redete sie weiter. »Die ganze Zeit redest du ja doch nur über sie. Und du hast dir das weißeste farbige Mädchen ausgesucht, das du finden konntest.«

»Verdammt, du redest wie 'ne schwarze Mutti«, sagte ich, ein bißchen überrascht. »Ich dachte, du magst Alice.«

»Oh, Alice ist wunderbar«, sagte sie. »Reich und beinahe weiß. Halt die mal bloß fest.«

»O.k., Baby, ich gebe auf«, sagte ich. Ich wußte nicht, was sie hatte.

Sie ging in ihr Zimmer und schloß die Tür. Ich zog meine Abendgarderobe an – Leinenslipper, mitternachtsblaue Hosen, weißes Seidenhemd mit weichem Kragen, Dubonnet-Schleife mit spitzen Enden und eine weiße Dinnerjacke. Ich hatte mir die ganze Ausstattung ein Jahr zuvor gekauft, sie aber erst ein einziges Mal, bei einer Weihnachtsfeier im Elks Club, getragen, wenn man davon absah, daß ich mich darin auch manchmal abends spät auf der Central Avenue sehen ließ, als käme ich gerade von irgendeinem Empfang. Ich fand, ich sah hinreißend darin aus.

Ich ging ins Wohnzimmer und rief Ella Mae. »Komm, sieh dir mal deinen Schatz an, Baby.«

Sie sah schrecklich böse aus, als sie hereinkam. Sie warf mir einen Blick zu und sagte: »Ich hoffe nur, du kommst nicht total sauer zurück und versuchst, deine Wut an mir auszulassen.« Dann wurde sie sanfter. »Du siehst wirklich gut aus.«

Ich grinste. »Na, dann sag mir was, Baby.«

Sie kam plötzlich auf mich zu, zog meinen Kopf zu sich herunter und küßte mich. Sie öffnete ihren Mund so weit, daß ihre feuchten, weichen Lippen die meinen vollständig umschlossen; und ihre Zunge kam heraus, fuhr mir spielerisch über die Lippen, zwängte sich zwischen meine Zähne.

Ich stieß sie roh zurück, warf sie dabei fast zu Boden. »Verdammt, hör auf, mich so anzumachen!« knurrte ich wütend.

»Genau wie ein Nigger«, sagte sie zornig, und das Blut stieg ihr ins Gesicht. »Toll geschniegelt, und schon darf dich keiner mehr anrühren. Das zeigt, daß du es nicht gewöhnt bist.«

»Zum Teufel, ich hab' nicht mal an meine Kleidung gedacht«, sagte ich und stakste hinaus.

Draußen glühte die untergehende Sonne schräg von Südwesten her gelblich wie Altgold, und die Luft war warm und duftete gut. Es war die beste Tageszeit in Los Angeles; die Farben der Blumen leuchteten stärker als sonst, während das

Weiß der Hauswände weniger kalkig wirkte und die Ziegeldächer, vom Wetter gebräunt, wie Kastanien schimmerten. Die Verärgerung wich, und ich empfand gleich wieder das wundervolle, überschäumende Glücksgefühl.

Ich warf einen Blick auf meine Armbanduhr, sah, daß es Viertel vor war und eilte zum Wagen. An der Vernon Avenue bog ich nach Westen ab, Richtung Normandie Avenue, und fuhr geradeaus in die untergehende Sonne hinein; auf der Normandie Avenue nach Norden zur 28. Straße, dann nach Westen, vorbei an der Western Avenue. Das war die West Side. Wenn man einen Neger fragte, wo er wohne, und er sagte, auf der West Side, dann bedeutete das, daß er was Besseres war als die Neger, die auf der South Side wohnten; es war so, wie wenn die Weißen sagten, daß sie in Beverly Hills zu Hause waren.

Die Häuser machten einen gepflegten Eindruck, sie waren meist mit weißem Stuck verziert oder aus Holz, typische kalifornische Bungalows mit durchschnittlich sechs bis zehn Zimmern; hier und da stand ein zwei- und dreistöckiges Apartmenthaus. Die Rasenflächen waren grün und kurz geschnitten, umrandet von allen möglichen einheimischen Pflanzen und Blumen. Es war eine schöne, saubere, ruhige, von wohlerzogenen Leuten bewohnte Gegend.

Alice lebte mit ihren Eltern in einem modernen einstöckigen Haus in der Mitte des Blocks. Ich parkte und schlenderte den vom Wassersprengen feuchten Fußweg hinauf zu der kleinen, steinernen Veranda und läutete. Im Innern erklangen Glocken. Die Luft duftete nach frischgeschnittenem Gras und blühenden Gardenien. Ein Wagen fuhr vorbei und hinterließ den Geruch verbrannten Benzins. Ein paar Häuser weiter spielten Kinder auf dem Hof, und überall arbeiteten die Leute in ihren Gärten. Ich fühlte mich wie ein Eindringling, und das ärgerte mich ein bißchen.

Die Tür öffnete sich geräuschlos, und Mrs. Harrison sagte: »Oh, du bist es, Bob. Komm doch herein. Alice ist gleich so weit.«

Ich mußte mich schnell auf sie einstellen und meine anderen Gedanken zurückdrängen. »Wie geht's Ihnen, Mrs. Harrison?«

fragte ich und folgte ihr in die kleine quadratische Halle des Hauses. »Wie geht es Mr. Harrison?«

Sie war eine sehr hellhäutige Frau mit scharfen kaukasischen Gesichtszügen und glitzernden grauen Augen. Ihr Gesicht war von unzähligen Fältchen zerknittert, und beiderseits des Kinns hing die Haut herab. Ihre Lippen waren angemalt, aber sonst trug sie keinerlei Make-up, und ihr feines, graues Haar war zu einem Bubikopf geschnitten und sorgfältig onduliert. Sie sah sehr aristokratisch aus, wenn es das war, was sie wollte, aber sie wirkte seelisch und körperlich so welk und verdorrt wie die Gesichter vieler alter weißen Damen in den Südstaaten.

»Oh, der Doktor ist wie immer beschäftigt«, sagte sie freundlich und wandte sich nach links, wo drei teppichbedeckte Stufen ins Wohnzimmer hinabführten. »Ich habe dem Doktor wohl ein dutzendmal gesagt, daß er sich einfach zu Tode arbeitet, aber er will nun mal nicht hören. Er sagt, es gibt jetzt zuwenig erfahrene Ärzte, und er ist im Grunde ja so ein Menschenfreund.«

Ich sah den Doktor vor mir – einen kleinen, billigen, engherzigen, geilen Schwätzer, kahlköpfig, vertrocknet, mit einer Haut wie Pergament, Ende sechzig, der sich für einen großen Don Juan und Casanova hielt. Er jagte wahrscheinlich gerade wieder hinter irgendeinem billigen Flittchen her, und ich wollte schon sagen: ›Ja, wirklich, welch ein Menschenfreund!‹ als ich mich noch rechtzeitig bremste.

Statt dessen sagte ich: »Ja, das ist er«, und setzte vorsichtig einen Fuß vor den anderen, um nicht über die dicke Schicht von Orientteppichen zu stolpern. Ihr Haus erinnerte mich an einen Country Club in Cleveland, in dem ich als Schüler während der Sommerferien gearbeitet hatte; man wußte, daß sie Geld besaßen, man sah es, es war da, man brauchte keine Vermutungen anzustellen. »Natürlich sollte das Geld, das er verdient, ihn zum Teil für die viele Arbeit entschädigen«, fügte ich behutsam hinzu.

»Nun, wir könnten durchaus mit weniger auskommen«, begann sie. »Es ist so hart für uns alle. Du weißt, daß Charles, unser Chauffeur, eingezogen wurde, und Norma hat uns verlassen, um in der Rüstungsindustrie zu arbeiten. Wir haben jetzt nur noch Clara, und sie wird so temperamentvoll, ich muß schon sagen . . .« Sie brach ab und sah mich an. »Bob, du siehst heute abend sehr nett aus. Der Abendanzug steht dir wirklich gut.«

»Fast so, als ob ich ein Gentleman wäre – oder ein Kellner.« Ich grinste, ließ mich in einen Sessel vor dem Kamin fallen und fischte nach einer Zigarette. »Die Jungs von der Werft würden mich kaum wiedererkennen.«

Sie nahm in einem Sessel mir gegenüber Platz und lächelte wohlwollend. »Ich stelle mir vor, einige der weißen jungen Männer auf der Werft in manchen der fortschrittlicheren Abteilungen haben eine Collegeausbildung absolviert; aber ich glaube, unsere schwarzen Arbeiter sind meist Zuwanderer aus dem Süden.«

»Oh, es gibt eine ganze Menge schwarze Collegeabsolventen, die auf den verschiedenen Werften arbeiten«, sagte ich und zündete meine Zigarette an.

»Ach, ist das wahr?« Sie hob die Augenbrauen ein wenig. »Dennoch glaube ich nicht, daß irgendeiner von ihnen oft die Gelegenheit hat, einen Abendanzug zu tragen.«

Ich blinzelte sie an; ich fragte mich, warum sie das alles sagte. Ich kannte sie, ich gehörte mehr oder weniger zur Familie. Aber ich spielte ihr Spiel mit. »Nein, das glaube ich auch nicht. Man kann nicht ein Gentleman und außerdem noch ein Arbeiter sein.«

»Der Doktor sagte mir, daß die meisten arbeitenden Menschen ihre freie Zeit in Kinos oder Bars zubringen«, fuhr sie fort. »Ich finde, das ist wirklich schade. Natürlich sind der Doktor und ich begeisterte Theatergänger, aber seitdem wir Krieg haben, hat er keine Möglichkeit mehr gefunden, die Praxis lange genug ruhen zu lassen, so daß wir in der Saison nach New York fahren können. Wir haben natürlich seit Jahren ein Abonnement für die Hollywood-Bowl-Konzerte, wir gehören zu den fördernden Mitgliedern, weißt du, aber ich wünschte mir so, wir könnten in diesem Herbst an die Ostküste reisen und uns ein paar von den neuen Produktionen dort ansehen . . .« Sie mußte Luft holen, so daß ich einwerfen konnte: »Darf ich Ihnen einen Highball mixen?« Ich wußte, ich war roh und ungehobelt, aber wenn ich ihr zuhören mußte, wollte ich wenigstens etwas trinken.

»Nein danke, mein Lieber«, lehnte sie ab. »Der Doktor hat mir auch den kleinsten Tropfen Alkohol untersagt. Mein Blutdruck ist ohnehin zu hoch. Aber mach dir doch bitte selbst etwas zurecht, wenn du möchtest – und auch für Alice. Sie wird gleich unten sein, ich bin sicher.« Als ich aufstand, fügte sie hinzu: »Du weißt ja, wo alles ist.«

»Ja, danke«, sagte ich. Ich ging durch die Halle in das mit Kiefernholz getäfelte Arbeitszimmer des Doktors und mischte zwei Scotch mit Soda an seiner eingebauten Bar. Dann fiel mir ein, daß ich erst mal einen Schluck pur trinken sollte, um ich für die Drinks zu entschädigen, zu denen ich ihn das letzte Mal eingeladen hatte, als ich ihn in einer Bar traf. Ich grinste, als ich ins Wohnzimmer zurückkehrte.

»Du siehst heute sehr zufrieden aus, Bob«, stellte sie fest. »Ich nehme an, du bist erfreut über die Aussicht, in diesem Herbst zum College zurückzugehen.«

»Diesen Herbst?« Ich sah sie an.

»Alice sagte mir, du willst deine Arbeit so einteilen, daß du morgens die Universität besuchen kannst«, teilte sie mir mit.

»O ja, das stimmt.« Ich wollte ihr nicht sagen, daß ich es zum erstenmal hörte. »Ja, ich werde zu den Schwarzen gehören, die von sich sagen können, daß sie's geschafft haben.«

»Ich empfinde es auch persönlich als einen Triumph, wenn ich sehe, was für Fortschritte unsere jungen Männer machen«, sagte sie. »Ich stelle mir gern vor, daß der Doktor und ich durch unser Beispiel ein wenig dazu beigetragen haben, indem wir unseren jungen Männern zeigten, was sie alles erreichen können, wenn sie es versuchen.«

Das war mein Stichwort, und ich sagte: »Ja, wahrhaftig.« Aber sie sah so verdammt spießig und selbstgefällig aus, wie sie da in ihrem Zweihundert-Dollar-Sessel saß, mit den Füßen auf ihrem Dreitausend-Dollar-Teppich und den Brillantringen an ihrer gestikulierenden Hand, die zwei oder dreitausend Dollar gekostet hatten – gekauft von jenem Geld, das ihr Mann armen, schwer arbeitenden Schwarzen für seine mangelhaften Dienste mit schamlos überhöhten Rechnungen abgepreßt hatte–, daß ich den verrückten Drang verspürte, ihr kleine, böse Nadelstiche zu versetzen. Der Scotch machte sich bemerkbar.

Also sagte ich: »Je nun, um Ihnen die Wahrheit zu sagen, Mrs. Harrison, worüber ich mich heute so freue: Ich habe gerade eine Möglichkeit gefunden, wie ich mich mit den Weißen auf die gleiche Stufe stellen und ihnen so vielleicht eins auswischen kann.«

Sie hätte nicht überraschter und entsetzter aussehen können, wenn ich ihr eine Ohrfeige gegeben hätte. »Bob!« sagte sie. »Also! So etwas habe ich ja noch niemals gehört!« Ihre Hände flatterten nervös. »Wie kommst du denn um Gottes willen auf diese Idee, daß du dich mit ihnen auf die gleiche Stufe stellen solltest?« Aber bevor ich antworten konnte, fuhr sie fort: »Bob, du erschrickst mich. Mit dieser Einstellung wirst du niemals Erfolg haben. Du darfst nicht daran denken, dich auf die gleiche Stufe mit ihnen zu stellen, du mußt akzeptieren, was immer sie für dich tun, und deinen Wert beweisen, so daß sie dir mehr anvertrauen.« Nun war sie völlig aus dem Häuschen. »Wirklich, ich schäme mich für dich, Bob. Wie kannst du erwarten, daß sie irgend etwas für dich tun, wenn du ihnen deine Verachtung demonstrierst?«

»Ich erwarte nicht, daß sie irgendwas für mich tun, solange sie auch so zurechtkommen können«, sagte ich.

»Du hast mit diesen kommunistischen Agitatoren da draußen auf der Werft geredet«, meinte sie anklagend. »Du darfst nicht zulassen, daß sie dich beeinflussen, Bob, du darfst nicht auf sie hören.« Sie war aufrichtig betroffen; sie tat mir leid. »Nimm dir den Rat einer alten Dame zu Herzen, Bob. Der Doktor und ich haben viele, viele weiße Freunde. Sie kommen her und essen bei uns, und wir besuchen sie und essen bei ihnen. Wir haben uns ihren Respekt und ihre Bewunderung verdient, und sie akzeptieren uns als gesellschaftlich gleichgestellte Bürger. Aber nur ein paar von uns haben das geschafft, nur ein paar von uns.«

Ich wollte gerade sagen: Vielleicht halten sie die paar von Ihnen für Weiße, aber ich ließ es lieber sein.

»Du tust mir richtig weh, Bob, und ich mache mir Sorgen deinetwegen«, fuhr sie zusammenhanglos fort. »Du mußt mit

Alice darüber sprechen. Gewisse weiße Leute versuchen so sehr, uns zu helfen, wir müssen uns unsere Gleichberechtigung verdienen. Wir müssen ihnen zeigen, daß wir gut genug sind, wir müssen es ihnen beweisen. Du weißt selbst, Bob, sehr viele von unseren Leuten sind es einfach nicht wert, sie verdienen einfach nicht mehr, als was sie jetzt bekommen. Und sie machen es für uns andere so schwer. Gerade neulich ging der Doktor in der Stadt in ein Restaurant, in dem er seit Jahren ißt, und sie wollten ihn nicht bedienen. Neger aus dem Süden kommen hierher und machen uns das Leben schwer . . .« Tränen traten ihr in die Augen. »Wir müssen beten und hoffen. Wir können nicht über Nacht alles erreichen, was wir wollen, und wir können nicht erwarten, daß die weißen Leute uns das geben, was wir nicht verdienen. Wir müssen geduldig sein, wir müssen fortschreiten auf unserem Weg . . .« Sie drosch nun einfach nur noch Phrasen, an die sie nicht einmal selbst glaubte.

»Vielleicht können die Weißen schneller rennen als wir«, murmelte ich. »Was dann?«

Aber sie hörte mich gar nicht. »Du mußt Mrs. Roosevelts Artikel im *Negro Digest* lesen«, sagte sie gerade.

Die alte Schwester war so ehrlich betrübt, daß ich mich schämte; ich hatte nicht geahnt, daß es sie so berühren würde, was ich sagte. Ich stand auf und nahm ihre Hand. »Sie haben recht, Mrs. Harrison«, sagte ich. »Völlig recht, Sie und Mrs. Roosevelt.« Ich mußte mir auf die Zunge beißen, um nicht zu sagen: ›Wie könnten Sie und Mrs. Roosevelt sich auch irren!‹ Statt dessen sagte ich: »Ich habe es wirklich nicht so gemeint, wie Sie es jetzt dargestellt haben, aber Sie haben recht.«

»Recht worin?« fragte Alice vom Fuß der Wendeltreppe aus und fiel wie Bette Davis ins Wohnzimmer ein – großäugig, biegsam und einfach todchick. Sie war in ein mit silbernen Borten geschmücktes langes, fließendes Abendkleid gehüllt, dessen tiefer, quadratischer Ausschnitt den Ansatz ihres sahnig weißen Busens (mit dem verwirrenden, dunkleren Saum dazwischen, etwas tiefer) sehen ließ; und ihr Haar war in einer stürmischen Welle hochgetürmt und wurde von zwei silbernen Kämmen festgehalten, die zu den silbernen Borten des Kleides paßten – ein schlanker, geschmeidiger Körper, der heruntersank und aus nichts als Kurven bestand. Schwarze, bis zu den Ellbogen reichende Handschuhe ließen einen Streifen ihres sahnig weißen, runden Arms sehen. Ich warf ihr einen Blick zu, und es durchrieselte mich vom Kopf bis zu den Füßen, machte mich blind und brannte wie Feuer. Sie war wunderbar, wunderbar, wunderbar, das war alles, was ich wußte.

Sie muß es in diesem Augenblick gesehen haben, ehe ich mich bezwang, denn sie errötete, und bevor sie es zurückdrängte, zeigte sie mir, daß es da war. Dann lächelte sie selbstzufrieden und sagte: »Danke, Schatz. Du siehst selbst sehr gut aus.« Mit ihrer besten Sozialarbeiterstimme. Alles war weg. Das brachte mich wirklich herunter.

»Wir werden es bestimmt schaffen und richtige Menschen werden, wenn wir es weiterhin versuchen«, sagte ich. »Entweder das oder annehmbare Faksimiles.«

Keiner von beiden bekam es mit, und ich ließ das Thema auf sich beruhen. »Wir sprechen gerade über das Negerproblem, und ich sagte deiner Mutter, daß sie recht hat«, erklärte ich, als Alice durch das Zimmer kam und sich auf die Armlehne meines Sessels setzte. »Ich habe einen Drink für dich, Schatz«, sagte ich und reichte ihr den Highball vom Cocktailtisch herüber.

Alice interessierte sich nicht für das Negerproblem. »Mutter, Loretta Fischer hat sich einen neuen Nerzmantel gekauft«, sagte sie, als wäre sie ehrlich schockiert. »Ich weiß nicht, wie sie das macht.«

»Ich nehme an, Loretta wird die große Dame sein, wenn William in den Kongreß kommt, mit zehntausend im Jahr«, sagte Mrs. Harrison; dann wandte sie sich an mich. »Weißt du, Lorettas Eltern haben nie etwas besessen, und ihre Mutter hat im Haushalt gearbeitet, um ihr eine Ausbildung zu ermöglichen. Nun, da William ein bißchen Geld verdient, gibt sie jeden Penny aus.«

›Ich nehme an, sie findet, daß das Geld dazu da wäre‹, sagte ich in Gedanken und sah auf meine Uhr. Ich tätschelte Alices Schenkel. »Wir müssen gehen, Baby.«

»Ich finde, unsere Leute, die jetzt Geld verdienen, sollten es sparen«, sagte Mrs. Harrsion. »Mehr bleibt vielen von uns gar nicht übrig.«

»Manchen von uns bleibt sogar nur der Tod übrig«, sagte ich.

Alice warf mir einen scharfen Blick zu. »Haben sie dich etwa einberufen, Bob?« fragte sie.

»Nein, natürlich nicht«, antwortete ich zu schnell, dann langsamer: »Ich glaube nicht, daß sie mich einberufen werden.« Ich klopfte an den Cocktailtisch. »Toi, toi, toi.«

»Sie werden dich nicht einziehen«, sagte Mrs. Harrison. »Du hast einen Schlüsselposten, wie sie das nennen.«

»Sie dürfen ihn nicht einziehen«, sagte Alice und strich mir mit den Fingern sachte über den Nacken. »Wohin gehen wir, Schatz?« fragte sie und stand auf.

Ich grinste sie an. »Es ist immer noch ein Geheimnis.«

Sie zog eine Grimasse und lief die Treppe hinauf, um ihren Umhang zu holen. Mrs. Harrison schaute neugierig drein, sagte aber nichts. Alice kehrte mit einem schwarzen Samtcape zurück, und ich hielt es für sie, drückte ihre Schultern. Mrs. Harrison folgte uns zur Tür.

»Ihr seht beide so hübsch aus, es ist ein Jammer, daß ihr nicht zu einer gemischtrassigen Veranstaltung geht«, sagte sie. »Ich denke, es ist jetzt an der Zeit, daß wir mehr gesellschaftliche Kontakte mit Weißen knüpfen sollten.«

»Oh, Mutter, ich möchte doch nicht jedesmal, wenn ich ausgehe, hinter irgendwelchen Weißen herrennen«, protestierte Alice. »Ich möchte mich mitten hinein ins schwarze Gewühl auf der Central Avenue stürzen.«

»Du redest genau wie die anderen Weißen«, sagte ich zu Alice.

Mrs. Harrison folgte uns hinaus auf die Veranda. »Du solltest nicht so darüber denken«, sagte sie zu Alice. »Du solltest dir Mühe geben, ihnen zu zeigen, daß du nicht ihre Gesellschaft suchst; aber du solltest mehr gesellschaftliche Beziehungen zu ihnen anknüpfen, meine ich.«

»Ich würde wirklich gern wissen, wie man das machen soll«, murmelte ich. Alice kniff mir in den Arm.

Wir sagten gute Nacht und stiegen in den Wagen. An der

Western Avenue beugte ich mich hinüber und sagte: »Küß mich, du blendende Erscheinung.«

Sie berührte meine Lippen vorsichtig mit den ihren, um nicht ihr Make-up zu verschmieren.

7

Es wurde gerade dunkel, als ich am Bordstein vor dem Hotel hielt. Alice umklammerte meinen Arm, flüsterte: »Nein, Bob, nein! Ich möchte nicht abgewiesen werden. Ich bin nicht in der Stimmung.«

»Was denn, zum Teufel!« sagte ich überrascht. Ein anderes Mädchen vielleicht, aber nicht Alice; sie ging doch dauernd zu irgendwelchen Arbeitsessen und Konferenzen in die großen Hotels. Vor gar nicht langer Zeit hatte eine der Wochenzeitungen für Schwarze ein Foto von ihr gebracht, auf dem sie mit einem Schwarm von Stadträten und anderen großen Tieren zu sehen gewesen war. Ich wurde ärgerlich.

»Du kriegst doch jetzt nicht etwa kalte Füße nach all deinen Angebereien, daß man dich noch nie zurückgewiesen hätte in all den Hotels, in denen du gewesen bist auf der ganzen Welt? Was hast du vor, willst du mir irgendwas leichter machen? Denk bloß nicht, daß du auf mich aufpassen mußt. Über diese Leute zerbreche ich mir nicht den Kopf, heute nicht.«

»Das ist es nicht«, meinte sie verbissen. »Es ist nur unbequem, und es kostet mich einen solchen Kraftaufwand.«

»Ich habe reservieren lassen«, sagte ich. »Du denkst doch nicht, daß ich dich einfach so da hineinschleppe?«

»Nein, Bob«, sagte sie. »Aber es ist so schrecklich anstrengend, und ich wollte mich einfach mal ein bißchen amüsieren und Spaß haben.«

Ich wurde allmählich böse. »Du scheinst aber mit den anderen Leuten, mit denen du hierhergehst, Spaß zu haben.

Hast du Angst, weil du keine Weißen dabei hast, die dich beschützen?«

»Psst!« warnte sie mich leise. »Da kommt der Portier.«

»Verdammt, laß ihn kommen!« sagte ich. »Muß ich etwa den Mund halten, wenn er kommt?« Ich wußte, daß ich zu laut sprach, aber sie hatte mich aus dem Gleichgewicht gebracht, und ich versuchte es zurückzugewinnen.

Ein großer Mann mit Bauch in einer blauschwarzen Uniform mit genug Goldborten daran, daß es für einen Admiral gereicht hätte, und einem Gesicht wie ein rotgesprenkelter Felsen legte eine weißbehandschuhte Hand auf die Wagentür und riß sie auf. Er half Alice auf den Bordstein und berührte meinen Ellbogen, als ich ihr folgte.

»Ein schöner Abend ist das«, sagte er mit derbem irischem Akzent. Seine kleinen blauen Augen waren ausdruckslos.

»Fein«, echote ich und reichte Alice meinen Arm. »Ich hole den Wagen nach dem Essen ab.«

Er zuckte nicht mit der Wimper. Er winkte seinen Assistenten herbei, einen großen, bleichgesichtigen Jungen in einer genauso pompösen Uniform, sagte: »Park den Wagen des Herrn« und ging dann mit uns zur Glastür und hielt sie auf. Das ging alles recht gut.

Aber als wir die mit einem roten Teppich bedeckten Stufen hinaufkamen und in die Hotelhalle traten, lösten wir eine Art Alarmbereitschaft aus. Versammelt war das echte, solide, weiße Amerika: reich aussehende ältliche Paare, wahrscheinlich pensioniert; Beamte und leitende Angestellte zwischen vierzig und sechzig, die Gesichter zu sehr gerötet und das Haar zu sehr gelichtet, in teuren Anzügen, die ihre Bäuche nicht verstecken konnten, die meisten mit Frauen, die noch nicht aufgeben wollten; und die jüngeren Leute, von denen nur die Hälfte eine Uniform trug, mit ihren spröden, zerbrechlichen, reizbaren jungen Frauen mit von Lippenstift entstellten Mündern und harten, hungrigen Augen. Es gab auch eine Gruppe älterer Armeeoffiziere, einen Brigadegeneral, zwei Oberste und einen Major; und außerdem eine Gruppe junger Marineoffiziere, die sehr weiß aussahen – Leutnants zur See vielleicht. Ich sah nur einen Juden, den ich als solchen erkannte, und sonst niemanden von irgendeiner anderen Rasse. Und ich sah nur wenige Paare in Abendkleidung.

Es schien, als ob sie alle erstarrten. Es begann vorn am Rande, wo man uns zuerst bemerkte, und setzte sich dann geradeaus und nach den beiden Seiten fort, schloß auch die Zimmerkellner, Kofferträger, Liftboys, die Angestellten an der Rezeption mit ein. Viele erwischte es mitten in der Bewegung, bei irgendeiner Geste, manche mit halbgeöffnetem Mund. Dann bemühte man sich plötzlich allgemein darum, uns zu ignorieren, und nur ein paar von ihnen starrten uns weiterhin an.

»Die große, weiße Welt«, sagte ich obenhin, spöttisch, indem ich mich ein wenig Alice zuneigte, und so durchquerten wir in einem Spießrutenlauf den Saal. »Wie bei der Landung in der Normandie. Jetzt weiß ich, wie sich eine Fliege in einem Glas mit Buttermilch fühlt.«

Sie bewegte sich wie eine Schlafwandlerin vorwärts, ihre Fingernägel bohrten sich in meinen Arm, als sie sich daranklammerte. Ihre Schultern waren hochgezogen, steif, quadratisch, und ihr Gesicht zusammengepreßt, hart und kantig, so daß sie wie eine verquälte Dreißigjährige aussah. Sie sagte kein einziges Wort.

»Entspann dich, Baby«, sagte ich, als wir an einer Gruppe von Leuten mittleren Alters vorbeikamen. »Ich zeige ihnen meinen Werftausweis, und wenn das nichts hilft, können sie uns nur noch lynchen.« Ich versuchte nicht, meine Stimme zu dämpfen, und die Leute mußten es gehört haben; sie wichen zurück, als wir vorbeigingen.

Alice wurde dunkelrot, aber die Spannung ihres Körpers ließ ein wenig nach. »Sie halten dich sowieso für einen Clown.«

»Na, immerhin bin ich ganz gut in Form«, sagte ich. Wir redeten, was uns gerade einfiel.

Als ich aufschaute, sah ich einem jungen Hauptmann gerade in die Augen. Er wandte sich nicht ab, als sich unsere Blicke trafen; er veränderte nicht seinen Gesichtsausdruck; er beobachtete uns einfach aufmerksam wie ein Psychonanalytiker irgendwelche Patienten.

Der Oberkellner kam rasch die vier Stufen vom Restaurant

herauf, mit trüben Augen und einem aufgesetzten Lächeln. Es war ein schmächtiger, rundgesichtiger Mann mit einer kurzen, scharfen Nase und dünnem, an den Schädel gepapptem Haar. »Es tut uns leid, aber alle Tische sind reserviert«, begrüßte er uns höflich mit einer hohen, sorgfältig artikulierenden Stimme.

Ich sah ihn mit einem breiten Lächeln an, das bis in meine Kehle und meine Brust ausstrahlte. Das war alles, was ich tun konnte, um ihm nicht meinen Finger ins Gesicht zu stoßen. »Machen Sie sich deswegen keine Sorgen«, sagte ich etwas undeutlich mit einer zu kehligen Stimme. »Ich habe reservieren lassen. Jones – Robert Jones.«

Das aufgesetzte Lächeln verschwand, sein Gesicht erschlaffte, und seine Augen sahen aus wie die eines Gefangenen. »Jones, Mr. Jones . . .« Das ›Mr.‹ erwürgte ihn fast, aber er erholte sich rasch davon. »Gewiß, mein Herr. Ich muß mal auf meiner Liste nachschauen. Wir haben so viele unerwartete Offiziere, die wir unterbringen müssen, wissen Sie.« Diesmal war ich in sein Lächeln einbegriffen.

Aber ich akzeptierte es nicht. Alice drückte meinen Arm.

Er kehrte um, ließ uns auf der Plattform am oberen Ende der Treppe stehen, ging durch den ganzen Speisesaal und verschwand durch eine Tür, die in die Küche führte.

»Er muß seine Liste im Kühlschrank aufbewahren«, sagte ich, und Alice drückte wieder meinen Arm.

Ich warf ihr einen angriffslüsternen Blick zu und fühlte mich dann plötzlich rundum wohl in meiner Haut. Sie fing sich und sah so gelassen und selbstsicher und hübsch aus, wie sie da mitten zwischen den Weißen stand, daß mir die Wärme bis zum Hals hinaufstieg. Ich sah, daß mehrere weiße Männer ihr verstohlen bewundernde Blicke zuwarfen, und ich dachte: ›Behaltet ihr mal ruhig eure Frauen, Brüder, und ich behalte meine – und dann fehlt mir aber auch gar nichts.‹ Alice sah auf und merkte, daß ich sie anschaute, und ich zwinkerte ihr zu.

»Du bist ein hübsches Mädchen«, sagte ich. »Wie wär's mit einer Verabredung?«

Sie lächelte. »Es ist schön, mit dir auszugehen«, flüsterte sie. »Ich fühle mich so gut aufgehoben bei dir.«

Ich bekam es kaum mit, also grinste ich nur. Aber mehrere

andere Gäste kamen vorbei und gingen hinunter in den Speisesaal und wurden zu ihren Tischen geführt, und ihr Lächeln schmolz dahin. Meine Muskeln spannten sich wieder; ich sah verachtungsvoll hinunter auf das Meer der neugierigen Gesichter. Mein Atem stockte, und ich dachte: Morgen bringe ich ein paar von euch Bastarden um, und das gab mir wieder Luft, und ich fühlte mich etwas erleichtert. Ich zündete mir eine Zigarette an, um meine Hände zu beruhigen, schnippte das Streichholz mit dem Daumen zum Sandkasten.

Schließlich kam der Oberkellner aus der Küche zurück, und nun war er freundlich. Seine Freundlichkeit war eine größere Beleidigung, als es seine Feindseligkeit gewesen war. Er führte uns quer durch den Speisesaal bis zum letzten Tisch vor der Küchentür und winkte einen krummgesichtigen, leicht vornübergebeugten griechischen Kellner herbei, der unsere Bestellung entgegennehmen sollte.

»Wir sind hergekommen, um etwas aus der Küche – nicht in der Küche – zu essen«, sagte ich.

Der Oberkellner hob die Augenbrauen. »Ich verstehe nicht.« Er zuckte gleichgültig die Schultern. »Wir haben nur diesen Tisch frei, mein Herr. Sie haben Glück gehabt, mein Herr, daß Sie überhaupt einen bekommen haben zu dieser späten Stunde.«

». . . bekommen haben, Punkt«, sagte ich.

Alice sah äußerst betreten aus. Der Oberkellner wartete hoffnungsvoll. Der griechische Kellner hielt ihr den Stuhl hin, und der Oberkellner entfernte sich. Das Orchester spielte etwas Klebriges, Süßes. Ich setzte mich und sah in die Speisekarte, entschlossen, etwas aus dem Laden herauszuholen, das mein Geld wert war. Die meisten Gänge waren in Französisch aufgeführt, und ich hatte Lust, die Karte in den Saal zu schleudern. Dann lachte ich.

»Bringen Sie uns Martinis, während wir mein Wörterbuch zu Rate ziehen«, sagte ich dem Kellner, und als er ging, sagte ich zu Alice: »Ich werde gekochten Fasan und Champagner bestellen, und ich weiß, was die Weißen sagen werden: ›Das ist das, was seinem gekochten Huhn und Gin am nächsten kommt‹, aber das ist mir verdammt egal.«

Alices Augen ängstigten mich; ich dachte einen Augenblick lang, ich hätte sie verloren. Dann sagte sie mit ruhiger Betonung: »Ein guter Sauterne würde besser zu deinem Fasan passen«, und ich atmete wieder.

Als der Kellner mit den Martinis zurückkam, entspannte sie sich. Das Bewußtsein, daß sie etwas von dem Menü verstand, beruhigte sie. Ich wollte etwas Unpassendes sagen, hielt mich dann aber doch noch rechtzeitig zurück. Bring sie jetzt nicht durcheinander, dachte ich.

»Bestell für uns beide«, sagte ich.

Sie und der Grieche plauderten angeregt über verschiedene Möglichkeiten. Ihm gefiel es auch, so schien es, und sie hatte ihren Spaß, bis eine Frau an einem Tisch in der Nähe kicherte. Gut möglich, daß die Frau dabei gar nicht an sie gedacht hatte, aber Alice verkroch sich wieder in ihr Schnekkenhaus. Sogar der Kellner merkte es. Sie bestellte, und der Kellner ging.

Ich sah hinüber zu dem Tisch neben uns. Ein junger Marineleutnant mit gemeißelten Gesichtszügen saß gegenüber einem sehr blonden Mädchen in einem prächtigen Kattunkleid. Ihr Haar war im Nacken zu einem Knoten geschlungen und ließ ein kleines, muschelförmiges Ohr frei. Ich ließ meine Augen einen Moment lang auf ihr ruhen, nahm die feinen Konturen ihres Kinns und Halses, die sinnlichen Linien um ihren Mund herum und die sauber geschwungene Nackenlinie wahr. Mein Blick wanderte ein wenig seitwärts, und ich sah dem Leutnant genau in die Augen. Es lag keine Feindseligkeit in seinem Blick, nur eine leichte Verwunderung und ein gespanntes Interesse. Es saßen auch noch zwei ältere Leute am Tisch, wahrscheinlich die Eltern von einem der beiden, und der Mann lachte plötzlich über irgend etwas, das jemand gesagt hatte. Nach einem Augenblick richtete er seine Augen auf Alice; er sah sie so lange an, daß das blonde Mädchen sie auch anzustarren anfing. Ihr Gesichtsausdruck änderte sich nicht. Alice sah keinen von beiden, sie trank starr und konzentriert ihren Martini.

Ich sehnte mich mit einem Mal danach, den jungen Leutnant zum Freund zu haben. Ich hätte ihm gern eine Nachricht zukommen lassen: wie wäre es, wenn wir nach dem Essen alle zusammen in irgendeinen Nachtclub gehen? Dann begegnete ich dem eisigen Blick der älteren Dame. Ich sah weg.

Alice begann einen ihrer einseitigen Monologe, diesmal über Literatur. Ich wußte plötzlich, daß sie kämpfte.

»Gehst du nicht gern mit mir aus?« fragte ich sie plötzlich.

Sie hörte auf zu sprechen und sah mich lange ernst und feierlich an. »Ich gehe immer gern mit dir zusammen aus, Bob«, sagte sie. »Du gibst mir das Gefühl, daß ich eine Frau bin. Aber heute fühle ich mich zum erstenmal wie ein Ausstellungsobjekt.«

»Aber ich dachte wirklich, du gehst gern in solche Restaurants wie das hier«, sagte ich.

Sie sagte, ohne zu überlegen: »Aber Bob, mit dir zusammen weiß jeder genau, was wir sind.« Ich verstand es zuerst nicht. Sie hatte es nicht so unverblümt audrücken wollen, also fing sie an, es zuzudecken. »Ich versuche nicht, es zu rechtfertigen, ich stelle es nur fest, so wie es ist.«

»Du meinst . . .« Ich platzte vor Lachen, und an mehreren Tischen drehten sich die Leute um und starrten mißbilligend herüber. Schließlich brachte ich es heraus: »Du meinst, wenn du mit Weißen hingehst, glauben die Leute, du wärest eine Weiße?«

In ihren Augen war reine Mordlust. »Du brauchst nicht so plump zu sein.«

»Es reicht schon, daß ich schwarz bin, eh?« fügte ich hinzu und gluckste vor Lachen. »Zum Teufel, sie denken wahrscheinlich sowieso, wir sind irgendwas beim Film, oder daß du weiß bist. Ich werde ihnen sagen, daß ich Inder bin, wenn du meinst, daß es hilft. Das nächste Mal werde ich mir einen Turban aufsetzen.«

Die in der Nähe Sitzenden hatten aufgehört zu sprechen, um zu lauschen. Alice zwang sich zu einem Lächeln und fing an, über Politik zu reden. Aber ich wollte nicht, daß sie mir auswich. »Was willst du denn jetzt, Nachhilfeunterricht erteilen?« fragte ich.

Keiner von uns sagte mehr ein Wort; wir waren beide erleichtert, als es vorbei war. Der Kellner brachte mir einen Zettel, der an die Rechnung geheftet war, die mit der

Vorderseite nach unten auf dem Tablett lag. Als ich die Rechnung aufhob, las ich die beiden mit Schreibmaschine getippten Zeilen: *Wir haben Sie diesmal bedient, aber wir möchten nicht, daß Sie uns in Zukunft wieder beehren.*

Ich wollte aufstehen und etwas darauf erwidern, meine Nummer abziehen, ganz gleich, wie man es auffassen würde. Aber als ich Alice ansah, beruhigte ich mich. Ich konnte es verschmerzen, ich war nur irgendein Nigger, ich würde mir einen weißen Jungen schnappen und lynchen, und was sie mit mir auch taten, spielte alles keine große Rolle – aber sie hatte eine Stellung in der Gesellschaft, eine Familie, trug Verantwortung.

Die Rechnung belief sich auf siebenundzwanzig Dollar und dreiundsiebzig Cent. Ich nahm an, daß sie sie gehörig gesalzen hatten, aber ich meckerte nicht. Ich lieh mir einfach den Bleistift vom Kellner aus und schrieb: ›Bei Ihren Preisen kann ich es mir nicht leisten, oft genug in Ihrem Laden zu essen, daß Sie sich Sorgen zu machen brauchten‹, und legte den Zettel, drei Zehner und ein paar Münzen auf das Tablett.

Der Kellner beugte sich vor und sagte: »Wenn Sie sich dadurch ein bißchen besser fühlen: Ich höre hier auf. Und Sie können bald in der *People's World* nachlesen, was ich darüber denke.«

Ich sah ihn einen Augenblick an und sagte: »Wenn es Sie interessiert, wie ich mich fühle, hätten Sie aufhören sollen, bevor Sie mir den Zettel brachten.«

Als ich Alices Cape hielt, konnte ich das Zittern ihres Körpers fühlen. Eine winzige Vene pulsierte in ihrer Schläfe, und ihr Gesicht zuckte nervös. Auf dem Weg hinaus fiel es mir schwer, langsam zu gehen, sie zog an mir, als ob sie loslaufen wollte. Wir mußten auf den Wagen warten. Vorübergehende sahen uns verwundert an. Ich dachte, wir hätten drinnen warten sollen, aber das spielte nun keine Rolle mehr. Als der Wagen kam, rannte Alice hin und ließ sich hinter das Steuer fallen. Ich gab dem Portier einen Fünf-Dollar-Schein, seinem Assistenten ein paar Einernoten.

Der Portier befingerte den Fünfer, zögerte einen Augenblick und sagte dann mit unbewegtem Gesicht: »Danke, mein Herr, und einen guten Abend«, mit seinem harten, unpersönlichen irischen Akzent. Der Assistent sagte nichts.

»Man kann einen Werftarbeiter immer am Trinkgeld erkennen, das er gibt«, sagte Alice höhnisch grinsend, als ich mich neben sie setzte, und schoß mit einem jähen Schlenker los.

»Ein Narr bis zum bitteren Ende«, sagte ich und ließ mich in den Sitz zurückfallen. »Es tut mir leid, daß es dir nicht gefallen hat.«

Ich mochte Alice in diesem Augenblick nicht besonders, hatte nicht mal Respekt vor ihr.

»Es hat mir gefallen«, stieß sie hervor. »Sogar trotz deines flegelhaften Benehmens. Das Essen war hervorragend.«

»Ja, das Essen war ausgezeichnet«, murmelte ich.

Sie warf mir einen knappen, zornigen Blick zu und fuhr beinahe auf einen vor uns fahrenden Wagen auf, der an der Ampel stoppte.

»Aber für dreißig Dollar«, fügte ich hinzu, »hätte ich einen Jagdschein kaufen, jagen gehen, ein paar Fasane schießen, einen Liter Schnaps kaufen, mich betrinken und mit zwei Huren vom Land ins Bett gehen können, und hätte noch genug Geld zum Tanken gehabt, um wieder nach Haus zu kommen.«

Sie sagte: »Du brauchst mich nicht mehr zu beleidigen, Bob. Ich beabsichtige, dich ohnehin nach diesem Abend nicht wiederzusehen.«

Ich holte tief Luft und atmete aus. »Es mußte einmal enden«, sagte ich. »Ich nehme an, du wußtest, daß ich nicht zurück aufs College gehe.«

Danach sagte sie gar nichts mehr. Sie fuhr die Hill Street bis zum Washington Boulevard, bog ab zur Western Avenue. Ich dachte, sie führe nach Hause, aber dann bog sie wieder nach Norden ab zum Sunset Boulevard, fuhr den großen Wagen nach jedem Stop mit einem Ruck an, quälte ihn im mittleren Gang bis siebzig, fünfundsiebzig, achtzig Stundenkilometer hoch, bevor sie in den oberen schaltete. Sie nahm anderen Wagen die Vorfahrt, fuhr auf der Mittellinie zwischen den Fahrstreifen, tippte Stoßstangen an, jagte, wenn sich eine freie Strecke zeigte, mit hundert, hundertzehn, hundertzwanzig dahin, als ob irgend etwas hinter ihr her wäre.

Am Sunset Boulevard bog sie nach Westen ab, fuhr immer weiter hinaus, an den Rundfunkstudios vorbei, an der Vine Street vorbei, bog am Garden of Allah nach links auf den kurvenreichen Sunset Strip ab. Am Reitweg vorbei legte sie richtig los: hundertzwanzig, hundertdreißig, hundertfünfunddreißig, zurück auf hundertzwanzig wegen einer Biegung, wieder hinauf bis hundertfünfzig. Ich dachte, sie versuchte all ihren Mut zusammenzunehmen, um uns beide zu töten, und mir war es verdammt gleich, ob sie es schaffte oder nicht.

Am Sepulveda Boulevard bog sie nach Süden ab in Richtung Santa Monica Boulevard, dann wieder nach Westen in Richtung Strand. Es war noch früh, nicht einmal elf Uhr, und allerhand Verkehr auf der Straße. Aber sie fuhr trotzdem nicht langsamer.

»Ich bin gern mit einem Haufen Leuten zusammen, wenn ich ausgehe«, sagte sie plötzlich. »Erst fahren wir irgendwo raus und dann ins Kino und schließlich in einen Nachtclub.«

»Mit Weißen«, sagte ich.

»Du, geh zur Hölle!« brauste sie auf und trat wieder aufs Gas – bis hundertfünfzig.

8

Wir bekamen das Strafmandat gerade, als wir Santa Monica erreichten. Zwei Motorradpolizisten holten uns ein und winkten uns an den Straßenrand. Sie stellten ihre Maschinen vor uns hin und stürmten fluchend auf uns zu.

»O.k.«, sagte der eine. »Fangen Sie an zu lügen.«

Lachen kam in mir auf. Wenn sie ein paar Tage warten, können sie mich wegen Mord verhaften, dachte ich. »Die Dame bekommt ein paar Babys«, sagte ich.

Der Polizist beugte sich vor, um uns besser zu sehen. »Nigger«, sagte er. Dann sah er noch einmal Alice an. »Beides

Nigger.« Dann überlegte er es sich und fragte: »Sind Sie Weiße?«

»Sie ist auch ein Nigger«, antwortete ich für sie.

»Na, wir liefern euch einfach ein«, sagte der Polizist.

»Wunderbar«, höhnte ich. »Sie auf Ihren Pfützenhopsern und ich in meinem Buick Roadmaster.«

Der Mund des Polizisten öffnete sich, und sein Gesicht lief blutrot an. Der andere Polizist kam zurück, auf mich zu.

»Moment mal«, sagte Alice. »Das gefällt mir nicht, das gefällt mir überhaupt nicht.« Die kalte, harte Autorität in ihrer Stimme brachte den Polizisten zum Stehen. »Ich bin Abteilungsleiterin im Wohfahrtsamt von Los Angeles«, fuhr sie fort und sprach jede einzelne Silbe überdeutlich aus. »Mein Vater ist ein prominenter Mediziner in Los Angeles, ein persönlicher Freund des Bürgermeisters und einer der politischen Führer unserer Stadt. Ich mag die Art nicht, wie Sie mit mir gesprochen, die Worte, die Sie benutzt, den Ton, in dem Sie geredet haben. Wenn Sie mir nicht den nötigen Respekt entgegenbringen können, werde ich dafür sorgen, daß man Sie beide aus dem Polizeidienst entläßt.«

Beide sahen sie an, als trauten sie ihren Ohren nicht. Ich mußte auch zu Alice hinsehen.

Schließlich fragte einer der beiden sie: »Ihr Wagen?«

»Meiner«, sagte ich.

Er warf mir einen langen, harten Blick zu. »Ich nehme an, Ihr Vater ist Senator«, sagte er.

Ich sagte nichts. Der andere sagte zu Alice: »Zeigen Sie mir Ihren Führerschein.«

»Ich habe ihn in einer anderen Handtasche gelassen«, sagte sie gebieterisch. »Mr. Jones rief mich an, um mich zum Essen zu begleiten, und ich dachte nicht, daß ich ihn brauchen würde.«

Der Polizist grinste bösartig. »Waren auf 'ner Ginparty, eh?«

Alice wurde langsam rot im Gesicht. »Darf ich Ihre Namen und Dienstnummer haben?« fragte sie.

Der Polizist sah den anderen Polizisten an und sagte dann: »O.k., folgen Sie mir.« Und dann sagte er noch: »Und rutschen

Sie rüber, und lassen Sie Rufus fahren. Du hast doch deinen Führerschein, Rufus, oder?«

Ich stieg aus und ging um den Wagen herum. Er trat mir in den Weg. Der andere Polizist kam von der anderen Seite auf mich zu. Ich holte tief Luft, atmete aus, sagte: »Rufus ist nicht der Name, der draufsteht.«

»Zeig ihn her«, sagte er.

Ich zeigte ihn her. Er spuckte aus, trat beiseite und ließ mich in den Wagen einsteigen. Sie brachten uns auf die Wache nach Santa Monica. Ich hinterlegte eine Kaution in bar, und der Polizist, der am Schreibtisch saß, sagte: »Jetzt geht mal wieder dahin, wo ihr hingehört, und bleibt gefälligst da.«

Wir gingen und stiegen in den Wagen, und ich fuhr zum Strand. Ich parkte, und wir saßen eine Zeitlang da und sahen auf den Pazifischen Ozean hinaus. Auf Alices Wangen leuchteten zwei rote Flecke, und sie ballte die Fäuste und öffnete sie wieder.

»Du könntest sie umbringen, nicht?« fragte ich. Plötzlich tat sie mir leid. Ich legte den Arm um ihre Schulter und versuchte sie zu mir herüberzuziehen. »Mach dir nichts draus, Baby«, sagte ich und versuchte ihr Gesicht zu mir zu drehen, um sie zu küssen. »Du stellst doch nicht erst jetzt fest, daß du ein Nigger bist.«

Sie riß sich von mir los. »Ich wollte, ich wär ein Mann«, sagte sie.

»Wenn du ein Mann wärst, was würdest du tun?« fragte ich.

Plötzlich fing sie an zu weinen. »Es hat noch niemals jemand so mit mir geredet«, schluchzte sie. »Man hat mich immer respektiert. Mein Vater ist in ganz Kalifornien bekannt.«

Ich streckte die Hand nach dem Zündschlüssel aus, warf den Motor an. »Nur schade, daß sie mich nicht kennen«, sagte ich.

Ich wendete den Wagen und fuhr nach Venice hinunter, kam auf dem Venice Boulevard wieder nach Los Angeles zurück. Als wir die Stadt erreichten, hatte Alice zu weinen aufgehört und besserte ihr Make-up aus. Ich warf einen Blick auf meine Uhr. Es war halb zwölf.

»Soll ich dich nach Haus fahren«, fragte ich.

»Nein, laß uns ein paar Freunde von mir besuchen«, sagte

sie. »Ich möchte ein bißchen Spaß haben.« Ihre Stimme hatte trotz des fröhlichen Tonfalls einen harten, trockenen Klang, und ihr Gesicht zuckte.

Ich folgte ihren Anweisungen, fuhr zu einem kleinen, abseits gelegenen Haus an der San Pedro Street, hinter der Vernon Avenue. Ein untersetztes Mädchen brauner Hautfarbe mit langsam rollenden Augen und einem winzigen Schmollmund ließ uns ein.

»Alice«, begrüßte sie sie, und dann zu den anderen im Zimmer: »Ihre Hoheit.«

Ein hellhäutiges, einfach aussehendes Mädchen mit einem hübschen Gesicht und herabhängendem Haar saß auf der Armlehne eines Sessels, den Rock ihres grellfarbenen Baumwollkleides hoch über die Schenkel gezogen. Sie sah Alice an und warf den Kopf verächtlich zurück.

Ein schlanker, gut aussehender Bursche ungefähr von meiner Farbe mit krausem gelblichem Haar und einem schmalen, strichförmigen Oberlippenbart saß in der Mitte des breiten Sofas. Er trug gelbbraune Hosen, gelbbraun-weiße Sportschuhe, und ein cremefarbenes Kunstseidenhemd. Sein Gesicht war fettig, und seine Augen waren trübe vom Alkohol. Ich folgte Alice in das kleine, vollgestopfte Zimmer und wunderte mich, daß sie solche Leute kannte; es waren mehr die Art Leute, die zu mir paßten.

»Stella, Bob«, sagte sie. Ich nickte dem untersetzten Mädchen zu.

Stella sagte: »Bob, Chuck«, und winkte mit dem Finger hin und her.

Der blonde Junge streckte eine schweißfeuchte, schlaffe Hand aus. Ich ließ sie so schnell wie möglich fallen.

»Bob, Dimples«, fuhr Stella fort.

Ich nickte dem langhaarigen Mädchen zu. Sie sah mich nicht an; sie beäugte Alice mit einem gereizten, eifersüchtigen Blick. Ich ließ mich in dem Sessel neben sie nieder und betrachtete ihre glatten, gelben Schenkel. »Hübsche Beine«, bemerkte ich. Sie stand auf und ließ den Rock herunterfallen.

Eine Vierliterflasche Wein und drei schmutzige Gläser standen zwischen überquellenden Aschenbechern und halbleeren Zigarettenschachteln auf dem kleinen Cocktailtisch vor dem Sofa. An der Wand dahinter stand ein Philco Plattenwechsler mit einem Stapel Schallplatten darauf. Daneben befand sich eine Tür, die ins Schlafzimmer führte. Gegenüber war eine andere Tür, durch die man in die Küche gelangte, in die Alice mit Stella gegangen war. Einen Augenblick später kamen sie mit zwei sauberen Gläsern zurück, und Stella füllte sie mit dem billigen, warmen Tokaier.

»Champagner?« murmelte ich scherzhaft. Stella warf mir aus ihren langsam rollenden Augen einen Blick zu, grinste, so daß ich ihre Zahnlücke im Oberkiefer sah.

Sie ging zum Plattenspieler und sagte: »Wir wollten gerade was Fetziges spielen.« Sie hatte eine heisere, nach Alkohol klingende Stimme mit merkwürdigen Untertönen, und sie war wirklich keine Schönheit. Aber sie wirkte sinnlich wie ein Tier, wenn sie sich bewegte – langsam, schleichend, anmutig. Meine Augen folgten ihr wie von selbst.

Sie legte ›Cherry‹ von Harry James auf, stapelte mehrere andere Platten auf den Schwenkarm, tanzte einen langsamen Boogie zum heißen, fröhlichen Tempo der Trompete von James und rollte ihren Körper von den Brüsten zu den Knien in swingenden Wellen. Gegen Ende des Stücks brach sie die langsame, weiche Bewegung ihres Boogies auf und fing an, ekstatisch zu zucken.

»Ja, Baby, mach mal richtig los!« murmelte Dimples.

»Verdammt, da fahr' ich echt drauf ab!« sagte Stella mit Überzeugung, als das Stück endete. Dann fragte sie unvermittelt: »Wo kommt ihr denn her, Kinder, ihr seht ja scharf aus?«

Dimples sagte mit einer Saccharinstimme: »Sieht Alice nicht süß aus?«

»Wir waren essen und sind spazierengefahren«, sagte Alice affektiert.

Ich steckte eine Zigarette in den Mund und sagte: »Alice hat sich großartig amüsiert« – redete drum herum. Ich sah gerade noch rechtzeitig hoch, um ihren wütenden Blick mitzubekommen.

Stella sah neugierig von mir hinüber zu Alice. »Was ist passiert?« fragte sie. »Wollten sie euch nicht bedienen?«

Ich antwortete nicht.

»Männer sind solche Flegel«, bemerkte Alice säuerlich.

Auf dieses Stichwort hin ließ Stella das Thema fallen. Aus dem Lautsprecher dröhnte ›All For You‹ vom King Cole Trio, und ich schloß die Augen, um die Musik zu hören.›. . . das Leben wär' eine Symphonie, die nur auf dich wartet . . .‹ Es endete mit einem Instrumentaltrio, und ich schlug die Augen wieder auf. Einen Augenblick lang sah ich alles doppelt, und ich wußte, daß ich betrunken war. Ich stand auf, um mein Glas wieder zu füllen.

»Wer möchte noch Wein?« fragte ich und fing an, alle Gläser vollzugießen, ohne eine Antwort abzuwarten. Ich zitierte:

Ein Krug Wein . . . und du
Neben mir, singend in der Wildnis
Oh, wär' die Wildnis jetzt ein Paradies!

Stella warf mir einen Blick zu und stand auf. »Ich habe noch einen halben Liter Sunnybrook in Reserve, wenn ihr wollt«, sagte sie und sah Alice dabei an.

»Wunderbar«, sagte ich und stand auf. Sie ging an mir vorbei und legte den Arm um Alices Taille, und sie gingen in die Küche. Ich sah Dimples an und sagte: »Willst du tanzen?« Aus der Box dröhnte ›Don't Cry, Baby‹ von Erskine Hawkins.

»Nicht mit dir«, sagte sie mit einer schroffen, mürrischen Stimme und sah beiseite in die Küche, in der kein Licht brannte.

Die Dinge wurden allmählich etwas unscharf. Es war heiß und stickig im Zimmer, und meine Augen fingen an zu brennen. Stella und Alice kamen aus der Küche zurück.

»Es ist heiß hier drin«, sagte Stella. »Zieh doch deine Jacke aus, Bob.«

Ich schlüpfte aus meinem Jackett. Alice und Stella saßen nebeneinander auf dem Sofa und flüsterten. Dimples saß auf der Armlehne des Sofas und beobachtete sie, ihr Gesicht war eine Maske aus Verdruß und Neid.

Ich stand langsam auf. Das Zimmer begann sich zu drehen, und mein Mageninhalt kam hoch. Ich fing ihn ein paarmal im

Mund auf, die Backen wie ein Ballon gespannt, dann sprang Chuck auf und half mir in die Küche, und ich übergab mich in den Ausguß. Ich stand da, und es sprudelte aus mir heraus, und es schien eine Stunde zu dauern.

Ich wußte, was sich abspielte, und daß ich nicht daran beteiligt war. Ich fühlte mich schockiert und elend. Ich ging zurück ins Zimmer und sagte zu Alice: »Du kannst mir das nicht antun.«

Sie sah mich haßerfüllt an. Ich schlug sie ins Gesicht, ehe ich es selbst noch recht bemerkte. Sie fiel halb hin, fing sich und ging zum Sofa; sie legte sich darauf, verbarg ihr Gesicht in ihren Händen und fing an zu weinen, als ob ihr das Herz brechen würde.

Mein Bewußtsein war wie betäubt, als ich herauszubekommen versuchte, weshalb sie wütend auf mich war. Als ich zu mir kam, sah ich sie weinen. Ich fühlte mich wie ein Hund. Ich torkelte auf das Sofa zu und beugte mich über sie. »Ich wollte dich nicht zum Weinen bringen«, fing ich an.

Sie hob den Kopf und sah mich an, und die ganze Enttäuschung der Welt war in ihren Augen. »Denke nicht, daß ich deinetwegen weine«, sagte sie mit einer kalten, ruhigen, tonlosen Stimme und setzte die Worte deutlich voneinander ab. »Du kannst mich nicht zum Weinen bringen. Immer wenn ich weine, weine ich aus vielen Gründen.«

Ich stand da, schwankte einen Augenblick lang betrunken, versuchte mir vorzustellen, was sie meinte, gab es auf.

Chuck erhob sich und sagte: »Nimm's nicht so schwer, Jack.«

Ich sah ihn einen Augenblick lang an. Ich wußte, daß ich gegen irgend etwas schlagen mußte, also holte ich aus und schlug ihn. Er fiel hintenüber gegen die Wand, sackte zu Boden.

Stella sagte: »Wozu mußtest du denn Chuck schlagen?«

Ich hob mein Jackett auf und zog es an, ohne zu antworten. Ich hob die Hand und winkte wie ein Narr, dann ging ich zur Tür und ging hinaus und stieg in meinen Wagen. Ich erinnere mich daran, daß ich gewendet habe, ich prallte mit den Vorderreifen hart gegen den Bordstein und fluchte.

9

Ich träumte, ich läge mitten auf der Main Street im Zentrum der Stadt vor dem Federal Building, und zwei arme weiße Hinterwäldler in Overalls ständen über mir und schlügen mich mit Gummischläuchen. Ich war wund und taub von ihren Schlägen, und mir war zum Erbrechen übel; die Übelkeit saß im Magen, und der Geschmack war in meinem Mund. Ich versuchte auf die Hände und Knie hochzukommen, aber sie schlugen mir auf den Hinterkopf und in den Nacken, und dann und wann schlug mir jemand in die Taillengegend, und ich konnte es in den Nieren spüren. Jedesmal, wenn ich ein Knie hochbekam und das andere hochzubekommen versuchte, schaffte ich es doch nicht und fiel wieder hin, und ich wußte, ich konnte es nicht mehr lange aushalten. Aber wenn die Hinterwäldler aufhören wollten, sagte eine harte kultivierte Stimme herrisch: ›Macht weiter! Ich sage euch, wann ihr aufhören sollt.‹ Ich wandte den Kopf und schaute auf, um zu sehen, wer da sprach, und es war der Direktor der Werft, gekleidet in die Uniform eines Armeegenerals, und er hatte eine Zigarre seitlich im Mund, und seine Augen waren ruhig und gleichgültig. Einer der Hinterwäldler sagte: ›Nigger halten solange aus, wie man es ihnen gibt.‹ Jemand lachte, und ich sah mich wieder um und erblickte zwei Polizisten, die an einem Polizeifahrzeug standen und einander anstießen und lachten. Es war niemand sonst auf der Straße. Der andere Hinterwäldler sagte: ›Es ist nicht richtig, diesen Nigger so zu schlagen. Weshalb schlagen wir denn diesen Nigger überhaupt?‹ Die Polizisten hörten auf zu lachen und sahen ihn an, und der Direktor der Werft wurde hart und sagte: ›Weitermachen! Das ist ein Befehl!‹ Also fingen sie wieder an, mich zu schlagen, und ich hoffte, ich würde ohnmächtig werden, aber es gelang mir nicht.

Dann merkte ich, daß ich mich im Bett herumwälzte und mit der Bettdecke kämpfte, und ich konnte nicht aufwachen, und der Traum ging gleich weiter, und die beiden Hinterwäldler schlugen mich nicht ganz tot. Dann kamen zwei alte farbige Ehepaare in Arbeitskleidung auf dem Weg zur Arbeit vorbei, und die Hinterwäldler hörten auf, mich zu schlagen, und die Polizisten kamen und standen über mir mit den Händen auf ihren Revolvern, und ihr Kinn war vorgestreckt, als hätten sie Angst, daß ich aufstehen und jemanden verletzen könnte. Die Farbigen sahen die Hinterwäldler mit dumpfem Haß an, und dann lächelte der Direktor der Werft und sagte: ›Es sollte da etwas getan werden‹, und sie sahen ihn dankbar an und sagten: ›Ja, Herr, es ist eine Schande, einen Menschen so zu schlagen.‹ Und der Direktor der Werft sagte: ›Alle verantwortungsbewußten Weißen wie wir suchen zu verhindern, daß solche Dinge geschehen, aber ihr Jungs müßt uns helfen.‹ Ich versuchte den Farbigen zu sagen, was er getan hatte, bevor sie gekommen waren, aber meine Stimme wollte nicht herauskommen, und sie sahen nur ihn an, als wäre er ein guter lieber Gott, und sie sagten: ›Herr, manche von diesen Jungs hier wissen wirklich nicht, was sich für sie gehört, aber wir machen überhaupt keinen Ärger. Wir arbeiten in der Rüstungsfabrik, und wir machen keinen Ärger.‹ Der Direktor der Werft sagte: ›Ich wußte sofort, als ich euch sah, daß ihr gute Farbige seid‹, und sie gingen und fanden ihn sympathisch und haßten die Hinterwäldler. Die Polizisten lasen mich auf und warfen mich in das Polizeiauto, und als ich sie fragte, wohin sie mich brächten, sagten sie, sie brächten mich ins Gefängnis. Als das Polizeiauto mit einem Ruck anfuhr, wachte ich auf.

Ich lag im Bett. Draußen schien die Sonne. Ich habe verschlafen, dachte ich plötzlich und sprang aus dem Bett. Schmerz schoß mir durch den Kopf wie ein Blitz im Sommer. Mein Mund war bitter wie Chinin und trocken wie Baumwolle. Ich runzelte die Stirn und drehte vorsichtig den Kopf, um in den Spiegel zu sehen.

Dann erinnerte ich mich. Ich versuchte den Gedanken an Alice zurückzudrängen, aber er kam immer wieder. Ich fand den Gedanken merkwürdig peinlich; es war eine Mischung aus Beschämung, Abscheu und dem Gefühl, verraten worden zu sein. Ich hoffte, sie eine Zeitlang nicht sehen zu müssen, solange ich nicht bereit war, an sie zu denken.

Ich setzte mich vorsichtig auf das Bett und sah mich um. Die Nacht kam wieder in braunen, schmutzigen Erinnerungen. Teile meines Traumes waren damit vermischt. Ich fing an, Reue zu empfinden. Ich verachtete mich selbst. Ich fragte mich, ob ich je wieder Menschen in die Augen sehen könnte. Ich schämte mich zu sehr, als daß ich das Zimmer verlassen konnte.

Mit einem Mal dachte ich an meinen Job. Ich konnte es kommen sehen und es nicht aufhalten. Danny Tebbel würde meinen Platz einnehmen, meine Leute herumkommandieren. Sie würden ein böses Gesicht machen, aufgebracht sein – und sich schämen. Sich schämen, daß sie eine schwarze Hautfarbe hatten. Sie würden erfahren, was mit mir geschehen war; sie würden es in den Augen der weißen Arbeiter lesen.

Als ich an Madge dachte, bekam ich Angst, und ich fing an zu zittern. Angst, an sie zu denken, Angst, weil ich auf derselben Welt wie sie lebte. Fast wie der Gedanke an den elektrischen Stuhl. Ich wußte, wenn ich weiter dasaß und an sie dachte, würde ich aufstehen und zur Werft fahren und sie umbringen.

Aber ich konnte mich nicht bewegen. Ich konnte nicht einmal mehr aufstehen. Ich hatte das Würfelspiel vergessen und den weißen Jungen, den ich töten wollte. Ich war ganz allein mit Madge auf einer leeren Welt, und Alice zog nicht stark genug an mir, als daß sie mich herausbekommen hätte.

Ich bin ein verdammter Feigling, sagte ich mir. Ich habe Angst davor zu sterben, das ist mein Problem. Angst davor, verletzt zu werden. Ich benehme mich wie ein Narr. Ich mache mich lächerlich. Sie beleidigen mich, sie ignorieren mich, verachten mich. Ich habe Angst, die eine endgültige Entscheidung zu treffen, die alles so oder so für immer regeln würde. Ich wußte, ich würde es tun, aber ich hatte Angst davor, es sofort zu tun.

Ich ließ den Kopf hängen, vergrub mein Gesicht in beiden Händen und stöhnte. Ich fühlte mich so, als ob ich eine lange, lange Zeit krank sein und nie wieder genesen würde. Ich wickelte mich in meinen Bademantel, ging ins Bad, rasierte mich, badete und zog ein paar Sachen an.

Das Telefon läutete, und ich ging und nahm den Hörer ab.

»Bob?« Es war Alice. Ihre Stimme klang gepreßt.

Ich hatte ein schwindliges Gefühl im Magen. »Ja, ich bin es, Bob«, sagte ich.

»Ich komme mir wie eine Nutte vor«, sagte sie.

Ich wollte, daß sie aufhörte, darüber zu reden; ich wollte, daß sie so weitermachte, als ob es nie geschehen wäre. »Du, kannst du das nicht vergessen, was letzte Nacht passiert ist?« sagte ich. »Ich hab' mich nur gewundert, daß ein Mädchen wie du auf solche Leute steht. Aber, zum Teufel, ich hab's schon vergessen.«

»Aber ich würde sterben, wenn irgendwer wüßte . . .« sie sprach es nicht aus.

Das ist es also, dachte ich. »Wenn du dir Sorgen machst, daß ich darüber reden könnte – vergiß es«, knurrte ich verärgert. »Ich rede mit niemanden . . .«

»Das ist es nicht, Bob«, unterbrach sie mich, aber ihre Stimme klang erleichtert. »Ich möchte es nur wiedergutmachen, Schatz; ich möchte dir nur beweisen, daß ich nicht wirklich so ein Typ Mensch bin.«

Ich redete einfach weiter, als hätte sie nichts gesagt. »Aber wenn du mein Schweigen kaufen willst, das lohnt sich nicht. Ich kenne jede Menge Mädchen, mit denen ich ins Bett gehen kann, aber ich habe immer an dich gedacht . . .« Sie hängte auf.

Ich knallte den Hörer auf die Gabel und wandte mich in Richtung Küche um. Ich dachte, verdammt, alles, was ich tue, ist verkehrt. Ich schlüpfte in meine Jacke, nahm Ausweispapiere und Geld an mich und ging hinaus, ohne irgend etwas zu sagen. Als ich in die Garage schaute, sah ich meinen Wagen nicht. Ich bekam ein hohles Gefühl im Magen. Wenn ich ihn zu Schrott gefahren und irgendwo am Straßenrand stehengelassen hatte, dann war ich geliefert, dachte ich und rannte hinaus auf die Straße. Er war auf der anderen Straßenseite geparkt – mit den Vorderrädern auf dem Bordstein, als ob ich in das Haus dahinter hätte fahren wollen, aber noch rechtzeitig davor zurückgeschreckt wäre.

Der Schlüssel steckte, und die Zündung war eingeschaltet,

obwohl die Scheinwerfer aus waren. Ich mußte den Motor abgewürgt haben, als die Vorderreifen den Bordstein hinauffuhren. Ich ging um den Wagen herum, suchte nach Beulen im Kotflügel und platten Reifen, aber es war kein Kratzer zu sehen. Ich stieg ein, drückte den Starterknopf; der Motor sprang an. Der Wagen ist besser als ich, dachte ich.

Als ich auf der Wall Street nach Norden losfuhr, hatte ich keine Ahnung, wohin ich fuhr. Irgendwohin, nur für eine Weile weg von den Leuten, die ich kannte. Ich wollte weg von den sogenannten respektablen Leuten auf der Welt. Sie spielten ein undurchsichtiges Spiel, ließen mir keine Chance, gebrauchten zu viele Tricks.

Ich bog auf die San Pedro Street ein und fuhr stadteinwärts in Richtung Little Tokyo, das die Schwarzen und Mexikaner übernommen hatten. Es war ein heißer, fauler Tag, und nachdem ich meinen Kater los war, hatte ich einen leichten Kopf. Ich hielt an einem Hotel hinter der Ecke First Avenue und San Pedro Street und ging in den sogenannten Rust Room, eine Verbindung von Bar und Restaurant. Ich stieg auf einen Barhocker, bestellte einen doppelten Brandy ohne alles und blickte in den Spiegel, um zu sehen, wer da war.

Im Spiegel sah ich, daß ein Mädchen von einem Tisch in einer Nische aufstand, an dem ein paar Seeleute saßen, und auf mich zukam. Ich drehte mich zu ihr um und fing an zu reden, bevor sie den Mund öffnen konnte. »Bevor du deinen Auftritt anfängst, Baby, laß dir erst mal sagen, was Sache ist . . .«

»Was bist du'n für'n Nigger, eh?« unterbrach sie mich. »Klär mich bitte auf! Was für'n Spruch haste jetzt auf Lager?« Sie war ein großes, schlankes Mädchen gelber Hautfarbe namens Veda und arbeitete als Kellnerin in der Tagschicht. Sie hatte ein langes, schmales Gesicht und einen hübsch geformten Mund mit dicken Lippen, ihr dichtes krauses schwarzes Haar reichte tief in die Stirn wie bei einem Mann, und ihre dichten schwarzen Augenbrauen trafen sich über ihrer Nasenwurzel, kein hübsches Mädchen, aber gut zur Abwechslung. Ich hatte sie eine Woche zuvor versetzt.

»Das will ich dir ja gerade sagen, Liebling«, grinste ich. »Mein Wagen hat gestreikt, und ich hab' versucht, dich ans

Telefon zu kriegen, aber keiner konnte dich finden. Wo warst du eigentlich? Hast dich wohl gerade amüsiert?«

»Erzähl mir keinen Quatsch«, sagte sie, legte eine Hand auf die Bar und sah mich an. »Das ist doch der größte Blödsinn; das ist ja ganz erbärmlich, glaub mir!«

»Hör mal, Baby, du wirst laut«, sagte ich. »Das steht dir nicht.«

»Du bist ein trauriger Fall, ein ganz trauriger Fall, glaub mir«, sagte sie. »Du bist nur ein ganz mickriger Nigger, ganz trauriger Fall, läßt sich gar nicht bestreiten.«

»Liebling, hör mal zu«, versuchte ich sie zu beruhigen. »Du bist ein hübsches Mädchen, so'n Gequatsche paßt gar nicht zu dir.«

»Du bist nur 'n trauriger Nigger, verdammt. Warum, zur Hölle, hast du nicht angerufen?«

Ich wandte mich an den Bartender. »Geben Sie diesem Mädchen einen Drink.« Dann wieder zu ihr: »Was trinkst du, Baby?« Ich legte meinen Arm um sie und zog sie zu mir her. »Du siehst wunderbar aus ohne deine Uniform, ausgesprochen exotisch.« Ich versuchte sie am Reden zu hindern, aber es gelang mir nicht.

»Exotisch – Blödsinn!« sagte sie. »Du bist bloß 'n maiskolbenfressender Nigger, 'ne miese schwarze Krähe, weiter nichts.«

»Was trinkst du, Mädchen?« fragte der Bartender.

»Singapore Sling«, sagte sie, dann änderte sie es: »Nein, nur Brandy mit Wasser.« Dann wieder zurück zu mir: »Du bist wirklich zu, zu traurig. Ich hab' mir extra freigenommen, um dir was zu geben, was du noch nie gehabt hast, und was tust du?« Sie brach ab. »Ich bin zu groß und weiß, wo's langgeht, und ich will tot umfallen, wenn ich lüge. Kannste ruhig glauben.«

»Laß mich werden wie du«, sagte ich.

Sie warf mir einen Blick zu. »Verschwende meine besten Sachen an dich, so 'nen traurigen Nigger, damit du wieder kneifst? Du mußt ja lebensmüde sein, Nigger.«

»Was machst du jetzt?« fragte ich.

»Ich geh' jetzt rauf ins Bett, mein Schatz. Was geht's dich an?«

»Laß mich mit dir raufgehen und dich ins Bett bringen, Süße«, sagte ich. »Du schaffst es sonst vielleicht nicht.«

»Nein, ich schaffe es vielleicht nicht«, sagte sie. »Aber du hilfst mir nicht. Du mußt dich erst vorher mit mir verabreden, bevor du in meine Wohnung kommst, mein Schatz. Ich hol' mir nicht einfach irgendwen von der Bar.« Sie ging zurück an den Tisch in der Nische mit den beiden Seeleuten und setzte sich und fing an, das Essen zu essen, das sie stehengelassen hatte.

Plötzlich tat der Brandy seine Wirkung, und ich fühlte mich melancholisch. Ich dachte an mein zweites Collegejahr an der Ohio State, als ich zum Schluß als Ersatzmann in der Football-Mannschaft eingesprungen war, an das einzige Spiel, das ich gespielt hatte und den einzigen Touchdown, den ich geschafft hatte, und die jubelnden Zuschauer. Ich hatte mich nie so mächtig, so stark gefühlt, fast als ob ich der Held geworden wäre, von dem ich als Junge geträumt hatte. Dann dachte ich an den Film *A Guy Named Joe*; über diesen Kerl, der seinen letzten Einsatz mit dem Bomber fliegt und einen Nazi-Flugzeugträger versenkt. Und ruhmreich in den Flammen umkommt. Auf Wiedersehen allerseits. Auf Wiedersehen, Jaxon. Auf Wiedersehen, Held . . . *Für immer im leuchtenden Blau . . .*

Nur ein kleiner Niggerbastard, das war ich. Würde nie ein Held sein. Hatte tausend Chancen jeden Tag; tausend Chancen morgen. Wenn man sich nur an einer festhaken könnte und sagen: ›Das ist sie!‹ Und die weißen Leute in die Luft sprengen, wie der Kerl es mit den Nazis gemacht hatte.

Es schnürte mir die Kehle zu, sie fing an zu schmerzen. Mein Adamsampfel schwoll an, bis ich zu ersticken glaubte, es fing an wehzutun. Mein Gesicht zerknitterte wie ein Stück Papier und fing an zu brennen; mein Mund weitete sich, drückte meine Lippen flach gegen die Zähne. Ich fing an zu weinen. Nicht offen. Aber überall tief in mir.

Zwei weiße Soldaten und ein weißes Mädchen kamen herein, sahen sich zögernd um, gingen dann wieder zurück und setzten sich an einen Tisch nahe bei der Musikbox und bestellten Bier. Aller Augen ruhten auf ihnen.

Die Soldaten waren gewöhnliche Jungs, sahen nicht besonders schlau aus; aber das Mädchen war eine richtig flotte Biene aus Arkansas, noch keine zwanzig, aber schon reif, locker, flockig – ein Betthäschen mit einem breiten Gesicht und kleinen Augen und einem harten Mund und widerspenstigem, ungekämmtem Haar, bekleidet mit einem schmuddligen weißen Pullover, der am Hals offen war, und einem schmutzigblauen Rock, ohne Strümpfe und mit dreckigen Schuhen. Sie sah aus, als wäre sie gerade von einem Güterzug abgesprungen, aber sie war weiß.

Die Serviererin machte eine Gesicht, als wollte sie sie nicht bedienen, wüßte aber nicht, wie sie es ihnen sagen sollte. Alle farbigen Frauen im Lokal rümpften verächtlich die Nase; ein schwarzes Mädchen an einem Tisch in der Nähe sah sie an, als wollte sie sie anspucken; und ich hörte eine Frau unten an der Bar etwas murmeln.

Aber die Männer reagierten anders. Manche übersahen sie geflissentlich; ein paar schwarze Jungs an der Bar drehten sich immer wieder nach ihr um und starrten sie an. Zwei Filipinos, die ihr genau gegenübersaßen, stierten sie mit heißen, brennenden Augen an und hörten auf zu essen.

Nach ein paar Bieren war sie berauscht und wurde munter, und es sah aus, als ob sie es auf alle schwarzen Männer im Raum abgesehen hätte; sie konnte nicht stillsitzen. Sie stand auf und steckte ein Fünf-Cent-Stück in die Musikbox und fing ekstatisch an zu tanzen. Aber einer der schwarzen Jungs an der Bar wollte nicht, daß sie ihr Geld ausgab; er rutschte vom Hocker und ging zu ihr hinüber und spielte alle Musikstücke, die sie hören wollte. Dann meinte einer der Soldaten, aufstehen zu müssen, um sie zu beschützen, also setzte sie sich hin.

Ein paar gutangezogene Burschen saßen an einem Tisch im hinteren Teil des Raums; sie sahen flott aus, wie Zuhälter vielleicht. Das Mädchen sah sie und fing an, mit dem dunkelhäutigeren der beiden zu flirten. Inzwischen wollten die weißen Jungs mit ihr aufbrechen, aber sie wollte nicht mitkommen. Sie wurde laut und fing an, immer wieder diese

Worte in ihrer breiten Südstaatenstimme zu singen: ›I can't see for looking‹ – und rollte ihre Augen vor den schwarzen Jungens im Lokal. Ich mußte lachen. Sie bestrafte mich mit einem verachtungsvollen Blick und warf ihren Kopf in den Nacken.

Als sie aufstand, um wieder ihr 5-Cent-Stück einzuwerfen, gingen die beiden Schwarzen, die an der Bar saßen, hinüber und fingen an mit ihr zu reden. Die Soldaten standen auf und versuchten zu erreichen, daß sie sich wieder hinsetzte. Einer von ihnen nahm sie beim Arm und versuchte sie mit Gewalt auf ihren Stuhl zurückzubringen, aber sie riß sich los und sagte: »Geh weg und laß mich allein. Ich kann mich selbst um mich kümmern.«

Die beiden flotten Burschen, die gegessen hatten, gingen auf dem Weg hinaus an ihr vorbei, und sie packte den dunkelhäutigen am Arm.

Er sagte: »Mal langsam, Baby«, und schüttelte sie ab.

Die Soldaten wurden böse. Sie flüsterten einander etwas zu und riefen dann die Serviererin, um für das Bier zu bezahlen. Eine andere Serviererin holte den Geschäftsführer, und er kam aus dem Hinterzimmer und stellte sich an die Bar. Als die Soldaten gehen wollten, trat er ihnen entgegen.

»Sie können nicht einfach gehen und sie hierlassen«, sagte er.

»Sie will nicht mitkommen«, sagte einer der Soldaten.

»Sie ist mit Ihnen gekommen, sie wird auch mit Ihnen wieder gehen«, sagte der Geschäftsführer und nahm den Soldaten beim Arm.

Sie gingen zurück zur Musikbox, und der Soldat sagte: »Komm, laß uns gehen.«

»Hören Sie zu«, sagte der Geschäftsführer zu ihr. »Sie müssen mit diesen Soldaten zusammen gehen, mit denen Sie gekommen sind.«

»Warum?« fragte sie mit ihrem breiten Südstaatenakzent. »Wir leben in einem freien Land, oder etwa nicht?«

»Ach, komm jetzt«, sagte der Soldat und wurde rot. »Laß uns aus diesem Niggerschuppen verschwinden.« Ich glaube nicht, daß er es sagen wollte, aber nachdem er es gesagt hatte, wurde er herausfordernd.

Vorher war nur der Rassenunterschied gewesen, jetzt breitete sich eine nervöse Spannung aus. Wir selbst konnten uns Nigger nennen, soviel wir wollten, aber wenn es die Weißen taten, wollten wir kämpfen.

»Dann geh doch!« sagte sie zu dem Soldaten und wandte sich dann an den Geschäftsführer. »Warum muß ich mit ihnen gehen? Ich kenne sie überhaupt nicht. Ich bin nur mit ihnen zusammen reingekommen, das ist alles.«

Jetzt brauchte sie nur ihre Nummer abzuziehen, dachte ich. Sie konnte jeden im Lokal in Schwierigkeiten bringen, sogar mich, der ich einfach dasaß und ein Getränk bestellte. Sie war wahrscheinlich ohnehin noch minderjährig; und wenn sie es war, konnte sie dafür sorgen, daß das Hotel geschlossen, der Alkoholausschank verboten wurde, und wahrscheinlich konnte sie den Geschäftsführer ins Gefängnis bringen. Sie konnte diese beiden schwarzen Jungs, die mit ihr flirteten, mit nach draußen nehmen und dafür sorgen, daß jeder von ihnen dreißig Jahre Zuchthaus in San Quentin aufgebrummt bekam; in Alabama konnte sie sie an den Galgen bringen. Eine kleine Vagabundin – aber sie war weiß.

Dann mußte ich plötzlich an Madge denken; sie war genau derselbe Typ. Ich hatte den ganzen Tag über nicht an sie gedacht, und jetzt fiel mir die ganze böse Geschichte wieder ein. Die Schmach, die Demütigung, was ein Nigger einstecken mußte, nur um auf der gottverdammten Welt weiterzuleben. Ich dachte wieder daran, den weißen Jungen zu töten, aber jetzt half es mir überhaupt nicht. Es kam mir kindisch, lächerlich, so völlig sinnlos vor; ich konnte nicht alle Weißen umbringen, das war klar. Das kalte, panische Angstgefühl überkam mich wieder; es nagelte mich auf meinen Stuhl fest, ich war schwach und schwarz und machtlos.

Ich hörte den Geschäftsführer zu dem Mädchen aus Arkansas sagen: »Sie müssen mit ihnen zusammen gehen.«

Seine Stimme klang nicht wirklich unfreundlich, aber dem weißen Jungen gefiel sie nicht. Er sah den Geschäftsführer herausfordernd an. Ich dachte, er würde etwas sagen; und ich wußte, wenn er etwas Falsches sagte, würde der Geschäftsführer wahrsheinlich zuschlagen, denn er war ein kräftiger Bursche, ein ehemaliger Polizist. Ich dachte hoffnungsvoll: Jetzt geht es los! Wenn er den Jungen schlägt, oder wenn es zu irgendeinem Krach wegen des weißen Mädchens kommt, dann war ein Krawall nicht mehr zu verhindern – die weißen GIs würden über Little Tokyo herfallen, wie sie es während der Unruhen im Mexikanerviertel gemacht hatten. Nur würde es in Little Tokyo Tote geben, denn die Schwarzen in diesem Viertel waren wirklich harte Burschen; wie man so sagte: sie würden keine Milch von einer weißen Kuh mehr trinken. Ich wollte, daß es ausbrach, damit es endlich vorbei war. Aber der weiße Junge fing sich und sagte gar nichts; ich war enttäuscht.

»Also gut, ich gehe mit ihnen«, gab sie schließlich nach. »Aber ich komme wieder – allein!« Dann sagte sie zu den Soldaten: »Bezahl ihn und laß uns gehen.«

»Ich hab' ihn schon bezahlt«, sagte der Soldat wütend, nahm sie beim Arm und zerrte sie beinahe hinaus.

Sie wandte den Kopf und grinste den beiden schwarzen Jungs zu, bevor sie ging. Der Geschäftsführer ging zur Tür und hielt sie für sie auf.

»Sie brauchen nur rauszugehen und sie sich zu nehmen«, sagte der Bartender zu mir.

Ich sah ihn an. »Mit Ihrer Hilfe würde ich sie nicht wollen«, sagte ich ihm und verlangte dann die Rechnung.

Er gab sie mir, und ich bezahlte und stand auf. Vedas Drink stand noch immer unberührt auf der Bar. Als sie mich gehen sah, trat sie mir an der Tür entgegen. »Also, was ist?« fragte sie. »Ich dachte, du wolltest mir was zu trinken bestellen.«

»Es steht auf der Bar«, knurrte ich.

Sie faßte mich am Arm. »Kannst du nicht einen Augenblick warten, bis ich diese Leute los bin? Was ist eigentlich los mit dir?«

Ich schüttelte sie ab.

Ich stieg in meinen Wagen und schoß los. Ich war nervös und gespannt und unruhig und unkonzentriert, stieß beinahe mit einem Zug der Pacific Electric zusammen, der gerade in die Station hinter der 6. Straße einfuhr. Nur wußte ich nicht mehr, wohin und was tun. All die Burschen, mit denen ich befreundet gewesen war – Willie, Freddie, Bill und Chet –, waren bei der Armee. Von den Mädchen, mit denen wir herumgezogen waren, hatte ich keines mehr gesehen, seit ich Alice kennengelernt hatte. Ruth war verheiratet, hatte ich gehört; Gussie arbeitete noch immer im Haushalt. Ich hatte Josie eines Tages in der Straßenbahn getroffen, und sie sagte, sie sei bei Lockheed beschäftigt. Dann gab es da noch Vivien Williams; bei ihr zu Hause war immer etwas los gewesen damals, bevor die Kommunistische Partei das Rassenthema ausgeklammert hatte. Aber ich entschied mich gegen sie. Bei dem Druck, unter dem ich stand, konnte ich keiner Schwarzen zuhören, die die Parteilinie hersagte, nicht mal, wenn mein Leben davon abgehangen hätte.

Ich fürchtete mich noch immer davor, an Alice zu denken. Ich wollte, daß sich meine Gefühle mit der Zeit beruhigten. Wenn ich mich jetzt mit ihr beschäftigte, würde ich nur Haß für sie empfinden, das wußte ich. Ich konnte verstehen, wieso sie wütend geworden war. Sie war schließlich nicht den Druck gewöhnt, unter den wir in der vergangenen Nacht geraten waren – er hatte gereicht, sie niederzuschlagen. In der Beziehung sympathisierte ich mit ihr. Aber der Ausbruch . . . Ich rieb mir mit der Hand abwärts über das Gesicht . . . Sie hatte gewußt, wohin sie wollte, hatte von Anfang an gewußt, was gespielt wurde. Ich konnte darüber hinwegsehen, wenn es einmal – zufällig – vorkam. Der Druck der Weißen konnte einen Affen dazu bringen, Cayenne-Pfeffer zu essen – einmal nur.

Ich versuchte an etwas anderes zu denken, sah mich um. Ich war am Washington Boulevard vorbeigefahren. Ich wendete, fuhr zurück in Richtung Zentrum, beschloß ins Kino zu gehen, wollte alles vergessen. Ich parkte auf dem Platz zwischen der 6. Straße und Hill Street, blieb am Zeitschriftenstand stehn, um einen Blick auf die Reihen weißer Gesichter auf den Illustrierten zu werfen, dachte sarkastisch: Die Weißen glauben natürlich, sie seien schön, ging zum Drugstore an der Ecke, um mir eine Packung Zigaretten zu besorgen. Die Kleine hinter dem Tresen mit dem affektiert verzogenen Mund ließ mich lange warten und bediente zuerst alle weißen Kunden. Als sie noch einen bedienen wollte, der gerade hereinkam, schlug ich mit der Hand auf den Tresen. »Geben Sie mir ein paar Zigaretten, verdammt noch mal!« sagte ich.

Sie warf mir einen jähen Blick zu, als ob sie mich für völlig übergeschnappt hielt, alle in Hörweite sahen mich an. Ich fühlte mein Gesicht glühen und meinen Körper von der plötzlich in mir aufkommenden Wut zittern.

»Lassen Sie es!« sagte ich und drehte mich um und ging rasch hinaus auf die Hill Street, stieß mit Leuten zusammen. Bei Paramount lief kein Film, der mich interessiert hätte – nur eine Menge weiße Gesichter auf den Reklameflächen über den Eingängen –, bei Warner's auch nicht. Ich ging die 7. Straße hinunter, hielt an der Ecke Broadway vor Bullock's an, sah zu, wie die Leute vorbeigingen. Auf dem Fußweg wimmelte es von Menschen, die meisten waren weiß, es gab auch ein paar Mexikaner und hier und da das Gesicht eines Farbigen. Jeder zweite Mann trug eine Uniform; vier von fünf Frauen gingen ohne Begleitung.

Die Uniformträger waren feindselig gegen die Zivilisten eingestellt, besonders gegenüber schwarzen Zivilisten, vor allem, wenn man gut gekleidet war. Zwei kleine, flotte Mexikanerinnen gingen vorbei; ich überraschte sie dabei, wie sie mich anstarrten, und sie reckten ihre Nasen hoch und sahen betont arrogant anderswohin. Ich wollte nicht mit ihnen flirten; ich wollte mit niemandem flirten.

Es traf mich. Ich fing an, mich unwohl zu fühlen, ich fiel auf, war am falschen Ort. Es war die Welt der Weißen, und sie mochten nicht, daß ich dastand. Ich überquerte die Straße und ging ins ›Loew's‹, nur um von der Bildfläche zu verschwinden. Ich fand einen leeren Sitzplatz zwischen zwei Pärchen; auf der einen Seite saß der Mann neben mir, auf der anderen die Frau. Die Frau sagte etwas zu dem Mann, der bei ihr saß, und sie standen auf und tauschten die Plätze, so daß der Mann neben mir saß. Das war mir noch nie passiert. Mir wurde wieder heiß vor Zorn, aber ich versuchte nicht daran zu denken. Ich konzentrierte mich auf den Film.

Ich habe den Titel des Films nicht verstanden, auch nicht,

worum es ging. Nach ungefähr fünf Minuten kam eine dicke, fette schwarze Hollywood-Mammy auf die Leinwand und sagte ›Ja, Herr‹ und ›Nein, Madam‹ und grinste ihre junge weiße Missy an; und ich stand auf und ging.

Ich war an einem Tiefpunkt angelangt. Ich brauchte jemanden, der mir half – eine Bestätigung, daß Neger nicht die niedrigsten Menschen auf der ganzen Oberfläche von Gottes grüner Erde waren. Ich mußte mit jemandem darüber sprechen, mich wieder aufrichten an irgendwelchen Worten. Die Hurensöhne machten mich kaputt, zermalmten mich bis auf die Knochen.

Ich ging rasch zum Parkplatz zurück, holte meinen Wagen und wendete in Richtung West Side. In gewisser Weise respektierte ich Alice immer noch; was sie sonst auch sein mochte – in der Welt der Weißen kam sie zurecht. Und ich wußte auch, daß ich sie liebte. Ich wußte nicht, wie sie mir helfen sollte; was sie sagen oder tun konnte. Vielleicht wünschte ich mir, daß sie sich an mich lehnte und mir sagte, ich sei stark und sie gehöre mir; oder ich wollte meinen Kopf an ihre Brust legen, damit sie ihn mir zurechtrückte und ich wieder klarsah. Oder vielleicht wollte ich ihr eine Gelegenheit geben, auf die Knie zu fallen und mich um Verzeihung zu bitten und mir zu sagen, daß es ein Zufall, ein Mißverständnis war und nicht wieder vorkommen würde. Ich wußte es nicht.

Ich wußte nur, daß ich Hilfe brauchte. Ganz dringend. Sofort. Oder ich würde durchdrehen. Und sie war die einzige, die ich kannte, die mir helfen konnte.

10

Auf mein Läuten hin öffnete Dr. Harrison. Er trug eine braune Hausjacke aus Flanell mit einem schwarzen Samtkragen. Er hielt einen feuchten Zigarrenstummel in der Linken, winkte mich herein und streckte mir seine Rechte entgegen.

»Hallo, Robert, schön dich zu sehen, Junge.«

Wir schüttelten einander die Hände; seine fühlte sich trocken und leblos an, und sein Mund sah eklig aus. Ich sagte: »Es ist schön, Sie zu sehen, Doktor.«

Er schloß die Tür hinter mir und steuerte mich in sein Arbeitszimmer.

»Du kommst gerade recht, mir bei einem Schlückchen Gesellschaft zu leisten.«

»Ja, danke«, sagte ich. Ich fühlte mich in seiner Gegenwart immer ausgesprochen unwohl. Ich mochte ihn nicht, achtete ihn nicht, hatte ihm überhaupt nichts zu sagen, hörte ihm ungern zu. Aber er zog mich immer in eine Unterhaltung, und ich wußte nicht, wie ich mich dem entziehen sollte, ohne ihm eine herunterzuhauen.

Er ging zu seiner Bar hinüber. »Was soll's sein, Scotch?«

»Scotch, ja, gern«, sagte ich. »Und ein bißchen Wasser.«

»Der Drink eines Gentlemans«, sagte er, als er ihn mischte. »Nun, ich ziehe Roggenwhisky vor.« Dann sah er, daß ich immer noch stand, und sagte: »Setz dich, setz dich. Wie Bertha sagt: ›Wir sind alle farbiges Volk.‹ Du kennst doch Bertha Gowing? Sie ist die Chefin der South Side Clinic.«

»Nein«, sagte ich, nahm den Drink und setzte mich.

»Ein wunderbarer Mensch, eine charmante Persönlichkeit, sehr fähig, sehr fähig«, sagte er und kehrte zu seinem Sessel mir gegenüber zurück. Er deutete auf den *Pittsburgh Courier*, der am Boden lag. »Ich habe gerade über unsere Jagdflieger in Italien gelesen; sie leisten Beachtliches.«

Ich sagte: »Das stimmt.«

»Da wünscht man sich als alter Mann, daß man wieder jung wäre«, fuhr er fort. »Denk doch nur, zum erstenmal in der Geschichte unseres Landes dienen schwarze Jungens als Piloten. Wir danken Roosevelt dafür.«

»Das stimmt«, sagte ich. Ich dachte an Alice. Ich fragte mich, wie sie auf meinen Anblick reagieren würde.

»Die Nazipiloten sagen, sie kämpfen lieber gegen zwei weiße Piloten als gegen einen von unseren schwarzen Jungen«, sagte er.

»Ja, das sind zähe Burschen«, sagte ich.

»Ich habe neulich mit Blakely gesprochen, und er sagte, wir sollten ihnen ein Telegramm schicken mit den Worten: ›Die Augen der Welt sind auf Euch gerichtet.‹ Du kennst Blakely Moore, den jungen Anwalt, der die Du Barrys in dem Sperrklauselfall vor Gericht vertreten hat?«

»Nein«, sagte ich.

»Sehr gescheiter junger Mann«, sagte er. »Hat eine großartige Zukunft. Ich war bei seiner Geburt dabei.« Er trank ein Schlückchen Roggenwhisky. »Nun, wie kommst du mit deiner Arbeit vorwärts, Robert? Ich hörte, man hat dich zum Meister ernannt.«

Ich warf ihm einen verstohlenen Blick zu, sah anderswohin. »Nun, nicht gerade zum Meister. Ich bin, was man einen Vorarbeiter nennt.«

»Ein Vorarbeiter, eh? Ich habe mich immer gefragt, was hinter diesen Titeln steckt, die in der Industrie üblich sind. Nun, was ist ein Vorarbeiter?«

»Ich beaufsichtige eine kleine Gruppe von Arbeitern«, sagte ich.

»Aber du hast über sie zu bestimmen?« beharrte er auf seiner Frage.

»Nun . . .« Zum Teufel mit ihm, dachte ich. »Ja.«

»Das sehe ich gern«, sagte er. »Unsere schwarzen Jungs in entscheidenden Positionen. Es beweist, daß wir etwas können, wenn man uns die Gelegenheit gibt.«

Er schien mit diesem Wenigen zufrieden. »Wie geht's Ihnen allen, Doktor?« fragte ich und wechselte das Thema. Meine Stimmbänder waren gespannt.

»Ich bin immer ziemlich beschäftigt«, meinte er. »Walter und ich sprachen neulich gerade über die ungeheure Veränderung, die in Los Angeles stattgefunden hat . . .«

»Ja, das ist wahr«, unterbrach ich ihn rasch. »Die Stadt wächst und wächst.« Wenn er mich fragte, ob ich Walter Soundso kannte, mußte ich ihm sagen, er solle zum Teufel gehen. »Ist Alice da?« fragte ich, bevor er mich fragen konnte.

»Ich will nachsehen«, sagte er und stand auf. »Weißt du, dieses Haus ist so eingerichtet, daß wir tagelang herumlaufen können, ohne einander zu begegnen.« Er ging in die Halle und rief: »Alice!«

Nach einem Augenblick antwortete sie von oben: »Ja?«

»Robert ist hier.«

»Oh!« Eine Pause. Dann: »Sag ihm, er soll heraufkommen.«

Er drehte sich zu mir um. »Du kannst gleich hinaufgehen, Robert.«

»Danke«, sagte ich.

Er hielt mich auf, um mir wieder die Hand zu schütteln. »Es war schön, dich zu sehen, Robert.« Er legte immer Wert darauf, mir zu zeigen, daß er nichts gegen mich hatte, obwohl ich nicht zu seiner Klasse gehörte.

»Es war schön, Sie zu sehen, Doktor«, sagte ich.

Alice wartete am oberen Ende der Wendeltreppe auf mich. »Wie geht's dir, mein Lieber?« begrüßte sie mich. Ihre kühle, tiefe Altstimme klang bedeckt, und ihre Augen waren unter Kontrolle. Sie trug ein scharlachrotes Hauskleid aus Samt, und ihre Wangen waren leicht mit Rouge betupft. Ich konnte mir nicht helfen, ich fand, sie sah wie eine Königin aus.

»Hallo, Baby«, sagte ich und küßte in ihre Richtung.

Sie wich aus. »Nein!«

»Also gut, wenn das so ist . . .« Ich brach ab und sah an ihr vorbei ins Wohnzimmer. »Verdammt, du hast Besuch«, beschwerte ich mich und wollte schon gehen.

Aber sie sagte rasch: »Oh, sie werden dir gefallen«, nahm mich bei der Hand und führte mich in ihr Wohnzimmer.

Es war ein großer, schöner Raum mit einem zweisitzigen Sofa und drei Sesseln, alle mit geblümtem Chintz bezogen. Auf dem polierten Eichenholzparkett lagen weiße Brücken, und an den Fenstern, die zur Straße gingen, hingen weiße Organdyvorhänge. Ihr Schlafzimmer lag nach hinten heraus.

»Du kennst Polly Johnson«, sagte sie, und ich sagte: »Hallo, Polly!« zu einer scharfgesichtigen Frau von hellgelber Hautfarbe in einem grünen Sportanzug, deren Haar wie das eines Mannes geschnitten war.

»Hallo, Bob, was macht die Kunst?« fragte sie und rauchte weiter ihre Zigarette.

»Und Arline«, fuhr Alice fort. »Arline Wilson.«

»Hallo, Arline«, sagte ich. Sie war eine große, nachlässig zurechtgemachte Frau mit verschwitztem Gesicht in einem zerknitterten Baumwollkleid; sie hatte ihr schwarzes Haar am Hinterkopf zu einem Knoten zusammengerafft und warf mir einen überraschten Blick zu. Ich nehme an, sie hielt ihn für kindlich. Sie war Lehrerin.

»Na, da ist er ja wieder«, sagte sie. Ich warf ihr einen raschen, verwunderten Blick zu; sie war zu alt für so etwas, dachte ich.

»Und das ist Cleotine Dobbs«, sagte Alice zu dem dritten Weib. »Miß Dobbs, Mr. Jones.«

Ich schüttelte ihre Hand. »Wie geht's, Miß Dobbs?«

Sie war eine große, dunkelhäutige Frau mit einem eckigen Körper und trug ein Kostüm. Sie paßte überhaupt nicht in diese hellhäutige, fröhliche Clique.

»Cleo ist gerade aus Chicago hergekommen«, sagte Alice mit zuckersüßem Lächeln. »Sie wird die Aufsicht über das Downtown Settlement House übernehmen.«

»Das ist schön«, sagte ich und überlegte, wie ich dem allen entkommen könnte. Dann zu Alice: »Ich kann wirklich nicht bleiben. Ich bin nur gekommen, um guten Tag zu sagen.«

»Ach, Bob, setz dich bitte«, sagte sie. »Du weißt, du hast überhaupt nichts zu tun.«

Ich sah sie unter gesenkten Lidern an. »Da sei dir mal nicht zu sicher«, sagte ich.

Sie legte die Hände auf meine Schultern und drückte mich auf das zweisitzige Sofa neben Cleo, das dunkelhäutige Weib.

»So ist's richtig, Mädchen, wir lassen keinen Mann entkommen«, sagte Arline. Ich musterte sie verstohlen.

»Vielleicht hat Bob Angst vor so vielen Frauen«, sagte Polly. »Wir müssen aussehen wie Weiber, die es auf einen Mann abgesehen haben.« Sie hatte eine direkte, scharfzüngige Art, die mich schnell nervös machen konnte.

»Obwohl ich weiß Gott nicht angefangen habe, sie auf der Straße aufzulesen«, sagte Arline, und sie und Polly sahen einander an.

»Ich bin überwältigt«, würgte ich, dann bekam ich meine Stimme besser unter Kontrolle.

»Wir sprachen gerade über die Probleme, mit denen es der Sozialarbeiter in Little Tokyo zu tun hat«, sagte Cleo; um mir zu Hilfe zu kommen, nahm ich an. »Ich sagte, daß erst einmal eine Organisation im Bezirk geschaffen werden muß, durch die ein Integrationsprogramm an die Bevölkerung herangetragen werden kann. Es müssen adäquate Einrichtungen für die Gesundheitsfürsorge, adäquate Ausbildungsplätze und Freizeiteinrichtungen geschaffen werden«, zählte sie auf. Es klang, als hätte sie gerade ihren Doktor gemacht.

»Was sie da unten mehr als alles andere brauchen, sind öffentliche Wohnungsprogramme«, sagte Polly unverblümt. »Habt ihr die Wohnungen gesehen, in denen manche von diesen Leuten leben? Zwölf Personen in einem einzigen Raum, und nicht einmal fließendes Wasser.« Ich erinnerte mich nun, daß sie beim Wohnungsamt arbeitete. »Das Viertel ist ein Rattenloch. Ohne angemessenen Wohnraum kann man mit einem Integrationsprogramm nicht einmal anfangen.«

Ich saß mit im Schoß gefalteten Händen da, sah mit einem gezwungen interessierten Lächeln von einer Sprecherin zur anderen und fragte mich, wie es, zum Teufel, zu alledem gekommen war, und mir wurde immer mulmiger zumute.

»Die Wohnungsfrage braucht Zeit«, wandte Arline ein. Sie hatte die sanfte Art einer Beschwichtigungspolitikerin. »Und ihr wißt, wie sie's machen werden, selbst wenn sie da unten Wohnungen bauen; sie werden ungefähr ein Viertel davon Negern geben und den Rest Weißen und Mexikanern.«

»Mexikaner sind in Kalifornien Weiße«, sagte Polly.

»Ich weiß«, sagte Arline. »Das meine ich ja. Meiner Ansicht nach sollten sie die Zuwanderung der Neger aus dem Süden stoppen.«

Inzwischen war ich zum Zerreißen gespannt; was sie da redeten, sagte mir überhaupt nichts, war nur ein billiges Geschwätz im Sozialarbeiterjargon, das einen gewissen Intellektualismus bewies, nahm ich an. Aber ich brauchte mir das nicht anzuhören; ich wollte nur weg hier.

»Aber diese Leute leben nun mal schon da«, betonte Cleo. »Das Getto besteht bereits. Das Problem ist jetzt, wie man die Menschen in diesem Getto am besten in das gesellschaftliche

Leben integriert.« Sie wandte sich an mich; ich hatte lange genug nichts gesagt. »Was meinen Sie, Mr. Jones?«

»Wozu?« fragte ich.

Sie warf mir einen Blick zu. »Was ist Ihre Meinung zu dem Problem, das aus den Lebensbedingungen in Little Tokyo entsteht?«

Nun, Schwester, du willst es ja nicht anders, dachte ich. Laut sagte ich: »Ja nun, ich denke, wir sollten die farbigen Bewohner töten und aufessen. Damit lösen wir nicht nur das Rassenproblem, sondern tun gleichzeitig auch was gegen die Engpässe in der Fleischversorgung.«

Einen Augenblick schwiegen alle wie schockiert, dann brach Polly in ein heiseres Gelächter aus. Alice sagte leise: »Bob!«

Ich wollte nur, daß sie endlich verschwanden, damit ich mit Alice allein sein konnte, aber aus allgemeiner Höflichkeit taute ich ein bißchen auf. »Spaß beiseite«, sagte ich, »wenn ich irgendeine Lösung des Rassenproblems wüßte, würde ich sie zuallererst auf mich selbst anwenden.«

»Aber dies ist nicht nur ein Rassenproblem«, beharrte Cleo. »Es ist ein Gettoproblem, das eine Klasse betrifft, die aus Leuten verschiedener kultureller Traditionen zusammengesetzt ist und auf einer anderen Bildungsstufe steht.«

»Auf einer anderen Bildungsstufe als wer?« fragte ich.

»Der Bürgermeister stellt ein Komitee zusammen, das die Lebensbedingungen da unten untersuchen soll«, sagte Arline. »Blakely Moore ist drin.«

»Möchtet ihr Mädchen einen Drink?« fragte Alice und wandte sich auf deren rasches Nicken hin an mich: »Bob, Liebling . . .«

Ich ging mit ihr hinunter in die Küche, um Rum und Cola zu holen, und war froh, einmal Luft schnappen zu können. »Kannst du sie nicht loswerden?« fragte ich. »Ich möchte mit dir sprechen, Baby.«

Sie umarmte mich und gab mir einen Kuß. »Sei nett, Liebling«, sagte sie. »Tom kommt gleich, und sie möchten ihn kennenlernen.«

»Was für ein Tom?« fragte ich, aber sie lächelte nur.

»Er wird dir gefallen«, sagte sie. »Er ist dir etwas ähnlich.«

Die Drinks machten sie geschwätzig.

»Herbie Washington hat ein weißes Mädchen geheiratet.«

»Nein!«

»Das glaube ich nicht!«

»Wer ist sie?« fragte Alice.

»Sie ist weiß«, murmelte ich vor mich hin. »Genügt das nicht?« Sie hörte mich nicht einmal.

»Keiner weiß es«, sagte Arline. »Ein Mädchen, das er bei einer Party bei Melba getroffen hat.«

Das brachte Cleo in Rage: »Ich kann diese Negermänner nicht verstehen, die diese weißen Schlangen heiraten«, sagte sie. Das kannst du nicht, dachte ich, obwohl du schwarz bist. »Chicago ist voll davon. Sobald ein Neger ein kleines bißchen Erfolg hat, rennt er los und heiratet eine weiße Frau. Kein anständiger Neger, der etwas auf sich hält, würde eines dieser weißen Flittchen heiraten, die diese Neger heiraten.«

»Ich würde das nicht so sagen«, warf Polly ein. »Ich kenne Neger, die mit anständigen weißen Frauen verheiratet sind – so anständig wie du und ich.« Sie redete in eigener Sache – ihr Vater war ein Neger, der eine Weiße geheiratet hatte.

Aber Cleo wußte das nicht. »Nichts als Schlampen!« rief sie aufgeregt. Der äußere Anstrich platzte ab, und sie sah aus und redete genau wie irgendein anderes Südstaatenmädchen, das gerade mal die Grundschule absolviert hatte. »Nur eine weiße Hure würde einen Nigger heiraten!« rief sie und schlug mir beinahe auf den Mund mit ihren Handbewegungen. »Und nur eine Niggerhure würde einen Weißen wollen. Ich war bei einer Party in Chicago und habe einen von unseren sogenannten großen Negerschauspielern dasitzen und mit den Augenbrauen von irgend so einer weißen Schlampe herummachen sehen.«

Ich lachte laut auf. »Mit den Augenbrauen?« fragte ich. »Na, das würde ich gern sehen.«

Polly und Arline sahen einander betreten an, als ob sie sagen wollten: ›Wo kommt denn dieses Wesen her?‹ und Alice sah richtig pikiert aus.

Aber Cleo achtete auf niemanden von uns; sie riß den Mund auf, schimpfte wild und aufgeregt. »Einer meiner Lehrer an der

Universität von Chicago redete über ein Mädchen ungefähr von ihrer Farbe« – sie deutete auf Alice –, »und ich bin aufgestanden und hab' ihm gesagt, daß es eine Beleidigung ist, bei hellen Negern über deren Farbe zu reden; es wäre fast so, als ob man sie Bastarde nennen und sagen würde, daß ihre Mamas mit weißen Männern in die Büsche gegangen sind . . .«

Alice sah entsetzt aus; ich wußte, daß sie sie nie wieder zu sich einladen würde. Aber ich fand es witzig. Ich hätte beinahe losgelacht.

»Sobald ein Neger eine von ihnen heiratet, geht es abwärts mit ihm«, fuhr Cleo wütend fort. »Anständige Neger laden sie nicht zu sich ein . . .«

Die Türglocke läutete, und Alice ging hinunter, um zu öffnen. Cleo war immer noch bei ihrem Thema, als Alice einen großen, nett aussehenden, gut angezogenen weißen jungen Mann ins Zimmer führte. Er hatte sandfarbenes Haar und ein angenehmes Lächeln und sah wie ein richtig netter Kerl aus. Aber er war weiß, und ich war von Anfang an gegen ihn.

»Das ist Tom Leighton, einer von meinen Kollegen«, stellte sie ihn vor.

Einen Augenblick herrschte ein peinliches Schweigen, dann wurden die Weiber wieder intellektuell.

»Vielleicht kann Mr. Leighton uns ein paar Vorschläge zu unserem Problem mit Little Tokyo machen«, meinte Polly, und schon legten sie wieder los.

Leighton sagte etwas, das mir überhaupt nicht einleuchtete, und Cleo erklärte überschwenglich: »Oh, das ist sehr gut! Das ist genau das Richtige!« Ich warf ihr einen raschen Blick zu. Sie lächelte einfältig und geziert wie ein schüchternes Schulmädchen. Ich dachte, da sieh mal einer an; diese Weißenfeindschaft ging nicht so weit, daß sie auch die Männer betraf.

Schließlich, als sie das Thema Little Tokyo genügend ausgeschöpft hatten, wandte sich Leighton mit seinem freundlichen Lächeln an mich. »Hab' ich Miß Harrison richtig verstanden, und Sie sind Anwalt?«

»Nein, ich bin Werftarbeiter«, sagte ich.

»Oh, das tut mir leid«, entschuldigte er sich.

Ich ließ ihn hängen. Wieder ein verlegenes Schweigen.

Dann sagte Alice: »Bob wird nach dem Krieg Jura studieren. Er kämpft jetzt an unserer Produktionsfront.«

Leighton schenkte mir noch eines seiner strahlenden, freundlichen Lächeln. »Ich stelle mir vor, es ist eine sehr interessante Beschäftigung«, sagte er.

»Es ist mörderisch«, sagte ich. Er zwinkerte ein bißchen.

»Tom hat gerade *Strange Fruit* zu Ende gelesen«, sagte Alice. »Er fand es faszinierend.«

Sie sprach seinen Namen auf eine Weise aus, daß ich ihr einen raschen, forschenden Blick zuwarf und mich fragte, welcher Art ihre Beziehungen zu Leighton sein mochten. Ich fing an, sie beide unter gesenkten Lidern zu beobachten, halb beschämt über den verrückten Verdacht, der in mir aufgestiegen war, wider Willen eifersüchtig auf den Burschen. Ich hatte so viele hellhäutige Negerinnen gesehen, die völlig verrückt nach weißen Männern gewesen waren, daß ich Angst bekam, daß Alice auch so sein könnte. Ich suchte wieder nach einer Entschuldigung, um wegzukommen.

Er sagte: »Ich fand die Darstellung von Nonnie besonders interessant.«

Natürlich, dachte ich, weil sie so verdammt verrückt nach einem weißen Mann war.

»Mir hat Nonnie überhaupt nicht gefallen«, sagte Polly. »Ich kann mir nicht ein Negermädchen vorstellen, das ein College besucht hat und solche Dinge macht wie diese Nonnie.«

»Das ist es ja«, sagte Alice. »Sie tut überhaupt nichts.«

Während ich sie verstohlen beobachtete, wurde mir so mulmig zumute, daß ich kaum Luft bekam. Es war gut möglich, daß sie mit Leighton ein Verhältnis hatte, dachte ich. Sie würde das nicht zählen, genau wie sie die Sache bei Stella nicht zählte. Sie wäre wahrscheinlich stolz darauf, dachte ich; würde wahrscheinlich meinen, daß ich es ihr nicht übelnehmen sollte, falls ich es herausfände . . .

Arline sagte: »Oh, ich kenne ein Mädchen genau wie Nonnie. Sie ist eine gute Freundin von mir – ich bin jedenfalls mit ihr zusammen zur Schule gegangen –, und sie ist genau wie Nonnie.«

»Haben Sie das Buch gelesen, Mr. Jones?« fragte Leighton.

»Ja«, sagte ich und ließ das Thema fallen.

Er wartete, und als er merkte, daß ich nicht mehr sagen wollte, erklärte er beschwichtigend: »Natürlich finde ich, daß Richard Wright das Thema in *Native Son* besser behandelt.«

»Oh, aber Lillian Smith verurteilt den weißen Südstaatler«, sagte Arline. »Wright hat nicht mehr als einen bösartigen Kriminalroman geschrieben.«

»Ich persönlich glaube, daß der weiße Südstaatler nichts dagegen hat, genau so zu sein, wie Lillian Smith ihn darstellt«, sagte ich.

»Ich glaube, Richard Wright ist naiv«, sagte Polly.

»Sind wir das nicht alle?« fragte ich.

»*Native Son* hat mir den Magen umgedreht«, sagte Arline. »Es beweist nur, was der weiße Südstaatler schon immer über uns gesagt hat; daß unsere Männer Vergewaltiger und Mörder sind.«

»Nun, ich gebe zu, daß die Wahl von Bigger Thomas als Beispiel für die Unterdrückung der Neger eine unglückliche ist«, sagte Leighton.

»Was meinen Sie, Mr. Jones?« fragte Cleo.

Ich sagte: »Na, man könnte sicher eine bessere Person als Bigger Thomas wählen, um diesen Punkt zu beweisen. Aber nachdem Sie's bewiesen haben, was dann? Die meisten Weißen, die ich kenne, sind stolz darauf, aus Negern solch Bigger Thomas gemacht zu haben.«

Wieder schwiegen alle und sahen mich an. »Nehmen Sie mich zum Beispiel«, redete ich weiter. »Ich habe einen Job als Vorarbeiter auf einer Werft. Ich soll den gewöhnlichen Arbeitern gegenüber eine gewisse Autorität haben. Aber ich habe Angst davor, einer weißen Frau zu sagen, daß sie eine bestimmte Arbeit tun soll. Sie braucht nur zu sagen, ich hätte sie beleidigt, und ich fliege raus.«

Leighton sah mich betroffen an. »Ist das so?« sagte er. »Ich wußte nicht, daß die Beziehungen zwischen Weißen und Farbigen in unseren Betrieben so gespannt sind.«

»Natürlich ist Bobs Problem mehr oder weniger individueller Natur«, sagte Alice. »Er ist eigentlich vom Temperament her für die Arbeit in der Industrie ungeeignet. Sobald er einen Beruf ergreift, wird sein Problem gelöst sein.«

»Ja, ich verstehe«, sagte Leighton. »Aber was das Problem des schwarzen Industriearbeiters angeht, finde ich, daß es nicht so sehr ein Problem der Rassen als der Massen ist. Sobald die Massen, einschließlich all unserer Minderheitengruppen, eine ökonomische Sicherheit erreicht haben, werden die Rassenprobleme von selbst eine Lösung finden.« Er wandte sich mir zu: »Würden Sie nicht damit soweit übereinstimmen, Mr. Jones?«

»Nein«, sagte ich. »Es ist ein Bewußtseinszustand. Solange die Weißen mich hassen und ich sie hasse, können wir die gleiche Menge Geld verdienen, nebeneinander im gleichen Haus wohnen und doch jeden Tag streiten.«

Er lächelte herablassend und nachsichtig zugleich. »Wie würden Sie denn vorschlagen, daß man ein Minderheitenproblem einer Lösung zuführen soll?«

»Ich kenne sonst kein anderes Minderheitenproblem«, sagte ich, »aber die einzige Lösung des Negerproblems ist eine Revolution. Wir müssen erreichen, daß die Weißen uns achten, und das einzige, was Weiße jemals geachtet haben, ist Gewalt.«

»Aber glauben Sie, daß eine Revolution, die von Negern durchgeführt wird, erfolgreich sein könnte?« fragte er in einem sanften Tonfall, wie man ihn einem unartigen Kind gegenüber gebraucht.

Aber ich versuchte, nicht den Kopf zu verlieren. »Nur dann, wenn genügend Weiße auf unserer Seite wären«, sagte ich.

»Umgekehrt«, sagte er, »wenn genügend Weiße auf Ihrer Seite wären, gäbe es keine Notwendigkeit für eine Revolution.«

»Es gibt eine Menge Weiße, die nichts tun als reden. Wenn wir eine Revolution hätten, wären sie gezwungen zu handeln, entweder für oder gegen uns – mir persönlich wäre es verdammt gleich, was sie tun.«

»Nehmen wir an, Ihre Revolution schlüge fehl?« fragte er.

»Das wäre auch in Ordnung«, sagte ich. »Wenigstens wüßten wir, wo wir stehen.«

Sein Lächeln wurde noch nachsichtiger, seine Stimme noch herablassender. »Ich glaube, Sie werden feststellen, daß es derzeit für die Neger am besten ist, am allgemeinen Aufstand der Massen überall auf der Welt teilzunehmen und daran mitzuarbeiten.«

»Sind Sie Kommunist?« fragte ich ihn.

Alle anderen sahen schockiert aus, aber er zuckte nicht mit der Wimper. »Nein. Nicht, daß ich irgend etwas gegen die Kommunisten habe, sondern ich glaube an dieselbe, vernünftige Art, die Dinge in die Hand zu nehmen. Und es gibt nur eine Lösung für die Neger . . .«

Ganz plötzlich brannte bei mir die Sicherung durch. Ich hatte von Anfang an versucht, von den Weißen wegzukommen. Und ich würde es nicht zulassen, daß dieser Hinterwäldler hierher zu meinen Leuten kam, den großartigen weißen Gott spielte, auf seinem Hintern saß, das Negerproblem mit gesetzten Worten löste und mich vor meinem Mädchen wie einen gottverdammten Narren behandelte, wenn ich bei seinen Leuten nichts weiter ausrichten konnte, als ein Lakai zu werden und einen Tritt in die Fresse zu bekommen. Und außerdem ging mir sein gottverdammtes herablassendes Lächeln auf die Nerven.

Ich unterbrach ihn mit einer plötzlichen, heftigen Geste und sprang auf. Damit war das Gespräch beendet.

11

Als die letzten Gäste von Alice gegangen waren, kam sie herauf, stand in der Tür und starrte mich mit großen, verdammenden Augen an. Ich schüttelte eine Zigarette heraus, paffte sie und ließ sie dastehen und mich anstarren. Sie war verdammt erbittert, dachte ich. Als sie sah, daß ihre schweigende Musterung mich nicht niederschlagen würde, kam sie ins Zimmer und setzte sich, schlug die Beine übereinander und sah mich von unten herauf an wie Bette Davis.

»Bob, versuchst du mich mit Absicht so weit zu bringen, daß ich dich nicht mehr mag?« fragte sie.

Ich fiel in einen Sessel ihr gegenüber, musterte sie ebenso schweigend, wie sie mich gemustert hatte.

»Oder magst du mich jetzt nicht mehr?« fuhr sie fort.

Ich wollte, daß sie damit aufhörte. Was in der vorigen Nacht geschehen war, war geschehen, und wenn ich jetzt irgend etwas darüber sagte, würden wir einander nur hassen. Ich wollte das nicht. Also sagte ich: »Es tut mir leid, Baby, aber ich hab' mir soviel von Leighton angehört, wie ich konnte. Wenn ich gewußt hätte, daß du all die superschlauen Köpfe hier hattest, wäre ich weggeblieben. Ich bin nur gekommen, weil ich mit dir reden wollte.«

»Aber du hast Tom mit Absicht beleidigt«, griff sie mich an. »Er hatte nichts gesagt, das dich hätte beleidigen können. Er versuchte dir nur etwas zu deinem eigenen Besten zu sagen.«

»Nun, ich bin nicht dafür zu haben«, sagte ich.

Sie runzelte mißbilligend die Stirn. »Es ist nicht nur das. Das ist nur ein Vorfall. Du bist ständig geladen.«

Plötzlich wußte ich, daß sie mich in die Enge zu treiben versuchte. »Worauf willst du hinaus?« fragte ich. »Ich nehme an, ich bin an allem schuld, was letzte Nacht geschehen ist?« sagte ich, ohne zu überlegen.

Sie sah mich gekränkt an und sagte: »Das ist es also. Du willst es mich jetzt also büßen lassen.«

Ich wurde wütend. »Verdammt, wenn ich es dich büßen lassen wollte, dann wüßte ich eine Menge Methoden, das zu tun, und würde nicht hier sitzen und deinen gottverdammten Freunden zuhören«, sagte ich ihr.

»Ich kann dich nicht daran hindern, mich zu hassen, wenn du das tun mußt«, sagte sie.

»Also gut, Baby«, sagte ich schroff. »Du hast's gesagt, nun laß uns das Thema beenden.« Ich wußte, wenn wir nicht damit aufhörten, würden wir überhaupt nichts mehr füreinander übrig haben.

»Hast du mir deshalb heute nachmittag, als ich dich anrief, von deinen Affären mit anderen Frauen erzählt?« fuhr sie fort. »Willst du mich jetzt verletzen?« Die Sache fraß sich immer tiefer in sie hinein; sie konnte nicht damit aufhören.

Ich spreizte die Hände. »Das habe ich nicht gesagt«,

widersprach ich. »Was ich gesagt habe, ist, daß ich viele Puppen kenne, mit denen ich ins Bett gehen könnte, wenn das alles wäre, was ich wollte . . .«

»Ist das denn nicht alles, was du von mir willst?« unterbrach sie mich.

»Was soll ich deiner Meinung dazu sagen? Daß ich glaube, daß es ein Zufall, ein Mißverständnis war, daß du eben betrunken warst und daß ich immer noch glaube, daß du das wundervollste Mädchen auf der Welt bist?« fragte ich sie. »Möchtest du, daß ich das sage?« Ich blies eine Rauchwolke in die Luft. »O.k., ich sage es. Und jetzt laß uns damit aufhören.«

»Du bist so egozentrisch, daß es schon beinahe krankhaft ist«, informierte sie mich von oben herab. »Du fängst an, indem du meinen Charakter angreifst, und dann, wenn ich auf eine deiner Schwächen hinweise, sagst du: »Laß uns jetzt damit aufhören, mich kann man nicht kritisieren, ich bin zu . . .«

»Baby, bitte«, sagte ich. »Ich habe es nicht so gemeint. Ich will dich nicht heruntermachen. Ich habe nur versucht . . .«

Sie wehrte ab: »Ich weiß, daß es dir schwerfallen wird zu begreifen, daß jemand auch noch an irgendwas anderes als an dich denken könnte«, sagte sie. »Aber ob du's glaubst oder nicht, ich denke an mich selbst. Ich frage mich, warum ich mir das von dir gefallen lasse, warum ich dieses lächerliche Spiel fortsetze . . .«

Es wurde jetzt wirklich peinlich. »Also gut, verdammt noch mal, hören wir damit auf!« brauste ich auf. »Ich bin ja bereit, das Thema fallenzulassen, warum denn nicht auch du, zum Teufel?«

Aber sie war nicht zufrieden; sie redete weiter, als ob eine innere Spannung sie antriebe. »Du bist grob und plump und unintelligent.« Sie machte eine Pause, um sich eine Zigarette anzuzünden, und ich ließ meine Muskeln erschlaffen. Ich war es müde, mit allen zu kämpfen; es war besser, sie würde es los, damit wir uns dann verständigen konnten.

»Da belagern drei Männer meine Türschwelle, die dir in jeder Beziehung überlegen sind. Sie sind kultiviert, intelligent, vernünftig und stellen gesellschaftlich etwas dar, und jeder von ihnen könnte für meinen Lebensunterhalt aufkommen, wenn ich ihn heiraten würde . . .«

Ich schloß die Augen und versuchte, nicht zuzuhören.

»Sie verstehen etwas von den feinen Unterschieden, auf die eine Frau Wert legt. Sie tun alles, worum ich sie bitte, und es ist ein Vergnügen, mit ihnen zusammenzusein . . . Du bist antisozial, flegelhaft, verkrampft«, hackte sie weiter auf mir herum. »Du siehst nicht besonders gut aus – du bist dunkler, als ich es mag; du ziehst dich an wie ein Gangster, du bist gesellschaftlich in keiner Hinsicht akzeptabel, und trotzdem dränge ich dich meinen Eltern und meinen Freunden auf.«

Es fing jetzt an, mir auf den Geist zu gehen. Ich sagte mir immer wieder, daß sie sich ärgerte, weil sie sich in der Nacht zuvor mir gegenüber eine Blöße gegeben hatte, und daß sie jetzt darüber wegzukommen versuchte, indem sie auf mir herumhackte. Aber es funktionierte nicht so gut; das war alles, was ich tun konnte, um nicht zu explodieren.

»Du hast völlig recht, Baby«, sagte ich und versuchte meine Gedanken für mich zu behalten.

»Du bist wahnsinnig aggressiv«, fuhr sie fort. »Du glaubst, du kannst all deine Probleme mit deiner Muskelkraft lösen. Du hast einen unglaublichen Minderwertigkeitskomplex, du bist richtig fixiert darauf. Du bist respektlos, ein Ignorant, einfach unmöglich.«

Ich hatte genug. »Weißt du, was du für mich tun kannst?« knurrte ich und beugte mich in meinem Sessel vor.

Sie musterte mich lange wie einen klinischen Fall und lächelte dann verächtlich. »Ich habe mir schreckliche Sorgen gemacht, seit du mich letzte Nacht verlassen hast. Ich dachte, du wärest so verletzt und wütend, daß ich dich nie wiedersehen würde«, fing sie an und wartete dann einen Augenblick, damit ich es in mir aufnehmen konnte. »Ich habe sogar daran gedacht, zu dir zu gehen und mit dir zu sprechen.« Jetzt grinste sie mich höhnisch an. »Ich finde, daß du es nicht wert bist«, sagte sie. »Du bist nicht nur bereit, es zu schlucken, und glaubst, daß ich so eine bin . . .«

Ich sagte es ihr aus tiefstem, wütendem Herzen: »Weil du ein Nigger bist, deshalb. Wärst du eine Weiße . . .«

Sie war aus ihrem Sessel heraus und durchs halbe Zimmer und schlug mich, bevor ich zu Ende sprechen konnte. Es war ein harter, wütender Schlag, und er schmerzte höllisch. Ich sprang blindwütig auf, packte sie bei den Schultern und schüttelte sie, bis ihre Zähne klapperten.

»Verdammt, ich bringe dich um!« rief ich. »Ich . . . ich . . . wer in der verdammten Hölle glaubst du denn, daß du bist, du . . . du . . .« Mir fiel nichts ein, das schlimm genug war, zu ihr zu passen.

Als ich sie zu schütteln aufhörte, sah sie mit einem seltsam gefügigen Blick zu mir hoch und sagte mit leiser, beherrschter Stimme: »Du bist ein dreckiger Neger«, und ich sagte: »Was bist du denn? Du bist kein gottverdammter Engel.«

Sie seufzte und sagte: »Aber aus irgendeinem seltsamen Grund liebe ich dich«, und wurde schokoladensüß. Ihre Augen wurden durchsichtig und klar, ihr Mund wurde mit einem Mal feucht, und sie klappte zusammen und umarmte mich.

Sie war wirklich und wahrhaftig mit allem, was sie hatte, nur für mich da. Ich konnte nicht anders. Ich wurde weich wie Watte und fiel ihr um den Hals, als käme ich nach Hause. Ich küßte ihre Augen, ihre Nase, ihren Hals; ich schob den Hausmantel beiseite und küßte die geschwungene Linie ihrer Schulter. Ich konnte ihr leises, kehliges Röcheln hören, als sie ihren Körper hart gegen den meinen preßte.

Genau da packte mich die Sache wieder. Ich konnte nicht anders. Ich fragte sie: »Hast du das wirklich jemals richtig gemacht?«

Sie wurde sofort kalt, legte ihre Hände auf meine Brust und stieß mich so heftig von sich, daß ich beinahe hinfiel.

»Mußt du das unbedingt tun?« fragte sie, und ihre Augen verdammten mich. »Mußt du denn immer wieder damit anfangen?« Sie ging zu ihrem Sessel, setzte sich hin und vergrub ihr Gesicht in den Händen. »Du machst jedes Gefühl kaputt, das ich für dich habe.«

Ich stand da, ballte die Fäuste und rang nach Luft. Ich hatte das verrückte Gefühl, in meine eigenen Gefühle eingesperrt zu sein; mir selbst zu entgleiten; nicht länger fähig zu sein, meine Gefühle zu beherrschen. Ich wußte nicht, ob ich wütend, gleichgültig oder mitfühlend sein sollte; ob ich mich umdrehen und gehen oder mich neben sie setzen und versuchen sollte, mich mit ihr zu verständigen; schließlich ließ ich mich wieder in meinen Sessel fallen.

»Baby, ich wünsche mir, daß du mich zu verstehen versuchst«, sagte ich. »Ich möchte auch nicht daran denken. Verdammt, es tut mir auch weh. Wahrscheinlich mehr als dir. Kannst du das nicht verstehen? Ich komme mir vor wie ein verdammter, einfältiger Narr.« Ich holte Luft und atmete aus, fühlte eine Spannung in meinen Beinen, die meine Füße vom Boden hob. »Jedesmal, wenn ich dich jetzt küsse, habe ich Angst, du könntest lachen.«

Sie schlug die Augen auf und sah mich lange an. Es war, als suche sie etwas. Dann nahm ihr ganzes Gesicht plötzlich einen sanften, zärtlichen Ausdruck an, und ganz hinten in ihren Augen war eine Andeutung, daß sie sich verletzt fühlte. Sie stand auf, kam zu mir und setzte sich auf die Armlehne meines Sessels. »Du bist nur ein Baby«, murmelte sie. »Nur ein großes, kleines Baby.« Und sie hob meinen Kopf und küßte mich, wie sie es nie zuvor getan hatte.

Ich legte meinen Arm um ihre Taille und zog sie herunter auf meinen Schoß und rieb mein Gesicht an ihrem weichen, seidigen Haar, roch seinen schwachen Duft und fühlte seine sanfte Liebkosung. Ich fühlte mich zum erstenmal seit Tagen wieder im Innern ganz lebendig, auf der Schwelle zu etwas Wunderbarem. Ich hatte das Gefühl, daß mit einem Mal alles gut werden würde; daß ich alle Schwierigkeiten meistern und nie mehr irgendwelche Sorgen haben würde, solange ich lebte.

Sie zog ihren Kopf und ihre Schultern zurück, um mich zu betrachten. Ihr Blick war gleichmütig, klar, aber nicht mehr zärtlich. »Bob, Liebling, glaubst du mir, wenn ich dir sage, daß ich keine Lesbierin bin?« fragte sie.

Ich fühlte es, wie meine Stirn sich zwischen den Augen runzelte. »Aber du warst schon vorher dort gewesen«, sagte ich.

Sie riß sich los und sprang auf, drehte sich um und sah auf mich hinunter. »Ach so«, sagte sie, »Deshalb bist du heute abend hergekommen – um mich einem Kreuzverhör zu unterziehen.«

Ich legte meine Hände auf die Armlehnen des Sessels und stand auf. Ich fühlte mich resigniert, müde, enttäuscht, als wäre ich eingesperrt und käme nie wieder heraus. »Willst du wissen, weshalb ich heute abend hierhergekommen bin?« fragte ich sie. Es spielte nun so oder so keine Rolle mehr. Ich konnte es ihr sagen. Es war mir sogar völlig gleich, was sie über mich denken mochte. »Nicht weil ich es wollte, das kann ich dir sagen. Ich wollte dich nicht wiedersehen, bevor ich mir nicht über meine Gefühle dir gegenüber klar wäre. Verdammt, ich bin nicht hergekommen, um mit dir über den Mist, der letzte Nacht passiert ist, zu streiten. Ich bin überhaupt nicht hergekommen, um zu streiten.« Ich holte Atem. »Ich bin hergekommen, weil ich herkommen mußte. Weil ich dachte, du wärst mein Mädchen, und weil ich nicht wußte, verdammt noch mal, wohin ich sonst gehen sollte. Vielleicht klingt das nicht so intelligent, aber es ist die Wahrheit. Ich mußte irgendwohin gehen, um mich auszusprechen und wieder einen klaren Kopf zu bekommen. Ich mußte weg von den verdammten Straßen, aus den Augen der verdammten Hinterwäldler-Rassisten, bevor ich irgendeinen Hurensohn umbrachte und auf den elektrischen Stuhl wanderte.« Ich atmete aus, seufzte und wandte mich von ihr ab. »Jetzt höre ich auf, dich damit zu belästigen, und fahre nach Hause«, sagte ich.

Sie schnitt mir den Weg ab, packte mich an den Armen, hielt mich fest, zwang mich, ihr in die Augen zu sehen. »Was ist denn, Liebling?« fragte sie. »Sag's mir, bitte.«

»Ich weiß nicht«, murmelte ich. Ich wollte es ihr sagen. Ich wollte es aus mir heraushaben. »Alles, verdammt noch mal. Meine Nerven sind zum Zerreißen gespannt. Ich rechne jeden Augenblick damit, daß der Ärger losgeht. Alles geht schief, alles auf einmal – der Druck ist zu groß. Verdammt noch mal! Du! Und der Job! Und einfach das Leben auf der Welt . . .«

»Ist irgendwas bei der Arbeit passiert?«

Ich sah weg von ihr. »Nein, immer dieselbe Knochenmühle«, log ich. »Die Weißen testen, wieviel wir wohl aushalten.« Ich machte eine Pause, dann sagte ich: »Aber es wird nie besser. Ich sage dir, ich halte das nicht mehr lange aus.«

Sie ließ meine Arme los und wandte sich von mir ab. »Bob, wenn du weiter über die Weißen herumbrütest, wirst du verrückt«, sagte sie.

»Da sagst du was.«

Sie setzte sich wieder hin. »Wie soll ich dir helfen?« fragte sie. »Ich habe wieder und wieder mit dir über deine Haltung gegenüber den Weißen geredet. Ich habe all meine Argumente erschöpft, und trotzdem hörst du immer noch nicht . . .«

»Ich werde auf alles hören, was du heute abend sagst«, erklärte ich ihr.

»Nein, das wirst du nicht.« Sie seufzte. »Alles, was du heute abend getan hast, ist, gegen mich zu kämpfen, mit mir zu streiten. Du hast versucht, mich auf jede mögliche Art und Weise, die du kennst, zu verletzen. Du gibst mir nicht mal die Gelegenheit, dir zu helfen, Liebling. Du wirfst mir dauernd vor, was letzte Nacht geschehen ist.«

Ich grub noch eine Zigarette aus und steckte sie an, trank das Schmelzwasser von meinen Eiswürfeln aus dem Highball-Glas, ließ mich auf das zweisitzige Sofa fallen. »Willst du es wirklich wissen, Alice?« fragte ich sie.

»Wie ich dir helfen soll?« Sie sah mich ruhig an. »Ja, das möchte ich.«

»Nun, dann will ich's dir sagen.« Ich paffte an meiner Zigarette. »Es gibt drei Möglichkeiten.« Ich spreizte meine Hände. »Vielleicht könntest du sowieso keine von ihnen nutzen, aber ich sage sie dir.« Ich paffte noch einmal. »Du kannst dasitzen und mit mir trinken, bis ich sternhagelvoll bin. Oder du kannst mich mit dir ins Bett gehen lassen. Wenn ich danach einschlafe, dann hält das bis morgen früh – ich weiß nicht, wieviel länger danach.« Ich stand auf und ging zum Fenster hinüber und sah hinunter in die linde, warme Nacht. Auf der anderen Seite der Straße stiegen ein Mann und eine Frau aus einem Wagen; sie sah aus wie ein Mädchen namens Monica, das ich flüchtig kannte; ich sah ihnen zu, wie sie ins Haus gingen. »Oder du kannst mit mir reden, mich mit dir reden lassen«, sagte ich, ohne mich umzusehen. »Du kannst mir erzählen, warum du zu Stella gegangen bist; wie es kam, daß du zum ersten Mal dorthin gegangen bist.« Ich machte eine Pause, und als sie nichts sagte, sprach ich weiter. »Ich werde dir alles erzählen, was ich über mich weiß. Wie ich jeden Morgen voll Angst aufwache. Was ich den Weißen gegenüber für Gefühle habe. Warum ich sie so verdammt hasse. Und was sie einem antun können, nur weil sie diese Farbe haben. Dir alles erzählen, was sich jedesmal, wenn ich auf die Straße gehe, so abspielt.« Ich wartete einen Augenblick, dann fuhr ich fort. »Vielleicht können wir herausbekommen, was mit uns beiden nicht stimmt, vielleicht sogar, was wir wirklich füreinander empfinden. Vielleicht kannst du mich überzeugen, daß ich mich in vielen Dingen irre – ich bin heute abend aufgeschlossen, ehrlich, Baby.« Ich atmete wieder. »Oder wenn du mich nicht überzeugen kannst, vielleicht kannst du mir zeigen, daß es sich für mich lohnt, mich zu ändern. Wenn ich mir deiner wirklich sicher wäre . . .« Ich brach ab und sprach nicht zu Ende, drehte mich um und sah sie an.

Sie hatte mir das Gesicht zugewandt, aber als ich mich umdrehte, sah sie weg. Ich ging durchs Zimmer und setzte mich wieder ihr gegenüber. »Hör zu, Baby«, sagte ich. »Wenn ich so weitermachen muß – ohne mir deiner sicher zu sein – und von jeder weißen Schlampe, die mir über den Weg läuft, als Fußabtreter benutzt werde, dann werde ich todsicher irgendwem wehtun.«

Sie saß eine lange Zeit ganz still da, nachdem ich zu sprechen aufgehört hatte, und betrachtete mich. »Bob, deine größte Schwierigkeit kommt daher, daß du nicht weißt, was du im Leben tun willst«, sagte sie. Ich glaube nicht, daß sie absichtlich in ihre Sozialarbeiterrolle schlüpfte; sie konnte einfach nicht anders. »Wenn du deine Kraft auf ein bestimmtes Ziel konzentrieren und sehr hart darauf hinarbeiten würdest, wenn du dich zum Beispiel deinen Studien widmen und mehr daran denken würdest, in diesem Herbst wieder aufs College zu gehen, würden diesen kleinen Zwischenfälle und alltäglichen Ärgernisse dir nicht so stark zusetzen.« Sie machte eine Pause, damit ich darüber nachdenken konnte.

Ich seufzte tief und sah weg von ihr und überlegte, ob es zuviel von ihr verlangt wäre, sich einmal in meine Situaton zu versetzen. Vielleicht konnte sie das wirklich nicht, dachte ich – vielleicht konnte das niemand in ihrer Klasse. Vielleicht war es deshalb ein solcher Wahnsinn, wenn es ausbrach – weil sie es so tief wie möglich begraben mußte, es nicht anschauen, nicht anerkennen, nicht darüber sprechen durfte; vielleicht war das ihre Methode, am Leben zu bleiben, ihre Enttäuschungen zu verstecken, mit ihren Kompromissen zuzudecken, genau wie ich mich auf die Kraft meiner Muskeln verließ und zurückzuschlagen versuchte und alle Augenblicke einen Tritt ins Maul bekam. Vielleicht würden wir nie zusammenkommen, dachte ich. Aber ich hörte ihr zu.

»Eine gewisse Menge Enttäuschung ist in den meisten Menschen verborgen – in Menschen aller Rassen«, fuhr sie fort. »Aber in dir . . .«

»Verallgemeinerungen helfen mir nicht«, schnitt ich ihr das Wort ab. »Ich bin bereit, über mich zu sprechen, wenn man mir nicht vorschreibt, was ich sagen soll, oder mich psychoanalysiert oder . . .«

Nun schnitt sie mir das Wort ab. »Bob, ich habe ernsthaft daran gedacht, daß ich vielleicht nicht die richtige Art von Frau für dich bin. Ich bin ehrgeizig und anspruchsvoll. Ich möchte etwas bedeuten in der Welt. Ich will einen Mann haben, der etwas darstellt, der geachtet und wohlhabend genug ist, so daß ich einen großen Teil der Diskriminierungen vermeiden kann, die ich nicht beseitigen kann, wie ich weiß, soviel verstehe ich schon davon. Ich möchte mich nicht von einem Menschen herunterziehen lassen, der sich nicht mit den Beschränkungen abfinden kann, die seiner Rasse auferlegt sind, mit einem Menschen, der sich nicht anpassen kann, der meint, daß er aus jedem Thema einen Boxkampf machen muß – der wegen einer Kränkung oder, sagen wir, weil irgendeine ungebildete Weiße ihn zufällig einen Nigger nennt, seine gesamte Zukunft aufs Spiel setzen muß.«

»Womit wir beim Thema wären«, sagte ich und stand auf. »Ich kann es dir ruhig erzählen, Baby, eine Weiße hat mich am Montagmorgen auf der Werft einen Nigger genannt, und ich habe sie eine Hinterwäldlerin-Hure genannt und meinen Job verloren.«

»Deinen Job verloren?« Sie wich zurück, als hätte ich ihr eine Ohrfeige versetzt. »Das ist es also.« Sie war mit einem Mal ungehalten. »Deshalb also brauchst du meine Hilfe . . .«

»Hör dir zuerst meine Geschichte an«, sagte ich und erzählte ihr von meinem Zusammenstoß mit Madge und meiner Herabstufung.

Sie sprang auf und ging durchs Zimmer. »Wenn die Weißen dich so sehr hassen würden, wie du sie haßt . . .«

»Würden sie mich sofort umbringen, und die Sache wäre erledigt«, sagte ich. »Und ich hätte nichts dagegen.«

Sie blieb stehen und sah mich an. »Willst du weiß sein, Bob?«

»Alles, was ich will, ist, fähig sein zu . . .«, fing ich an, aber sie schnitt mir das Wort ab.

»Laß es mich so ausdrücken. Wird die Tatsache, daß du ein Neger bist, dich daran hindern, den Erfolg zu suchen, wie die weißen Männer es tun?« Ich wollte sie unterbrechen, aber sie ließ es nicht zu. »Nein, Bob, das ist wichtig. Bei deiner gegenwärtigen Einstellung ist für mich kein Platz in deinem Leben – ist für niemandem Platz in deinem Leben außer für dich selbst. Als dir in der Sache mit dem Mädchen die Geduld gerissen ist, hast du nicht an mich gedacht.«

»Ich nehme an, ich hätte einfach sagen sollen: ›Ja, Ma'am, ich bin ein Nigger‹, und es auf sich beruhen lassen sollen.«

Sie ging wieder hinüber und setzte sich. »Es geht nicht mehr allein um dich, Bob«, sagte sie. »Ich muß an mich denken. Wenn wir heiraten wollen, mußt du anfangen, an die Zukunft zu denken – an *unsere* Zukunft . . .«

Da hatte sie mich. »Hör mal, Baby, ich werde es schaffen«, sagte ich ihr. »Nächsten Herbst gehe ich aufs College zurück, wie du möchtest, aber jetzt im Augenblick . . .«

»Aber es ist mehr als das«, unterbrach sie mich. »Ich habe versucht, es dir zu erklären. Ich muß Vertrauen zu dir haben können. Ich muß glauben können, daß du es schaffen wirst, und ich sehe einfach nicht, wie du es schaffen kannst, ohne daß du lernst, mit den Weißen, mit denen du arbeiten mußt, auszukommen.«

Ich bekam wieder dieses unangenehme Gefühl im Magen, um meinen Kopf legten sich wieder Eisenringe, und Steine türmten sich auf meiner Brust.

»Wirst du morgen zu dem Mädchen gehen und dich bei ihm entschuldigen?« fragte sie. »Ich glaube, Vater kennt den Direktor der Atlas Corporation. Wirst du . . .«

»Nein«, sagte ich.

»Aber es geht nicht nur um dich, Bob«, sagte sie. Sie bat mich nun um etwas. »Es geht jetzt um dich und um mich, Bob. Verstehst du nicht? Bei dem, was du tust, und bei den Entscheidungen, die du triffst, kannst du nicht nur an dich selbst allein denken. Du mußt an *unsere* Zukunft denken. Ist das zuviel verlangt?«

»Aber du verstehst auch nicht«, fing ich an. »Ich kann es nicht hinnehmen und trotzdem mit mir weiterleben. Ich kann es einfach nicht.«

»Bob«, sagte sie. »Ich werde dich nicht mehr darum bitten. Wenn du nicht zu diesem Mädchen gehst und dich bei ihm entschuldigst und auf jede Art und Weise versuchst, deine Stellung zurückzubekommen . . .«

»Sieh her, Baby«, unterbrach ich sie wieder; ich wollte, daß sie aufhörte; ich wollte nicht, daß sie es sagte. »Sieh doch, Alice, hörst du mir mal zu? Darf ich dir sagen, was mit mir passieren wird, wenn ich das tue? Darüber wollte ich den ganzen Abend mit dir reden . . .«

»Nein, Bob, ich höre dir nicht zu«, sagte sie. »Es ist eine Kleinigkeit. Wenn du *das* nicht tun kannst, Bob, dann müssen wir uns trennen.« Sie machte eine Pause, fügte dann hinzu: »Wir müssen *zusammen* gehen – verstehst du das nicht?«

»O.k.«, sagte ich und wandte mich zur Tür. Ich fühlte mich innerlich zermalmt, als ob mich ein Auto auf der Straße überfahren und liegengelassen hätte. Ich hatte nicht gewollt, daß sie es mir sagte, bevor ich eine Gelegenheit fand, ihr mitzuteilen, daß mir keine andere Wahl blieb.

12

Ich fuhr nach Hause, ging zu Bett und träumte. Alice und ich waren in einem Drugstore, und als ich gehen wollte, ging ich mit zwei Packungen in der Hand zum Ausgang, und dann konnte ich Alice nicht finden. Ich ging zurück, in der Hand die beiden Packungen, und suchte Alice und fand sie schließlich in einer Halle neben der Apotheke, wo sie mit der Frau des Besitzers redete, die ihre beiden Hände Alice auf die Schulter gelegt hatte. Ich dachte, da spiele sich etwas Komisches ab, und wurde wütend und sagte: ›Ich habe dich gesucht.‹ Sie sah mich an, als ob sie überrascht wäre, und sagte: ›Ich dachte, wir hätten eine Verabredung mit diesen Leuten‹, und ich sagte: ›Nein, wir haben keine Verabredung‹, riß sie am Arm und zog sie hinaus in den Laden, und dann dachte ich an die Packungen in meiner Hand und sah hinunter und sah, daß ich ungefähr ein halbes Dutzend Grapefruits in eine graue Weste gewickelt und einen .45er Revolver mit kurzem Lauf hatte. Ich ging zurück in die Halle und legte die Grapefruits auf einen Tisch, und dann stand ich da und versuchte, die Waffe in ein Pistolenhalfter zu stecken, das ich mir quer um die Brust geschnallt hatte, aber als ich die Waffe ins Halfter steckte, lugte das Halfter hervor, so daß man es unter meinem Mantel sah und ich meine Hose aufknöpfen mußte, um die Spitze des Pistolenhalfters in meine Hose zu stecken, aber man sah es immer noch, als ich meinen Mantel zuknöpfte, also hielt ich den Mantel mit dem linken Ellbogen an das Halfter gepreßt, damit man es nicht sah, und ging, um Alice zu suchen, aber sie war wieder hinausgegangen. Ich ging auch hinaus und sah sie oben auf der anderen Straßenseite, etwa einen Block entfernt. Rechts von ihr war ein von Unkraut überwucherter Park, der sich zu einem Fluß hinab erstreckte, und als ich die Straße überquerte, sah ich Alice in den Park gehen, und ich beeilte mich, sie einzuholen. Aber bevor ich sie entdeckte, fing sie an, um Hilfe zu rufen, und ich fummelte am Halfter herum, bis ich die Waffe herausbekam, und lief den Fußweg hinunter und sah in den Park und suchte sie, aber der Park war hügelig und steinig und von dichtem Buschwerk bedeckt, und ich konnte Alice nicht finden. Ich lief weiter bis zu einer freien Stelle im Gestrüpp und dann rechts einen Hügel hinauf und sah Millionen von Schweinen mit scharfem, knochigem Rückgrat und langen, gelben Hauern im Buschwerk umherlaufen und schoß auf eines genau vor mir und konnte das Loch in seine Flanke hineinplatzen sehen, wo die Kugel eindrang. Dann hörte ich Alice wieder schreien, es klang schrecklich – als ob sie entzweigerissen würde, und ich rannte, so schnell ich konnte, den Hügel hinauf, dorthin, woher ihre Stimme kam, mein Mantel behinderte mich dabei, und mein Herz schlug angsterfüllt. Als ich oben ankam, sah ich ein ausgetrocknetes, sandiges Flußbett und fing an, in dem Flußbett nach ihr zu suchen. Eine Frau, die oben an dem trockenen Flußlauf an einem Zaun lehnte, sagte: ›Da!‹ und ich sah in eine Ansammlung von Büschen und erblickte etwas, das zuerst wie eine kleine Stoffpuppe aussah, aber als ich es umdrehte, sah ich, daß es Alice war. Ihr Kopf und ihre Schultern waren dieselben, aber ihre Augen waren geschlossen, und ihr Körper war geschrumpft, bis er nur noch vielleicht dreißig Zentimeter lang war, und sie war tot. Ich war entsetzt und voller Angst und innerlich zerrissen, und als ich aufsah zu der Frau, die am Zaun lehnte, lehnten dort statt der einen Frau Millionen von Frauen, sahen mich an und schenkten mir das mitfühlendste Lächeln, das ich je gesehen hatte.

Ich wachte von einem Gefühl absoluter Ohnmacht überwältigt auf; ich lag da und erinnerte mich an den Traum in all seinen Einzelheiten. Die Erinnerung an meinen Streit mit Alice kam zurück, und dann sah ich Madges nierenförmigen Mund mit den brutalen Ecken, der das Wort ›Nigger‹ ausspuckte; etwas nahm einen schweren Hammer und nagelte mich aufs Bett.

Ich hatte Angst davor, an meine Leute zu denken; ich begann an meinen Gefühlen zu zerren, sie zu fesseln, wegzuschneiden, festzunageln. Ich war innerlich so gespannt, ich war wie Holz. Mein Atem ging nicht tiefer als bis zur Kehle, und ich wußte nicht, ob ich überhaupt sprechen konnte. Ich mußte mich auf den Tod vorbereiten, bevor ich aus dem Haus gehen konnte.

Als ich Homer und Conway auflas, sagten sie kein Wort; sie sahen mich nur aus den Augenwinkeln an. Dann hielt ich, um Pigmeat, Smitty und Johnson einsteigen zu lassen, und sie zankten sich wie jeden Morgen.

Schließlich fragte Smitty: »Wo warst'n gestern, Bob?«

Ich mußte darüber nachdenken, bevor ich antwortete: »Ich war weg«, sagte ich.

Pigmeat wandte sich Smitty zu und sagte: »Nun, das ist seine Sache. Stell dir vor, er sagt dir, er war mit deiner Mama zusammen.«

»Ich mag solche Witze nich'«, brummte Smitty. »Ihr jungen Mistkerle wißt nich', wie weit man gehen darf bei einem Mann.«

Ich fuhr die Central Avenue hinunter und probierte meine Bremsen aus – fuhr so dicht auf und kurvte so scharf hin und her, daß ich jeden Vordermann, der plötzlich bremsen mußte, über den Haufen hätte fahren müssen.

Conway beugte sich über Homer herüber und fragte: »Was is' los, Boß? Du siehst heute morgen mies aus. »Is' deine alte Dame abgehauen?«

Ich fühlte mich zerbrechlich wie überhitztes Glas; eine unsanfte Bewegung, und ich zersplitterte in tausend Stücke. »Könnte sein«, sagte ich mit einer flachen, hohen Stimme, die ganz vorn aus dem Mund kam.

»Bob hat seine eigenen Sorgen, Nigger, kümmer du dich um deine«, sagte Pigmeat.

Conway drehte sich um und warf ihm einen bösen Blick zu. »Du wirst zu groß für deine kurzen Hosen«, sagte er.

Ein großer Diesellaster mit Luftdruckbremsen stoppte vor mir, und ich wäre beinahe hineingerast. Ich bremste so kurz davor, daß meine Mitfahrer durcheinanderpurzelten.

Homer rieb sich den Kopf an der Stelle, wo er gegen die Windschutzscheibe geprallt war, und sagte: »Bob is' heute morgen wirklich ganz woanders mit seinen Gedanken.«

»Wo Bob heute morgen mit seinen Gedanken is, da würden

sie deinen schwarzen Arsch für aufhängen, da wo du herkommst«, sagte Johnson.

»Wo wer herkommt?«

»Du, Nigger, ich denke doch, du kommst aus Arkansas.«

»Bob hat kein Wort gesagt«, sagte Smitty. »Wenn er euch Drecksäue ausschimpfen und aus seinem Wagen schmeißen würd', dann tätet ihr sagen, er wär ein schlechter Kerl.«

Conway brachte es heraus: »Sag mal, Chef, was hat der graue Junge denn mit deinem Job zu tun? Er sagt, er übernimmt deinen Posten. Du hörs' doch nich' etwa bei uns auf, Chef?«

Nun waren sie still, sie kannten die Geschichte, aber sie warteten alle darauf, was ich zu sagen hatte.

»Ich hab' gestern einer Hinterwäldlerin die Meinung sagen müssen – oder vielmehr vorgestern –, und Mac hat mich runtergestuft«, sagte ich.

»Wozu, Hilfsarbeiter?« wollte Pigmeat wissen.

»Nein, Monteur«, sagte ich.

»Du weißt, sie können den Mann nicht zum Hilfsarbeiter herabstufen«, sagte Homer. »Was wird die Gewerkschaft sagen?«

»Was wird die Gewerkschaft sagen? Was denkst du, was sie sagen werden? Sie sind auch weiß, oder etwa nicht?«

»Ist sie selbst zum Alten hin?« fragte Conway.

Ich merkte plötzlich, daß ich die Luft angehalten hatte. Ich ließ sie heraus und sagte: »Nehme ich an.«

»Das sag' ich dem Jungen ja dauernd«, sagte Conway und sprach über Pigmeat. »Immer mit den weißen Frauen rummachen. Die bringen bloß Ärger.«

»War das die große rosa Glotzäugige, die als Heftschweißerin arbeitet?« fragte Pigmeat. »Sie's in Hanks Gruppe, nich'?«

Ich sagte nichts; ich wollte nicht darüber reden.

»Die zieht immer so 'ne Show ab mit dir«, fuhr er fort. Ich wußte nicht, daß er es bemerkt hatte; ich fragte mich, wer es sonst noch gemerkt hatte.

Ich war ganz woanders; ich spielte ein Spiel. Immer wenn ich Weiße sah, die vor mir die Straße überquerten, trat ich aufs Gas und hupte. Wenn sie sprangen, konnten sie es schaffen, wenn nicht, würde ich sie überfahren. Sie sprangen alle. Ich fühlte mich absolut ruhig und still und innerlich tot; es war mir gleich, ob sie sprangen oder nicht.

»Das is' alles, woran ihr Nigger denkt«, sagte Smitty. »Ich find', es ist eine Schande, wenn sie Bob wegen so was rausschmeißen . . .« Du freust dich wahrscheinlich wie ein Schneekönig, du Onkel-Tom-Bastard, dachte ich bei mir. »Die grauen Jungs schimpfen die weißen Frauen dauernd aus«, fuhr er fort.

»Bob is' kein grauer Junge«, sagte Johnson.

»Bob is' so wütend, weil er noch nix davon gehabt hat«, sagte Pigmeat.

»Bob hätt' zum Alten geh'n sollen«, sagte Smitty scheinheilig.

»Mann, wo is'n dieser Nigger her?« sagte Pigmeat. »Mann, wo is'n dein graues krauses Haar un' dein rostfarbener Kittel? Onkel Tom von dazumal.«

»Worüber ich mich so ärgere, das is'«, sagte Johnson, »daß die Weißen dich vom Anfang an am Wickel hatten, warum müssen sie dir dann auch noch oben drauf ihren Dreck kippen? Das regt mich so auf.«

Ich drehte das Radio an. Eine von Erskine Hawkins' alten Platten, ›I'm in a Lowdown Groove‹, wurde gespielt. Alice und ich hatten sie entdeckt, kurz nachdem wir uns beim Memo auf der Avenue kennengelernt hatten. Es wühlte mich innerlich auf, und ich stellte es ab. Aber die Worte gingen mir weiter durch den Kopf. Eine harte, bohrende Gleichgültigkeit ergriff mich. Zum Teufel mit allen Leuten. Zum Teufel mit der Welt; wenn es noch mehr Welten gab, zum Teufel auch mit ihnen.

Conway sagte: »Wir sollten uns zusammentun und zum Alten geh'n«, als ich auf den Parkplatz bei Atlas einbog. »Der Grund, warum Nigger jetzt nix haben, is', weil sie nich' zusammenhalten.«

Ich fand Tebbel schon unten in dem stickigen Loch, aber als er die Stempelkarten einzusammeln anfing, sagte ich: »Die nehme ich.«

Er sprang hoch. »Oh, ich hab' dich gar nicht gesehen«, sagte er. »Wie geht's denn?«

»Wunderbar«, sagte ich, ohne ihn anzusehen.

Er stand einen Augenblick da. Dann sagte er: »Was machen die Jungs heute?«

Ich drehte mich um und sah ihn an. Er hatte ein nettes, freundliches Lächeln auf dem Gesicht und versuchte, mit mir zusammenzuarbeiten. Aber ich war dagegen. »Sie werden das tun, was ich ihnen sage, solange ich die Verantwortung habe«, sagte ich mit einer harten, ruhigen Stimme und sah durch ihn hindurch.

Er errötete leicht, gab aber nicht auf. »Kelly sagte, er will, daß sie . . .«

»Zum Teufel damit!«

Die anderen Arbeiter richteten sich nach mir. »Kommt jetzt, wir stehen alle hinter Bob«, sagte Red. »Laßt uns runtergehen und den Alten sprechen und ihm sagen, was los ist.«

»Hört mal, Leute, laßt mich das machen«, sagte ich, aber nun hörten sie nicht auf mich.

Jeder wollte etwas dazu sagen, also versammelten sich alle um Red. Alle kamen zusammen, außer Ben; er ging seiner Arbeit nach und hatte nichts mit ihnen zu tun.

Jeder hatte eine andere Idee. Red sagte, sie sollten alle die Arbeit hinwerfen. Smitty war dafür, mit Mac zu reden. Pigmeat sagte, sie sollten die Arbeit versauen, so daß sie noch einmal gemacht werden müßte. Conway meinte, sie sollten ein Komitee bilden, und das sollte zu ein paar von den hohen Tieren in der Verwaltung gehen. George sagte, sie sollten alle farbigen Arbeiter auf der Werft organisieren und streiken.

Tebbel stand in einiger Entfernung, rot und unentschlossen. Ich wußte, er wollte ihnen sagen, sie sollten an die Arbeit gehen; ich fragte mich, ob er es versuchen würde. Ich sagte gar nichts zu ihnen; ich ließ sie schimpfen. Es war mir gleich, ob sie arbeiteten oder nicht. Ich hoffte nicht darauf, daß sie meinetwegen etwas riskierten; aber es gab mir ein gutes Gefühl, daß sie darüber nachdachten.

Zwei weiße Rohrleger kamen in die Abteilung, aber sie taten ihre Arbeit, ohne irgendwelche Fragen zu stellen. Sie hatten einen großen, hageren kohlrabenschwarzen Mann als Helfer. Er sah Homer über die Schulter und fragte ihn, worum es ging. Homer erklärte es ihm. Er kam näher, wurde einbezogen.

Plötzlich raffte Pigmeat einen Hammer auf und zerschlug einen gußeisernen Feuertopf. Er zerbrach in einzelne Stücke, tönte wie ein Gong in meinem Gehirn. Alle sprangen hoch. Stücke flogen durch die Luft; eines traf einen der weißen Rohrleger am Bein. Kerosin lief über das ganze Deck.

»Ich wollt', das wär' der Kopf von einem Hinterwäldler«, sagte Pigmeat. Sein Gesicht war haßverzerrt.

Dann reagierten alle auf einmal. Der weiße Rohrleger warf Pigmeat einen Blick zu, beugte sich vor, kickte das Eisenstück aus dem Weg und ging zurück an die Arbeit. Ben hörte gerade lange genug zu arbeiten auf, um Pigmeat einen kalten, sarkastischen Blick zuzuwerfen.

Red sagte: »Daß keiner ein Streichholz anzündet, bis diese Dämpfe hier rausgeweht sind.«

Tebbel eilte hinaus. Dann grinste Pigmeat plötzlich. »Dem Hurensohn hab' ich aber 'n Schreck eingejagt, was?«

George sagte: »Ich weiß nich', ob du ihm 'nen Schreck eingejagt hast. Aber mir hast du bestimmt 'nen Schreck eingejagt.«

Conway zerrte an seiner Weste, versuchte eine brennende Zigarette auszubekommen, die er aus dem Mund hatte fallen lassen. Schließlich wurde er sie los, trat sie aus, dann wandte er sich Pigmeat zu und sagte: »Der Alte wird raufkommen und dir in den Arsch treten.«

»Wen in den Arsch treten?«

»Nun denn, bevor's dazu kommt«, sagte Arkansas, »glaub' ich, daß wir hier drin allein schon alle Hinterwäldler an Bord dieses Schiffs durchprügeln können.«

Ben mußte wieder aufschauen. Einer der weißen Rohrleger warf Arkansas einen verstohlenen Blick zu.

George sagte: »Mann, du bist ein Trottel. Diese Hinterwäldler werden hier raufkommen und das ganze Schwarz aus dir rausprügeln. Ich wette, du bis' der erste, der um Hilfe brüllt.«

»Was wettest du?« fragte Arkansas. »Du kanns' jeden über mich fragen. Ich kämpf' gegen einen Hinterwäldler, bis . . .«

»Ach Mann, hör auf!« brachte George ihn zum Schweigen. »Die schlimmsten Prügel, die ich je abekriegt hab', die hab' ich gekriegt, weil ich dachte, ich könnt' jeden grauen Jungen schlagen, den ich sah. Ich war in Chicago, Mann, und ging gerade runter zum Athletic Club in der 35. Straße und lernte boxen. Mann, ich war große Klasse, ich hab' all die kleinen Hengste auf der State Street zusammengeschlagen, Mann, die brauchten bloß den Mund aufzumachen. Dann traf ich diesen grauen Jungen auf der Clark Street drüben. Und wir fingen an, uns über 'n Vierteldollar zu streiten, den wir auf der Straße gefunden hatten. Er sagte, es wär' seiner, und ich sagte, es wär' meiner, und wir gingen auf ein leeres Grundstück, um die Sache zu klären. Na, Mann, ich fange an rumzutanzen, gebe an mit meiner Fußarbeit, was ich in der Sporthalle gelernt hatte, und haue diesen grauen Jungen überallhin, wo ich wollte. Alles, was ich tat, war, den Kopf einzuziehen und einstecken. Mann, ich hab' dem auf die Birne gedroschen, bis er geblutet hat wie'n Schwein, und der hat noch immer nich' genug gehabt. Mann, ich wurd' so müde, auf dieser Birne rumzudreschen, ich konnt' meine Hände nur noch so hoch heben, wie mein Gürtel war, und dieser Kerl knirscht immer weiter mit den Zähnen und duckt den Kopf und kommt und kommt. Gerade als ich Schluß machen will, zieht dieser Bursche ab und setzt mir einen wilden Schwinger, und ich bin tot für ein Jahr. Ich sag' dir, Mann . . .«

»Das bist du«, sagte Arkansas. »Das bin nich' ich.«

Sie waren alle so gerade über ihren Widerstand hinweg und bereit weiterzuarbeiten, als Tebbel mit Kelly hereinkam. Da standen sie einfach nur da oder irrten ziellos im Kreis herum und machten mürrische Gesichter. Kelly ging herum und sah sich die Arbeit an; er blieb stehen und sah den zerbrochenen Feuertopf. Schließlich kam er zu mir und sagte: »Was ist los, arbeiten diese Jungs nicht, Bob?«

Ich sah ihn an. »Fragen Sie sie«, sagte ich. Es war mir gleich, ob er mich feuerte oder nicht.

Er wurde rot und sah weg. Sein Blick suchte Smitty. »Was ist los, Sie arbeiten nicht?«

»Ich wollte Bob gerade wegen dieser Naht hier fragen«, sagte Smitty. »Ich fang' gleich mit der Arbeit an.«

Pigmeat sagte laut genug, daß jeder es hörte: »Nigger, du hast Dreck am Arsch.«

Kelly sagte rasch: »Nun, ihr fangt besser alle zu arbeiten an, sage ich euch«, und verschwand.

Sie waren alle einen Augenblick lang still, und dann sagte Peaches: »Bob hat's genau richtig gemacht. Da is' mehr als eine weiße Schlampe, die Bescheid gestoßen braucht. Natürlich isses schlimm, dasser seinen Job verlor'n hat«, fügte sie lahm hinzu.

»Was er hätt' tun sollen, statt sie anzumachen, is', sie irgendwie reinlegen«, sagte Homer. »Er hätt' zu Hank raufgehen und ihm sagen sollen, daß sie ihn beleidigt hat oder so was, damit Hank sie zusammenstaucht. Keiner von uns braucht hier rumzulaufen und mit diesen Weißen zu streiten. Du brauchs' nur dafür zu sorgen, daß sie sich mit ihren eigenen Leuten streiten. Guck doch bloß, was sie im Moment in Europa tun, schlagen sich untereinander tot wie Fliegen.«

»Das erinnert mich an die Zeit, als ich Wasserträger für so'n paar irische Schienenleger in Arkansas war«, sagte Conway. »Sie bauten da die Strecke für den Yellow Dog, und es war heißer als 'ne Kokerei in West Virginia. Die Iren schrien immer bloß: ›Komm schon, du Waschbär, los, du Nigger, bring Wasser. Wasser-Jack, du solltest längst hier sein und schon wieder halb zurück! Wo is' denn der schwarze Waschbär?‹ Sie machten mich wütend, aber ich wußte, daß ich es nich' mit ihnen allen aufnehmen konnte. Wenn ich also einen Eimer Wasser für sie holte, pinkelte ich jedesmal rein.«

»Conway!« sagte Peaches.

Conway grinste beschämt. »Ja, das is' die Wahrheit«, sagte er. »Jedesmal.«

Die drei Mädchen zogen sich an das Ende der Abteilung zurück, nicht außer Hörweite, aber weit genug, daß niemand denken würde, sie gehörten dazu.

Ich holte tief Luft und dachte: Also, das war's. Ich hatte ohnehin nichts erwartet, also war ich nicht enttäuscht. Ich hatte von Anfang an gewußt: Was auch immer für mich getan werden sollte, mußte ich selbst für mich tun. Aber ich blieb da; ich wollte bei ihnen nicht den Eindruck erwecken, daß ich ihr Eintreten für mich nicht zu schätzen wußte.

Murphy übernahm den Ball und fing an, dreckige Witze zu

erzählen. Ich sah ihn an dem Morgen zum ersten Mal; man hatte ihn am Vortag in meine Gruppe versetzt, als ich nicht dagewesen war. Er war ein mittelgroßer, magerer Bursche mit hängenden Schultern, schwarz wie Pik-As, mit einem langen, schmalen Eierkopf, der hinten kahl wurde, und Augen, die wie bei Orientalen an den Winkeln aufwärts geschlitzt waren.

George nickte mit dem Kopf in Murphys Richtung und zwinkerte mir zu. »Komm rein und red's dir von der Seele.«

Johnson sagte: »Wir sollten keine schmutzigen Witze erzählen. Es sind Damen da.«

»Wir hören euch nicht zu«, sagte Zula Mae. »Wir reden über euch.«

Zwei oder drei von ihnen sahen sich um, ob Tebbel noch da war. Er stand abseits und hörte sich alles an.

Pigmeat sagte: »Dieser Willie! Als er 'n kleines Baby war, da war er so schwarz, daß ihm seine Mama Mehl aufs Maul tun mußte, um zu sehen, wo sie ihn füttern sollte.«

»Das stimmt«, sagte Willie. »Und du warst so schwarz, daß du schon vier Tage alt warst, eh' dich irgendwer gesehen hat.«

»Gentlemen! Gentlemen!« sagte George. »Hört doch bitte damit auf!«

Die drei Mädchen gingen raus. Es wurde ihnen zu wild. Als Peaches an Willie vorbeikam, kniff sie ihm mit der Zange ins Bein. Er sprang hoch und brüllte.

»Das kommt davon«, sagte Johnson.

Dann fragte Arkansas plötzlich: »Kannste rennen?«

»Mit wem redest du?« fragte Johnson.

»Mit dir«, sagte Arkansas.

»Klar kann ich rennen«, sagte Johnson. »Kannst du rennen?«

»Kann ich rennen!« echote Arkansas. »Da brauchste schon drei, um das festzustellen.«

Nach einem Augenblick fragte Johnson pflichtschuldig: »Und was sagen die?«

»Der eine sagt: ›Hier kommt er!‹ Der andere: ›Wo ist er?‹ Der dritte: ›Ich hab' keinen gesehen!‹« Arkansas lächelte nicht.

»Das erinnert mich an den farbigen Burschen, der runter an den Fluß geht . . .«, fing Smitty an.

»Wie kommste denn jetzt auf 'nen Mann, der runter an den Fluß geht?« wollte Arkansas wissen.

»Wie auch immer«, fuhr Smitty unbeirrt fort. »Dieser farbige Bursche sitzt also unten am Fluß, als so ein Alligator aus dem Wasser raufkommt. Der farbige Bursche sieht dem Alligator eine Weile zu, und dann fängt er an zu lachen. ›Guck dir den komischen alten Alligator an‹, sagt er. Der Alligator rollt seine Augen herum, sieht den farbigen Burschen an und fragt: ›Was ist denn so komisch an mir? Ich bin doch nur ein Alligator.‹ Der farbige Bursche springt auf und sieht sich überall um, in die Büsche und das Flußufer rauf und runter, dann sieht er wieder den Alligator an und fragt ihn: ›Hast du was gesagt?‹ ›Ich sage, was ist denn so komisch an mir?‹ sagt der Alligator. Die Augen von dem farbigen Burschen fallen ihm fast aus dem Kopf. ›Kannst du sprechen, oder höre ich Stimmen?‹ fragt er den Alligator und der Alligator rollt seine Augen und sagt: ›Klar kann ich sprechen. Wir Alligatoren können alle sprechen. Der Unterschied zwischen uns und euch farbigen Jungs is' bloß: Ihr farbigen Jungs redet zuviel!‹

Na, der farbige Bursche rennt also wie der Blitz und hört nicht auf zu rennen, bis er zu dem Feld kommt, wo ein weißer Mann pflügt, und er sagt: ›Mista Jones, Mista Jones, ich hab' grade einen Alligator reden hören.‹ Mista Jones sagt: ›Ach komm, Junge, du weißt, daß Alligatoren nicht reden können.‹ Der farbige Bursche sagt: ›Ich schwör's, ich hab' ihn reden hören. Genau wie'n richtiger Mensch. Kommen Sie mit zum Fluß runter. Mista Jones, ich zeig's Ihnen.‹ Mista Jones sagt: ›Ich hab' keine Zeit für solchen Quatsch, ich muß dies Maisfeld hier pflügen.‹ Aber der farbige Bursche sagt: ›Ich schwör's, ich hab' ihn reden hören. Ich hab' ihn ausgelacht und gesagt: ›Guck sich einer den komischen alten Alligator an‹, und er hat gesagt: ›Was ist denn so komisch an mir?‹ Also sagt Mista Jones: ›Also gut, Junge, ich komm' mit und seh's mir an. Aber ich schwör' dir, wenn der Alligator nicht redet, prügel ich dich windelweich.‹ Der farbige Bursche sagt: ›Oh, er wird reden‹.

Sie kommen also ans Ufer runter, und der alte Alligator liegt da in der Sonne; und der farbige Bursche sagt: ›He, Alligator, zeig dem Mann, daß du reden kannst.‹ Der alte Alligtor rollt nur seine Augen und sieht den farbigen Burschen an. Der weiße Mann sieht den farbigen Burschen auch an, und der farbige Bursche sagt: ›Jetzt komm schon, Mista Alligator, und rede. Du hast vorhin wie'n Wasserfall geredet.‹ Aber der Alligator sagt nichts. Der farbige Bursche kann ihn partout nicht zum Sprechen bringen. Also wird der weiße Bursche es müde, dazustehen, und er packt den farbigen Burschen, wie er gesagt hat, und prügelt ihn windelweich. Ja, und dann setzt sich schließlich der farbige Bursche wieder neben den Alligator, sein Kopf is' so voll Beulen wie 'ne dicke Ananas; Mann, sein Kopf hat mehr Beulen als der von dem Alligator. ›Ich hab' dem Mann gesagt, du kannst reden, und du läßt ihn mich einfach windelweich schlagen.‹ Der Alligator rollt die Augen, sieht den farbigen Burschen an und sagt: ›Ich sag' ja, ihr farbigen Burschen redet zuviel.‹«

Willie und Arkansas wälzten sich vor Lachen auf dem Boden. »Das war 'n Alligator«, sagte Arkansas.

Ich begegnete Bens Augen und grinste ihm zu. Ben machte kreisende Bewegungen mit dem Zeigefinger an seiner Schläfe, und ich lachte.

Niemand konnte diese Geschichte übertreffen, und sie schwiegen alle einen Augenblick. Tebbel nutzte die Pause, um seine zu erzählen: »Die alte Tante wäscht ihre Wäsche auf dem Hof.« Wir sahen ihn alle überrascht an. »Und sie sagte . . .«

»Meinst du die alte Tante Loo?« schnitt Pigmeat ihm das Wort ab.

»Das spielt keine Rolle, wie sie hieß«, versuchte Tebbel es noch einmal; aber Pigmeat unterbrach ihn wieder: »Oder meinst du die alte Tante Coo?«

Tebbel lief rot an. »Einfach die alte Tante«, knurrte er. »Die alte Tante wäscht also ihre Wäsche auf dem Hof . . .«

Conway hob einen Lüftungsschachtteil hoch und schmetterte ihn aufs Deck. »Wir haben genug Witze erzählt, laßt uns jetzt an die Arbeit gehen«, sagte er.

Ich mußte lachen. Ich fühlte mich besser, als ich mich den ganzen Morgen gefühlt hatte.

»Wir alle kennen den über die alte Tante längst«, sagte Johnson.

»Du kennst ihn, Johnson, nicht wahr?« Ich zwinkerte ihm zu.

»Alle kennen den, Junge«, sagte Pigmeat zu Tebbel. »Laß dir einen anderen einfallen und komm dann wieder.«

»Was ich wissen möchte, ist, ob hier eine Stoßfuge oder eine Überlappung hin soll«, sagte Conway und drehte das Lüftungsschachtteil um.

»Das wird dir Tebbel alles erklären«, sagte ich. »Tebbel ist ab nächster Woche euer Boß.«

Tebbel sah unsicher drein. »Was steht denn auf der Blaupause?«

»Wenn ich eine Blaupause hätte, würde ich dich nicht fragen«, sagte Conway.

»Ich hole lieber die Blaupause, um sicherzugehen«, sagte Tebbel und ging hinaus.

»Ich hab' ihn rausgejagt«, grinste Conway.

»Es ist eine Überlappung«, sagte ich.

»Ich weiß«, sagte er. »Ich wollt' ihn nur dran hindern, daß er den dreckigen Witz erzählt. Damit ich ihm nicht die Zähne ausschlagen muß.«

Die drei Mädchen kamen herein, und Peaches fragte: »Seid ihr jetzt fertig mit den dreckigen Witzen?«

Ich lachte. »Tebbel hat dem ein Ende gemacht.«

»Was hat der denn erzählt?« wollte Bessie wissen. »Was Dreckiges über Farbige, ich weiß schon.«

»Sie haben sich alle gegen ihn zusammengerottet und wollten ihn nicht erzählen lassen, da is' er weg«, sagte ich ihr.

»Das is' gut«, sagte Peaches. »Laßt ihn bloß nicht damit anfangen.«

Ich zwinkerte Peaches zu. »Ich glaub', ich geh' mal raus und red' mal mit meiner weißen Frau«, sagte ich.

»Die hört nicht auf dich«, sagte sie und grinste. »Hast du doch schon gemerkt.«

Aber das brachte mich nicht aus dem Takt. »Wetten?« neckte ich sie.

»Wer soll das entscheiden? Wenn du mehr als einmal brüllst . . .«

»Was ich hab' das bringt so 'nen kleinen Jungen wie dich glatt um«, unterbrach sie mich, und wenn sie eine helle Haut gehabt hätte, wäre sie daraufhin feuerrot geworden.

»Laß jetzt unsere Helferinnen in Ruhe«, sagte George. »Wir kümmern uns um alles, worum man sich kümmern muß. Geh du mal los und red' mit deiner weißen Frau.«

Kelly hatte gerade noch rechtzeitig den Kopf hereingestekt, um die letzten Worte zu hören. Er warf uns einen überraschten Blick zu und verschwand, ohne ein Wort zu sagen.

Pigmeat lachte. »Hast dem Affen Zucker gegeben.«

Ich sah auf meine Uhr. Es war Viertel nach neun. Wir hatten mehr als eine Stunde herumgealbert. Aber sie waren ihren Ärger losgeworden; fast alle arbeiteten wieder. Ich fühlte mich auch besser. Nun konnte ich hinaufgehen und mit dem Gewerkschaftsvertreter reden, ohne aus der Haut zu fahren.

Dann schnippte Conway plötzlich mit dem Finger. »Wir haben ja Bob völlig vergessen . . .«, fing er an, aber ich schnitt ihm das Wort ab. »Nein, nein, wir lassen das jetzt. Ihr Jungs macht so weiter und tut eure Arbeit. Ich kümmer' mich um alles.«

»Wir steh'n jedenfalls hinter dir, Chef«, sagte Smitty.

»Weit hinter dir«, sagte Pigmeat.

Ich gab ihnen das O.k.-Zeichen, zog meine Hosen hoch und ging los. Ben hielt mich auf. »Das sind Leute, was?« sagte er und schüttelte den Kopf.

»Weißt du noch, was der Affe sagte, als der junge Moses ihn überfuhr und ihm den Schwanz abschnitt?« fragte ich.

»Mein Volk, mein Volk!« riefen sie im Chor und grinsten einander an.

13

Ich fand den Gewerkschaftsvertreter Herbie Frieberger auf dem Wetterdeck, wo er sich seiner Privilegien erfreute. Er war ein großer, hagerer Mann Anfang Dreißig mit hängenden Schultern, krausem, gelblichem Haar, schlaff herunterhängender Unterlippe und einer großen Hakennase. Sein Gesicht war schmal, und seine bräunlichen Augen saßen dicht beieinander; er hatte seinen funkelnagelneuen Schutzhelm in den Nacken geschoben und vorn aufs Hemd eine Gewerkschaftsplakette so groß wie eine Untertasse gesteckt. Ich haßte den Kerl nicht gerade, aber ich verachtete ihn vom ersten Augenblick an. Es war rein persönlich.

Um ihn herum standen fünf Kerle, vier Weiße und ein Schwarzer, der irgend etwas in der Gewerkschaft war, wahrscheinlich der Beweis, daß sie keine Rassendiskriminierung praktizierte. Herbie redete sich gerade die Seele aus dem Leib über den Leih- und Pachtvertrag mit Rußland, als ich auf sie zuging.

»Genossen«, begrüßte ich sie.

Sie drehten sich alle um. Einer der weißen Kerle zwinkerte; die anderen drei sagten nichts.

»Genosse!« grüßte der farbige Bursche. Ein schwarzer Russe, dachte ich.

Herbie sah etwas pikiert aus. »Hallo, Bob«, knurrte er.

»Kann ich mit dir ein Wort unter vier Augen sprechen, Kommissar?« fragte ich. Das gefiel Herbie auch nicht. »Komm, laß das blöde Gerede«, fuhr er mich an. »Gleich wirst du mich bitten, ich soll dir aus der Klemme helfen.«

Ich verzog keine Miene. »O.k., du kennst die Geschichte«, sagte ich. »Ich möchte mit dir darüber reden.«

Er tat wieder sehr wichtig. »Sag mal, Bob, kannst du nicht in ungefähr einer halben Stunde zu mir kommen? Vielleicht kann ich was für dich tun, Alter.«

»Was auch immer du in einer halben Stunde tun kannst, kannst du sofort tun.«

»Jesus Christus, alles, war ihr Leute tut, ist meckern«, beklagte er sich. »Ihr wollt keine Gewerkschaft, ihr wollt einen Gerichtshof für zwischenmenschliche Beziehungen. Schreib einen Brief an Mr. Anthony.«

Wenn er wüßte, was ich über ihn und die Gewerkschaft denke, würde er nicht so unverschämt sein, dachte ich. Ich hielt meine Stimme unter Kontrolle. »Komm schon, mein Judenjunge, sei doch nicht so laut«, sagte ich und zog ihn vor den weißen Jungens auf.

Er warf mir einen bitterbösen, den anderen einen Ihr-seht-ja-wie-es-ist-Blick zu, spreizte die Hände in einer Geste der Verzweiflung und ging mit mir zur Steuerbordreling.

»Du mußt eine Beschwerde schreiben und sie mir morgen geben«, legte er los, noch bevor ich ein Wort gesagt hatte. »Ich lege sie dem Betriebsrat vor, wenn wir nächste Woche zusammenkommen.«

»Nicht so hastig, Sonny Boy«, sagte ich ruhig. »Ich möchte nur, daß du dieser Hinterwäldlerin den Kopf zurechtsetzt. Den Rest schaff' ich schon allein. Ich möchte, daß du ihr sagst, daß sie hier mit Negern zusammenarbeiten muß oder ihren Job verliert.«

Ich wußte, daß ihn das in Verlegenheit brachte; er wollte sich ebensowenig mit diesen Hinterwäldlern anlegen wie ich.

»Jesus Christus, Bob, du weißt, daß die Gewerkschaft das nicht tun kann«, fing er an; er versuchte sich zu drücken. »Die Gewerkschaft kann niemanden zwingen zu kündigen . . .«

»Das könnt ihr, wenn jemand nicht seine Beiträge bezahlt«, sagte ich.

»Aber das ist was anderes«, behauptete er. »So etwas ist Dynamit. Wenn wir das versuchten, würde die Hälfte der Belegschaft auf der Werft die Arbeit hinwerfen. Ich mag gar nicht daran denken, was geschehen könnte.«

»Versuch's nicht«, sagte ich. »Denk an das, was schon geschehen ist. Wenn eine drittrangige Heftschweißerin einen Vorarbeiter feuern lassen kann, wird jede Hinterwäldlerin hier denken, sie kann das Maul aufreißen und jeden Neger feuern lassen . . .«

»Also gut, Herrgott, ich rede mit ihr«, sagte er. »Das ist das

Beste was ich tun kann.« Er wischte sich imaginären Schweiß von der Stirn. »Verdammt, Alter, markier hier nicht den starken Mann, sonst knallen sie uns alle ab. Immer mit der Ruhe, dann lebt man länger. Hör zu, wenn du ein oder zwei Monate den Mund hältst, verspreche ich dir . . .«

»Wenn du nicht jetzt mit ihr reden kannst, während ich hier bin, damit ich höre, was du sagst, dann zum Teufel mit dir und auch mit dieser lausigen, rassistischen Gewerkschaft!« sagte ich.

»So spricht man nicht über die Gewerkschaft«, fuhr er hoch. »Du weißt, wir haben immer für die Farbigen gekämpft. Gott, informiere dich doch erst mal über deine Gewerkschaft, Mann. In den meisten Bezirken sitzen Schwarze in den Ausschüssen . . .«

»Das sagt mir überhaupt nichts«, schnitt ich ihm das Wort ab. »Als ich '41 in diese lausige Stadt gekommen bin, hab' ich mich nur mit rassistischen Betriebsräten herumärgern müssen, die deine Gewerkschaft organisiert hatte. Sie *nehmen mich auf* – wunderbar – *wenn ich überhaupt hereinkomme* . . .«

»Zum Teufel, die Gewerkschaft ist keine Arbeitsvermittlung. Wenn die Gewerkschaft nicht wäre, würdest du jetzt hier nicht arbeiten . . .«

»Das ist eine verdammte Lüge!« sagte ich. »Der einzige Grund, weshalb diese Firma angefangen hat, Neger einzustellen, ist der, daß sie nicht genügend weiße Arbeiter kriegen konnten, die auf dieser dreckigen Werft arbeiten wollten. Diese lausige Gewerkschaft hier hat nie für die Einstellung von Negern gekämpft – hat wahrscheinlich sogar dagegen gekämpft . . .«

»O.k., o.k.«, unterbrach er mich. »Diese Gewerkschaft hier stinkt. Himmel, weißt du nicht, daß ich das weiß? Aber beurteile nicht die ganze Bewegung nach . . .«

»Die ganze Bewegung ist nicht der kleine Jesus Christus für mich«, sagte ich. »Entweder seid ihr für mich, ohne Wenn und Aber, oder ihr seid gegen mich. Ich spiele nicht in der Mitte.«

»Das ist das Problem bei euch Farbigen!« schrie er aufgebracht. »Du vergißt, daß wir im Krieg sind. Das ist jetzt nicht die Zeit für private Auseinandersetzungen. Wir kämpfen gegen den Faschismus – wir kämpfen nicht gegen die Companies, und wir kämpfen nicht gegeneinander –, wir kämpfen alle zusammen gegen den Faschismus, und um den Faschismus zu schlagen, müssen wir Einigkeit haben. Wir müssen Einigkeit in der Gewerkschaft haben und Einigkeit bei der Arbeit . . .«

»Das ist großartig, Genosse Marx, das ist wunderbar«, schnitt ich ihm das Wort ab. »Einigen wir uns, du und ich, fangen wir an, den Faschismus hier zu bekämpfen. Laß uns runtergehen und dieser Hinterwäldlerin ein paar Nachhilfestunden in Einigkeit geben, und wenn sie sich nicht einigen will, laß uns ihr vom Krieg erzählen . . .«

»Ach, verdammt noch mal, du willst agitieren!« schrie er. »Ich bin kein Kommunist, und du weißt es. Mrs. Baker hatte einen Leitartikel in ihrer Zeitung über Neger wie dich. Sie sagte . . .«

»Ganz gleich, was sie gesagt hat, ich will es nicht hören«, sagte ich. »Mrs. Baker ist nicht meine Mama.« Mrs. Baker war eine Negerin, die in Los Angeles eine Wochenzeitung herausgab. »Und was all das Geschwafel über Einigkeit angeht: Sorg dafür, daß diese Hinterwäldler sich mit mir einigen. Ich bin bereit. Ich will mit ihnen arbeiten, mit ihnen kämpfen, mit ihnen sterben, verdammt. Aber ich werde nicht noch einmal versuchen, mich zu einigen, wenn niemand da ist, mit dem ich mich einigen kann. Verstehst du das?« Ich legte ihm den Finger auf die Brust. »Was geht mich diese Einigkeit an, zum Teufel, oder der Krieg, solange jede hergelaufene Weiße mich wie ein Stück Dreck behandeln kann? Sollen doch die Weißen mir mal zeigen, was Einigkeit ist.«

Er sah mich merkwürdig an. »Ich bin weiß«, sagte er. »Ich behandele dich nicht wie ein Stück Dreck.«

Das machte mich rasend vor Wut, daß er mich so in die Enge zu treiben versuchte. Ich explodierte. »Zum Teufel, sieh nicht mich an!« sagte ich. »Ich glaube es dir ja. Aber sag das mal ein paar von diesen Hinterwäldlern hier. Sie würden sich weigern, mit dir zu arbeiten, sobald du es tust.«

Nun sah er mich betroffen und mitleidig an. »Mein Gott«,

sagte er. »Ich habe noch nie jemand gesehen, der so durcheinander war.«

»O.k., ich bin durcheinander«, sagte ich. »Ich wußte, daß das kommen würde.« Ich holte tief Luft und nagelte ihn fest. »Ich möchte nur wissen, ob du mit mir kommst, um mit diesem Weib zu reden.«

»Bob, du weißt verdammt gut, daß ich das nicht kann. Damit würde ich . . .«

»Dann geh zum Teufel!« sagte ich und ging weg.

Ich rieb mir das Gesicht mit der flachen Hand, bohrte die Fingerspitzen in meine Kopfhaut. Der Kerl konnte mir wirklich auf die Nerven gehen. Ihm fielen in fünf Minuten mehr Ausreden ein als einem durchschnittlichen Arbeiter an einem ganzen Tag. Und das Teuflische war, daß er jeden geistig minderbemittelten Kumpel damit einwickeln konnte. Ich hatte von ihm nur verlangt, daß er dem Weibsbild den Kopf zurechtsetzte, und er hatte mir beinahe bewiesen, wieso sie im Recht und ich im Unrecht wäre.

Nun wußte ich nicht mehr, was ich tun sollte. Ich hatte die Stempelkarte nicht abgegeben, weil ich mir nicht Kellys Kommentar anhören wollte. Ich stand eine Zeitlang auf dem Deck und sah hinaus über den Hafen. Am Horizont erkannte ich die Silhouette eines Kreuzers. Die Weißen sind noch immer am Ruder, dachte ich; dann dachte ich an die schwarzen Seeleute an Bord, die die Weißen bedienten. In der guten alten amerikanischen Tradition, dachte ich; im guten alten American way.

Mein Gesicht fühlte sich geschrumpft an, hager, die Haut über den Knochen gespannt. Ich fragte mich, was geschehen würde, wenn alle Schwarzen in Amerika sich weigern würden, in den Streitkräften zu dienen, sich weigern würden, in den Rüstungsfabriken zu arbeiten, bis die Rassendiskriminierung abgeschafft würde. Die Weißen würden zweifellos ohne uns weiterkämpfen, dachte ich – und zweifellos gewinnen. Vielleicht würden sie uns umbringen, aber sie konnten uns nicht alle umbringen. Und wenn sie es täten, hätten sie höllisch viel zu tun, uns alle zu beerdigen.

Bei dem Gedanken mußte ich lachen, es war zwar nur ein Schnauben, lockerte mich aber ein wenig. Dann erinnerte ich mich, daß Mac gesagt hatte, ich würde meine Zurückstellung verlieren. Ich würde bald da drin sein, wenn ich nicht meinen Job zurückbekam, dachte ich und sah dem langen, schmalen Kreuzer nach. Ich packte die Reling an, bis meine Knöchel weiß durch das Braun schimmerten, biß die Zähne zusammen, bis meine Kiefer schmerzten. Ich würde es mir nicht gefallen lassen, dachte ich; ich würde es mir einfach nicht gefallen lassen, das war alles.

Dann dachte ich an das, was Alice gesagt hatte: ›Aber du bist jetzt nicht mehr allein, Bob! Es geht um dich und um mich . . . Verstehst du das nicht?‹ Es tat mir innerlich weh, in der Brust und im Magen. Ich konnte die Bewegungen ihres Gesichts sehen, die weichen Lippen redeten mit mir: ›Was du auch tust, und was du auch für Entscheidungen triffst, du darfst nicht mehr nur an dich allein denken. Du mußt unsere Zukunft in Betracht ziehen . . .‹ Die Bitte in ihren Augen . . . ›Ist das zuviel verlangt?‹ Die Endgültigkeit ihrer Stimmen: ›Wenn du nicht zu diesem Mädchen gehst und es um Entschuldigung bittest und alles tust, um deinen Posten zurückzubekommen – wenn du das nicht fertigbringst, Bob, dann ist das das Ende unserer Beziehung . . .‹

Ich fühlte etwas auf mein Gehirn hämmern, ein Hämmern wie mit einem zehn Pfund schweren Vorschlaghammer. Ich schüttelte wie wild meinen Kopf, um es wegzubekommen. Ich und mein verdammter, billiger Stolz, dachte ich; meine lächerlichen Muskeln und meine blinden Fäuste. Wer, zum Teufel, dachte ich denn, der ich war?

Ich holte tief Luft und stieß mich von der Reling ab. Ich mochte die Puppe wirklich, sie war einfach Spitze.

Dann fing ich an, Madge zu suchen. Aber nicht, um mich bei ihr zu entschuldigen. Ich würde ihr die Hölle heiß machen, sagte ich mir. Ich würde sie fragen, was sie, zum Teufel, damit sagen wollte, daß sie nicht mit einem Neger arbeiten wollte, wie sie dazu käme, mich einen Nigger zu nennen. Und wenn ihr das nicht paßte, würde ich ihr die Zähne eintreten. Und wenn das bedeutete, daß ich Alice verlor, dann verlor ich sie eben. Verdammt, ich war ein Mann wie jeder andere Mann; ich verlangte nicht, daß man mir irgendwelche Gefallen tat, und ich würde es auch nicht zulassen, daß man mich wie ein Stück Dreck behandelte.

Ich fand sie auf dem tiefergelegenen Deck, wo sie mit denselben beiden Monteuren arbeitete und eine Leitung an die Deckenverkleidung schweißte. Sie saß mit unter sich gezogenen Füßen auf dem Deck, über den Schweißbogen gebeugt. Ein weißer Streifen ihrer Haut war zu sehen, wo ihre Jacke und Weste hochgerutscht waren, und darunter breiteten sich ihre Hüften in den engen Lederhosen wie eine Sanduhr aus. Don stand daneben und schützte seine Augen mit ausgestreckter Hand vor dem Lichtstrahl.

»Wie geht's, Don?« begrüßte ich ihn, als ich dazukam. »Wie sieht's aus?«

Er drehte sich um, zuckte nicht zusammen, als er mich sah, aber seine scharfen braunen Augen hinter den randlosen Brillengläsern funkelten. »Oh, hallo, Bob«, sagte er. »Ich möchte mit dir reden.«

Der Schweißbogen erlosch einen Augenblick, und er warf einen raschen Blick auf die Stelle, an der sie gearbeitet hatte, sah weg, bevor ihn der Lichtblitz erwischen konnte, und sagte zu ihr: »Das ist gut.«

Die beiden Monteure nahmen ihre Schutzbrillen ab, warfen mir nervöse Blicke zu und fingen an herumzuzappeln. Es war keine gespannte, aber eine kribblige Situation.

Ich zog die Mundwinkel herunter, warf ihrem behelmten Kopf einen scheelen Blick zu und sah Don an. »Eine ruppige Spielkameradin«, sagte ich. »Muß eine Schlange in ihr stecken. Wird sie dich auch beißen?« Ich wollte, daß sie mich hörte, aber das tat sie nicht.

Sie warf ihre Schweißhaube zurück, schob den Schweißdraht aus dem Weg, hakte ihren Meißel los und fing an, mit ihrem Hammer die Schuppen von den Schweißgraten abzuschlagen. Sie sah mich auch nicht.

Don legte die Hand ans Kinn, spielte sorgenvoll mit dem Zeigefinger an der Lippe und führte mich dann weg. »Es tut mir leid, Bob. Also, jetzt fall nicht über mich her«, sagte er. »Ich habe Mac gesagt, daß ich sie dir gegeben habe; ich habe ihm gesagt, wie es war. Ich hatte keine Ahnung . . .«

Ihre jähe Bewegung ließ ihn einhalten, und wir sahen sie beide überrascht an. Sie sprang auf wie ein Schachtelmännchen und zog sofort wieder ihre Nummer ab. Sie wich zurück, krümmte sich rückwärts in das Schott, und ihre großen blauen, von Wimperntusche umrandeten Augen blickten mich voll Entsetzen an.

Es gefiel mir nicht. »Sieh dir das an«, sagte ich zu Don und nickte in ihre Richtung; dann drehte ich mich um und nun beobachteten wir die weißen Männer, die neugierig die Reaktion des Schwarzen auf die weiße Frau studierten.

Sie sagten leise etwas, das wir nicht verstanden, und nun bemächtigte sich ihres Gesichts eine wilde, rohe Erregung, die mich erschütterte. Sie sah verrückt genug aus, mich wieder einen Nigger zu nennen, und ich spannte mich instinktiv in Erwartung einer neuerlichen Beleidigung; diesmal, das wußte ich, würde ich ihr eine Ohrfeige geben. Aber statt dessen pumpte sie eine gemeine, harte Verachtung in ihre Augen und sagte mit ihrem breiten, unmelodischen, niggerhassenden Südstaatenakzent: »Manchmal wünschte ich mir wirklich, ich wäre wieder in Texas.«

Ich holte tief Luft und hielt sie an. Einer der Monteure sagte mürrisch: »Komm, Madge, wir müssen bis Mittag den Verteiler drin haben.«

Jetzt war ich bereit, sie zu erschießen. Ich riß die Augen von ihr los, dann fühlte ich wieder Dons Blick auf mich gerichtet.

Aber alles, was er sagte, war: »Ich möchte, daß du mir glaubst, ich hatte keine Ahnung, daß sie dir irgendwelchen Ärger bereiten würde. Wenn du möchtest, gehe ich mit dir zusammen zu Mac und . . . «

»Nein, ich werde es durch die Gewerkschaft ausfechten. Ich möchte Mac auch packen.«

Er war neugierig, was sich denn eigentlich genau abgespielt hatte, aber er wollte nicht direkt danach fragen, also sagte er: »Hast du schon einmal mit ihr Streit gehabt?«

»Teufel, nein«, sagte ich. »Ich hab' sie noch nie vorher gesehen.« Dann entschloß ich mich, es ihm zu erzählen; ich hatte das Gefühl, daß ich ruhig mit ihm reden konnte. »Als ich hinging, um sie zu holen, fing sie mit genau dem verrückten

Theater an, das du gerade gesehen hast, und sagte, sie würde nicht mit einem Nigger arbeiten, und ich nannte sie eine Hinterwäldler-Hure.«

In langsamen Wellen rötete sich sein Gesicht, aber er wandte sich nicht ab. »So ein Miststück«, sagte er. »Was sie braucht, ist, daß sie mal jemand richtig rannimmt.« Ich wußte, er wollte sagen, ein Farbiger, konnte sich aber einfach nicht überwinden, es zu sagen. Statt dessen errötete er noch mehr und sagte: »Da würde sie ein paar von ihren elenden Vorurteilen los.«

»Was sie wirklich braucht, ist nur ein bißchen Disziplin«, sagte ich. »Ein paar von diesen Gewerkschaftsvertretern müßten ihr mal erklären, was Sache ist und wo's langgeht, damit sie es lernt.«

Er zwinkerte mir zu, und seine Augen hellten sich wieder auf. »Ich hab' dir ihren Namen gesagt, nicht wahr? Madge Perkins.«

Ich lachte. »Den weiß ich schon. Ich möchte nur wissen, was an ihr nagt. Sie weiß verdammt gut, daß niemand sie vergewaltigen will.«

Er zögerte einen Augenblick, dann sagte er: »Sie hat kein Telefon« und zog ein kleines, schwarzes Adreßbuch heraus. »Aber ich gebe dir ihre Adresse.« Er grinste töricht. »Ich kannte ihre Zimmergenossin, aber sie ist zum Women's Army Corps gegangen.«

Ich warf ihm einen überraschten Blick zu; er merkte es nicht. »Was soll ich mit ihrer Adresse, Mann?«

Nun wurde er wieder rot, sah mich aber seltsam an. »Vielleicht kannst du sie kurieren«, sagte er.

»Hör mal zu, Mann . . .«, fing ich an, dann wußte ich nicht, was ich sagen sollte. Ich wußte nicht, ob er dachte, daß ich es auf das Weibsbild abgesehen hätte und die Beschwerde als Eröffnung benutzte, um an sie heranzukommen, oder ob er mir sagen wollte, wie ich mich an ihr rächen könnte, oder ob er beweisen wollte, daß er selbst keine Rassenvorurteile hätte. Es konnte sein, daß ihm als Weißem ihr Verhalten peinlich war und er mir zeigen wollte, daß nicht alle Männer seiner Rasse so etwas schätzten.

Was es auch sein mochte, er gab mir ihre Adresse mit

peinlicher Hartnäckigkeit: »Hotel Mohave, South Figueroa . . .« Er gab mir eine Hausnummer im Zentrum. »Zimmer Nr. 202, das ist nach vorn heraus, im ersten Stock.«

»Sag mal, Mann! Sieh mal . . .«, fing ich wieder an. Ich wollte ihm sagen, daß ich nicht die Absicht hätte, mit ihr ins Bett zu gehen, ich wollte ihr ein Veilchen auf jedes Auge setzen; aber allein der Gedanke, daß sie eine Weiße war, hinderte mich daran. Ich fühlte mich verwirrt, gefangen, schuldig. Ich konnte selbst nicht begreifen, was mit mir geschah. Es war irgendwie seltsam. Ich konnte ihm nicht sagen, daß ich sie *nicht* wollte, denn sie war eine weiße Frau und er ein weißer Mann, und etwas hinten in meinem Kopf sagte mir, das wäre eine Beleidigung. Und ich konnte ihm auch nicht sagen, *daß* ich sie wollte, denn dasselbe Etwas hinten in meinem Kopf sagte mir, daß das auch eine Beleidigung wäre.

Ich fing an den Kopf zu schütteln und zu lachen. Er sah mich verstimmt, ein wenig verärgert an, und seine Augen blinzelten wie Schmetterlingsflügel. Aber er brachte alles heraus mit der ewigen Hartnäckigkeit des weißen Mannes. »Es gibt ein Telefon im Hotel, aber ich weiß die Nummer nicht. Es ist eine von diesen Absteigen, weißt du.«

Ich prustete lachend durch die Nase; ich fühlte mich leicht im Kopf, wirr und schwindlig. »Jetzt würde uns jeder für zwei ziemlich durchschnittliche, normale, geistig und seelisch einigermaßen gesunde Männer halten«, sagte ich.

Ich fragte mich, worüber ein weißer und ein schwarzer Mann reden könnten, ohne früher oder später eins der Tabu-Themen zu berühren, das den einen oder anderen oder beide in Verlegenheit brächte. Entweder mußten sowohl der Neger als auch der Weiße die Tatsache und sogar Berechtigung der weißen Vorherrschaft akzeptieren – dann konnten sie darüber reden, was die Weißen taten und dachten und was die Schwarzen hinnahmen und nachäfften; oder beide mußten die Theorie der weißen Vorherrschaft verwerfen und all ihre Institutionen, einschließlich der Loyalität und des Patriotismus' in Kriegszeiten, verurteilen; oder der weiße Mann konnte sie aufrechterhalten und der schwarze sie verwerfen, womit überhaupt keine Verständigung über das Thema möglich wäre.

Ich fing wieder an, den Kopf zu schütteln. »Glaub mir«, sagte ich, »es ist ein mörderisches Thema.«

Er verstand mich nicht. Er zwinkerte, und seine Augen bekamen einen leeren, absolut verlorenen Ausdruck; und ich wußte auch nicht, wohin ich von hier aus gehen sollte. Wir hatten die Sache zu weit getrieben; nun standen wir da und wußten nicht, was wir sagen sollten, jeder wollte dem anderen entkommen, aber keiner von beiden wollte derjenige sein, der wegging.

»Es gibt eine Menge Stinktiere hier auf der Werft«, sagte er, und ich sagte: »Zu viele.«

Wir waren beide erleichtert, als Zula Mae herbeikam und sagte: »Red will dich sehen, er sitzt in der Klemme.«

»Schon wieder«, sagte ich und nahm sie beim Arm. »Auf Wiedersehen, Don.«

»Nimm's nicht so schwer, Bob«, sagte er mit einem eigentümlich verwirrten Ausdruck in den Augen.

»Baby«, sagte ich zu ihr. »Ich finde, du siehst sehr gut aus.«

Sie sah mich halb ungläubig, halb hoffnungsvoll an, und die roten Lippen in ihrem dunklen Gesicht blühten auf. »Machst du Witze?« fragte sie mit ihrer heiseren, wehleidigen Stimme, und ich schüttelte mich aus vor Lachen.

Aber die Sache hatte mich gepackt, ließ mich nicht los. Nun fühlte ich mich wieder deprimiert, von Mauern eingekreist, schwarz mit einem Wort. Red sah es mir sofort an.

»Was, zum Teufel, is' denn mit dir los, Bob? Will die Gewerkschaft dir nicht helfen?« fragte er.

»Ich hab' alles geregelt«, log ich, aber meine Stimme klang flach und mutlos.

»Er hat in der Zeitung gelesen, daß alle jungen Männer einberufen werden sollen«, sagte Peaches. »Er hat den GI-Blues.«

»Irgendwas hat er«, sagte Conway.

Red wollte nichts Spezielles; ich sollte nur da sein, so daß Tebbel nicht kommandieren konnte. Ich stand eine Zeitlang herum.

»Ich weiß nicht, zum Teufel, was ich tun würde, wenn sie mich einberiefen«, sagte Ben. »Jedesmal, wenn ein farbiger

Mann in die Armee geht, kämpft er gegen sich selbst. Natürlich kann er nichts anderes tun. Wenn er sich weigert zu gehen, stecken sie ihn ins Zuchthaus. Aber wenn er geht und hinnimmt, was sie ihm auftragen, und dann kämpft, so daß er es weiter hinnehmen kann, ist er ein feiger Hundesohn.«

Smitty hatte aufgehört zu arbeiten und hörte zu. »Das würd' ich nicht sagen«, erklärte er. »Du kannst nich' alle farbigen Soldaten Feiglinge nennen, Mann. Sie können nix ändern, daß die Armee so is', wie sie is', aber, zum Teufel, sie sind keine Feiglinge.«

»Jeder Mann ist ein Feigling, der nicht für das sterben will, woran er glaubt«, brauste Ben auf. »Wenn er Grundsätze hat, wird er für sie sterben. Wenn nicht, ist er ein feiger Hurensohn – Entschuldigung, Ladies.«

Die anderen Männer hörten nun nicht mehr zu.

»Wenn ein Neger sagt, er glaubt an die Demokratie, aber nicht sterben will, um sie durchzusetzen, sag' ich, er ist ein Feigling«, erklärte Ben. »Mir ist gleich, wer er ist. Wenn Bob sich in die Armee stecken läßt, ist er ein Feigling. Wenn sie dich in die Armee stecken, bist du ein Feigling. Solange die Armee rassistisch ist, kämpft ein Neger, der drin kämpft, gegen sich selbst.«

»Wenn Bob einberufen wird und auf dich hört und ins Zuchthaus gesteckt wird, isser ein Narr«, sagte Zula Mae.

Ben warf mir einen raschen Blick zu. »Bob ist in Ordnung. Wenn sie ihn einberufen, geht er los und macht das Beste daraus. Niemand erwartet von ihm, daß er ein Märtyrer wird. Aber eins sag' ich euch, und ihr werdet daran denken . . .«

Tebbel trat aus einer der Duschecken heraus, in der er gestanden hatte, und Ben sah ihn an und fuhr fort: »Also . . . Ihr werdet nie etwas von diesen gottverdammten Weißen bekommen, außer wenn ihr gegen sie kämpft. Sie kennen nichts anderes. Hören auf nichts anderes. Wenn ihr's nicht glaubt, nehmt jeden weißen Mann, den ihr kennt. Ihr könnt den Hurensohn bitten, bis ihr blau im Gesicht seid. Mit ihm reden, bis ihr keine Luft mehr kriegt, und ganz gleich wie berechtigt eure Sache sein mag, ihr werdet mit dem Hurensohn nur dann zurechtkommen, wenn ihr ihm den Hintern auspeitscht – Entschuldigung, Ladies.« Er sah sich herausfordernd um. »Bob wird auch sagen, daß das stimmt. Stimmt das nicht, Bob?«

»Das stimmt«, sagte ich.

»Dann wird er'n Freund von dir sein, von da an«, gluckste Conway.

»Das erinnert mich an eine Geschichte«, sagte Tebbel. »Da waren mal zwei farbige Soldaten . . .«

»Hieß der eine Moe?« unterbrach Pigmeat ihn.

Ich gluckste und ging hinaus.

14

Als ich hinunterging, um die Stempelkarte abzugeben, sagte Kelly: »Warte einen Augenblick, Bob, ich möchte mit dir reden.«

Dann erzählte er den beiden weißen Kerlen in der Werkstatt weiter diesen Witz.

»Also brachte er dieses Mädel raus in den Schuppen, aus Respekt vor der alten Tante, nicht wahr, weil die alte Tante nur diese Hütte mit diesem einen Raum hatte, wo sie und das Mädel wohnten.« Er sah sich rasch um, ob das Mädchen in der Werkzeugausgabe außer Hörweite war, und senkte ein wenig die Stimme. »Es hatte höllisch geregnet, und der Schuppen hatte keinen richtigen Fußboden, also es war ganz matschig und schlammig, wo die Schweine sich gesuhlt hatten. Aber dieser Bursche war zwei Wochen auf Achse gewesen und hatte keine Frau gehabt, und da war er unheimlich geil . . .«

Ich hatte mit so etwas nicht gerechnet, war nicht darauf vorbereitet; hatte nicht einmal Zeit, ihm auszuweichen. Er hatte mich mit diesem Trick, daß ich warten mußte, zum Zuhören gezwungen, und nun sagte er, ohne mir Zeit zu einem Wutausbruch zu geben: »Wie kommt Danny Tebbel klar, Bob? Glaubst du, daß er mit deinen Leuten zurechtkommen wird?«

Die anderen Männer sahen mich neugierig an, um festzustellen, wie ich es aufnahm, und das Mädchen von der Werkzeugausgabe kam dazu und sagte: »Die Jungs in deiner Mannschaft zerbrechen zu viele von diesen Neunzweiunddreißigern; sie müssen damit jetzt mal aufhören, oder sie kriegen keine mehr.«

Sie hätten es nicht besser machen können, wenn sie es einstudiert hätten. Ich konnte nicht Anstoß nehmen, weil Kelly den Witz nicht mir erzählte, und er konnte immer sagen, wenn ich ihn nicht hören wollte, brauchte ich nicht hinzuhören. Und wenn ich trotzdem immer noch Anstoß nehmen wollte, war das Mädchen rechtzeitig aufgetaucht, und was ich auch immer zu Kelly sagen mochte, mußte unbedingt ihre Gefühle verletzen. Ich hatte noch nie in meinem Leben so dringend wegrennen wollen; ich wollte einfach nur den Schwanz einziehen und mich davonstehlen. Es war ein kräftiger Faustschlag, und mein Magen war hohl wie eine Trommel; ich mußte mich sehr zusammennehmen, um aufrecht stehenzubleiben und ihn weiter anzusehen.

Ich machte etwas mit meinem Gesicht, versuchte es zum Lächeln zu bringen, und ich mußte tief hinunter in meinen Hals greifen und meine Stimme mit der Hand herausziehen, aber ich fand sie und sagte: »Ich hole mir meine schon, langsam, aber sicher.«

Der Mund des Mädchens sprang sperrangelweit auf: »Also, ich habe noch nie . . .« fing sie an.

Aber Kelly wußte, daß er mich gepackt hatte. Er winkte mich fort: »Geh, geh schon! Raus hier!«

Ich drehte mich um und fing an zu gehen, nicht schnell, aber auch nicht langsam tappend. Ich ging an Arbeitern vorbei, stieg über Kabel, duckte mich unter Gerüste, quetschte mich an Formstücken vorbei, stieg durch das Zugangsloch im Schott mittschiffs, die Jakobsleiter zum dritten Deck hinauf, eine andere Leiter hinauf zum vierten Deck und nach achtern. Ich sah niemanden und nichts. Ich wußte, wo ich hinging. Ich wollte nicht hingehen. Mein Körper trug mich, und mein Bewußtsein stieß mich einfach vorwärts. Ich kam mir nicht unbesonnen oder kühn oder rücksichtslos oder verwegen vor, nichts dergleichen, ich fühlte mich niedergeschlagen und mutlos, richtig schwarz. Ein richtig schwarzer Junge.

Aber ich wußte, daß ich Madge etwas sagen mußte, und wenn man mich an Ort und Stelle erschoß. Nicht ihr den Rücken zerfetzen oder sie ausschimpfen, beleidigen. Das würde nicht genügen. Jetzt nicht mehr. Nicht mehr, nachdem der Bastard mich hereingelegt hatte, so daß ich seinen Witz anhören mußte. Ich würde sie nehmen. Ich mußte sie so sehr erniedrigen – sie so niedrig machen wie eine weiße Hure in einem Negerslum – eine Zweidollarhure – Abschaum . . . Ich mußte es tun, damit ich den Weißen noch ins Gesicht sehen konnte.

Und am Montag würde ich wiederkommen und als Monteur arbeiten. Und wenn sie mich in die Rassistenarmee steckten, würde ich das auch noch hinnehmen und aushalten. Ben konnte soviel reden, wie er wollte. Er hatte recht. Ich wußte, er hatte recht. Aber ich würde es hinnehmen, wenn sie es mir aufbrummten. Wenn ich für das Land kämpfen und sterben mußte, würde ich dafür kämpfen und sterben. Ich würde sogar so weit gehen, mir einzubilden, daß es auch mein Land war. Aber ich wollte verdammt sein, wenn ich Angst davor hatte, mir diese Frau vorzunehmen, weil sie eine weiße Texanerin war.

Also ging ich dahin, wo sie arbeitete. Sie war allein auf der einen Seite, lehnte gegen ein Gerüst. Es waren eine Menge Arbeiter in der Nähe, aber ich sah sie nicht; ich sah nur die Frau, sie stand zwischen mir und meiner Männlichkeit.

Sie sah mich kommen und schaute mir direkt in die Augen, und ihre Augen strahlten vor plötzlicher Erregung. Einer der Monteure, mit denen sie arbeitete, entdeckte mich auch und trat rasch neben sie, als ob er sie durch seine Anwesenheit beschützen würde. Aber daß er da war, bedeutete mir überhaupt nichts. Ich wollte sagen: ›Komm her, du Hure, vergessen wir den ganzen Quatsch, laß uns zusammenkommen, so wie wir es möchten.‹

Das Herz schlug mir im Hals, und ich fühlte mich wie Gelee. Wir sahen einander nur immerzu an, und ich wußte, sie erwartete von mir, daß ich etwas sagte. Ich wußte, daß sie das wollte. Ich wußte, daß sie wußte, was ich sagen würde. Ich wußte nicht, wie sie reagieren würde, ich dachte nicht darüber nach. Ich will nicht sagen, daß ich sie nicht wollte. Es kam ganz rasch über mich und schüttelte mich wie ein Hammer, der einen Meißel in meinen Nabel schlug. Ich wollte sie mehr, als ich alle Alices auf der Welt wollte. Ich weiß nicht, wie ich es audrücken soll. Sie sah wie eine große, grell geschminkte Hure aus, mit Augen so wild wie Oklahoma.

Aber als ich auf sie zukam, verlor ich den Mut. Ich brachte kein Wort heraus. Ich konnte es nicht, ich schaffte es einfach nicht, das war alles. Sie war reines, weißes Texas. Und ich war schwarz. Und ein weißer Mann stand da. Ich hatte noch nie zuvor gewußt, wie gut die Weißen mich hingekriegt hatten.

Ich wandte mich beiseite und ging an ihnen vorbei, ging weiter. Ich verfluchte mich wegen meiner Feigheit. Ich nannte mich einen Narren. Ich sagte mir, es sei gar nichts dabei. Zum Teufel, sie war eine billige Nutte, nur eine Heftschweißerin. Und ich war immer noch ein Vorarbeiter. Wir waren beide Arbeiter. Was könnte sie sagen? Wie könnte sie es mir übelnehmen, wenn ich sie ansprach? Die weißen Arbeiter behandelten manche dieser weißen Frauen wie läufige Hündinnen. Eine Menge von ihnen waren sowieso Prostituierte; sie entließen dauernd welche, weil sie auf der Arbeit anschaffen gegangen waren. Und diese Frau sah aus wie eine Schlampe auf Männerjagd. Jeder auf der Welt konnte verstehen, wieso man sie ansprach. Ein Weißer konnte sie geradeheraus fragen, wieviel es kostete. Aber ich hatte nicht mal den Mut, sie anzureden. Nun wußte ich es endlich: Das war's. Morgens war ich aufgestanden und hatte mich auf das Sterben vorbereitet. Und ich hätte losgehen und es tun können. Ich hätte weitergehen können, hinein in die .45er-Kugeln, bis deren Gewicht mich herabgezogen hätte, so wahr mir Gott helfe. Aber ich konnte einfach nicht auf diese Frau zugehen, es war zuviel Weiß in ihr.

Ich wußte, daß sie genau wußte, was geschehen war. Ein weißer Mann hätte es nicht gewußt. Manche weißen Frauen hätten es auch nicht gewußt, aber sie hatte gesehen, wie mein Mut mich verließ. Ich habe mich nie so erbärmlich, so klein und unbedeutend, so völlig untermenschlich gefühlt. Ich konnte mich nicht ausstehen; konnte es nicht ertragen, an mich zu denken. Es war eine körperliche Qual, eine Folter.

Ich ging weiter auf die Gangwayöffnung zu. Einmal, als ich stehenblieb, wußte ich, daß sie mich beobachtete. Ich wußte, daß ihr Mund zu einem höhnischen Lächeln von der Größe einer Essiggurke verzerrt war. Ich wollte mich umdrehen und zurückgehen und mit ihr reden. Sogar dann hätte ich ein bißchen Stolz bewahren können. Ich wußte, sie würde merken, daß ich Schiß bekommen, mich dann zu einem zweiten Versuch aufgerafft hatte. Ich wußte, sie wollte, daß ich es schaffte. Aber ich konnte es nicht, konnte es einfach nicht, das war alles.

Ich würde nicht mal versuchen, es Sad Sammy zu erzählen, und er glaubt alles. Weil ich es selbst nicht glaubte, nicht mal, während es geschah. Ich wußte nicht, ob es alles, was mir je geschehen ist, zusammengenommen war – und das wollte ich glauben – oder ob es einfach nur die Farben von Amerika waren und weiter nichts.

Ich hatte weiße Mädchen in Kalifornien und Ohio gekannt. Ich war in Cleveland fast ein Jahr lang mit einer kleinen Italienerin gegangen. Dann war da ein großes, brünettes Mädchen gewesen, das als Stenographin in einem Büro in der City arbeitete und sich ab und zu von mir einladen ließ. Sie wohnte drüben in der 100. Straße an der Euclid Avenue, und wir trafen uns im Chauffeurs Club, wo sie zu Fuß hinkam. Beides waren gute Mädchen, moralisch so gut wie die meisten.

Und als Val seinen Laden in der Passage nahe Cedar Street und 86. Straße hatte, waren eine Menge weiße Frauen mit Geld hingekommen, um Art Tatum und Lonnie Johnson zu hören. Viele von ihnen betranken sich und zogen mit irgendeinem verfügbaren farbigen Kerl ab. Und draußen in den Cedar Gardens lauerten andere weiße Weiber und schnappten sie sich auf dem Rückweg. Es war kein Geheimnis. Die weißen Männer wußten es genau. Wenn die schwarzen Jungs zu frech wurden, hetzten die weißen Männer ihnen die Polizei auf den Hals und ließen sie zusammenschlagen.

Also lag es nicht daran, daß Madge weiß war; es lag daran,

wie sie ihre Hautfarbe einsetzte. Sie hatte sich ein Schild umgehängt, so groß wie das Civic Centre – ZURÜCK, NIGGER. ICH BIN WEISS! Und ohne ein Wort zu sagen, konnte sie allen weißen Männern auf der Welt das Gefühl geben, daß sie sie vor den schwarzen Vergewaltigern schützen müßten. Das machte sie doppelt gefährlich, denn sie dachte an Negermänner. Ich sah es sofort, als sie mir zum erstenmal begegnete. Sie wollte, daß sie hinter ihr herliefen. Sie erwartete es, verlangte es wie einen Tribut. Ich konnte mir vorstellen, wie sie sie mit ihrem Körper lockte, ihnen ihre nackten Schenkel und Brüste zeigte. Und sie dann fürs Hinsehen lynchen ließ.

Und das machte mir Angst. Daß sie mich mit ihrem Körper anlockte und mit ihrer Hautfarbe herausforderte. Es fraß sich in mich hinein, sorgte dafür, daß ich sie ihrer Hautfarbe wegen haben wollte und nicht ihres Körpers wegen. Um sie zu haben, mußte ich ihrer Hautfarbe trotzen und ihre Hautfarbe angreifen; ich wagte es nicht. Nur zwanzig Schritte und dreizehn Worte – aber ich brachte es nicht fertig.

Also ging ich von Bord und die hölzerne Gangway hinunter, stieß auf dem Weg mit anderen zusammen. Ich fühlte mich kastriert, fühlte mich wie eine Schlange, die auf dem Bauch kriecht, wie ein Straßenköter. Ich fühlte mich wie ein Nigger, der in Georgia mit der Pferdepeitsche gezüchtigt wird. Minderwertig, dreckig, niedrig. Ich wollte irgendeinen Bastard packen und die Gangway hinunterstoßen. Meine Gesichtshaut fühlte sich gespannt an. Im Mund schmeckte ich die Weißen und wurde den Geschmack nicht los.

Was ich tun sollte, ist, sie vergewaltigen, dachte ich. Das ist es, was sie wollte.

Ich ging hinunter zum Dock, suchte im Schrotthaufen herum, bis ich eine zwei Fuß lange Eisenstange mit Schweißgraten daran fand, schwer am einen Ende. Damit konnte ich einem Kerl mit einen Hieb den Schädel einschlagen. Ich packte sie fest mit der rechten Hand und ging das Dock entlang. Die Sonne brannte unerträglich heiß. Meine Haut fühlte sich versengt an; mein Mund war trocken. Meine Augen schienen halb offen, tot, von einem Stahlring umschlossen zu sein. Ich ging mit festem, hartem Schritt, als ob ich Pfähle einrammte.

Ich stieß mit der Schulter gegen zwei Kerle, trennte Paare auseinander, ging eine schnurgerade, wie mit dem Messer gezogen Linie. Am Ende des Docks kam ich am Wachmann in dem kleinen Häuschen vorbei, ging weiter, auf die Kupferwerkstatt zu. Da erst wußte ich, wohin ich ging. Ich suchte wieder meinen weißen Jungen. Ihn hatte ich auserwählt.

Ich würde hineingehen und ihm das Hirn herausschlagen. Dann würde ich Madge finden, wo sie auch sein mochte, und sie nehmen. Danach würde ich vor Gericht kommen und in der Gaskammer von San Quentin sitzen und lachen. Denn es war die komischste gottverdammte Sache, die je passiert war. Ein schwarzer Hundesohn, der sich wegen einer hergelaufenen weißen Schlampe aus Texas umbrachte. Es war so komisch, weil es so sinnlos war. Es war nur die Vorstellung. Wenn du die Vorstellung überwinden konntest, dann konntest du dich kranklachen.

Ich betrat die Kupferwerkstatt von vorn, ging nach hinten durch bis zu der Stanze, an der der weiße Junge arbeitete. Er war nicht da. Ich fragte einen älteren Mann, der an der Werkbank arbeitete, wo der Junge war, der an der Stanze arbeitete.

»Johnny Stoddart?« fragte er. Dann sah er mich an. Er sah die Eisenstange in meiner Hand. Er sah mein Gesicht. Seine Augen weiteten und verengten sich wieder. »Was willst du von ihm?« fragte er.

»Geht dich einen gottverdammten Dreck an«, antwortete ich ruhig.

Er öffnete den Mund, als ob er noch etwas sagen wollte, überlegte es sich aber anders. Aber er mochte mir nicht den Rücken zuwenden; statt dessen zog er sich ein Stück weit zurück, drehte sich rasch um und ging los, Richtung Büro. Ich stand einen Augenblick da und sah mich um. Ich fühlte mich betrogen, genarrt, getäuscht. Es kam mir vor, als hätte mich dieser Junge, Johnny Stoddart, im Stich gelassen; er war nicht da, so daß ich ihm nicht das Hirn herausschlagen konnte.

Ich ging durch die Hintertür hinaus, wandte mich nach rechts. Ich pfiff eine scharfe, oben abbrechende Tonleiter, ausgehend von ›Don't Cry, Baby‹. Meine Lippen fühlten sich steif an, unbeweglich. Als ich um die Ecke des verrosteten Gebäudes bog, warf ich die Eisenstange in meiner Enttäuschung gegen die Blechwand.

Es klang wie ein Kanonenschlag, und die Stange hätte meinen Jungen beinahe ins Gesicht getroffen. Er kam von der anderen Seite her, und ich hatte ihn gar nicht gesehen. Wir sprangen beide zurück. Dann sah ich an seinen Augen, daß er mich erkannte, und sein Gesicht bekam eine grünlich weiße Farbe. Es lähmte ihn, nagelte ihn fest. Einen Augenblick lang war ich wie benommen. Ich hatte nie zuvor einen weißen Mann in Angst gesehen, nicht feige, jetzt sah ich seine Angst.

Der Mord berührte mich. Nicht die Vorstellung, sondern die Tat, das Körperliche daran; der heftige Drang, meine Eisenstange zu nehmen und ihn stellvertretend zu Brei zu schlagen. Dann tat er mir ganz plötzlich leid. Jeder tat mir leid, der solche Angst hatte und trotzdem weiterleben mußte.

Mit einem Mal lachte ich, klappte vornüber und lachte bis ganz tief unten in meinem Bauch. Ich dachte, ohne daß ich wußte warum, an neulich abend, als ich für Ella Mae den Abfall hinausgebracht hatte. In der Dunkelheit hatte sich etwas bewegt und ein merkwürdiges Geräusch gemacht, und ich hatte mich höllisch geängstigt. Ich hatte den Abfall fallen lassen und mir fast den Hals gebrochen, als ich die Stufen hinuntergestolpert war, weil ich wegrennen wollte. Was es auch immer war, es verschwand in die andere Richtung. Ich lief ins Haus, holte meinen Revolver und die Taschenlampe, kam zurück mit dem Revolver in der Hand, um festzustellen, was es war, und fand das winzigste Kätzchen, das man je gesehen hat, wie es sich in den Schwertlilien zu verstecken suchte. Ich dachte daran und lachte höllisch und dachte daran, wie ich mein ganzes Leben lang vor den Weißen Angst gehabt hatte, weil sie weiß waren, und es war verdammt komisch festzustellen, daß Weiße auch vor mir Angst hatten, weil ich schwarz war.

Der weiße Junge überwand seine Angst, kam zu sich, und die Farbe kam zurück in sein Gesicht, und er lief so rot an wie rote Beete. Die weiße Farbe seiner Haut kam ihm wieder zu Bewußtsein; ich konnte sie zurückkehren sehen und seine Wut, einen Nigger zu erblicken, der ihn bedrohte. Nun war er bereit, wie ein Patriot für seine Rasse zu sterben. Ich konnte seine Gedanken lesen, daß er mich töten sollte, weil ich gesehen hatte, daß seine Rasse ihm abhanden kam. Er buckelte die Schultern, beugte den Kopf herunter und wollte losschlagen. Und dann verlor er den Mut. Er schüttelte sich, richtete sich auf, sah sich nach einer Waffe um. Er sah keine, also sagte er: »Ich kämpfe gegen dich!«

Ich lächelte ihn an. »Ich will nicht gegen dich kämpfen«, sagte ich. »Ich will dich töten. Aber jetzt im Augenblick nicht, ich spare es mir für später auf.«

Ich konnte die Angst in ihn zurückkehren und ihn dagegen ankämpfen sehen.

»Wenn ich dich noch mal bei meinem Haus erwische, knalle ich dich ab wie einen Hund«, drohte er und schob ab.

Ich drehte mich um und sah ihm einen Augenblick lang nach, fühlte mich gut, fühlte mich wunderbar locker, frei. Ich hatte mich über die Vorstellung hinweggesetzt; ich hatte die Weißen aus meinem Munde ausgespuckt. Nun konnten sie mir nichts mehr tun, sagte ich mir; mir nichts mehr sagen, das mich verletzen würde. Ich war jetzt soweit, ich war jetzt bereit, hinauf zu Texas zu gehen.

Ich schob meinen Helm in den Nacken, kehrte zum Dock zurück. Bevor ich dort ankam, schrillte die Signalpfeife zur Mittagspause.

15

Ich ging hinüber zur Kantine, ließ mir Eintopf, ein Stück Kuchen und einen heißen Kaffee geben. Als ich mich nach einem Platz zum Hinsetzen umsah, erblickte ich Madge. Sie saß neben der Klempnerwerkstatt auf dem Boden, den Rücken an einen Stapel Rohre gelehnt. Eine ältere Frau blieb stehen, legte ihren Lunch neben sie und stellte sich in die Schlange an der Kantine.

Ich wartete einen Augenblick, ob sich noch jemand zu ihr setzte, ging dann auf sie zu, mein Herz pumpte wie eine Nietmaschine, und meine Beine schlotterten. Etwas ließ sie aufblicken, und sie sah mir direkt in die Augen. Wir sahen einander in die Augen, bis ich vor ihr stehenblieb. Ihre Augen waren wäßrig hell, und ihr Gesicht war leicht gerötet. Sie hatte die Lederjacke ausgezogen und trug eine weiße, am Hals offene Bluse. Ihre Brüste hingen lose und reif wie Warzenmelonen.

Ich öffnete den Mund, es war zuviel, ich hielt es nicht aus, ich schluckte und versuchte es noch einmal. »Was bildest du dir eigentlich ein«, sagte ich. »Wer meinst du denn, daß du bist?« Meine Stimme kam vom Gaumen her, sie klang hell, gewichtlos und geziert.

Ich hatte von ihr alles andere erwartet als das, was sie nun tat. Sie ließ ihre schwarz getuschten Wimpern flattern wie ein Vamp von 1890 und sah mich mit ihren blauen Unschuldsaugen an. »Ich glaub' nich', daß Sie mich kennen«, sagte sie mit ihrem breiten Südstaatenakzent. Dann tat sie, als erkenne sie mich wieder. »Ach, Sie sin' ja der Junge, mit dem ich mich neulich gestritten hab'.« Und nun folgte ein hinreißendes Lächeln – das sollte es jedenfalls sein –, und sie wurde nett und freundlich, und es war überhaupt keine Gespanntheit mehr in ihr. »Du heißt doch Bob, nich'? Setz dich doch, Bob, du mußt müde sein, dein Gewicht den ganzen Tag rumzuschleppen.«

Ich starrte sie einfach nur an. Nach all den Qualen, die ich durchgemacht hatte, den mörderischen Aufregungen, der Angst, nach all dem verrückten Theater mit den furchtsam aufgerissenen Augen, dem weißen Panzer, in den sie sich gehüllt, den unüberwindlichen Schranken, die sie zwischen uns errichtet hatte, riß sie nun mit einem Lächeln alles nieder, wischte alles wieder weg und behandelte mich so ungezwungen wie einen alten Bekannten. Es war unglaublich, daß ein Mensch das alles fertigbrachte. Ich muß in diesem Augenblick sehr komisch ausgesehen haben, denn sie brach in ein Gelächter aus.

»Nimm's nicht so schwer«, sagte sie. »Krach gibt's überall mal. Die Leute lieben einfach so'n Theater, glaub' ich.«

Ich setzte mich neben sie, stellte meinen Eintopf, meinen Kuchen und Kaffeebecher zwischen meine Beine. Aber ich konnte nichts essen; wenn ich einen Bissen zu mir genommen hätte, hätte ich mich übergeben müssen. Mir war hundeübel. Ich sah sie nicht an. Ich holte tief Luft und starrte auf den Boden. Ich wußte nicht, ob ich lachen oder weinen sollte.

»Ich nehme an, du weißt, daß ich deinetwegen runtergestuft worden bin«, sagte ich schließlich und wußte sofort, daß es das Allerdümmste war, was ich hatte sagen können. Ich gab damit zu, daß sie Macht über mich hatte, und das war falsch.

Nun konnte sie ihre Rolle ganz so spielen, wie es ihr in den Kram paßte, hochherzig und großzügig oder herablassend, gönnerhaft. Statt dessen nuschelte sie vorwurfsvoll: »Hättest mich eben nich 'ne Hure nennen dürfen. So gut kennst du mich auch nich'.«

Ich fuhr herum und starrte sie an. Sie lächelte spöttisch, und ihre Augen lachten mich an. Mich packte eine so wahnsinnige Wut, daß ich versteinerte. Nicht Wut auf sie, sondern auf mich selbst, daß mich eine Vorstellung so um den Verstand gebracht hatte. Wenn du doch nur diese Vorstellung loswerden könntest, dann wären die Frauen völlig gleich, ob schwarz oder weiß.

Ich wußte, daß es dumm war, wütend zu werden, dadurch bekam sie einen Vorteil. Also ging ich aus mir heraus, brachte ein Lächeln hervor, um ihr nichts schuldig zu bleiben, und sagte: »Du treibst es noch mal so weit, bis dir ein Mann mal eine runterhaut, weißt du?«

»Also, weißte, ich versteh' dich kaum«, sagte sie, biß in ihr Schweinefleischsandwich und ließ ihre schwarz getuschten Wimpern flattern. »Du redest so komisch.« Sie kicherte. »Is' das das erste Mal, daß du mit 'ner weißen Dame sprichst?«

»Laß mal Texas sein, Baby. Du hast wahrscheinlich mehr Erfahrung auf dem Gebiet als ich. Hören wir auf mit dem Quatsch, und laß uns was zusammen machen . . .« Ich brach ab. »Was hast du heute abend vor? Hast du Lust, mit mir loszugehen? Ich kenne ein paar schicke Läden, wo wir hinkönnten.« Ich konnte sehen, wie sie sich ein bißchen zurückzog, und redete weiter: »Du bist bestimmt nicht das einzige weiße Mädchen hier.« Dann sagte ich: »Baby, du machst mich echt an.«

Und da drehte sie sich um und sagte: »Du red'st so schnell, erst willste über mich herfallen, und jetzt willste dich mit mir verabreden.« Dann brachte sie mich mit ihrem Lächeln um.

»Sieh mal . . .«, fing ich wieder an und brach ab, als die andere Frau mit einem Stück Kuchen und zwei Bechern Kaffee herbeikam.

»Hab' dir'n Kaffee mitgebracht, Madge. Wie du diese trockenen Schweinefleischsandwiches runterkriegst, is' mir ehrlich . . .« Sie brabbelte in ihrem Südstaatendialekt los, der noch breiter als der von Magde war, als sie mich plötzlich erblickte. Sie hatte mich gesehen, ohne mich zu sehen. Sie hatte gedacht, ich säße nur da und äße meinen Lunch, so nahe bei einem weißen Mädchen wie möglich, und sie war bereit gewesen, es zu ertragen, weil's in dem Laden keine Rassentrennung gab. Aber als sie merkte, daß ich es war, hörte sie mitten im Satz zu sprechen auf und starrte mich mit offenem Mund an. Dann wanderten ihre Augen rasch zu Madge hinüber und suchten eine Erklärung.

Madge nahm den Kaffee und stellte ihn neben sich auf den Boden. »Ich würd' lieber verrecken, als daß ich mich in so'ne verdammte Schlange stelle«, sagte sie gleichmütig und stellte mich dann vor, als wäre es die allergewöhnlichste Sache der Welt. »Elsie, das is' Bob. Er is'n Vorarbeiter in der Feinblechabteilung. Ich und er, wir ham uns gestritten, aber jetzt sind wir wieder klar. Elsie is' meine Schwägerin«, sagte sie zu mir.

»Hallo, Elsie«, sagte ich.

Elsie warf mir einen scharfen, raschen Blick zu und sah anderswohin. Sie stellte ihren Kaffee vorsichtig auf die Erde und setzte sich dann selbst vorsichtig. Sie machte einen leicht verwirrten Eindruck, als versuche sie sich langsam an die Situation zu gewöhnen. Schließlich, als sie mit sich im klaren war, warf sie mir ein flüchtiges Lächeln zu.

»Wie geht's«, sagte sie und fächerte sich mit einem Stück Zeitung Luft zu. »Eine Hitze!« Sie legte die Zeitung hin und öffnete ihr Lunchpaket. »'ne Menge farbige Jungs arbeiten heut in der Industrie mit Weißen zusammen«, bemerkte sie, nahm ein Schinkensandwich und knabberte vorsichtig daran herum. »Sind Sie aus'm Süden?«

Ich konnte Madges Blick auf mir ruhen fühlen, und obwohl ich sie nicht ansah, wußte ich, daß sie immer noch spöttisch lächelte. »Nein, ich bin aus Ohio«, sagte ich.

Elsie wischte es beiseite. »Ich sag' immer, es is' nich mehr als richtig. Farbige ham genauso 'n Recht, die guten Löhne zu verdienen, wie Weiße, wo wir jetzt Krieg führen. Es ist zum Teil auch ihr Land, sag' ich immer. Hab' ich gerade neulich zu Lem – deinem Onkel gesagt«, sagte sie Madge, »daß die Farbigen genauso 'n Recht ham wie wir, diese Löhne zu verdienen. Wir glauben hier an die Demokratie, und wie ich zu Lem sag', wenn wir uns nur diese Roten vom Hals halten können, daß die uns nicht unser Land wegnehmen, dann könn' wir unsere amerikanische Lebensart behalten, und jeder is' glücklich und zufrieden.«

»Elsie ist Demokratin«, sagte Madge. Ich wußte nicht, ob ich mich entspannen oder aufs Schlimmste vorbereiten sollte.

»Ich bin auch Demokrat«, sagte ich; ich wollte auch keinen Streit, konnte es mir aber nicht verbeißen zu sagen: »Allerdings keiner aus den Südstaaten.«

»Es gibt ganz wunderbare, gute farbige Jungs aus'm Süden«, redete Elise weiter mit vollem Mund. Sie spülte das Essen mit Kaffee herunter. »Ich muß schon sagen, der Kaffee, den die hier machen . . .« Sie verzog das Gesicht. »Madge und ich, wir kommen aus Texas, Breckenridge, Texas. Wir sind nach Houston, als der Krieg ausgebrochen ist, da hat's uns gejuckt, hier raus nach Kalifornien zu kommen.«

»Es gibt Werften in Houston, hab' ich gehört«, fing ich ab, aber sie ließ niemand anderen zu Wort kommen.

»Natürlich isses in Texas anders. Die Farbigen, die sind da gern unter sich, also lassen wir se machen und kümmern uns nicht um sie. Haben keinen Ärger, und alle sind glücklich und zufrieden. Ich hab' immer zu meinem Mann gesagt – das is' Madges Bruder, der is' bei 'nem Autounfall in Amarillo ums Leben gekommen –, ich hab' immer zu Henry gesagt, wenn alle so wie wir hier im Süden die Farbigen versteh'n würden, dann gäb's den ganzen Ärger gar nich'.« Sie schenkte mir ein breites Lächeln, das ihre Zähne zeigte. »Na, sei'n Se mal ganz ehrlich, Sie wären lieber jeden Tag mit Ihren Leuten zusammen, nich' wahr?«

Ich wurde bissig. »Wenn Sie mir auf eine nette Art sagen wollen, daß Sie meine Gesellschaft nicht möchten . . .«

Sie warf die Hände empor und schnitt mir das Wort ab. »Ich muß sagen, Ihr Farbigen aus Kalifornien seid so empfindlich. Farbige Jungs in Texas wissen besser Bescheid, die sitzen nich' neben 'ner weißen Frau. Nich', daß ich was dagegen hab', wenn Madge das tut. Die meisten Farbigen, die bleiben nun mal einfach gern unter sich. Darum ham wir in Texas nie Ärger gehabt. All diese Krawalle in Detroit und New York und Chicago – die kommen nur von diesem Durcheinandermischen. Ich sag' immer, es hat nix damit zu tun, daß weiße Menschen soviel bessere Menschen sind als farbige – es gibt sehr gute farbige Menschen, und manche Weiße sind keinen Pfifferling wert. Und auch nich' damit, daß weiße Menschen farbige Leute hassen würden. Wir mögen die Farbigen sehr in Texas, und ich wette mit Ihnen um einen Silberdollar, die Farbigen mögen uns auch. Ich kenne sogar Farbige, die studiert haben. Es gibt einen farbigen Doktor in Amarillo, der hat Medizin studiert und Examen gemacht. Weiße Menschen sind einfach weiß. Wir sind anders als Farbige. Der Herrgott oben hat uns weiß und euch farbig gemacht. Wenn er gewollt hätte, da hätt' er euch Farbige auch weiß und uns farbig machen können. Aber er hat uns weiß gemacht, weil er wollte, daß wir dieselbe Farbe haben wie er selbst. ›Ich will dich nach meinem Bild machen‹, hat er gesagt, und das hat er. Und je eher ihr Farbigen das begreift, um so eher begreift ihr auch, daß Gott euch farbig gemacht hat, weil er es so wollte, denn als er uns nach seinem Bild gemacht hat, da mußte er noch jemand anderen machen, um die Welt vollzubekommen, und da hat er euch gemacht. Ich sag' nich', daß Farbige den Weißen dienen müssen, aber Sie wissen selbst, Gott hat schwarze Engel im Himmel, die den weißen dienen – das steht ganz klar inner Bibel, daß jeder's lesen kann. Und je eher ihr Farbigen das lernt, um so besser wird's auch gehen.«

»Hören Sie nich' auf Elsie«, sagte Madge, als Elsie eine Pause machte. »Sie hat einfach Heimweh, das is' alles.«

»Ja, ich hab' Heimweh, das kann jeder wissen«, bekannte Elsie. »Zu viele Juden und zu viele Mexikaner für mich in dieser Stadt, und wenn ich irgendwen hasse, dann sind das . . .«

»Ihr Mann ist Elsies Bruder?« fragte ich Madge und unterbrach Elsie.

Madge sah mich überrascht von der Seite an und lachte dann. »Nein, Elsie hat meinen Bruder geheiratet. Mein Mann ist beim Militär in . . .«

»Sag' die Wahrheit!« unterbrach Elsie sie. »Du weißt genau, so wie du da sitzt, daß George mit 'ner andern Frau in Arkansas is'. Auf jeden Fall is' er fürs Militär zu alt.«

Madge mochte das nicht. »Ich hab' gehört, er is beim Militär. Lem hat mir gesagt . . .«

»Lem hat dir nie so was gesagt«, schnitt sie ihr das Wort ab. »Ich muß sagen . . .«

Ich mußte sie wieder unterbrechen. »Wohnen Sie und Elsie zusammen?« fragte ich.

»Nein, Elsie wohnt mit . . .«, fing Madge an, aber Elsie gab ihr einen Rippenstoß. »Erzähl nich' gleich jedem, der daherkommt, von deinen Angelegenheiten«, sagte sie; dann wandte sie sich an mich: »Ich muß sagen, Junge, Sie ham gar nix gegessen, und die Mittagspause is' fast . . .«

Diesmal unterbrach sie der Pfeifton.

»Wie ein Wecker«, sagte ich.

»Jetzt müssen Sie los und bei der Arbeit essen, wenn Sie arbeiten sollten«, sagte sie.

»Ich hab' sowieso keinen Hunger«, sagte ich.

Elsie schloß ihren Luncheimer und stand auf, aber Madge nahm sich einen Augenblick Zeit, um die Papierreste aufzulesen. Als Elsie sich umdrehte, beugte ich mich vor und flüsterte Madge zu: »Ich komm' dich heut abend besuchen.«

»Tu das besser nicht«, drohte sie und sah einen Augenblick erschreckt aus, dann kicherte sie: »Du weißt sowieso nich', wo ich wohn'.«

Elsie hörte uns flüstern und drehte sich um. »Komm schon«,

sagte sie übellaunig. »Ich muß wirklich sagen, ich weiß nicht, was mit dir los ist, seit du in Kalifornien bist.«

Madge bewegte sich zur Seite, womit sie Elsie den Blick versperrte, und ich formte mit den Lippen die Worte: »Erwart' mich gegen acht.«

»Geh du schon los!« schnauzte Madge Elsie an und wollte, daß sie ging, so daß uns noch ein Augenblick blieb. »Du weißt, wir dürfen kein Papier rumliegen lassen.« Dann beugte sie sich über mich, um einen Papierfetzen aufzulesen, und ich konnte ihre Brüste locker in ihrer Bluse hängen sehen. Sie gab mir reichlich Zeit, sie anzustarren, dann ließ sie ihre Wimpern flattern, richtete sich auf und ging hüftwackelnd mit Elsie fort. Ich saß da und sah sie wackeln, zu schwach, mich zu bewegen.

Einen Augenblick später kamen Ben, Peaches und Conway auf ihrem Rückweg zum Dock vorbei. »Was machst du?« fragte Ben. »Hast du Urlaub?«

Ich hob den Eintopf, den Kuchen und den Kaffee auf, warf alles in einen Abfalleimer und schloß mich den dreien an.

»Er träumt von seinen weißen Mädels«, sagte Peaches schnippisch.

Ich warf ihr einen scharfen Blick zu und fragte mich, ob sie mich mit Madge hatte reden sehen. Dann lachte ich und beugte mich zu ihr hinüber. »Wenn ihr Negerfrauen einem Mann mal ab und zu 'ne Chance geben würdet, dann brauchten wir nicht . . .«

Aber sie schnitt mir das Wort ab. »Das sagt ihr alle. Ihr Nigger macht mich krank.« Sie war eingeschnappt, tat jedenfalls so und schmollte. »Wenn ein farbiges Mädchen einen von euch Niggern fragt, ob er sie ins Kino einlädt, fangt ihr an über Geld zu brummeln – verlangt womöglich sogar von ihr, daß sie selbst bezahlen soll. Und dann kann die vergammeltste alte weiße Schlampe vorbeikommen, und die kriegt euren ganzen Wochenlohn. Ihr schmeißt's nur so weg, wie'n Müllkipper.«

Ben sah, daß sie halb im Ernst sprach, und fing an, sie aufzuziehen. »Das ist genau euer Fehler, ihr Negerfrauen – ihr schimpft und zetert den ganzen Tag. Ein Mann wagt sein Leben, nur um mit euch zu leben. Ewig den Mund aufreißen und wegen irgendwas rumwüten. Jetzt nimm mal 'ne weiße Frau – alles, was sie will, ist, daß du sie liebst.«

»Ich mag dicke, fette weiße Frauen«, fing Conway an. »An ihnen ist soviel Weiß. Ich mag alte weiße Frauen, die sind schon so lange weiß. Und ich mag magere weiße Frauen, die . . .«

Ein paar weiße Männer gingen vorbei und sahen Conway an, und Peaches unterbrach ihn spöttisch und sagte: »Ach, hör auf, Conway. Du wirst mich da oben wieder den ganzen Nachmittag anbetteln.«

Ben brach in ein schallendes Gelächter aus, und Conway war verlegen. Wir fingen an, über die Arbeit zu sprechen, und Ben schimpfte über Tebbel. Conway sah auf, als ob er etwas über mich sagen wollte, überlegte es sich aber anders. Als wir an die Gangway kamen, stand Madge am Trinkwasserspender. Ich wandte mich ihr halb zu und zwinkerte, aber sie muß gedacht haben, daß ich etwas zu ihr sagen würde, denn sie warf mir einen Blick zu und tat wieder sehr erschreckt. Ich knirschte mit den Zähnen. Ist schon gut, Baby, dachte ich; du jagst mir jetzt keine Angst mehr ein.

»Was, zum Teufel, ist mit der Frau los?« fragte Ben. »Ist die . . .« Er brach ab und sah mich an. »Ist das die Hinterwäldlerin, mit der du den Ärger gehabt hast?«

Ich nickte.

»Was will die bloß, zum Teufel, tut so, als ob sie Angst vor Negern hat?«

»Wenn die wüßte, was ich über euch drei weiß, müßte sie echt Angst haben«, witzelte Peaches.

»Bob will gar nichts von der Frau«, brummte Conway. Dann fragte er mich: »Hast du inzwischen irgendwas gehört?«

»Noch nicht«, sagte ich.

Sie stellten keine Fragen mehr.

16

Auf dem Heimweg hielt ich an einem Café an und aß ein paar Koteletts mit Pommes frites und gebackenen Bohnen. Ich saß mit ein paar anderen Arbeitern zusammen am Tresen und dachte plötzlich an Madge und mußte lachen. Die Leute drehten sich um und sahen mich an, als ob ich verrückt wäre. Aber ich konnte nicht aufhören zu lachen; immer wieder mußte ich lachen. Ich wußte wirklich nicht, ob ich über Madge oder über mich selbst lachte; wir waren schon beide sehr komische Leute.

Ich aß zu Ende, stand auf, zahlte bei der Bedienung und ging. Die Koteletts lagen mir schwer im Magen, aber sie gaben mir Energie. Ich wußte, was ich tun würde; ich würde zu dem Hotel hinunterfahren und das Weibsbild besuchen. Aber ich wollte nicht daran denken; ich wollte mich nicht mit lauter verrückten Gedanken durcheinanderbringen. So sah ich mir die Leute auf der Straße an, während ich nach Hause fuhr. Ich hielt vor dem Haus und schaltete den Motor aus, bevor ich noch wußte, daß ich da war. Ich mußte lachen und ging hinein.

Ich brauchte so viel Zeit zum Duschen und Anziehen, daß Ella Mae sagte: »Hast wohl heute abend wieder schwer was vor.«

»Ich bin in meinem Herzen einfach ein Playboy«, lachte ich und probierte ein anderes Sporthemd an.

Ich trug meine beigen Stoffschuhe, graue Flanellhosen, Kamelhaarjacke, aber ich konnte kein Hemd finden, das dazu paßte. Ich wollte scharf aussehen, aber ich wollte auch, daß alles bequem saß. Ich konnte mich für die Avenue anziehen und mich in dem Zeug pudelwohl fühlen, aber wenn ich damit in die Stadt kam, fand ich es geschmacklos. Nun wollte ich irgend etwas anziehen, in dem ich mich auch wohlfühlen würde, wenn ich mit dem Weibsbild irgendwohin ausgehen mußte. Ich entschied mich schließlich für ein aquamarinblaues Gabardinehemd. Dann ging ich in die Küche, damit sie mich anglotzen konnte.

»Alles klar?« fragte ich.

Sie versuchte ihren Spott an mir. »Du glaubst nur, du siehst hübsch aus. Gegen vier Uhr wirst du hier völlig abgerissen und verdreckt hereingestolpert kommen und alle umbringen wollen.«

Ich grinste. »Ich geh' heute mit meinem weißen Mädchen aus. Das paßt gut auf mich auf.«

»Du machst Witze«, sagte sie höhnisch, »aber ich glaub' dir, du bist genau der Typ.«

»Du weißt, ich mag meine weißen Frauen, Baby«, ärgerte ich sie. »Könnte ohne sie nicht leben.«

»Du bist genau wie all die anderen Nigger«, sagte sie. »Nimmst dir 'ne weiße Frau und kommst vom Cadillac herunter auf'n Baumwollsack.« Dann setzte sie lässig hinzu: »Alice hat angerufen, während du in der Dusche warst«, und warf mir einen scharfen Blick zu, mit dem sie mich erwischte. »Ach, so sieht das also aus. Letzte Woche hast du noch angegeben, daß du sie heiraten würdest.«

Ich brachte mein Gesicht wieder unter Kontrolle und sagte: »Also, du weißt ja, daß ich warte, daß Henry stirbt, damit ich dich heiraten kann, Baby. Was meinst du, sollen wir ihn umlegen?«

Sie wusch die Babywindeln weiter und beachtete mich nicht. Ich ging ins Wohnzimmer und rief Alice an. Sie nahm den Telefonhörer ab.

»Hallo, Baby, Bob hier«, sagte ich.

»Bob, ich habe versucht, dich zu erreichen.« Ihre Stimme klang, als ob sie eingewickelt unter Decken läge – sie war immer noch leise, beherrscht, aber nicht mehr sanft, mild, heiter oder so etwas.

»Ich habe unterwegs etwas gegessen«, sagte ich.

Eine Zeitlang sagte sie gar nichts, dann fragte sie: »Bob, hast du getan, worum ich dich gebeten habe?«

Ich wußte, was sie meinte, aber ich fragte trotzdem: »Worum hast du mich denn gebeten?«

»Komm, spielen wir hier keine Spielchen miteinander, Bob«, sagte sie. »Du weißt, was du tun solltest, worum ich dich gebeten habe.« Ihre Stimme klang überanstrengt.

»Ich habe es nicht getan«, sagte ich.

Sie wartete wieder, daß ich weitersprach, und als sie merkte, daß ich nichts sagte, fragte sie: »Wirst du es tun?«

»Nein«, sagte ich.

Es folgte wieder ein Schweigen, und als ihre Stimme nun kam, klang sie ein bißchen verzweifelt. »Liebst du mich, Bob?«

»Ja«, sagte ich. Ich kämpfte gegen sie, versuchte zu verhindern, daß sie mich rührte. Ich wollte nicht völlig durcheinandergeraten, wütend werden oder Gewissensbisse bekommen, ich wollte überhaupt nicht auf sie eingehen, ich wollte Madge besuchen und zum Teufel mit allen.

»Du hast eine komische Art, es zu zeigen«, sagte sie.

»Ich hab's dir gesagt, Baby«, sagte ich. Meine Stimme wurde etwas heftig.

Sie war wieder eine Zeitlang still, dann fragte sie: »Sehe ich dich heute abend?«

»Wozu, damit wir uns wieder streiten können?«

»Ich möchte, daß du mich nach Hollywood ausführst. Lawson hält einen Vortrag«, sagte sie. »Hinterher können wir eine Kleinigkeit zu uns nehmen und in einen Nachtclub gehen, wenn du möchtest.«

Jetzt war es an mir zu zögern. Ich überlegte, wie ich mich herausreden könnte, aber es fiel mir nichts ein, das sie nicht als Lüge erkannt hätte. Schließlich sagte ich: »Nicht heute abend, Baby.«

»Ich möchte mit dir sprechen, Liebling«, sagte sie. Ich merkte, daß sie mich nicht loslassen wollte.

Aber ich wollte aufhängen; es drang langsam in mich ein, berührte mich. »Nicht heute abend, Baby«, sagte ich ihr barsch. »Ich habe heute abend was zu tun. Ich sehe dich morgen abend.«

Ich konnte sie übers Telefon seufzen hören. »Morgen abend könnte es zu spät sein, Liebling.«

Ich sagte überhaupt nichts.

Schließlich fragte sie: »Heißt das goodbye, Bob?«

»Schau, Baby«, sagte ich. »Ich bin nicht in Stimmung, dir dauernd zuzuhören und Himmel was noch alles.«

Sie hängte auf. »Gottverdammt noch mal«, sagte ich. Nun

war ich fertig, erledigt. Ich hatte nicht mal mehr Lust, zu Madge zu fahren, aber ich wußte, daß ich es tun mußte.

Ich ging hinaus, fuhr zur 49. Straße hinunter und bog zum Broadway ab. Ich hielt an Thrifty's Drugstore und kaufte eine Flasche Brandy – ›27 Jahre alt‹ stand auf dem Etikett. Dann fuhr ich zur Figueroa Street und dann immer weiter geradeaus bis zum Hotel Mohave nahe der 3. Straße.

Es war ein schmales zweistöckiges Haus mit einer chemischen Reinigung im Erdgeschoß. Der Hoteleingang war daneben, eine schmale Treppe führte in den ersten Stock, und über dem Eingang hing eine große, weiße, schmutzige Glaskugel. In der Umgebung des Hauses gab es zahlreiche unbebaute Grundstücke und billige Hotels, es war ein stagnierender Teil der Stadt zwischen dem Zentrum im Osten und dem Wohngebiet im Westen.

Ich hielt auf der gegenüberliegenden Straßenseite und versuchte, Madges Zimmer ausfindig zu machen. Don hatte gesagt, es läge nach vorn heraus im ersten Stock, aber ich wußte nicht, auf welcher Seite. Auf beiden Seiten gab es Doppelfenster mit heruntergezogenen Jalousien, ein leeres Treppenhausfenster saß in der Mitte. Beide Zimmer nach vorn heraus waren dunkel.

Ich kannte diese Absteigen; wenn ich da so scharf angezogen hineinging, würde mich jeder, der mich sah, feindselig und neugierig anstarren; und gut möglich, daß jemand die Polizei rief und mich aus allgemeinen Grundsätzen verhaften ließ.

Also fuhr ich die Straße hinunter, bis ich zu einer Bierkneipe mit einem Telefonzeichen draußen kam. Es war einer von diesen schmutzigen, miesen Läden, aber in dem Augenblick, als ich eintrat, waren alle darin sofort gespannt und aggressiv.

Ich unterdrückte eine Regung, ihnen zu sagen: ›Keine Angst, Leute, ich will nicht bedient werden‹, sagte statt dessen rasch in Richtung Bar: »Möchte nur mal Ihr Telefon benutzen«, und ging geradeaus weiter zur Zelle. Ich fand die Nummer des Mohave und wählte.

Eine vertrocknete, zänkische Stimme sagte: »Hotel Mohave.«

»Ich möchte gern Madge Perkins in Zimmer 202 sprechen«, sagte ich.

»Ist nicht da«, sagte die Stimme ungeduldig.

Ich zögerte. »Wissen Sie, wann sie zurückkommt?«

»Weiß nicht«, sagte die Stimme, dann wurde aufgehängt.

Ich ging hinaus, wendete und fuhr die gleiche Seite der Straße hinunter, auf der das Hotel sich befand, parkte ein paar Häuser weiter und wartete. So würde ich sie sehen, wenn sie nach Hause kam. Ich stellte ein Swing-Programm im Radio ein und paffte eine Zigarette. Leute kamen vorbei, sahen mich, dann drehten sie sich um und starrten mich hart und feindselig an, wenn sie merkten, daß ich ein Neger war. Es war eine schäbige Wohngegend, arme Weiße. Wenn ich in Beverly Hills geparkt hätte, hätte ich mich viel wohler gefühlt.

Nach einer Weile hatte ich das Gefühl, daß jemand mich beobachtete. Ich sah mich um, entdeckte aber niemanden. Dann stellte ich fest, daß ich vor einer Pension stand. Drinnen hatte jemand, vielleicht die Zimmerwirtin, den Wagen bemerkt, und mehrere Gesichter linsten verstohlen hinter den Gardinen im vorderen Zimmer hervor. Es machte mich nervös. Ich wußte, wenn ich noch länger dort stehenblieb, würden sie die Polizei rufen. Jeder Neger in der Gegend war nach Einbruch der Dämmerung eine ›verdächtige Person‹. Also fuhr ich weiter, am Hotel vorbei, parkte wieder und beobachtete den Eingang im Rückspiegel.

Es kam mir vor, als stände ich schon seit Stunden da. Ich sah auf meine Armbanduhr. Es war erst halb neun. Ich stieg aus, ging über die Straße und warf wieder einen Blick zu den Fenstern im ersten Stock hinauf. Beide Zimmer waren immer noch dunkel. Einen Augenblick schwankte ich, ob ich noch einmal anrufen sollte, entschied mich aber dagegen. Ich wußte, es hatte keinen Sinn, wenn ich am Empfang vorbeizukommen versuchte. Wenn ich hinaufging und dem Kerl, dem die Stimme gehörte, mit der ich übers Telefon gesprochen hatte, sagte, daß ich Madge Perkins in 202 besuchen wollte, war es möglich, daß er mich auf der Stelle umlegte oder an Herzversagen starb.

Plötzlich beschloß ich, es aufzugeben, hinüberzufahren und Alice abzuholen und zu Lawsons Vortrag zu gehen und sie danach ins Down Beat mitzunehmen. Madge war nicht die

Mühe wert, dachte ich. Die ganze Idee, mit ihr ins Bett zu gehen, um mich an Kelly und Mac und den anderen Hinterwäldlern draußen auf der Werft zu rächen, kam mir jetzt albern vor. Sie brachte sowieso nichts, nur Ärger, wie man's auch betrachtete, sagte ich mir; und ich hatte mich immer für zu schlau gehalten, als daß ich mich von den Weißen hier draußen, in ihren eigenen Jagdgründen, erwischen ließ.

Ich drückte auf den Starter und fuhr die Figueroa Street zurück und dachte daran, was für ein Narr ich doch gewesen war, dahin zu fahren und Madge besuchen zu wollen. Nur ein Idiot und Einfaltspinsel würde eine Verabredung mit einem Mädchen wie Alice sausen lassen für so einen vagen Versuch, bei einer Schlampe wie Madge zu landen. Ich war so froh, daß ich meinen Streit mit Alice am Abend zuvor völlig vergessen hatte. Ich dachte an die schönen Zeiten, die wir zusammen erlebt hatten, und fühlte mich erleichtert und irgendwie halbwegs clever, als wäre ich aus einer Falle entkommen, die die Weißen mir gestellt hatten.

Fünfzehn Minuten später parkte ich hinter einem Pontiac Coupé, der vor dem Haus der Harrisons stand, und wollte aussteigen. Dann sah ich Alice mit Leighton zusammen den Weg vom Haus herunterkommen. Alle Gedanken und Gefühle hielten einfach an, verschwanden. Ich war leer, als ich langsam ausstieg und sie erwartete.

»Ach, das ist ja Mr. Jones.« Leighton erkannte mich, streckte die Hand aus. Er lächelte mich herzlich und freundlich an. »Wie geht es Ihnen?«

Ich schüttelte seine Hand. »Wunderbar«, sagte ich. »Wie geht es Ihnen?«

»Ja . . .« Er zögerte, dann sagte er: »Mir geht es auch gut« und lächelte freundlich.

Schließlich sagte Alice: »Hallo, Bob«, ohne irgendwelche Fragen zu stellen oder irgendeine Überraschung zu zeigen.

Dann sah ich sie an. Sie sah elegant aus in ihrem jägergrünen Kostüm mit weißer Bluse und irgendwelchen Spitzen. Aber ihre Haut sah zu weiß aus, als hätte sie sie mit Kreide gepudert. Mir kam der böse Gedanke, daß sie so weiß wie möglich auszusehen versuchte, so daß die Leute dächten, sie und Leighton wären ein weißes Paar.

»Hallo, Baby«, sagte ich. Ich wartete einen Augenblick und dachte, sie würde eine Erklärung geben, und als ich sah, daß sie es nicht tat, sagte ich: »Ich weiß, es ist unhöflich und all das, aber kann ich einen Augenblick mit dir sprechen . . .« Ich zögerte, fügte dann hinzu: »Unter vier Augen.«

»Es tut mir leid, Bob«, sagte sie und lächelte mich mit ihrem Sozialarbeiterlächeln an. »Wir fahren jetzt zum Vortrag, und wir haben uns schon verspätet. Tom hat mich angerufen, nachdem du gesagt hattest, du könntest nicht kommen.«

»Ja . . .«, fing ich an und trat dann beiseite, um sie vorbeizulassen. »Wunderbar.« Nach einem Augenblick fügte ich hinzu: »Viel Vergnügen!«

Ihr Gesicht entspannte sich, nahm einen sanften Ausdruck an. »Möchtest du mit uns kommen?« fragte sie.

»Auf jeden Fall, kommen Sie mit«, bekräftigte er rasch. »Wir würden uns freuen.«

Es war ein peinlicher Augenblick. Ich würde nicht zulassen, daß er sich mit mir ein Mädchen teilte, aber ich wollte nicht unhöflich sein. »Tja, ich kann wirklich nicht«, stammelte ich herum. »Ich habe eine Verabredung.«

Nun sah er peinlich berührt aus. »Dann hoffe ich Sie bald wiederzusehen, Mr. Jones«, sagte er und streckte die Hand aus. Wir schüttelten uns wieder die Hände.

»Ja, also«, sagte ich und sah Alice an.

Einen Augenblick lang dachte ich, sie würde Leighton vielleicht fortschicken; in ihren Augen war ein leicht betroffener Ausdruck. Dann nahm sie sich zusammen und sagte: »Ruf mich morgen an, Bob«, und ging weiter auf das Coupé zu.

Ich kehrte zu meinem Wagen zurück, blieb mit der Hand am Türgriff stehen und sah mich nach dem Coupé um. Sie saß bereits drin, und Leighton ging um die Kühlerhaube herum auf die andere Tür zu.

Ich stieg ein, wendete in einem so scharfen Bogen, daß die Reifen kreischten, und fuhr in die Stadt zurück. An der Western Avenue bog ich nach Süden in Richtung Jefferson Boulevard, dann nach Osten in Richtung South Side. Ich griff nach der Brandy-Flasche, zog den Korken heraus, setzte sie an die Lippen und trank.

Es machte mich richtig bitter, daß ein Weißer mit meinem Mädchen ausging. Es hätte mir nicht soviel ausgemacht, wenn es der eleganteste, reichste, bedeutendste Farbige auf der Welt gewesen wäre. Ich hätte immer noch das Gefühl gehabt, es mit ihm aufnehmen zu können. Aber ein Weißer hatte seine Farbe – damit konnte ich nicht konkurrieren. Es kam ganz auf das Mädchen an – wenn sie weiß mochte, hatte ich keine Chance, wenn nicht, brauchte ich mir keine Sorgen zu machen. Aber ich mußte klarsehen, und ich sah bei Alice nicht klar.

Nachdem ich getrunken hatte, haßte ich sie zuerst wahnsinnig. Ich wollte sie niederschlagen und treten. Ich sagte mir, wenn ich sie je wiedersähe, müßte sie auf den Knien zu mir gekrochen kommen. Als ich auf die Central Avenue kam, war ich so blind vor Wut und Schmerz, daß ich fast in die Breitseite eines Busses stieß. Dann packte mich plötzlich ein Heißhunger.

Ich fuhr zu dem neuen Barbecue an der 42. Straße und bestellte Virginia-Schinken. Aber als ich ihn halb aufgegessen hatte, sah ich plötzlich Alice in Leightons Coupé sitzen und dankbar über irgend etwas lächeln, was er gesagt hatte. Sie würde interessiert und aufmerksam sein, dachte ich, weil Leighton weiß war und sie einfach versuchen mußte, ihn mit ihrer Kultur und Intelligenz zu beeindrucken.

Ich schob das Zeugs von mir weg, stand auf und ging zur Kasse. Ich bezahlte und ging hinaus. Ich wendete meinen Wagen und fuhr in Richtung Zentrum. Ich konnte mir vorstellen, daß Leighton sie nach dem Vortrag irgendwohin ausführte, wo die Neger wie ich, die man sofort erkannte, nicht hingehen konnten. Vielleicht in einen der protzigen Clubs draußen am Sunset-Strip – ins Troc vielleicht. Sie würde lustig sein und es mit ihm genießen, dachte ich; nicht verkrampft und enttäuscht wie neulich abend mit mir zusammen. Sie wußte, daß alle denken würden, sie wäre weiß. Dann würde sie mir erzählen können, wie schön es mit Tom gewesen war.

An der 5. Straße bog ich nach Westen ab, fand einen Parkplatz, ging in den Blue Room. Es herrscht ein Gedränge in dem Laden. Am einen Ende der Bar saßen ein paar weiße

Seeleute und unten, in der Mitte, ein weißes Mädchen mit ihrer farbigen Freundin. Die übrigen waren Farbige, meist Eisenbahner. Ich bestellte einen doppelten Brandy im Stehen über die Schulter eines Mannes hinweg, der an der Bar saß, nahm mein Glas zur Musikbox mit, die vorne stand, steckte ein Fünfcentstück hinein und drückte King Coles ›I'm Lost‹.

Mit einem Mal wußte ich, daß ich zurückfahren würde, um Madge zu sehen. Ich war geladen. Ich trieb meinen Pegel hoch, damit ich ein verdammter Narr sein konnte wegen einer weißen Frau, damit meine Sicherungen durchbrannten, damit ich vielleicht in ernsthafte Schwierigkeiten kam – wegen einer Schlampe, die jeder weiße Penner haben konnte, der sie wollte. Nur um mich an Alice zu rächen – und an Kelly und Mac und all den anderen. Es war verrückt; ich wußte, daß es verrückt war, wie ein Schild, das ich mal gelesen hatte: *›Lies und hau ab, Nigger; wenn du nicht lesen kannst, hau trotzdem ab.‹*

»Blöder Hurensohn!« sagte ich laut.

Eine kleine Schwarze, die am Ende der Bar saß, drehte sich um und lächelte einladend. »Waaaas?« Sie hatte eine sanfte, zärtliche Stimme.

»Ich habe mit mir selbst gesprochen«, sagte ich entschuldigend.

Dann sah sich das Mädchen neben ihr um. Die Schwarze sagte: »Na, wie wär's mit dir?«

Ich beugte mich über ihre Schulter, stellte mein leeres Glas auf die Bar, tätschelte ihr Haar, während ich zurückwich. »Ich möchte dich mal kennenlernen«, sagte ich, und ihre Augen fingen an, mir von ihr zu erzählen. »Aber nicht heute«, sagte ich, und es verschwand aus ihren Augen.

17

Ich ging hinaus, stieg in den Wagen und fuhr zurück zur Figueroa Street. Als ich vor dem Hotel hielt, sah ich auf die Uhr. Es war neun Minuten nach elf; ich hatte nicht gewußt, daß es so spät war. Ich stellte den Motor ab, nahm noch einen kräftigen Schluck, dann stieg ich aus und ging die Treppe hoch, die Flasche in der Hand. Es war mir verdammt gleich, ob der Angestellte noch auf seinem Posten war und die Polizei alarmierte. Ich war in Fahrt und hatte vor niemandem Angst, ich war geladen und drauf und dran zu explodieren.

Das Flurlicht brannte noch, aber am Schreibtisch saß niemand mehr. Ich hatte mir etwas zurechtgelegt, was ich dem Angestellten sagen wollte – wir wären in Amerika, und er könnte zum Teufel gehen; und als ich sah, daß er nicht da war, spürte ich eine leichte Enttäuschung. Ich drehte mich um, ging den Korridor hinunter, klopfte an die Nr. 202. Niemand antwortete. Ich versuchte den Türknopf zu drehen, die Tür war abgeschlossen. Ich klopfte fester. Endlich fragte eine verschlafene Texanerinnenstimme: »Wer iss'n da?«

»Bob«, sagte ich. »Laß mich rein.«

Einen Augenblick herrschte Schweigen, dann fragte sie: »Wer?« als könnte sie ihren Ohren nicht trauen.

»Bob – von der Werft«, sagte ich ihr. »Ich hab' dir doch gesagt, daß ich komme.« Meine Zunge war schwerfällig, und ich hatte Schwierigkeiten mit der Aussprache.

»Geh mal lieber wieder weg«, drohte sie.

»Mach die Tür auf«, sagte ich. »Tu doch nicht immer so naiv.«

»Wenn du nich' weggehst, ruf' ich die Polizei und bring' dich in den Knast«, flüsterte sie wütend, als stände sie hinter der Tür.

»Dann ruf doch die Polizei«, knurrte ich und rüttelte am Türknopf.

»Ich schreie«, drohte sie.

»Dann schrei«, sagte ich.

Sie antwortete nicht, und ich fing an, gegen die Tür zu hämmern.

»Also, warte doch mal, warte!« flüsterte sie und schloß die Tür auf. Sie öffnete sie einen Spalt breit. »Willst du, daß alle aufwachen und mitkriegen, was los is'?«

Ich drang ein und sagte: »Is' mir verdammt egal.«

Sie schloß die Tür und verriegelte sie und kam auf mich zu. »Du kannst nicht hierbleiben, du bringst uns beide in Schwierigkeiten.«

»Zum Teufel mit den Schwierigkeiten«, murmelte ich und wandte mich zu ihr um. »Willst du was trinken?«

Sie wich zurück und lehnte sich an die Tür. »Warte, ich zieh' mir mal was an, ja? Bist du denn so in Eile?«

Ich stellte die Flasche auf den Fußboden neben das Bett und stand einen Augenblick da und sah sie an. Sie hatte einen zerknitterten kastanienbraunen Morgenmantel an, und ihr blondes, an den Wurzeln schwarzes Haar lag, fest in metallene Lockenwickler eingedreht, eng an ihrem Kopf. Ohne Lippenstift und Make-up sah sie älter aus; unter ihren Augen lagen dunkelblaue Ringe und beiderseits ihres Nasenrückens bläuliche Vertiefungen. Winzige Krähenfüße breiteten sich von ihren äußeren Augenwinkeln her aus, und harte Linien gingen schräg von ihren Nasenlöchern aus, fielen senkrecht herab von ihren Mundwinkeln. Ihr Mund war groß, hart, brutal, mit beinahe farblosen Lippen; und ihre Augen waren groß und blau und starrten mich an, platzten fast heraus, aber jetzt sahen sie trübe aus. Unter ihrem Morgenmantel schienen ihre Brüste tiefer zu hängen, größer zu sein, und ihre Hüften beulten sich von ihrer Taille her wie halbvolle Säcke aus. Als Hausschuhe trug sie ein Paar ausgelatschte Halbschuhe, die einmal rot gewesen waren. Sie hatte große Füße, und ihre Knöchel waren sehr weiß, von blauen Venen überzogen und schmutzig.

Dann ging ich auf sie zu, sie wich zurück zur Tür, wo sie in der Falle saß.

Sie riß sich los, kehrte um und lief durchs halbe Zimmer. Ich stürzte mich auf sie, packte ihr Handgelenk und riß sie zurück. Sie fing an, auf mich einzuschlagen, um mich abzuschütteln. Ich packte ihre beiden Arme und stieß sie mit meinen hundertachtzig Pfund aufs Bett. Sie zappelte und riß sich unter mir los, drehte sich auf den Bauch um. Ich packte sie an der Schulter und versuchte, sie zu mir herumzudrehen; aber sie rollte über mich hinweg auf die andere Seite und fing an, mit den Fäusten auf mich einzuschlagen. Ich packte sie wieder bei den Armen und drückte sie so aufs Bett. Sie fing an, nach mir zu treten. Wir kämpften schweigend miteinander und rollten hin und her übers Bett, bis wir beide keuchten und nach Luft schnappten.

Sie war groß, kräftig und schnell, und es war nicht leicht, sie festzuhalten. »Du verdammter Hund!« kreischte sie einmal, aber das war das einzige Mal, daß sie etwas sagte. Ich sagte gar nichts. Wir hörten einen Augenblick auf zu kämpfen, um uns auszuruhen. Ihr Gesicht war hart, glühend rot, und ihre blauen Augen waren dunkel und voll Wut. Ihr Mund war eine harte, brutale Linie.

Ich lockerte meinen Griff, und sie riß eine Hand los und schlug mir ins Gesicht. Ich versuchte sie wieder zu packen, und wir rollten vom Bett herunter auf den Fußboden. Wir rollten weiter, bis wir mitten im Zimmer lagen, und ich warf sie flach auf den Rücken und nagelte sie fest.

Sie hörte auf zu kämpfen, und ihr Körper wurde schlaff, und der Ausdruck ihrer Augen wurde ganz seltsam.

»Du traust dich ja nich', Nigger«, sagte sie. »Na los. Ich laß dich lynchen, hier in Kalifornien.«

»Ach, geh zum Teufel«, knurrte ich.

»Mein Gott, jetzt willst du mich schlagen«, sagte sie und fing plötzlich an zu weinen. »Ich weiß nich', wieso ich dich reingelassen habe, du gemeiner schwarzer Bastard.«

Sie sah fürchterlich aus. Sie war wirklich eine abgetakelte alte Schlampe; und da ich schon nicht mehr wußte, was ich mit ihr sollte, fragte ich mich, was ich eigentlich an ihr gefunden hatte. Ich stand einfach da und sah sie an und fragte mich.

Und nun spielte sie die Spröde, Zimperliche, das scheue, schüchterne junge Mädchen. »Zieh mir die Schuhe aus«, sagte sie und streckte mir ihre Füße entgegen.

»Zieh dir selbst deine verdammten Schuhe aus.«

»Du denkst, weil ich dich reingelassen habe, kannst du tun,

was du willst«, brauste sie auf. »Du, ich will dir mal was sagen . . .«

»Ach, geh, wasch dir das Gesicht«, sagte ich. »Du siehst scheußlich aus.«

Das überraschte sie. Sie muß gedacht haben, weil sie weiß war, sähe sie in meinen Augen auf jeden Fall gut aus.

»Willst'n Schluck trinken?« Ich wies auf die Flasche auf dem Fußboden neben dem Bett.

»Das is' alles, was ihr Nigger tut«, sagte sie und stand auf. »Euch hinhaun und saufen und von weißen Frauen träumen.«

»Jetzt hör mal, fang bloß nicht an und . . .«

»Ich trinke überhaupt nich'«, unterbrach sie mich. »Ich bin eine Christin.«

Ich fing an zu lachen.

Sie öffnete ihren Morgenmantel. Sie war nackt bis auf die Schuhe.

»Bin ich nich' schön?« fragte sie. »Rein weiß.«

Sie hatte einen großen, reifen Körper mit üppigen, hängenden Brüsten und bräunlichrosa Brustwarzen so groß wie Silberdollars. Ihr Bauch war weich und teigig, und es lagen Wülste über ihren dicken weißen Schenkeln. Sie hatte irgendwann mal eine gute Figur gehabt, aber jetzt fing sie an, alt zu werden.

»Dafür wirst du in Texas gelyncht«, sagte sie.

Nur die Vorstellung; nur weil sie weiß war. Das machte mich wieder an. Ich setzte mich aufs Bett und griff nach der Flasche.

Sie warf die Schuhe ab und lief durchs Zimmer, groß, tölpelhaft-plump und grotesk, aber mit einer gewissen wilden Anmut in ihren ungeschickten Bewegungen.

»Du kriegst nur was, wenn du mich fängst«, neckte sie mich.

Ich beobachtete sie unter gesenkten Lidern. Meine Zunge lag geschwollen in meinem Mund, und im Magen hatte ich ein hohles, schwaches Gefühl.

»Setz dich«, würgte ich mit belegter Stimme. »Wir sind hier nicht in Texas.«

Sie kam und blieb neben dem Bett stehen. »Weißt du, was ich mache?« fing sie an. Ich antwortete nicht, und sie lachte auf. »Du traust dich nicht.« Ich sagte noch immer nichts.

»Der Pfarrer hat gesagt, die Nigger wären voller Sünde«, sagte sie. »Darum seid ihr schwarz. Zieh dich aus.«

Ich lag da und gab ihr alle möglichen Namen außer Gottes Kind und redete langsam und etwas undeutlich.

Als ich die Hand nach ihr ausstreckte, sprang sie zurück und zappelte sich los. »Du weißt, was du erst tun mußt«, neckte sie mich.

Dann packte ich sie, und wir umklammerten einander mitten auf dem Fußboden in einer Kraftprobe; ich hatte sie an den Handgelenken gepackt und versuchte sie niederzuringen.

»Nimm's dir, du kannst es haben«, zischte sie, zog die Schultern hoch und versuchte auszubrechen.

Jemand klopfte an die Tür und sagte mit einer leisen, harten Stimme: »Hör auf mit dem Krach, oder ich schmeiße dich raus.«

Wir kümmerten uns nicht darum. Ich holte tief Luft, drückte sie nach unten. Sie wurde blutrot im Gesicht, am Hals und an den Schultern. Sie war fast so stark wie ich, aber nicht ganz. Ich zwang sie langsam nieder auf den Boden, und sie sah mir wild und bockig in die Augen.

»Also gut, vergewaltige mich, Nigger!« Ihre Stimme klang erregt, kehlig, mit Fäden im Hals.

Ich ließ sie los und sprang auf. *Vergewaltige* – schon der Klang des Worts jagte mir Angst ein, zog alles aus mir heraus, Lust, Entschlossenheit, mein ganzes, großes Vorhaben. Die Spannung war wieder da, die Alarmbereitschaft, jetzt konnte ich aufspringen und eine Meile weit rennen – im Zickzack. Sie hatte nur dieses eine Wort zu sagen brauchen, um mir Einhalt zu gebieten.

Ich warf ihr einen letzten Blick zu, sah ihren Mund sich öffnen, als ob sie losschreien wollte. Dann riegelte ich die Tür auf, rannte die Treppe hinunter und wollte gerade in den Wagen steigen, als ich sie meinen Namen rufen hörte.

Ich sah hoch. Sie hatte die Jalousie am Fenster beiseite geschoben.

»Warte«, flüsterte sie.

Ich kletterte in den Wagen, ohne zu antworten, schaltete die Zündung ein, drückte den Starter, schaltete wieder aus, kurz bevor der Motor ansprang. Meine Leidenschaft war vergangen;

ich war müde, ärgerlich, abgekämpft, leer; eine Katerstimmung überkam mich. Ich haßte sie. Aber ich wartete trotzdem.

Ein paar Minuten später kam sie herunter, aufgetakelt wie eine Strichnutte, stellte einen Fuß aufs Trittbrett, flatterte mich mit ihren getuschten Wimpern an und sagte schelmisch: »Gooott, bist du ein ängstlicher Nigger. Laß mich rein.«

Das gab mir endgültig den Rest. Ich war fertig und wußte es; die Weißen hatten mal wieder gewonnen, und ich wollte weg. Aber ich konnte ihr diesen Triumph nicht lassen. Ich wollte ihr nichts schenken. Also sagte ich kalt und mit einer absichtlich harten, gleichgültigen Stimme: »Du siehst aus wie ein Stück Dreck, wenn du mich fragst, Schwester. Wie 'ne dicke, alte Schlampe mit großen, dreckigen Füßen. Und wenn's nicht so mühselig wäre, würde ich 'ne Hure aus dir machen.«

Sie lief rot an, ein schmutzig-trübes Rot, und ich konnte sogar bei dem wenigen Licht sehen, wie häßlich ihre Augen wurden. Ich sah sie die Straße hinauf und hinunter blicken, dann sagte sie: »Warte, bis ich'n Polizisten sehe, du Nigger . . .«

Ich fuhr mit aufjaulenden Reifen ab und sah nicht mal mehr zurück.

18

In jener Nacht träumte ich, daß ein weißer und ein schwarzer Junge auf dem Fußweg anfingen zu kämpfen, und der Farbige zog ein Messer mit langer Klinge heraus und rannte auf den weißen Jungen los und fing an, auf ihn einzustechen, und der Weiße rannte weg auf die andere Straßenseite, und der Farbige holte ihn ein, und es sah aus, als ob er ihn zerstückeln würde, aber der weiße Junge zog die Hand aus der Tasche, und jedesmal wenn der farbige Junge auf ihn einstach, schlug er dem farbigen Jungen auf den Handrücken. Der weiße Junge weinte und schlug mit der Faust auf den Handrücken des farbigen Jungen, und der farbige Junge schrie und fluchte und stürzte sich auf den weißen Jungen, um ihn mit dem Messer zu zerfetzen, aber er konnte den weißen Jungen nicht treffen, weil der weiße Junge sich immer wegduckte und auswich und ihm auf den Handrücken schlug. Schließlich schlug der weiße Junge dem farbigen Jungen auf den Rücken der Hand, die das Messer hielt, und machte eine leichte Schneidebewegung, und das Messer fiel dem farbigen Jungen aus der Hand. Als ich das Blut vom Handrücken des farbigen Jungen fließen sah, wußte ich, daß der weiße Junge ein kleines Messer in der Faust hatte. Der farbige Junge hob sein Messer mit der linken Hand auf und fing wieder an zuzustechen, und der weiße Junge duckte sich wieder weg und wich aus, bis er den Rücken der linken Hand des farbigen Jungen traf und die Sehnen dort auch durchschnitt. Dann fing der weiße Junge an, den farbigen Jungen die Straße hinunterzujagen, und er stach mit seinem kleinen Messer auf den Kopf und Hals des farbigen Jungen ein. Alle, die herumstanden und zusahen, wie der weiße Junge den farbigen Jungen vor sich her jagte, dachten, er schlüge ihn mit der Faust, aber ich wußte, daß er tausend winzige Löcher in den Kopf und den Hals des farbigen Jungen stieß und daß es nur eine Frage der Zeit war, bis der farbige Junge auf die Straße fiel und zu Tode blutete; aber der weiße Junge weinte nicht mehr, und er hatte es nicht mehr eilig; er jagte nur den farbigen Jungen und stach ihn mit einer Viertelzollklinge tot und lachte, als ob es so komisch wie die Hölle wäre.

Ich wachte auf und konnte mich nicht bewegen, konnte kaum atmen. Der Wecker läutete, aber ich hatte nicht genug Kraft, den Arm auszustrecken und ihn abzustellen. Der Kater hatte mich schon, und mein ganzer Körper zitterte, als ob ich Schüttelfrost hätte.

Irgendwo in meinem Hinterkopf flüsterte eine beharrliche kleine Stimme immerzu: *Bob, ein Nigger hat es noch nie geschafft*. Ich riß die Augen auf, schloß sie wieder fest. Aber sie sagte es immer wieder. Und ich wußte, daß es stimmte. Wenn ich nicht den Kater gehabt hätte, hätte ich sie mir vielleicht aus dem Kopf schlagen können. Aber der Kater machte mich seltsam gleichgültig, merkwürdig ehrlich, aufrichtig – wie ein Mann, der im Sterben liegt. Ich konnte die ganze Geschichte dastehen sehen – wie eine große Versammlung aller Hinterwäldler der Welt, die mich verhöhnten: *Nigger, du hast keine Chance.*

Ich stimmte dem zu. Das war das Höllische daran. Mit einer seltsamen Klarheit im Kopf wußte ich, es war nicht gelogen. Ich wußte, daß ich es nicht schaffen konnte, weil die Weißen mir auf dem Gehirn saßen und jeden einzelnen Gedanken, jede Handlung und jedes Gefühl kontrollierten und aus meinem Leben, Tag und Nacht, im Schlaf und im Wachen, bewußt und unbewußt, eine Krise nach der anderen machten. Ich konnte es nicht schaffen. Ich wußte, daß ich nicht in Amerika leben, geschweige denn in diesem Land irgend etwas erreichen konnte, außer wenn ich meine Nische fand und hineinkroch, außer wenn ich aufhörte, die Weißen zu hassen, und sie so nahm, wie sie nun einmal waren.

Das war keine Erkenntnis. Das war selbstverständlich. Neger waren immer nur geduldet worden – seit Lincoln ihnen ihre Freiheit ohne ein Stück Brot gegeben hatte. Ich dachte an eine Zeile, die ich einmal in einer Geschichte von Tolstoi gelesen hatte – ›Es hatte nie genug Freiheit und Brot für alle gegeben.‹ Als wir an die Reihe kamen, gab man uns keins von beidem. Obwohl Neger wie Alice und ihre Klasse genug Brot hatten – sie hatten sich daran bereichert, ihren Wohlstand darauf aufgebaut. Ganz gleich, was innerlich mit ihnen geschah, sie hatten nicht zugelassen, daß es sie äußerlich zerstörte; sie hatten ihre Farbe auf die in Amerika einzig mögliche Weise überwunden, wie Alice es ausgedrückt hatte, indem sie sich den Beschränkungen ihrer Rasse anpaßten. Sie hatten nicht aufgegeben, das gab ich zu; sie versuchten es immer wieder, würden nie aufgeben; aber sie hatten ihre Grenze erkannt – eine Niggergrenze.

Vom Gesichtspunkt meines Katers aus betrachtet, schien es keine schwere Sache zu sein. Du mußtest nur deine schwarze Hautfarbe als etwas anerkennen, über das du keine Macht hattest, und von da ausgehen. Glorifiziere dein schwarzes Erbe, verehre deine schwarzen Helden, lobpreise deine schwarzen Führer, betrüge deine schwarzen Brüder, verehre deine weißen Väter (das ist ganz wichtig), praktiziere Rassentrennung, sondere dich von den Weißen ab; dann rede dir ein, daß du einen großen Fortschritt gemacht hast, daß du weiter große Fortschritte machen wirst, daß die Weißen das alles irgendwann anerkennen und dir den Kopf tätscheln und sagen werden: ›Du bist lange ein guter Nigger gewesen. Jetzt lassen wir dich herein.‹ Natürlich mußt du daran glauben, daß die Weißen großzügig und selbstlos sind und dich so gern mögen, daß sie ihre Welt mit dir teilen wollen, aber wenn du alles andere glauben kannst, kannst du das auch glauben. Und es schien nicht schwer für einen Nigger zu sein, das zu glauben, weil er keine andere Wahl hatte.

Aber mein Bewußtsein empörte sich, lehnte sich immer wieder dagegen auf. Da ich schwarz war, hätte ich es wissen müssen, aber man hatte mich etwas anderes gelehrt. Ich hatte dieselben Sachen gelernt, die die Weißen lernten. All das Zeugs über Freiheit und Gerechtigkeit und Gleichheit . . . Alle Menschen sind gleich geschaffen . . . Jeder, der in den Vereinigten Staaten geboren ist, ist ein Bürger der Vereinigten Staaten . . . Hatte aus den gleichen Büchern und in denselben Schulen gelernt. Hatte auch das Lied gelernt: ›. . . über das Land der Freien und die Heimat der Mutigen . . .‹ In meinen Augen war Patrick Henry ein Held, als er aufsprang und sagte: »Gebt mir Freiheit oder den Tod« – genau wie in denen der weißen Kinder, die es lasen. Als kleiner Junge war ich ein Verehrer von Charles Lindbergh und hielt George Washington für den Vater meines Landes – solange ich dachte, daß ich ein Land hätte.

Ich war mit den Zeitungen des Hearst-Konzerns einer Meinung, wenn sie die Völker des eroberten Europa dafür lobten, daß sie ihren Untergrundkampf gegen die ›Nazi-Unterdrückung‹ fortsetzten; ich kaufte auch immer die *Los Angeles Sunday Times* und die *Daily News;* las die *Saturday Evening Post* und den *Reader's Digest* manchmal bei Alice, während ich wartete, daß sie sich umzog. Sogar die Artikel von Pegler überzeugten mich oftmals. Wie die Leute draußen auf der Werft sagten: ›Ich glaube es.‹

Das war das Höllische daran: Die Weißen hatten mehr in

mich hineingetrommelt, als sie mit ihrem Terror aus mir hatten herausholen können.

Ich wußte, daß der durchschnittliche überpatriotische Amerikaner gesagt hätte, daß ein Vorarbeiter berechtigt sei, eine weiße Arbeiterin zu beschimpfen, die sich in Kriegszeiten weigerte, eine Arbeit in der Kriegsindustrie auszuführen – solange der Vorarbeiter weiß war. Er hätte sie vielleicht sogar eine Verräterin genannt und wegen Sabotage vor Gericht bringen wollen.

Sie meinten nur einfach nicht, daß ich diese Gefühle haben sollte. Sie dachten an Afrika, wenn sie an mich dachten. Aber ich war nicht in Afrika geboren. Ich kannte niemanden, der da geboren war. Ich lernte im Geschichtsunterricht, daß meine Vorfahren Sklaven gewesen waren, die man aus Afrika herübergeholt hatte. Aber ich hatte das vergessen, genau wie die aristokratischen, blaublütigen Amerikaner vergessen hatten, was sie im Geschichtsunterricht gelernt hatten, daß die meisten ihrer Vorfahren Gesindel aus Europa – Diebe, Zuchthäusler, Galgenvögel, Bettler, Ausgestoßene – gewesen waren.

Obwohl mir also die einfache Logik meines Katers sagte, daß Alices Weg auch mein einziger Ausweg war, hatte ich nichts anderes als die gleiche Verachtung dafür übrig, die ein Weißer für einen Kollaborateur im besetzten Frankreich empfand. Soviel von den Lehren der Weißen steckte noch immer in mir.

Ich wußte, daß ich Alice heiraten konnte. Das Mädchen liebte mich. Ich konnte sie heiraten, zurück aufs College gehen und mein Examen in Jura machen, weiterarbeiten und ein großer, wichtiger Neger werden. Ich wußte, daß ich in den Augen der meisten Leute ein schwarzer Glückspilz war.

Ich wußte auch, daß ich Glück haben würde. Als ich dalag und der Kater in meinem Kopf wie John Henry auf seinen Amboß hämmerte, konnte ich es von jedem Gesichtspunkt aus sehen – ich konnte gar nicht anders, ich mußte es sehen. Ich hatte nicht die Kraft, diese Gedanken beiseite zu schieben.

Erstens war mein alter Mann ein Stahlarbeiter bei National Malleable in Cleveland, Ohio, gewesen, als ich geboren wurde, und meine Mutter war gestorben, als ich drei Jahre alt war. Ich hatte zwei Brüder, die älter waren als ich, und wir waren arm gewesen. Mein alter Mann hatte wieder geheiratet und drei andere Kinder von unserer Stiefmutter bekommen. Und ich wohnte zwölf Jahre lang in einer kalten Dachkammer. Shep, mein ältester Bruder, ging an die Ostküste, als er die Central High, die Mittelschule, hinter sich hatte, und das letzte, was ich von ihm erfuhr, war, daß er zu einer Gang in Washington gehörte. Dick wollte Künstler werden und blödelte mit seiner Gruppe in Karamu herum; er ist noch immer in Cleveland, inzwischen eine Art Politiker geworden. Ich war der Ehrgeizigste, wollte Arzt werden. Meine beiden Junior-College-Jahre an der Ohio State University habe ich mir dadurch verdient, daß ich in den Verbindungshäusern der weißen Studenten auf dem Campus das Geschirr spülte. Aber als mein alter Mann '38 krank wurde, mußte ich zu Hause bleiben und mich um die anderen kümmern; und ich schaffte es nie wieder zurück. Ich arbeitete in der Töpferei in Karamu und eine Zeitlang auch in der Theatergruppe – lernte ein paar nette Mädchen kennen, aber nie eins wie Alice.

Als ich an die Westküste kam, hatte ich nur meine Größe und mein Gewicht und meinen Glauben, daß es jemandem eine gewisse Bedeutung verlieh, in Amerika geboren zu sein. Ich hatte nie in meinem Leben zwei Anzüge gehabt, bis ich in diese Kriegskonjunktur geriet.

In den drei Jahren in Los Angeles hatte ich mich zu einem guten Job auf der Werft hochgearbeitet, einen Buick gekauft und das feinste Mädchen westlich von Chicago auf meine Wellenlänge gebracht. Ich brauchte sie nur zu heiraten, und meine Zukunft war gesichert. Wenn ein schwarzer Junge damit nicht zufrieden war, dann war er mit nichts zufriedenzustellen.

Aber von mir selbst wußte ich, daß mein Wunsch nach solch einem Leben von einer Bedingung abhing. Nur wenn ich mein Schwarzsein akzeptierte, keinen anderen Ausweg wußte, sah ein solches Leben großartig aus.

Aber ich wußte genau, daß ich eines Tages aufwachen und sagen würde, zum Teufel damit, ich wollte nicht der größte Neger sein, der je gelebt hat, weder Toussaint L'Ouverture noch Walter White. Denn tief in mir, wo die Weißen nicht hinsehen konnten, bedeutete das gar nichts. Wenn du nicht den Hollywood Boulevard hinunterswingen konntest und wußtest, daß du dazugehörst, wenn du nicht einen höflichen Annäherungsversuch bei Lana Turner im Ciro machen konntest, ohne daß die Bullen dir das Schwarze aus dem Leib prügelten, weil du dich herausgewagt hattest, wenn du nicht ein Dreißig-Dollar-Dinner in einem Hotel zu dir nehmen konntest, ohne an den Beleidigungen zu ersticken, bedeutete es gar nichts, ein großer dicker ›Mister‹ Nigger zu sein.

Jeder, der wollte, konnte nigger-reich, nigger-bedeutend sein, seine Rassentrennungs-Religion haben und in den Nigger-Himmel kommen.

Ich mochte meinen Vorarbeiterjob mehr, als ich mir je selbst gegenüber zugegeben hatte. Mehr als jeden anderen Job, an den ich denken konnte. Mehr als: der erste in den Kongreß abgeordnete Neger aus Kalifornien zu sein. Aber es war genau wie bei allem anderen: Wenn ich nicht alles haben konnte, was dazugehörte, wenn ich nicht, genau wie jeder andere Vorarbeiter, weißen Männern und Frauen Befehle geben konnte, dann zum Teufel damit.

Ich wußte, daß das die Grundlage von allem war. Wenn ich nicht im Bewußtsein, Herzen, in der Seele aller Weißen als ein Gleichberechtigter in Amerika leben konnte, wenn ich nicht wußte, daß ich eine Chance hatte, alles zu tun, was jeder andere Amerikaner auch tun konnte – wenn ich nicht so hoch kommen konnte, wie die amerikanische Staatsbürgerschaft irgend jemanden tragen konnte, dann war in diesem Land für mich sowieso nie irgend etwas zu holen.

Und ich wußte, daß ich ein Narr war. Das war das Höllische daran. Ich bekam nur bohrende Kopfschmerzen davon, die noch zu meinem übrigen Kater hinzukamen, und ein Schwindelgefühl, das mich blind machte. Ich wußte nicht mehr, wo mir der Kopf stand. Wenn meine Mitfahrer nicht gewesen wären, hätte ich mir nicht einmal mehr die Mühe gemacht, aus dem Bett zu kommen. Ich nahm ein paar Kopfschmerztabletten und trank Kaffee dazu, und das half etwas.

Als ich hinausging, ließ die Verwirrung ein bißchen nach. Es war ein klarer Morgen; die Sonne kam herauf, und die Erde duftete gut. Es war einer jener Morgen, an dem ich mich hätte freuen sollen, am Leben zu sein. Aber kaum saß ich hinter dem Steuer, als ich mich auch schon an all die verrückten Dinge erinnerte, die ich am Abend zuvor getan hatte. Mit Madge zu kämpfen, bis ich sie am Boden hatte, dann bei dem Wort ›Vergewaltigung‹ wegzulaufen und sie nicht zu anzurühren. Ich war losgefahren, sie zu unterwerfen, aber am Ende war ich der Besiegte. Vielleicht wäre ich es in jedem Fall gewesen. Vielleicht konnte man – konnte ich – einfach nicht gewinnen. Wie jener Mann sagte: ›Ich kann nicht gewinnen, weil ich immer verliere.‹

Kein Wunder, daß ich so verrückte Träume hatte und voller Philosophie aufwachte. Ich empfand Ärger und Enttäuschung, fühlte mich so blöd wie ein Trottel ohne Geld im Zimmer einer Prostituierten.

Aber ich beschloß, mich nicht darüber zu ärgern. Ich hatte es getan, und das war's. Jetzt brauchte ich nur noch an etwas anderes zu denken und zu sehen, daß ich den Tag überstand. Ich wollte sie niemals wiedersehen, solange ich lebte.

Und dann, sobald ich in die Werft kam, merkte ich, daß ich mit langem Gesicht hungrig die weißen Frauen anstarrte und wieder an Madge dachte. Ich wollte sie sehen, ihre Augen sehen – und wenn es nur im Vorübergehen war. Es war so stark, daß ich stehenbleiben und mir den Gedanken an sie aus dem Kopf schlagen mußte, bevor ich weiterging.

Ich drehte mich um und ging zurück zu Macs Büro, um zu kündigen. Ich wollte mein Werkzeug abgeben und so schnell wie möglich weg von der Werft. Aber Mac ließ mich warten, während er mit sechs weißen Kerlen redete, die nach mir hereinkamen. Er wollte einfach nicht mit mir reden. Ich wurde nicht ärgerlich. Ich fühlte mich zu miserabel. Ich ging nur deshalb, weil mir schlecht wurde, als ich in dem stickigen, verräucherten Büro stand, und sich mir der Magen umdrehte.

Als ich auf die Arbeitsstelle kam, traf ich dort Tebbel, der auf die Juden schimpfte. Ich wollte nicht zuhören, wollte nicht streiten. Aber ich wußte, wenn ich ging, würde ich Madge suchen gehen. Diese Frau bedeutete Ärger, und der Ärger war in meinem Kopf.

Tebbel sagte, die Juden kontrollierten das ganze Geld auf der Welt; die Juden hätten den Krieg angefangen, um Geld zu verdienen, und alle Juden wären Kommunisten.

»Das möchte ich erst mal sehen«, sagte ich.

Aber niemand beachtete mich. Ich nahm an, sie waren so froh, jemanden zu finden, der jemand anderen beschimpfte als die ›Nigger‹, daß sie es nicht mochten, wenn man ihn unterbrach.

Er sagte, F.D. Roosevelt sei ein Jude, sein richtiger Name sei Rosenveld; fast alle Filmschauspieler seien Juden; Eddie Cantors richtiger Name sei Izzy Iskowitz; Jack Bennys sei Jack Kubelsky; Charles Chaplins sei Tonstein; Douglas Fairbanks' sei Ullman; Nelson Eddys alter Mann sei ein Rabbi.

»Du hast Jesus Christus vergessen«, sagte ich. »Wie war sein richtiger Name?« Aber darauf hörte auch niemand.

Er sah sich vorsichtig um, ob irgendwelche Juden in der Nähe waren, und zog dann mehrere verblichene farbige Rundschreiben aus einem alten Umschlag, den er in der Tasche hatte. »Hier kriegt ihr die Tatsachen her«, sagte er.

Wir versammelten uns um ihn herum, um sie uns anzusehen. Es waren Rundschreiben, herausgegeben von Pelley Publishers, Box 2630, Asheville, North Carolina, mit Anzeigen von antisemitischen Broschüren. ›*Das heimliche Weltreich – Die vollständige Geschichte der jüdischen Weltherrschaft*‹, las man, ›*6 für $1.00 . . . 100 Exemplare $ 12.50.*‹ Dann eine andere: ›*Von Juda zum Narren gehalten*‹ – ›*Wie Juden den Weltkrieg angezettelt haben.*‹ Eine dritte lautete: ›*Laß dich nicht mehr vom Gejammer der Juden in die Irre führen! Öffne die Tür der Erkenntnis. Die christlich-nichtjüdische Bevölkerung der Vereinigten Staaten hat ein Recht zu erfahren, was die Juden des Landes tun und planen, um die Verfassungsordnung zu zerstören und durch den asiatischen Sowjetismus zu ersetzen . . .*‹

Danach sah ich nicht mehr hin. Ich wollte lachen, aber mein Schädel dröhnte von rasenden Kopfschmerzen, und ich hatte Angst vor einer Gehirnerschütterung.

Ben warf ihm einen verachtungsvollen Blick zu. »Jetzt zeig uns, was du in der anderen Tasche da über die Neger hast«, sagte er.

Tebbel lief rosa an. »Du willst nur streiten«, knurrte er. »Ich mag Farbige. Ich bin mit ihnen zusammen aufgewachsen.«

Ich hörte Peaches flüstern. »Wenn er jetzt sagt, er hat 'ne schwarze Mammy gehabt, dann – dann . . .«, würgte sie.

»Wen, zum Teufel, interessiert es, ob du Farbige magst oder nicht?« sagte ich.

Conway warf mir ein halbes Lächeln zu, und Bessie sagte: »Sag ihm Bescheid.«

»Diese verdammten Faschisten kommen hierher und agitieren als erstes gegen die Juden«, fing Ben an, aber Tebbel unterbrach ihn.

»Ich bin Ire«, stellte er hitzig fest. »Keiner auf der Welt ist so antifaschistisch wie der Ire.«

»All ihr Ausländer . . .«, fing Ben wieder an, aber Tebbel unterbrach ihn wieder.

»Wer ist ein Ausländer? Ich bin ein hundertprozentiger Amerikaner. Mein Großvater hat im Bürgerkrieg gekämpft.«

»Auf welcher Seite?« fragte Zula Mae.

Ich ging. Ich konnte ihnen nicht länger zuhören.

Es zog mich zu ihr, fraß sich in mich hinein, ich mußte Madge finden. Das Gewicht des Ärgers immer noch in meinem Bewußtsein; der Gedanke, ein Narr gewesen zu sein, nagte an mir. *Lies und hau ab, Nigger* . . . Ich wußte, es war Zeit abzuhauen. Ich sah auf die Uhr, es war kurz nach neun. Ich ging hinunter aufs Werftgelände, fand eine Telefonzelle und rief Alice an. Ich wußte nicht, was ich zu ihr sagen würde – ich konnte nicht richtig an sie denken –, aber ich mußte ihre Stimme hören. Mußte wissen, daß sie da war; mußte mich einen Augenblick auf sie stützen, bis ich mich beruhigt hatte.

Irgendein Mädchen mit sanfter Stimme beantwortete meinen Anruf und sagte, Miß Harrison hätte gleich als erstes an diesem Morgen eine Besprechung, ob ich meine Nummer hinterlassen wollte, dann würde sie mich zurückrufen, sobald sie frei wäre.

Ich sagte: »Ich rufe wieder an.«

Ich fühlte Enttäuschung und ein bißchen Angst. Ein Lastwagen rumpelte vorbei, fuhr mich beinahe über den Haufen. Ich sprang zurück aus dem Weg, stolperte über ein Sechszollrohr und setzte mich hart auf einen schmierigen Fleck auf dem

Betonboden. Ich bringe mich schon ganz von selbst um, dachte ich gequält und stand auf und ging hinüber zu Macs Büro. Ich würde kündigen, das Werkzeug abgeben und so schnell wie möglich verschwinden. Aber ich blieb mit der Hand auf dem Türknopf stehen, kehrte um, ging zurück. Ich konnte nicht einfach so weggehen, ich brachte es einfach nicht fertig.

Ich sah mich nach Don um und entdeckte ihn, wie er sich gerade durch das Zugangsloch duckte, also ging ich ihm nach. Ich wußte, daß ich nicht mit ihm reden wollte, aber im Hinterkopf stellte ich mir vor, wenn ich mit ihm zusammen durchs Schiff ging, würde er mich vielleicht zufällig zu Madge führen, und ich brauchte sie nicht mit Absicht zu suchen.

Er blieb draußen auf dem Gang stehen, um mit einem Kollegen zu quatschen, und als ich vorbeikam, sah er sich nach mir um, und sie hörten beide auf zu reden. Der andere ging zurück an die Arbeit, und Don und ich gingen ein Stück beiseite.

»Du siehst aus, als ob du anständig einen draufgemacht hättest«, sagte er.

»Bin fast krepiert«, brachte ich gerade noch heraus. »Bin los, meinen Kummer zu ersäufen, bin aber selbst gleich mit ersoffen.« Ich wußte, es klang idiotisch, aber etwas Besseres fiel mir nicht ein.

»Deine Freundin sieht aus, als hätte sie auch anständig einen draufgemacht«, sagte er beiläufig.

»Hast du sie gesehen?« fragte ich sofort. Die Worte platzten mir so rasch heraus, daß ich sie nicht aufhalten konnte.

Don zwinkerte. »Du nicht?« konterte er.

Ich merkte, daß er mich hereingelegt hatte, aber ich versuchte darüber zu lachen. »Wir müssen dasselbe Zeugs getrunken haben.«

Er lächelte etwas. »Wie war's denn? Alles o.k.?«

Ich versuchte einen unschuldigen Gesichtsausdruck. »Machst du Witze?«

Dann kam sie geradewegs auf uns zu. Ihre Schweißkappe saß zurückgeschoben auf dem Kopf, so daß sie größer als wir beide wirkte, und ihre Schultern waren hochgezogen und eckig. Ich Gesicht schien auf der linken Seite etwas angeschwollen, und unter ihren Augen waren tiefe, dunkle Ringe, die die dicke Puderschicht nicht verbergen konnte. Ihre Augen glitzerten hart und wild, und ihr Mund war breit auseinandergezogen, eckig in den Winkeln und brutal. Sie sah jetzt nicht mehr aus wie eine Hure; sie sah einfach gemein aus.

Sie starrte mich an, starrte geradewegs durch mich hindurch, als wäre ich nicht da, schien mich nicht wiederzuerkennen. Dann wandte sie sich an Don und stürzte sich wie ein Profiboxer auf ihn.

»Verdammt, Don, kannst du mir keine besseren Schweißdrähte besorgen?« fragte sie ihn mit einer flachen, kratzigen Stimme. »Sie haben so ein neues Niggerweib in der Materialausgabe, und die kann nich' mal ihren Arsch von 'nem Loch im Boden unterscheiden.«

Don blinzelte. Keiner von beiden sah mich an. Wir wußten alle drei, daß die Schweißdrähte ihr gleich waren; sie wollte mich nur einen Nigger nennen und brachte es so zum Ausdruck.

»Was machst du hier unten?« fragte Don sie.

»Ich such' dich«, knurrte sie.

»Bist du sicher?« fragte er mit sanfter, lockender Stimme.

Ihr Gesicht rötete sich wie der Himmel bei Sonnenaufgang. »Was meinst du denn damit, zum Teufel, ob ich sicher bin?«

»Ich meine damit, ich bin nicht dein Vorarbeiter«, sagte er gleichmütig. »Ich habe nichts mit den Schweißdrähten zu tun, die sie ausgeben. Warum sprichst du nicht mit deinem Vorarbeiter?«

»Weil's deine Arbeit ist, die gemacht werden soll«, krächzte sie. »Und wenn diese Schweißstellen nicht halten, dann is' nur diese Niggerin an der Materialausgabe schuld.«

Ich wollte sie zur Rede stellen. Aber ich wußte, daß sie mich mit dem treffen wollte, was sie zu Don sagte, und wenn ich irgend etwas geantwortet hätte, wäre sie vielleicht vollkommen durchgedreht.

Aber Don handhabte die Sache auf seine Art. »Wie war's gestern abend?« fragte er.

Sie hatte sich schon von ihm abgewandt, jetzt kam sie zurück, aber ihr Blick suchte erst mich, stach wie ein Messer auf mich ein, nagelte dann Don fest. »Was meinst du damit, zum Teufel?«

»Du hast mir doch gesagt, du gingst mit einem neuen Freund aus«, sagte er. »Erinnerst du dich? Wollte nur wissen, wie es war.«

»Ich hab' dir überhaupt nichts gesagt, verdammt noch mal«, wütete sie.

Er zwinkerte wieder, seine Augen funkelten hinter den randlosen Brillengläsern, dann spreizte er die Hände: »Schon gut, das warst nicht du. Muß jemand anders gewesen sein. Ich bin nur heute früh bei dir vorbeigefahren und dachte, ich hätte dich aus einem Wagen steigen sehen.«

Ich fuhr herum, um ihn anzusehen. Sie warf mir noch einen raschen, mörderischen Blick zu und richtete dann ihre wütenden, haßerfüllten Augen auf sein gütig lächelndes Gesicht. »Kümmer dich lieber um deine eigenen verdammten Angelegenheiten, sag ich dir! Paß auf, du!« flüsterte sie zornig und stolzierte von dannen.

Meine Augen wurden schmal, fieberten. Es kam alles zurück – ich mußte sie mir holen, es hinter mich bringen.

Don sagte: »Sie ist heute empfindlich, was?« und sah mich an. Es war mir peinlich, daß er mich so ansah; ich verstand nicht, was er für ein Spiel spielte. In dem Augenblick war es mir auch gleich. Ich wollte weg von ihm.

»Auf Wiedersehen, Papa«, sagte ich so leichthin, wie ich konnte, und ging weg, bevor er mich aufhalten konnte.

Ich ging zurück zur Telefonzelle und rief wieder Alice an. Diesmal bekam ich sie an den Apparat. »Ich bin's, Bob, Baby«, sagte ich und schluckte. »Hör mal, wenn ich dich in ungefähr einer Stunde abhole, kann ich dich zum Lunch einladen?«

»Wo bist du jetzt?« fragte sie.

»Oh, auf der Werft«, sagte ich. »Aber ich gehe in ein paar Minuten. Ich möchte mit dir reden.«

Es folgte eine Pause, und als sie wieder sprach, klang ihre Stimme weit entfernt. »Worüber könnten wir denn reden, was wir nicht längst besprochen haben, Bob? Du lehnst alles ab, was ich dir sage. Wir streiten doch nur.«

Der Hörer wurde so schwer, daß ich ihn kaum noch halten konnte. »O.k., Baby«, sagte ich. »Adieu.«

Ich hing auf, ging zurück auf das Werftgelände, stand lange Zeit im heißen Sonnenschein da. Hinten lag die Straße, die zum Dock hinunterführte, mit den verschiedenen Werkstätten zu beiden Seiten, bevor sie im blaugrauen Strich des Hafens verschwand. Links war eine Reihe von Schiffsrümpfen in verschiedenen Stadien der Fertigstellung zu sehen, mit den Kranwegen dazwischen. Die Silhouetten der Kräne zeichneten sich wie langbeinige, einarmige Spinnen vom Himmel ab, die Formstücke und Platten an Bord hievten. Die Arbeiter dort gingen vorsichtig. Überall wurde mit Hochdruck gearbeitet, Lastwagen fuhren, Platten schwangen durch die Luft, Kräne dröhnten, elektrische Mulis rollten, und die blauen Blitze der Lichtbogenschweißer strahlten heller als die Mittagssonne. Der ohrenbetäubende Lärm, der niemals nachließ. Ich mochte das alles wie meine erste Liebe.

Aber jetzt würde ich abhauen, sagte ich mir. Atlas war nichts mehr für mich. Ich wollte nichts wie weg aus Los Angeles, zum Teufel. Auch weg von Alice. Vielleicht nach Frisco. Las Vegas. Irgendwohin. Ich schüttelte den Kopf. Verdammt, vielleicht weiß sie einfach gar nicht, wie sehr ich sie brauche, dachte ich. Vielleicht dachte sie, es fiele mir leicht, die Dinge zu tun, die sie von mir erwartete. Vielleicht fiel es manchen Leuten leicht, dachte ich. Aber mir nicht. Ich hatte die Schrift schon gelesen und war schon auf dem Sprung. *Lies und hau ab, Nigger . . .*

Aber als ich wieder anfing, mich zu bewegen, wußte ich, daß ich Madge suchte. Ich ging zuerst zum vierten Deck hinauf, fand dort das Team, mit dem sie zusammengearbeitet hatte, aber sie war nirgendwo zu sehen. Ich suchte das Schiff von vorn bis achtern ab, von den Aufbauten bis hinunter zum flachen Kiel, aber ich fand sie nicht. Ich ging auf das Dock hinaus, wanderte hinunter ans Wasser, sah auf den Hafen hinaus. Aber ich konnte nicht stillstehen. Mir war, als zerrten tausend Dinge an mir. Meine Füße fühlten sich wie Bleigewichte an, im Mund hatte ich einen bitteren Geschmack. Mein Overall scheuerte. Mir war heiß in meiner Jacke. Ich zog sie aus, knöpfte den oberen Teil meines Overalls auf, schob den

Helm in den Nacken, fischte eine Zigarette aus der zerquetschten Packung und zündete sie an.

Dann fing ich wieder an, sie zu suchen, und sieben Teufel hämmerten in meinem Kopf. Ich konnte nicht dagegen an. Ich mußte mit ihr reden. Mußte es hinter mich bringen, und ganz Texas würde mich nicht aufhalten können.

Ich mußte etwas tun, um sie herunterzubringen, mußte sie auf irgendeine Art verletzen, ihr wehtun, sie demütigen, sie lächerlich machen, so wie sie mich lächerlich gemacht hatte, oder ich würde mich nicht mehr beherrschen können und wirklich in Schwierigkeiten geraten – das wußte ich. Ich würde auch Alice gegenüber nicht mehr klar denken können, nachdem sie am Abend zuvor mit Leighton ausgegangen war.

So kletterte ich wieder aufs Wetterdeck hinauf und fing noch einmal an zu suchen. Mein Kopf fühlte sich geschwollen an; in meinem Gehirn staute sich die Hitze. Jemand schlug mir auf Schulter. Ich sprang zwei Meter hoch und wirbelte herum, die Fäuste in Bereitschaft.

Herbie Frieberger sagte mit seiner lauten, frohlockenden Stimme: »Jesus Christus, bist du nervös. Was ist denn los mit dir, zum Teufel?«

»Mann, verdammt, soll das ein Witz sein oder suchst du Streit? Wieviel Schalen Weizenflocken hast du heute früh gegessen?«

Er sah besorgt aus. »Ich suche dich schon den ganzen Morgen, damit ich deine Beschwerde bekomme, Junge. Jesus Christus, ist das dein ganzer Dank?«

»Ich hab' keine Beschwerde abzugeben«, knurrte ich.

Er sah mich verblüfft an. »Und worüber wir geredet haben?« Er runzelte die Stirn. »Erinnerst du dich nicht? Ich hab' dir gesagt, du sollst deine Beschwerde aufschreiben und mir geben, und ich lege sie dem Betriebsrat vor.«

Ich versuchte meine Nerven zu beruhigen und freundlich zu sein. Aber es ging nicht. »Hör zu, Herbie«, sagte ich. »Ich schreibe keine Beschwerde. Ich lasse es sein.« Meine Stimme war rauh und zittrig; mit einem Mal war mir übel.

»Aber ich dachte, du wolltest . . .«, fing er an.

Ich unterbrach ihn. »Alles was ich will, ist Frieden«, sagte ich. Ich war müde, müde, müde. »Nur Frieden, Herbie. Ist das zu schwer für dich zu verstehen?«

Herbie sah mich lange an. »Du hast Glück, daß du kein Jude bist«, sagte er.

19

Als einer von Kellys Leuten um Vietel vor zwölf heraufkam und sagte, es sei ein Telefonanruf gekommen, dachte ich nur: Bitte, laß es Alice sein! Ich hielt den ganzen Weg hinunter zur Werkzeugausgabe den Atem an, und als das Mädchen dort mir eine andere Nummer gab, die ich anrufen sollte, erstarb ich innerlich. Einen Augenblick lang wollte ich nicht anrufen, dann versuchte ich es trotzdem.

»Alice?«

Als ich ihre fröhliche Stimme am Apparat hörte: »Liebling, ich hab's mir wieder anders überlegt, ist das nicht typisch Frau?« atmete ich mit einem langen, leisen Seufzer aus und ließ das Leben wieder in mich einströmen.

»Ich hab' allmählich wirklich Glück«, sagte ich. »Das ist das allererste Mal, daß das Vorrecht einer Frau sich je zu meinen Gunsten ausgewirkt hat.«

»So etwas wie Glück gibt es gar nicht«, neckte sie mich. »Es ist nur die richtige Anwendung von Anstrengung, Energie, Urteilsvermögen . . .«

»Und Exzentrizität«, warf ich lachend ein. »Weißt du, daß du gerade die Robert-Jones-Medaille für hervorragende Verdienste gewonnnen hast?«

»Und womit, General Jones? Gewiß nicht nur, weil ich außergewöhnlich schön, talentiert, intelligent, wohlhabend, berühmt und ungebunden bin?«

Ich lachte wieder. Sie wollte die heiter-unbeschwerte Stimmung beibehalten, und das war mir recht. »Ich behalte meine

Medaille, Baby, und schenke mich statt dessen selbst«, sagte ich und fragte dann: »Hast du deinen Wagen?«

»Ich bin jetzt auf dem Parkplatz. Ich habe mich im letzten Augenblick dafür entschieden, daß ich nicht ohne dich leben könnte.«

»Das klingt phantastisch«, sagte ich dann: »Hör mal, du kennst das Drive-in-Restaurant draußen an der Avalon Street, kurz hinter der Reitschule? Wir sehen uns dort in einer halben Stunde.«

»Ich bin da, Liebling.«

Ich hatte bis zu diesem Augenblick nicht gewußt, wieviel sie mir bedeutete. Es gab mir wieder Kraft, ich fühlte mich wieder geliebt und auch bedeutend. Ein Mann braucht das einfach, daß er jemandem wichtig war, wenn auch nur sich selbst. Eine Frau ist eine wunderbare Sache, dachte ich – wenn du sie liebst.

Auf dem Weg hinaus kam ich an Kelly vorbei und zwinkerte ihm freundlich zu, lachte laut auf, als ich den überraschten Ausdruck auf seinem Gesicht sah.

Die Signalpeife rief zur Mittagspause, als ich mir meinen Weg durch die Maschinenabteilung bahnte, und ich schloß mich der dichten, drängenden, stoßenden Menge der Arbeiter an, die vom Schiff herunterwollten, einander auf die Füße traten, sich die harten Helmränder in die Augen rammten. Aber es machte mir nichts aus, ich war mit allem zufrieden. Ich hatte allerdings noch nie etwas gegen das rücksichtslose Gebalge und die harten, eiligen Püffe gehabt, im Gegenteil, das hatte mir schon immer gefallen.

Ich ging zu Macs Büro hinunter, sagte Marguerite, ich müßte zum Zahnarzt, und ließ mir einen Passierschein für zwei Stunden ausstellen. Der Pförtner fragte säuerlich, wann ich denn eigentlich arbeite; und ich sagte ihm, das Führungspersonal arbeite nie, was er doch wissen sollte. Als ich die Tür meines Wagens öffnete, wehte Hitze wie aus einem Schmelzofen heraus. Ich mußte alle Türen öffnen und einen Augenblick warten, damit er auslüften konnte. Dann stieg ich ein, hockte mich in den weichen, federnden Sitz und fühlte mich rundum großartig.

Der Verkehr auf der Hafenstraße war nicht sehr stark, und das Fahren wurde zu einem Vergnügen, nur daß die großen Diesellaster, lang wie Güterwagen, beim Entgegenkommen rücksichtslos fast die ganze Straßenbreite in Beschlag nahmen. Die heiße, trockene Luft war von beißenden, stickigen Abgasen erfüllt; sie wehte durch die offenen Fenster herein und über mich hin, so daß ich gern flach auf der Straße gesessen und Tausende von Meilen gefahren wäre.

Die senkrechte kalifornische Sonne strahlte hart herunter und brannte in den Augen wie weißes Pulver. Als ich ins Handschuhfach faßte, um meine Sonnenbrille herauszunehmen, berührte ich den Revolver, den ich am Montag hineingelegt hatte, um Johnny Stoddart zu töten. Meine Hand zuckte zurück, als hätte sie den Tod berührt, und ich fühlte den Schock durch mich hindurch bis in meine Seele zucken. Als ich merkte, daß ich einem Mord so nahe gewesen war, jetzt, da das Chaos sich zu lichten begann, erschrak ich mehr als je zuvor in meinem Leben, und wieder saß mir die alte, würgende Angst im Hals. Ich wußte, daß man mich so weit getrieben hatte, aber es erschütterte und schmerzte mich, daß ich mich soweit hatte treiben lassen. Ich hatte das komische Gefühl, daß man mich aus mir selbst herausgezogen und angestachelt hatte, bis ich die Selbstbeherrschung verlor. Nun konnte ich Alices Reaktionen besser verstehen – sie mußte das Durcheinander in mir gesehen haben.

Aber der Gedanke verblaßte, ich vergaß ihn wieder. Der Tag war strahlend schön, beruhigend wie eine leichte Massage. Wenn deine Gedanken dich freigeben, wird ein solcher Tag dich neu erschaffen. Ich sah meinem Wiedersehen mit Alice aufgeregt entgegen, aufgeregter denn je. Sie hätte mich nie wieder angerufen, wenn ihr nicht wirklich an mir lag, das wußte ich. Es war ein Gefühl wie bei meiner allerersten Verabredung mit einem Mädchen – eine lebendige, prickelnde Erwartung.

Ich mußte sie unbedingt heiraten, dachte ich, das war's. Mich irgendwo niederlassen, bevor sie mich packten – und nach San Quentin brachten oder so. Dann ergriff mich ein seltsames Verlangen, Kinder zu haben – zwei Jungen und zwei

Mädchen. Ich hatte noch nie zuvor ernsthaft an Kinder gedacht, nicht daran, eigene Kinder zu haben; und jetzt plötzlich wünschte ich mir welche, wünschte mir die Verantwortung, sie aufzuziehen, für ihren Lebensunterhalt zu sorgen, sie zu unterrichten, sie aufwachsen zu sehen. Die Mädchen würden bestimmt wie Alice aussehen; wenn nicht, würde ich es mir nie verzeihen.

Dann mußte ich lachen. Das muß die Hitze sein, dachte ich. Oder vielleicht kam es von den Abgasen, die mich betäubten. Ich, ein Vater. Ich wär 'ne Hölle von einem Vater, dachte ich; immer wenn ich zu spät nach Hause kam, würden meine Kinder sich fragen, ob die Weißen ihren Vater endlich doch umgebracht hätten.

Aber es war gar kein so verrückter Traum. Ich hatte nur einfach nie irgendeine Sicherheit gekannt, hatte nie wirklich geglaubt, daß die Weißen mir den nächsten Tag noch zugestehen würden. Und seit ich genug Geld verdiente, um mein eigenes Leben zu leben, hatte ich nicht das Gefühl gehabt, daß das Leben mir gehörte. Die Weißen konnten mich jeden Augenblick auffordern, es abzugeben.

Ein Mann konnte so nicht leben, das wußte ich. Ich konnte es jedenfalls nicht. Ich allein – das war nicht genug, das reichte nicht; das reichte keinem Mann. Und solange ich schwarz war, würde ich niemals mehr als ein halber Mann sein, bestenfalls. Ich wußte, ich brauchte einen Anker zum Dranhängen, oder ich würde wirklich vom Winde verweht werden, wie die gute Südstaatendame gesagt hatte. Ich wußte, ich mußte beiden nachgeben, Alice und den Weißen; aber jetzt hatte ich nichts dagegen. Denn jetzt wußte ich, daß ich mich ducken mußte, oder ich würde meinen verdammten Kopf verlieren. Soviel hatte ich seit dem Montagmorgen gelernt. Der Tod hatte mir schon im Nacken gesessen, und ich hatte es nicht gemerkt.

Ich entdeckte Alices kastanienbraunen zweitürigen Oldsmobile, als ich, frisch und munter und funkelnagelneubekehrt, in den Kreis der Wagen um das Drive-in gelangte. Ich parkte meinen Wagen auf dem seitwärts gelegenen Parkplatz und ging zu Fuß hinüber. Es war ein typisches kalifornisches Drive-in-Restaurant, ein rundes Glashaus mit blitzenden Chromleisten und einem Tresen im Innern und wie die Speichen eines Rades geparkten Wagen draußen herum. Hübsche Mädchen in sehr knappen rot-goldenen Uniformen, ähnlich denen der Ballettänzerinnen, die viel Bein und Oberschenkel zeigten, in der Hoffnung, von irgendeinem Talentsucher Hollywoods ›entdeckt‹ zu werden, eilten hinein und heraus, um die Gäste in den Wagen zu bedienen.

Alice hatte durch das Rückfenster geblickt, und als sie mich um das Heck des Wagens kommen sah, drehte sie sich um und lächelte. Sie trug ein beiges, am Hals offenes Gabardinekleid und eine Sonnenbrile aus Schildpatt. Ihr Haar fiel locker und vom Wind zerzaust über ihre Schultern. Sie sah frisch und weiblich aus, ein Mädchen, auf das man überall stolz sein konnte, und ihr Lächeln war breit und herzlich.

»Hallo, Darling«, begrüßte sie mich und beugte sich vor, um die Tür zu öffnen. »Du siehst wie ein Arbeiter auf dem Plakat von der Gewerkschaft aus – ›CIO – wir gewinnen den Krieg‹.« Ihre Stimme war sanft und leise, aber es lag eine Vertrautheit darin, die nur für mich ganz allein bestimmt war.

Ich lachte und stieg ein, setzte mich neben sie und zog die Tür ins Schloß. »Ich bin die zwölf Millionen schwarzen Gesichter«, sagte ich.

Sie nahm die Sonnenbrille ab und spitzte den Mund. »Laß mich eines von deinen Gesichtern küssen.«

»Ich habe nur das hier mitgebracht.« Ich warf meinen Helm auf den Rücksitz, beugte mich zu ihr hinüber und küßte sie sanft. »Du schmeckst gut.«

Sie antwortete mit einem mädchenhaften Kichern. »Ich wette, ich schmecke vorzüglich mit kaltem Bier.«

»Aa – aa – du paßt besser zu funkelndem Burgunder«, widersprach ich.

Sie verkroch sich in ihre Ecke auf dem Vordersitz und zog die Beine unter sich. »Ich bin so ein gemeines und verderbtes Wesen, daß ich wahrscheinlich ungenießbar bin«, sagte sie mit gespielter Traurigkeit.

Ich mußte laut lachen. Ich hatte sie noch nie zuvor in dieser lustigen Stimmung gesehen, so völlig frei von ihrer Sozialarbeiterattitüde. Aber es gefiel mir.

»Wir sollten das öfter machen«, sagte ich.

»Was, über unsere Schmackhaftigkeit spekulieren?« fragte sie und hob die Augenbrauen. »Glaubst du vielleicht, du bist genießbarer als ich?«

Die kleine blonde Serviererin kam gerade noch zurecht, um die letzten Worte mitzuhören, und kicherte los. Alice errötete und sah verwirrt drein, aber die Serviererin lächelte sie freundlich an und befestigte das Tablett an der Tür des Wagens. Ich bestellte ein paar Hühnersandwiches und Milch, und Alice bestellte ein Sandwich mit Thunfischsalat und Eistee.

Als die Serviererin ging, sagte ich zu Alice: »Siehst du, man hat dich erwischt.«

Sie lachte. »Wäre es nicht komisch, wenn sie uns für Kannibalen hielte?« Dann, nach einem Augenblick, sagte sie versonnen: »Ich würde heute wahnsinnig gern zum Strand fahren und in der Sonne faulenzen.«

»Tun wir's doch einfach.«

»Ach, ich kann nicht. Ich habe um drei noch eine Besprechung.« Sie seufzte. »Das Leben ist einfach ein verdammtes Ding nach dem andern.«

»Da sagst du was«, echote ich.

Wir schwiegen einen Augenblick, und ich sah mich nach den Leuten um, die in den Wagen neben uns saßen. Außer uns waren alle weiß. Ich sah, daß mehrere verstohlen zu uns herüberblickten, und dachte, sie überlegten sicher, welcher Nationalität Alice angehörte. Nun fühlte ich mich unsicher, ein bißchen ungemütlich. Ich fragte mich, ob ich mich je in Gegenwart von Weißen richtig wohlfühlen würde.

Alice hatte es nicht bemerkt; sie sah zur Reitschule hinüber, wo drei weiße Mädchen ihre Pferde um das Oval herumritten.

»Geh Sonntag früh mit mir reiten, Liebling«, sagte sie impulsiv.

Ich merkte, daß ich die Stirn runzelte. »Ich wüßte nicht, wohin wir gehen sollten. Der Platz in Watts ist im Moment geschlossen, und du weißt, wie die meisten anderen dieser Plätze sind – die wollen nicht mal, daß wir dort parken und zuschauen.«

Sie antwortete nicht sofort, und ich fragte mich einen

Augenblick, ob sie auf den weißen Reitplätzen gewesen war. Dann dachte ich daran, daß sie am Abend zuvor mit Leighton ausgegangen war, und obwohl es mich nicht gerade ärgerte, mußte ich doch etwas dazu sagen.

»Hast du dich gestern abend gut amüsiert?« fragte ich höflich, und im nächsten Augenblick hätte ich mir die Zunge abbeißen können.

Sie sah mich fragend von der Seite her an, und ihr Gesicht wurde nüchtern. »Ja«, sagte sie. »Und du?«

Ich zuckte zusammen, und plötzlich war der Druck wieder da. »Baby, komm, lassen wir das«, sagte ich, aber ich wußte, daß das nicht genügte. Ich mußte ihr sagen, warum. Nach einem Augenblick sagte ich einfach: »Ich liebe dich.«

Sie wandte sich mir langsam zu, und ihre Augen waren wie Nebelsterne. »Das ist das erste Mal, daß du das ohne einschränkende Bemerkung sagst«, sagte sie mit einem Gesichtsausdruck, der sie wirklich schön machte.

»Ich wollte nie eine einschränkende Bemerkung machen«, sagte ich. »Du weißt, wir Farbigen, wir reden nun mal so.«

Nach einem Augenblick murmelte sie: »Aber bei dir kommt es von einem Mangel an Selbstbeherrschung, wirklich.«

Ich beobachtete die fließende Bewegung ihrer langen, schlanken Finger, als sie ganz in Gedanken am Steuerrad spielten, und wunderte mich, wieso mir deren Schönheit noch nie zuvor aufgefallen war. Dann dachte ich an die Redensart, daß man einen Neger an den Halbmonden seiner Fingernägel erkennen könne, und überlegte halb lächelnd, wie das denn wohl bei lackierten Fingernägeln war.

Schließlich sagte ich ernsthaft: »Ich weiß. Ich frage mich selbst, was mit mir los ist. Alles, was ich tue oder sage, scheint falsch zu sein. Aber ich tue es nicht mit Absicht, es kommt nur immer dabei heraus.«

»Dein Problem ist deine mangelnde Anpassung, Liebling«, sagte sie. »Bitte glaub nicht, daß ich dir etwas einreden oder aufschwatzen will, es läßt sich einfach nicht anders ausdrükken. Du versuchst dein Denken nicht auf die tatsächlichen Lebensbedingungen einzustellen.«

Die Serviererin brachte uns, was wir bestellt hatten, und wir schwiegen, während sie uns bediente. Aber nun hatten wir beide den Appetit verloren.

»Wenn ich's versuche, werde ich herumgestoßen«, sagte ich, und da war die Spannung wieder in mir. »Manchmal habe ich das Gefühl, selbst überhaupt nicht darüber bestimmen zu können, was mit mir geschieht. Ich bin nur eine Art Maschine, die die Weißen handhaben, indem sie irgendwelche Knöpfe drücken. Jeder Weiße, der daherkommt, drückt irgendeinen Knopf an mir, und ich reagiere dementsprechend.« Ich wandte mich ihr zu und sah sie an. »Hast du jemals dieses Gefühl gehabt?«

Sie sah mich auch an, nicht kritisch, wie ich erwartet hatte, sondern mit einer seltsamen, tiefen Sympathie. Sie antwortete nicht, aber in ihrem Blick war etwas, das mich weitertrieb.

»Nimm ein ganz einfaches Beispiel – ich fahre in die Stadt und will ins Kino gehen. Jede weiße Person, mit der ich in Kontakt komme, jede, mit der ich zu sprechen habe, sogar die, an denen ich auf der Straße vorbeikomme – jeder von diesen verdammten Weißen hat die Macht, mein Verhalten zu beeinflussen. Nicht nur das, sie gebrauchen diese Macht auch – gebrauchen sie in jeder Art und Weise. Sagen wir, ich fahre mit der Straßenbahn: Der Schaffner kann mich stehen und warten lassen, bis er mir das Wechselgeld herausgibt, oder mich zwingen, daß ich ihn zwei oder dreimal um einen Umsteigefahrschein bitten muß. Dann, wenn ich aussteige und die Straße hinuntergehe, können die Fußgänger mich zwingen, beiseite zu gehen und sie vorbeizulassen. Die Kassiererin im Kino kann mir Logenplätze verkaufen, wenn sie weiß, daß es keine Logenplätze mehr gibt, und dann wird die Platzanweiserin mir den schlechtmöglichsten Platz geben. Und da ist der Film – es ist fast sicher, daß er mich auf irgendeine Art verletzen oder beleidigen wird. Wenn Negerrollen darin sind, werden die Rollen verletzend und beleidigend sein, und wenn es ein Film ganz ohne Negerrollen ist – wenn du darüber nachdenkst, ärgerst du dich, daß man dir ein Leben zeigt, das du nie wirst führen können. Das Höllische daran ist – es ist nicht nur eine Bagatelle – sagen wir, ich habe die falsche Karte bekommen, könnte sie zurückgeben und umtauschen lassen, sondern daß man mir die Karte verkauft und mir das ganze alberne Geschwätz zumutet. Aber es ist nicht nur das, es ist der Druck, unter den sie dich bringen, daß sie all das mit dir machen können . . .«

Ich bekam ein trockenes Gefühl in der Kehle und machte eine Pause, um einen Schluck Milch zu trinken. »Ich bin ja auch durchaus mal bereit, etwas einzustecken«, fuhr ich fort. »Ich weiß, daß die meisten Menschen nicht viel über das Leben zu bestimmen haben, das sie führen. Aber ich habe überhaupt nichts über das Leben zu bestimmen, das ich führe – überhaupt nichts. Nimm meinen Job – ich bin nie etwas anderes als ein Lakai von Kelly gewesen, ein Mittelsmann zwischen ihm und den farbigen Arbeitern. Oft habe ich mit den anderen Vorarbeitern unten in der Werkzeugausgabe gestanden und eine neue Arbeit mit Kelly diskutiert, aber jedesmal, wenn ich irgendeinen Vorschlag gemacht oder überhaupt irgendwas gesagt habe, ganz gleich wie vernünftig es war, wischte Kelly es einfach weg, als hätte ich gar nichts gesagt. Ich habe nie irgendeine wirkliche Autorität gehabt. Manchmal ließ mir Kelly sogar von anderen Vorarbeitern sagen, was ich zu tun hätte. Und dann, als ich zum erstenmal versuchte, ein bißchen Autorität durchzusetzen, hat man mich heruntergestuft.«

»Ich verstehe, Liebling«, sagte sie. »Aber du solltest es dir nicht zu sehr zu Herzen nehmen. Das ist typisch bei den meisten Negern, die eine Aufseherfunktion in einem Betrieb ausüben, der Weiße und Farbige beschäftigt. Viele Neger, von denen wir denken, sie wären in Spitzenpositionen, sind in Wirklichkeit nur Galionsfiguren, Strohmänner, Aushängeschilder und hoffnungslosere Fälle, mehr vom Leben enttäuscht als du. Ich kann in meiner Stellung, obwohl ich als Abteilungsleiterin eingestuft bin, auch keine direkten Anweisungen geben. Ich darf nur Vorschläge machen. Es macht mich manchmal fast wahnsinnig, wenn ich sehe, daß Fälle falsch behandelt werden und ich keine Macht habe, das zu verhindern; oft habe ich das Gefühl, daß ich keine zwei Cents verdient habe, seit ich in meiner Stellung bin – daß ich nur da bin, um jemand anderem den Arbeitsplatz wegzunehmen.« Sie seufzte. »Aber das ist einfach eine der Lebensbedingungen.«

»Ich weiß«, sagte ich. »Aber das nagt und frißt trotzdem an mir. Ich möchte nicht die ganze Zeit herumgestoßen werden. Man möchte das Gefühl haben, daß man wenigstens über einen Teil seines Lebens zu bestimmen hat. Den ganzen Morgen heute . . .« Ich erwischte mich dabei, wie ich ihr erzählen wollte, daß mein Ärger über Madge sich so verstärkt hatte, daß er mich den ganzen Morgen wie eine Marionette, wie einen Hampelmann hatte herumzappeln lassen. Statt dessen sagte ich: »Ich will auch nicht immerzu an meine Rasse denken. Ich bin es verdammt leid. Aber die Weißen zwingen mich dazu, auf jede Art und Weise. Ich kriege nie eine Chance, wie ein normaler Mensch zu denken.«

»Ich muß es dir wieder sagen, Bob, Liebling«, sagte sie. »Du brauchst ein bestimmtes Ziel, etwas, das du innerhalb der Rassenschranken erreichen kannst, in denen wir leben.« Als ich ihr dazwischenreden wollte, unterbrach sie mich. »Ich weiß, das klingt wie ein Kompromiß. Aber das ist es nicht, Liebling. Wir *sind* Neger, und wir können es nicht ändern. Aber *als* Neger können wir vieles erreichen, Erfolg haben, unser eigenes Leben leben, unsere eigenen Häuser besitzen und glücklich sein. Es gibt keinen Grund, weshalb ein Neger innerhalb dieses Rahmens nicht sein Schicksal selbst bestimmen könnte. Wirklich, Liebling, das ist keine Feigheit. Es ist einfach eine Form von Selbsterhaltung.«

»Hör zu, Baby, ich will nicht mit dir streiten. Ich möchte nie mehr mit dir streiten. Und ich habe mich schon dazu entschieden, daß ich mich anpassen will. Also das ist es nicht. Aber bitte sag mir nicht, daß ich über mein Schicksal selbst bestimmen könnte, denn ich weiß, daß ich es nicht kann. Bei jeder Gelegenheit, bei jedem Vorfall, der sich ergeben kann, ist ein Weißer dank seiner weißen Hautfarbe in der Lage, so auf mich einzuwirken, daß eine Katastrophe daraus entsteht, und ich kann mich nicht davor schützen, habe keinen Ausweg, kann nichts dagegen tun, nur sterben. Und wenn das über mein Schicksal selbst bestimmen heißt . . .«

»Das ist nicht wahr, Bob«, sagte sie geduldig. »Ich will zugeben, daß wir in unserer ökonomischen Sicherheit beschränkt und ohnmächtig sind, daß wir uns an die Bedingungen der Rassentrennung anpassen müssen, um irgendeinen finanziellen Erfolg zu erreichen. Und ich gebe dir auch recht, daß wir im Unterrichtswesen, in fast allen öffentlichen Einrichtungen, in der Sozialfürsorge, dem Gesundheitsdienst, den Krankenhäusern, Verkehrsmitteln, Wohngebieten, in fast allen Bestandteilen unseres Lebens, die direkt oder indirekt mit der Ökonomie zusammenhängen, einem rassistischen Herrschaftssystem unterworfen sind.

Aber, Liebling, alles Leben ist nicht kommerziell. Die besten Dinge im Leben sind nicht kommerziell: Liebe und Ehe, Kinder und unser Heim. Die sind in unsere Hand gegeben. Was unser körperliches Sein, unsere persönliche Unverletzlichkeit, unser Privateigentum angeht – sie sind ebenso wie die eines jeden anderen Menschen geschützt. Solange wir uns an das Muster der Rassentrennung anpassen, brauchen wir nicht zu befürchten, daß man uns unseren Besitz wegnimmt oder uns persönlich angreift.

Und es gibt noch viele andere Werte, die du nicht in Betracht ziehst – spirituelle Werte, innere Werte, die auch grundlegende Bestandteile unseres Lebens sind. Ehrlichkeit, Anständigkeit, Rechtschaffenheit, Mut – es erfordert Mut, so zu leben, wie ein Neger leben muß. Die Würde gehört uns, wir können sie hegen und pflegen, oder wir können sie zerstören.

Schließlich, Liebling, sind das die wichtigsten Dinge im Leben. Diese Dinge in uns, die uns zu dem machen, was wir sind. Und über sie haben wir Macht. Jeder Mensch, gleich welcher Rasse, welchen Glaubens oder welcher Hautfarbe, ist der Herr seiner Seele. Das ist wirklich viel wichtiger als in exklusiven Restaurants essen, in exklusiven Vierteln wohnen oder selbst ökonomisch mit Menschen anderer Rassen wetteifern zu dürfen. Es hängt von unserem eigenen Gefühl für gewisse Werte ab, Liebling.«

Lange, nachdem sie zu reden aufgehört hatte, sagte ich überhaupt nichts, ich ließ es auf mich einwirken, wollte es begreifen. Wenn mir das jemand vor Jahren gesagt, es mir genau auf diese Weise erklärt hätte, wäre mir viel Kummer erspart geblieben. Denn ich verstand es nun zum erstenmal. Ganz gleich, was die Weißen mir antaten oder mich zu tun zwangen, nur damit ich leben konnte, Alice und ich konnten unser eigenes Leben haben mitten in all dem Druck, abseits davon, getrennt davon, ein Leben, das kein Weißer je berühren konnte. Ich sah es damals, und ich wandte mich ihr zu, ernst und voller Spannung.

»Willst du mich heiraten, Alice?«

Ich habe ihren Mund sich nie so zart bewegen sehen, wie als sie sagte: »Ja, Bob. Wußtest du das noch nicht?«

Es wurde alles butterweich in meinem Innern. »Wann?«

»Wann du willst.«

»Nächsten Monat.«

Sie nickte. Ich beugte mich vor und küßte sie wieder mit langem und ständigem Druck. Ihre Augen schlossen sich, ihre Wimpern senkten sich wie zwei winzige Fächer auf ihre Wangen, und ihr Körper floß vorwärts, als ihre Lippen kamen, weich und knospend und voller Hoffnung, wie der Anfang eines neuen Lebens, um die meinen zu berühren. Solange ich das hier besaß, konnte ich alles aushalten, es mit allem aufnehmen, was die Weißen mir aufbürden würden; denn das hier, das war es, das war die Verheißung.

Als wir uns voneinander lösten, saß sie eine Zeitlang da, entspannt, die Augen geschlossen; und als sie sie öffnete, war ein Lächeln darin, ein Lachen. »Wirst du das Mädchen um Entschuldigung bitten, mit dem du den Streit gehabt hast?«

Ich fing tief innerlich auch an zu lachen. »Du gibst nie auf, Baby, wie?« sagte ich und fügte hinzu: »Du weißt, daß ich es tun werde.«

Plötzlich sagte sie: »Ich will nicht, daß du's tust.«

Wir lachten beide zusammen, so wunderbar glücklich. »Du gewinnst immer«, sagte ich.

Nach einem Augenblick erzählte sie mir, wie sie Stella kennengelernt hatte. Ich versuchte, sie davon abzubringen, aber sie mußte es mir erzählen, sagte sie, mußte es zwischen uns aus dem Weg räumen. Eine Freundin von ihr hatte eines Abends, nachdem sie ein Konzert in der Hollywood Bowl besucht hatten, vorgeschlagen, daß sie dort hinfahren sollten. Sie war noch einmal mit demselben Mädchen dort gewesen. Sie hatte zwar kapiert, was da gespielt wurde, aber von ihrer Seite war es nur Neugier gewesen; sie hatte sich nie beteiligt, war nicht einmal je so weit gegangen wie an dem Abend, an dem ich mit ihr dort gewesen war. Aber das Großartige war, daß ich ihr glaubte.

Danach fühlten wir uns so zusammengehörig, daß nichts uns auseinanderbringen konnte. Wir waren über den Jordan ins Gelobte Land gelangt. Hast du jemals gewußt, daß du das Richtige getroffen hattest? Ganz gleich, ob beim Würfelspiel oder bei den Karten, oder wenn du gerade einen Kerl ausnehmen wolltest – du hattest genau das Gefühl, und du wußtest es. So war das mit uns.

»Ich bin jetzt ein Teil von dir, und du bist ein Teil von mir«, sagte sie.

»Ich bin ganz du.«

»Nein, ich bin ganz du, wenn schon.«

»Aah – aah, wir sind es beide.«

Dann lachten wir wieder.

Wir wollten irgendwann Mitte Juli heiraten, verabredeten wir.

»Die Leute werden komische Ideen kriegen, weil niemand je im Juli heiratet«, sagte sie.

»Was geht es uns an, was die Leute denken?« Dann sagte ich: »Ich werde meinen Wagen verkaufen und uns ein Haus kaufen. Jemand hat mir gerade vor zwei Wochen zweitausend geboten.«

»Ich hab' ein niedliches Häuschen gesehen, es ist zu verkaufen. Auf einem kleinen Hügel neben der Monterey Road.«

»So weit draußen? Ich brauche ein Jahr, um zur Arbeit zu kommen.«

»Ich werde dich jeden Morgen zur Arbeit fahren, aber die Rückfahrt mußt du mit jemand anderem verabreden. Obwohl ich dich jeden Abend unten in der Stadt treffen könnte, vielleicht an der Pacific Electric Station.«

»Na gut, eine Bar ist der beste Ort«, sagte ich.

Dann wurden wir ernsthaft und sprachen über die Geldmittel.

»Du kannst deinen Job behalten, bis das erste Baby kommt«,

gestand ich ihr zu und fühlte mich sehr männlich und wichtig. »Aber danach bleibst du zu Hause, Baby.«

»Es könnte einige Zeit dauern, bis wir uns ein Baby leisten können«, meinte sie. »Du wirst ungefähr drei Jahre lang ein Schuljunge sein, vergiß das nicht, *Papa.*«

»Oh, wir werden das Baby bekommen, ob wir es uns leisten können oder nicht«, sagte ich.

Sie warf mir von der Seite einen verschmitzten Blick zu und fing an zu kichern. »Woher weißt du das?«

Ich war einen Augenblick perplex, dann fing ich an zu lachen.

Sie wollte mir nicht bei der Entscheidung helfen, was ich mit meinem Job tun sollte. Ob ich aufhören und zu einer anderen Werft gehen oder bei Atlas als Monteur bleiben sollte. Das sei ganz und gar meine Sache, sagte sie. Aber sie wies mich trotzdem darauf hin, daß es für mich vielleicht besser war, bei Atlas zu bleiben und zu versuchen, meinen Job zurückzubekommen, so daß ich meine Zurückstellung behalten konnte.

»Nur eins«, sagte ich. »Wohin ich auch gehe, ich halte mich aus Streitigkeiten heraus. Ich will keinen Ärger. Ich werde mit allen Leuten zurechtkommen und mich bei der Arbeit bewähren. Du brauchst dir darüber keine Sorgen zu machen.«

Sie beugte sich vor und küßte mich. »Benimm dich nicht zu gut, Liebling. Sonst liebe ich dich vielleicht nicht mehr so.«

»Jedenfalls, wenn ich im Herbst auf die University of California in Los Angeles gehe, werde ich in die Friedhofsschicht überwechseln müssen, und da sind vielleicht bessere Arbeiter.«

Es war aufregend, die Zukunft zu planen. Es gab allem eine neue Bedeutung, eine Wichtigkeit, die es nie zuvor gehabt hatte.

Plötzlich fiel mir etwas Merkwürdiges auf, und ich sah mich um. Alle Wagen, die dagewesen waren, als wir kamen, waren fort. Ich sah auf meine Uhr. Es war Viertel vor zwei.

»Ich muß los«, sagte ich.

»Du wirst bei uns zu Abend essen. Wir sagen es Dad und Mutter.«

»Ich weiß, daß sie vor Freude in die Luft springen werden.«

Sie lachte. »Oh, sie mögen dich, wirklich, Liebling. Und sie haben meine Gefühle schon erraten.«

Ich bezahlte die Rechnung und drehte mich zu ihr, um sie zu küssen. Ich wollte sie nie mehr aus meinen Armen lassen, aber schließlich mußte ich es tun. Dann sprang ich heraus und rannte zu meinem Wagen hinüber. Ich fuhr in die eine, sie in die andere Richtung, wir winkten einander zu. Ich werde nie ihr Lächeln vergessen, kurz bevor sie abfuhr.

Auf dem Rückweg fiel mir der junge Mais am Straßenrand auf, und ich beschloß auf der Stelle, daß wir uns ein Grundstück anschaffen würden, auf dem wir einen Garten anlegen konnten. Es würde ein Vergnügen sein, etwas zu pflanzen.

Zum erstenmal in meinem Leben fühlte ich mich zufrieden. Ich dachte nicht daran, Alice zu heiraten, um einen Ausweg zu haben. Ich hatte das Gefühl, daß es das war, was ich wollte, was ich immer gewollt hatte. Ich konnte mich mit Vierzig sehen, würdevoll, mit grauen Schläfen, wie ich junge Neger verteidigte. ›Meine Herren Geschworenen, lassen Sie mich Ihnen von der Enttäuschung, einer gesellschaftlichen Krankheit, erzählen, einer Krankheit, deren Opfer Menschen der Minderheitengruppen sind und gegen die sie machtlos und ohnmächtig sind. Diese Enttäuschung treibt diese jungen Leute ins Verbrechen; es ist, als höbe die Gesellschaft sie körperlich auf und werfe sie da hinein. Meine Herren Geschworenen, ich sage Ihnen, es ist ungerecht, diese Jungen für eine Krankheit zu verurteilen, die die Gesellschaft ihnen auferlegt hat . . .‹

Verdammt, ich redete ja wie Clarence Darrow persönlich, dachte ich und lachte laut auf. Dann wurde ich nüchterner. Vielleicht waren die Leute bis dahin über die Vorstellung hinweg, dachte ich. Vielleicht waren sie dann nicht mehr so anfällig für den Glauben, daß alle Negermänner gleich wären, vielleicht hatten sie dann begriffen, wie verrückt das ganze Getue war. Ich hoffte wirklich, sie würden dann ein bißchen zu Verstand gelangt sein, verdammt, wenn mein Sohn erwachsen wäre.

Aber ich konnte es mir nicht vorstellen. Meine Gedanken waren voll von Alice. Ich schüttelte nur den Kopf. Es war eins dieser Wunder. Ich war ein anderer Mensch, dachte nicht mehr wie vorher, fühlte nicht mehr wie vorher. Das war mit mir geschehen. Ich hatte mich aufgerichtet. Große harte und gemeine Welt, aber ich habe dich jetzt geschlagen, dachte ich triumphierend. *Frieden, Vater, es ist wirklich wundervoll.*

20

Als ich zur Werft zurückkam, beschloß ich plötzlich, mit Mac zu sprechen. Ich machte mir Sorgen wegen meiner Zurückstellung vom Militär. Ich wollte nicht im letzten Augenblick noch zur Armee müssen und alles verlieren – Alice und meinen Traum und sogar meine guten Vorsätze. So schluckte ich meinen Stolz herunter und ging in das Büro der Klempnerei.

Mac ließ mich wieder warten; aber ich wartete. Schließlich, als er sah, daß ich nicht gehen würde, winkte er mich herüber.

»Was hast du auf dem Herzen, Bob?« fragte er, sein mächtiger, wabbliger Körper überschwemmte seinen riesigen Schreibtischsessel, und seine Augen funkelten in seinem lustigen roten Gesicht, als wäre ich derjenige Bursche, den zu sprechen ihm die allergrößte Freude bereitete.

»Ich würde gern mit Ihnen über mein Verbleiben in dem Job sprechen«, sagte ich und schluckte. »Ich verspreche Ihnen, ich werde Ihnen keine Scherereien mehr machen.« Es fiel mir schwer, es herauszubekommen, aber ich schaffte es.

»Ich glaube, du hast deine Lektion gelernt, eh?« Er strahlte. »Bist deine Wut losgeworden, wie?«

Ich schluckte wieder, fühlte meinen Adamsapfel im Hals auf und ab tanzen. »Ja, Sir«, sagte ich mit einer hohen, dünnen Stimme.

»Das ist schön«, schnurrte er und sah umher. Ich merkte plötzlich, daß alle im Büro uns zuhörten. »Und du meinst, du kannst jetzt mit den anderen zusammenarbeiten, ohne die Beherrschung zu verlieren?«

»Ja, Sir.«

Er drohte mir mit dem Finger und sagte lachend: »Jetzt willst du nur nicht zur Armee, was – das ist es doch?«

»Ich gebe zu, ich will nicht zur Armee«, sagte ich. »Aber das ist nicht der Grund, weshalb ich meinen Job behalten möchte.« Ich machte eine Pause, dann sagte ich es ihm. »Ich möchte heiraten.«

»Ja was denn! Heiraten, eh?« Sein fettes Gesicht sah aus, als ob er mich beglückwünschen wollte. »Heiraten ist genau das richtige für dich, mein Junge. Du kommst zur Ruhe, wirst zuverlässiger.« Er machte eine Pause und erkundigte sich dann freundlich: »Eines von den Mädchen hier auf der Werft?«

»Nein, Sir, sie ist Sozialarbeiterin«, sagte ich. »Eine Abteilungsleiterin beim städtischen Wohlfahrtsamt.« Es tat mir sehr gut, ihm das zu erzählen.

»Oh!« Sein Gesicht wurde plötzlich nüchtern, und ein eigenartig mißtrauischer Ausdruck kam in seine Augen. »Hast du je von der Regierungsanweisung Nr. 8802 gehört?« fragte er abrupt.

Ich begriff den Zusammenhang nicht gleich, aber ich sagte: »Ja, Sir, es ist die Präsidentendirektive zur Chancengleichheit im Beruf.«

Er grunzte tief im Bauch, und etwas von dem Funkeln kam wieder in seinen Augen auf. »*Direktive!* Genau! Präsidentendirektive. Das ist eine gute Sache«, sagte er und hob den Kopf und sah mich forschend an.

Ich wußte, ich hätte es lassen sollen, aber die halb höhnische Art, in der er es sagte, ging mir auf die Nerven. »Ich finde auch, daß es eine gute Sache ist«, sagte ich. »Ich finde, sie sollte durchgesetzt werden.«

Nun wurde sein Gesicht wieder nüchtern. »Wir setzen sie hier bei Atlas durch. Buchstabengetreu! Das weißt du!« Als ich nicht sofort antwortete, drängte er mich. »Du weißt das, nicht wahr?«

Nun tat es mir leid, daß ich überhaupt etwas gesagt hatte, denn ich mußte »Ja, Sir« sagen, um Streit zu vermeiden. Er nickte und wurde dann nachdenklich. »Aber dein Fall fällt nicht darunter. In deiner Herabstufung spielt Diskriminierung überhaupt gar keine Rolle. Leute, die agitieren möchten, könnten dir so etwas erzählen, aber es ist nicht so . . .«

Plötzlich begriff ich die Verbindung zwischen Alice, der Sozialarbeiterin, und der Regierungsanweisung – Mac meinte, sie hätte mit mir geredet und mir wahrscheinlich vorgeschlagen, das Diskriminierungsverbot als Hebel zu benutzen.

»Ich hätte dasselbe mit jedem anderen Vorarbeiter gemacht, der eine Frau beschimpft«, fuhr er fort. »Hätt' ich müssen. Eine Frage der Disziplin.« Er machte eine Pause und wartete, daß ich etwas sagte.

Es gab für mich nichts zu sagen.

Dann strahlte er mich an. »Ich sag' dir, was ich mit dir tun werde, Bob. Du gehst wieder 'rauf und arbeitest 'ne Weile unter Tebbel. Beweise, daß du zuverlässig bist, daß man dir vertrauen kann, daß du keinen Ärger mehr machst, Nimm die Strafe auf dich wie ein Mann, und dann mach dein Comeback. Das ist die amerikanische Art, mein Junge. Bewähre dich, beweise, daß du ein Kerl bist. Dann komm hierher zurück und melde dich bei mir. Ich werde sehen, ob ich Kelly dazu bringen kann, daß er dich wieder als Vorarbeiter beschäftigt.«

Ich schluckte und holte Luft. »Wann soll ich wiederkommen?«

Er zeigte Ungeduld. »Das wirst du besser wissen als ich. Wenn du weißt, daß ich mich auf dich verlassen kann; wenn du glaubst, daß du mit ein bißchen Autorität umgehen kannst, ohne wieder den Kopf zu verlieren.«

Ich mußte mir Hilfe von Alice holen, bevor ich es diesmal sagen konnte: »Ja, Sir. Ich werde mein Bestes tun.«

Ich merkte, daß Marguerite mich merkwürdig ansah, als ich hinausging. Ich fragte mich, woran sie wohl denken mochte.

Auf dem Weg über das Gelände sagte mir ein Teil meiner selbst andauernd, daß ich einen Fehler gemacht hatte, mit Mac zu sprechen – daß er nun dächte, ich wolle ihn aufs Kreuz legen, und mich nie wieder als Vorarbeiter einsetzen würde. Aber der andere Teil meines Bewußtseins argumentierte, es hätte etwas genützt. Ich hatte ihm zu verstehen gegeben, daß ich meinen Job dringend brauchte, daß ich mit den weißen

Arbeitern zurechtkommen würde, um ihn zu behalten. Und ich hatte mich gedemütigt, wenn es das war, was er wollte. Und dann war es immer noch möglich, daß er es wirklich ehrlich meinte. Vielleicht, wenn ich hart arbeitete und mich von Streitigkeiten fernhielt, würde er mich wirklich wieder als Vorarbeiter einsetzen. Ich würde die Leute so nehmen müssen, wie sie nun einmal waren, oder wie sie sich gaben, sagte ich mir, mußte ihnen glauben, daß sie meinten, was sie sagten, statt immer nur daran herumzudeuteln.

Dann war es auch sonnenklar, daß Tebbel sich auf dem Posten nicht würde halten können. Erstens verstand er nicht genug von der Arbeit, und zweitens würde ihm seine rassistische Einstellung bei den Leuten in meiner Gruppe früher oder später Ärger einbringen. Er würde einmal zu oft eine falsche Bemerkung machen, und einer von ihnen würde ihn hängen lassen. Ich wollte nicht, daß noch irgendwer irgendwelchen Ärger bekam, die ganze Geschichte hatte schon genug Aufregung gekostet. Wenn ich die Sache einfach auf sich beruhen ließ, würde am Ende vielleicht doch noch alles gut enden – eines Montags früh würde ich zur Arbeit kommen, und Kelly würde mir sagen, ich solle meine Gruppe wieder übernehmen.

Ich grübelte so angestrengt darüber nach, daß ich auf dem dritten Deck war, bevor ich es begriff. Alle in meiner Gruppe arbeiteten wie die Wahnsinnigen. Zwei Feuertöpfe waren an, und alle drei Mädchen löteten. Red half Homer beim Aufhängen eines Lüftungskanals; sie hockten auf dem Gerüst unter dem Oberdeck und schraubten die Halter fest. Conway nietete eine Naht; Arkansas unterstützte ihn. Pigmeat bohrte Nietlöcher. Es qualmte, stank und war drückend heiß, der Lärm war ohrenbetäubend. Sie arbeiteten wie die Teufel.

»Was macht ihr Leute?« rief ich. »Wollt ihr euch'n Abzeichen für besondere Verdienste verdienen?«

Mehrere von ihnen hörten mich; sie arbeiteten langsamer und sahen so schuldbewußt drein, als hätte ich sie bei irgendeiner Schlechtigkeit erwischt. Ich fragte mich, was, zum Teufel, los war. Da hörte Conway für einen Augenblick auf und erklärte: »Tebbel hat bei Kelly durchgesetzt, daß wir endlich mal 'ne gute Arbeit kriegen. Sobald wir hier fertig sind, gehen wir 'rauf und arbeiten am Deck oben an den Aufbauten.«

Ben arbeitete nahe genug, um es trotz des Lärms mitzubekommen. »Oller Massah wird uns endlich die Freiheit schenken«, witzelte er; aber sogar er schien glücklich über die Aussicht zu sein.

Smitty hörte auf zu arbeiten und kam zu mir herüber. »Da siehst du, wie die dreckigen Hurensöhne sind«, sagte er. »Kaum haben die dich raus und 'nen weißen Jungen an deiner Stelle, da geben sie uns auch schon bessere Jobs.« Vielleicht meinte er, seine Worte klängen teinahmsvoll, aber sein Gesicht sah aus, als ob er heilfroh darüber war.

Tebbel stand an der Seite und sah wie die Katze aus, die den Kanarienvogel gefressen hat. Ich wußte, was Kelly vorhatte. Die Aufbauten waren ein Leckerbissen für jeden Arbeiter – kühler Wind, frische Luft und eine gute Aussicht auf den Hafen; und die Jungs konnten auf dem Deck spazierengehen und den Sonnenschein genießen. Er verkaufte meine Gruppe an Tebbel, und zwar so, daß sie mich nicht würden zurückhaben wollen. Sie würden alle genau wie Smitty denken – was Mac mit mir gemacht hatte, mochte unfair sein, gewiß, aber ein weißer Vorarbeiter konnte ihnen schließlich bessere Jobs besorgen.

Red und Homer hatten ihren Lüftungskanal befestigt und schwangen sich vom Gerüst herunter. »Verdammt, ich bin froh, wenn ich aus diesem Loch raus bin«, sagte Red und reckte sich ächzend. Dann wandte er sich mir zu: »Was wirst du tun, Bob, bleibst du bei uns?«

»Ich weiß noch nicht«, sagte ich.

»Zum Teufel, wenn ich du wäre, würde ich aufhören«, sagte Homer.

»Ich würde'n paar Bomben besorgen und sie übers Schiff verteilen und alles in die Luft jagen«, sagte Pigmeat.

»Junge, halt den Mund!« sagte Conway. »Der FBI packt dich wegen Sabotage am Wickel.«

Ich merkte, daß keiner von ihnen irgend etwas darüber sagte, daß sie mich als Vorarbeiter behalten wollten. Ich hatte den Eindruck, daß ich schon endgültig draußen war.

Dann kam George rauf. »Sag, Bob, geh doch mal hoch und sieh dir die Arbeit an«, sagte er, als wolle er sich gewissermaßen für ihre gute Laune entschuldigen. »Sag uns, was wir tun müssen.« Er sah sich nach Tebbel um, senkte die Stimme. »Du verstehst sowieso mehr von der Arbeit als Danny.«

»O.k.«, sagte ich und gab ihm ein halbes Lächeln. »Ich tu's.« Ich wollte einen Augenblick weg von ihnen; ich fühlte mich ziemlich miserabel.

Ich kletterte zu den Aufbauten hinauf, stieß in Gedanken versunken mit anderen Arbeitern zusammen und versuchte mir darüber klar zu werden, ob ich zum Feierabend die Arbeit aufgeben oder ob ich bleiben sollte. Es war inzwischen fünf nach drei . . . Es würde leichter sein aufzuhören, dachte ich. Aber das beste war, ich blieb und schaffte ein Comeback. Ich kletterte weiter zur Brücke hinauf, warf einen Blick auf die Geschützinstallationen unten auf dem Deck und überlegte, ob ich es mit Alice durchsprechen sollte. Ich beschloß, es nicht zu tun; ich würde die Entscheidung ganz allein treffen und aufhören, mich wegen jeder Kleinigkeit an sie zu wenden. Ich warf einen Blick ins Kartenhaus, ging weiter, wieder zum Wetterdeck hinunter und wanderte auf die Reling zu.

Aber ich konnte mich nicht entscheiden. Dann fiel mir ein, daß ich George versprochen hatte, ich würde mir die Arbeit ansehen, ging zum Deckshaus zurück und schlenderte durch die Gänge, warf einen Blick in verschiedene Räume. Ich wußte nicht, wofür sie alle waren; verschiedene Kammern und die Offiziersunterkünfte, stellte ich mir vor. Ich müßte eine Zeichnung sehen, um irgend etwas dazu sagen zu können. Natürlich sah es nicht so aus, als ob die Lüftung besonders kompliziert sein würde, dachte ich. Die Räume lüfteten sich von selbst.

Klempner und Elektriker waren in einigen Räumen bei der Arbeit. Draußen sprühte ein Arbeiter die Schotten mit Mennige. Es wurde nicht sehr viel gearbeitet; die Aufbauten würden als letzte ausgerüstet werden – gearbeitet wurde von unten nach oben.

Ich wollte nach achtern gehen, um einen Blick in den Maschinenraum zu werfen, als ich eine geschlossene Tür bemerkte, die Hand auf den Türknopf legte und hineinging, um zu sehen, was sich dahinter verbarg. Es war dunkel darin nach dem gleißenden Sonnenlicht auf dem Deck, aber ich sah ein Verlängerungskabel unter der Tür verschwinden, folgte ihm zu der Lampe, die an einem Haken hing, der am Schott befestigt war, und knipste das Licht an.

Ich hatte gerade Zeit zu bemerken, daß es eine Kabine mit einander gegenüberliegenden Kojen und zwei Bullaugen an Steuerbord war, die ganz mit alten Zeitungen zugedeckt waren. Ich schoß herum. In einer der Kojen lag eine sackartige Matratze und darauf, mit dem Gesicht zur Wand, schlief ein großer Frauenkörper mit blondgefärbtem Haar.

Mit einem Mal wachte sie auf, sagte »Verdammt!«, rollte blitzschnell herum, fuhr hoch und blinzelte wegen des Lichts. Ihre großen blauen, schwarzgetuschten Augen waren voller Schlaf, und in der dicken Puderschicht auf ihrem Gesicht waren tiefe Linien eingegraben, wo die Hexen sie geritten hatten.

»Ich hab' mich nicht gut gefühlt und dachte, ich leg' mich mal einen Augenblick hin . . .«, fing sie an, sich in ihrem breiten Texanerslang herauszureden; dann brach sie ab. »Ach, du bist es!« sagte sie.

Ich hatte Madge vollkommen vergessen, und sie so plötzlich wiederzutreffen, überraschte mich. Ich stand einen Augenblick da und sah sie dumm an, als wäre sie ein Wesen von einem anderen Stern. Dann fing ich mich und sagte: »Oh, ich wußte nicht, daß du hier bist.«

»Ich wette, du wußtest es doch«, sagte sie und versuchte einen schüchternen Blick.

Ich knipste das Licht aus und wollte gehen. Ich wollte jetzt nicht mehr sehen; ich war darüber hinweg. Ich wollte nur fort von ihr.

»Warte mal«, sagte sie. »Wieso hast du's denn so eilig? Kommst hier rein und weckst mich auf, und dann willst du wieder wegrennen.« Ich konnte sie seufzen hören wie ein Tier und die undeutlichen Umrisse ihres Körpers sehen, als sie den Schlaf abschüttelte.

Auf dem Gang draußen wurden Stimmen laut, Schritte kamen in unsere Richtung. Ich streckte die Hand rasch nach dem Lichtschalter aus, knipste das Licht wieder an. Ich wollte nicht mit ihr im Dunkeln erwischt werden. Und für den Fall, daß jemand hereinkommen sollte, versuchte ich dem Ganzen ein unverfängliches Aussehen zu geben. »Ich möchte mich entschuldigen«, fing ich mit ziemlich lauter Stimme an. »Ich hatte mich an jenem Morgen geärgert und . . .«

»Mach die Tür zu, Dummkopf!« sagte sie, als die Stimmen näher kamen, sprang auf und schloß sie selbst, schob den Riegel vor. Sie lehnte sich mit dem Rücken dagegen und sah mich an.

Die Schritte draußen hörten auf, und jemand versuchte die Tür zu öffnen. Dann eine Stimme, ein verschmitztes weibliches Trällern, und die Schritte gingen weiter.

Die Lungen taten mir weh vom Luftanhalten. Ich atmete aus und tief ein. »Laß mich hier raus, zum Teufel«, sagte ich und versuchte, sie beiseite zu schieben. »Du bist naiv.«

Jetzt begriff ich, daß einige Arbeiter die Kabine zum Faulenzen, Schlafen, Glücksspielen und als Ort für ein Stelldichein benutzt haben mußten, und ich wollte auf keinen Fall, daß man mich dort mit ihr zusammen fand.

Aber sie wollte mich nicht vorbeilassen. Sie hielt mir die Ohren zu, drückte ihre Fingerpitzen gegen meinen Hinterkopf und zog mein Gesicht zu sich hin. Sie strömte einen scharfen Geruch nach Schweiß und Puder aus.

Ich riß mich los und versetzte ihr einen Stoß. Sie wich drei Schritte zurück, fing sich. »Verdammt, laß uns nicht schon wieder kämpfen«, sagte sie.

»Warum nimmst du nicht Vernunft an?« fragte ich. Ich fing an, zentimeterweise zur Tür zurückzuweichen, und hatte Angst, daß sie jeden Augenblick verrückt spielen könnte. Es war komisch, wie ich ihr ohne Krach anzufangen entwischen wollte; aber in diesem Augenblick war es nicht komisch. Ich war nervös und gespannt, hatte richtig Angst vor dem Weibsbild. »Hör mal«, sagte ich, »ich rufe dich heute abend an.«

»Hör du selbst«, sagte sie. Wieder erklangen draußen im Gang Schritte. Ich hatte den Türriegel beiseite geschoben, aber ich schob ihn wieder vor, zuckte mit der Hand zurück, als ob er heiß wäre.

Ich wußte, daß ich hätte wegrennen, vor dem verdammten, verrückten Weibsbild hätte abhauen sollen, ganz gleich, wer draußen auf dem Gang war. Aber ich konnte es nicht; ich konnte nichts anderes tun, als sie anstarren. Sie hatte nichts zu bieten als ihre Farbe, so wahr mir wer helfe, aber sofort bekam ich wieder weiche Knie.

Aber ich kam darüber hinweg. Ich sagte leise und ruhig: »Hör mal, Baby, ich will dich nicht. Ich will kein Stück von dir, Ende.« Und ich meinte, was ich sagte.

»Du bist ein Lügner«, zischte sie.

Jemand faßte an den Türknopf, rüttelte. »Warum ist diese Tür abgeschlossen?« fragte eine Stimme mit Autorität. »Ist das richtig, daß sie abgeschlossen ist?«

»Nein, nicht daß ich wüßte«, antwortete eine andere Stimme. Wieder versuchte jemand, die Tür zu öffnen.

»Ist irgend jemand da drin?« fragte die erste Stimme.

Meine Augen suchten diejenigen von Madge, warnten sie. In ihren Augen war panische Angst – geschnappt! Beide hielten wir den Atem an.

»Ich sage, ist jemand hier drin?« fragte die Stimme wieder. »Meinen Sie, daß hier jemand drin ist, Mr. Nelson?«

»Also . . .« Die zweite Stimme zögerte, sagte dann: »Muß ja. Sie ist von innen verriegelt.«

Die erste Stimme hatte diesmal einen schneidenden Ton. »Aufmachen, hier ist der Marineinspektor.« Sie wartete. Eine Faust schlug dröhnend an die Tür. Dann sagte die Stimme: »Holen Sie einen Schneidbrenner, Mr. Nelson, wir nehmen das Schloß raus.«

Ich atmete aus, warf Madge einen letzten warnenden Blick zu und sagte dann laut: »O.k., ich mache sie auf, Augenblick.«

Madge rammte mich von der Seite, traf mich unvorbereitet, schleuderte mich zur Koje hin. Als mein rechtes Schienbein gegen den Rand der Koje prallte, drehte ich mich um mich selbst, schlug mit dem Kopf gegen das Schott und fiel, alle viere von mir streckend, mit dem Gesicht nach unten auf die

Matratze. Ich schnellte hoch, bekam einen Fuß auf den Boden und wollte aufspringen, als sie zu schreien anfing.

»Hilfe! Hilfe! Mein Gott, helft mir! Hilf mir doch, irgendein weißer Mann, helfen Sie mir! Ich werde vergewaltigt!«

Ich sah mit einer eigenartigen, überdeutlichen Klarheit, wie sich ihre Lippen streckten und auseinanderplatzten, ihre Halsmuskeln sich strafften und spannten, ihr Gesicht sich verzerrte und zusammenzog, ihre Nasenlöcher sich weiteten und ihre Augen sich weiteten, als wäre ihr Gesicht drei Meter lang. Ich holte gerade Luft, und die Luft in meinen Lungen wurde hart wie Stein, wie gefrorener Dampf, und wollte nicht weiter, bewegte sich nicht mehr. Mein ganzer Körper erstarrte, und mein Kopf schwoll an, als würde er explodieren. Meine Augen fühlten sich an, als wären sie fünfmal größer als normal, als platzten sie in ihren Höhlen, brächen mir aus dem Kopf. Dann überschwemmte mich eine lähmende Woge kalter, betäubender Angst.

»Hör auf, Nigger! Laß mich, Nigger! Laß, Nigger! Oh bitte, bring mich nicht um, Nigger . . .«

Ich hörte die plötzlichen Rufe von draußen; das Hämmern an der Tür, die überraschten Flüche, die wütenden Befehle. »Mach die verdammte Tür auf, du schwarzer Bastard! Aufmachen, sage ich, oder bei Gott . . .« Das Durcheinander von Befehlen: »Schweißbrenner her! Ein Vorschlaghammer! Rufen Sie den Mann mit dem Meißel her!« Hörte den Wirrwarr jäher Aktivität. Neue Stimmen. Mehr Schreie.

Aber mein Verstand konnte es nicht begreifen, konnte den Sinn nicht verstehen. Ich konnte sehen und hören, aber mich nicht bewegen.

Ich sah, wie Madge am Riegel herumfummelte, an der Tür rüttelte. Sie schlug einmal gegen die Tür, aber sie öffnete sie nicht. Von draußen hörte es sich an, als ob wir miteinander kämpften, ein neuer Chor beschwörender Stimmen ertönte. Dann drehte sie sich um und sprang mich an, rollte mich über die Koje, schlug mit den Fäusten auf mich ein, schlug mit ihren Krallen nach meinem Gesicht, zerkratzte mich mit den Nägeln, biß mir in den Arm.

Unvermittelt explodierte in mir eine wilde Panik. Die

überwältigende Angst, mit einer weißen Frau erwischt zu werden, brach in mir in einer großen, weißen Flamme aus. Ich stieß sie mit aller Kraft von mir und halb durch den Raum, sprang auf, packte den ersten besten Gegenstand, den ich berührte, und sprang auf sie zu, um ihr den Schädel einzuschlagen. Sie hatte das Gleichgewicht verloren, und als ich nach ihr schlug, duckte sie sich und fiel alle viere von sich streckend mit dem Rücken aufs Deck. Ich wollte wieder ausholen, rutschte aus, und mein Fuß segelte in die Luft, und ich setzte mich mit dem Steiß aufs Eisendeck. Ein Schmerz schoß wie eine Nadel mein Rückgrat hoch, und meine Wut war weg. Ich stützte mich mit den Händen aufs Deck und stieß mich ab, um auf die Füße zu kommen. Sie lag da, ohne sich zu bewegen, und sah mich von unten her an. Aber es war keine Angst in ihrem Gesicht.

Ich stand da und zitterte in eigenartiger Bestürzung. Der Lärm der Aktivität von außen, der verschwommen in mein Bewußtsein drang – die Rufe, die Drohungen, die Beschwörungen –, hatten für mich keinen Sinn. Mein Denken war zertrümmert; meine Sinne waren verwirrt; ich war außer mir; ich hatte den Verstand verloren.

Nur wir beide waren da in dem ohrenbetäubenden Chaos. Sahen einander an wie in einer tödlichen Umarmung; schwarz und weiß beide in unserem Bewußtsein; nicht einander hassend; nur ungeheuer verwirrt. Ich fühlte mich splitternackt und ohnmächtig, meiner Männlichkeit beraubt und schwarz gegenüber der ganzen weißen Welt.

Dann kam ich aus diesem Zustand heraus. Die Vernunft kehrte zurück. Ich ging auf die Tür zu, um sie zu öffnen. »Warten Sie, ich lasse Sie herein!« rief ich, übertönte den Lärm. »Warten Sie, diese Frau ist verrückt!«

Ich berührte den Riegel, meine Hand zuckte zurück. Er war glühend heiß. »Warten Sie doch, verdammt!« brüllte ich und sah mich nach Madge um. Ihr Mund war halb offen, und ihre Augen sahen glasig aus. Einen Augenblick dachte ich, sie wäre tot.

Funken sprühten in den Raum, wo der Schneidbrenner durchgedrungen war. Ich ging zu ihr und schüttelte sie, um zu sehen, ob sie noch lebte, kämpfte gegen die Panik an. Ohne sich zu bewegen, sagte sie mit leiser Stimme in ihrem breiten Tonfall: »Ich sorg' dafür, daß sie dich lynchen, du Nigger-Bastard.«

Aus dem Augenwinkel konnte ich die Tür einwärts schwingen sehen; Leute strömten vom Gang herein. Ich sah einhundert Millionen wutverzerrte weiße Gesichter.

Einen flüchtigen Augenblick lang versuchte ich zu sprechen. »Verdammt, hören Sie zu!« rief ich.

Eine Faust auf meinem Mund machte dem ein Ende. Der Anblick eines harten, haßverzerrten Gesichts vor mir brachte mich wieder um den Verstand. Jetzt packte mich die Wut, trieb mich vorwärts, setzte mich in Bewegung, zerriß, zerfleischte mich. Ich fing an zu schlagen, zu treten, mit dem Kopf zu stoßen, zu beißen. Ich trieb den Mob hinaus auf den Gang, schlug auf die Gesichter ein, trat nach Körpern. Jemand fiel, und ich trat auf ihn. Das weiche Rollen eines Muskels über einen Knochen jagte mir eine Gänsehaut über den Körper. Ich sah auf, erblickte einen Weißen, der einen Vorschlaghammer schwang, sein Gesicht von rasender Wut verzerrt. Eine flache, kalte Angstwelle breitete sich unter meiner Schädeldecke aus, ließ meine Haarwurzeln erfrieren.

Ich warf mich in den dichten Haufen aus Menschenleibern, ging halb in die Hocke, umarmte ungefähr drei Paar Beine, richtete mich mit der Kraft des Wahnsinns auf. Ich warf sie rückwärts über die Schulter in Richtung auf den Kerl mit dem Vorschlaghammer, rannte mit geducktem Kopf brüllend vorwärts und kam durch bis mittschiffs; wirbelte wie ein Dreschflegel herum und riß mich los, hastete die Leiter zum Maschinenraum hinunter.

Ein Kerl beugte sich über das Loch und schwang einen Schlosserhammer gegen meinen Kopf. Ich kletterte mit den Händen am Geländer abwärts und sah den Hammer kommen. Es sah nicht aus wie ein harter Schlag; es sah aus, als ob er in mich hineinfloß. Ich sah das Gesicht des Kerls, nicht ausgesprochen bösartig, nur verzerrt, ein weißer Mann, der einen vorbeikommenden Neger schlägt. Aber ich konnte nichts tun; ich konnte das Geländer nicht loslassen, um die Hände hochzuheben; konnte mich nicht einmal ducken. Ich fühlte den Schlag nicht; nur die Explosion, die an einem Punkt unter meiner Schädeldecke einsetzte und meinen Kopf mit einem großen, flammenden Gebrüll erfüllte. Und dann etwas, das ein Fall von einer Million Meilen durch den Raum und ein Aufschlagen auf etwas Hartes und ein stückweises Auseinanderbrechen zu sein schien.

21

Ich kam einmal zu mir, als ich vernichtet auf dem Deck am Fuß der Leiter lag. Eine Menge Kerle traten mich. Dann wieder, als man mich auf einer Tragbahre aus dem Krankenwagen hob. Ich war halb bei Bewußtsein, als die Ärzte an mir zu arbeiten anfingen. Ich erinnere mich, ein paar Pillen geschluckt und eine Spritze in den Arm bekommen zu haben; und ich fühlte es, als sie mir den Kopf schoren und die metallenen Klammern in meinen Schädel stachen. Sie machten gerade etwas mit meinem Mund, als ich wegtrieb.

Als ich wieder zu mir kam, war ich in einem Raum hinter der Unfallstation und lag auf einem Feldbett. Mein Mund fühlte sich so trocken wie Baumwolle an; in meinem Kopf hämmerte ein ständiger Schmerz.

Dann sah ich den Wachmann in einem Sessel an der Tür sitzen und langsam eine Pfeife paffen. Er war riesig, ungeheuer groß, der größte Mann, den ich je gesehen hatte, mit einem quadratischen, knotigen, vom Wetter geröteten Gesicht und kalten, unergründlichen, kleinen, farblosen Augen. Als er merkte, daß ich ihn ansah, bekam er einen heiteren Gesichtsausdruck, der das Aussehen seiner Augen überhaupt nicht veränderte.

»Du hast Glück, mein Junge«, sagte er mit einer mächtigen, einschüchternden Stimme und bekam das falsche, lippenlose Lächeln, für das die Polizisten auf der Wache an der 47. Straße in Cleveland berühmt waren, wenn sie einen Nigger mit einem gefüllten Schlauch halb totschlugen. »Keine Knochen gebrochen. Alles in einem Stück. Nur ein bißchen die Haut aufgescheuert.«

Ich sah weg von ihm, ohne zu antworten, warf die Decke beiseite, stützte mich mit den Ellbogen auf. Die leichte Bewegung schickte einen Schmerz durch meinen Körper. Ich war nackt. Meine Knie, Ellbogen und ein Handgelenk waren verbunden und mit Pflasterstreifen beklebt, und ich war überall mit Mercurochrom oder Jodtinktur gefleckt. Ich betastete meinen Kopf und fühlte den dicken Turban aus Bandagen. Mein Gesicht fühlte sich wund an, und meine Lippen waren auf ein Vielfaches ihrer natürlichen Größe angeschwollen. Ich bewegte meine Zunge forschend hin und her und fühlte, daß vorn Zähne fehlten, konnte aber nicht feststellen, wie viele. In der Leistengegend fühlte ich einen Schmerz wie von einem Bruch.

Ich legte mich zurück und schloß die Augen und versuchte mich zu erinnern, was genau geschehen war. Aber mein Gehirn war wirr. Die Erinnerung wollte sich nicht einstellen. Ich erinnerte mich an Madges Geschrei. Dann hatte mich die Angst gepackt, ich war durchgedreht. Ich erinnerte mich, daß sie auf dem Deck dalag und sagte: *»Ich sorge dafür, daß sie dich lynchen . . .«* Ja, sie hatte mich lynchen lassen.

Aber etwas fehlte. Etwas Wichtiges. Dann wußte ich plötzlich, was es war. Ich hatte überhaupt nicht versucht, sie zu vergewaltigen; ich hatte versucht, von ihr wegzukommen. Ich war hinaufgegangen, um mir den neuen Job, den die Gruppe bekommen sollte, anzusehen, und war zufällig mit ihr zusammengetroffen. Sie hatte mich dabehalten, in die Enge getrieben, mich nicht gehen lassen. Ich hatte gehen wollen, aber sie hatte mich nicht gelassen. Damit würde sie nicht durchkommen. Wir waren nicht in Georgia.

Ich schlug die Augen auf, stützte mich wieder auf die Ellbogen und sagte: »Ich habe die Frau nicht angerührt. Sie ist verrückt!« Ich lispelte. Meine Lippen fühlten sich wie zwei große Ballonreifen an, die aufeinanderschlugen. Ich mußte die Worte halbgeformt durch die Zahnlücke ausstoßen.

»Ich hab' nichts damit zu tun, mein Sohn«, sagte der Wachmann fröhlich. »Du wirst das jemandem erzählen müssen, der mehr davon versteht als ich.«

»Ich sage es jedem«, lispelte ich angriffslustig.

»Ist aber keiner da, dem du's erzählen kannst«, sagte er. »Na, ist das nicht höllisch gemein?«

Ich würde es gleich am nächsten Morgen jemandem erzählen, dachte ich und schwang die Beine über den Bettrand und setzte mich auf. Mir war schwindlig, und ich mußte mich mit den Händen aufstützen. Zum Teufel, ich würde mit dem Direktor der Company sprechen. Ich würde die Sache klarstellen. Ich würde die Kerle nicht anzeigen, die mich zusammengeschlagen hatten; ich würde das sein lassen. Aber ich würde die Firma für meine Krankenhausrechnung, für die Zahnarztkosten bezahlen lassen. Und ich würde dafür sorgen, daß dieses Weibsstück gefeuert wurde, und wenn das das Letzte war, was ich tat. Sie konnte damit nicht durchkommen, auch wenn sie eine Weiße war. Aber ich machte mir keine Sorgen deswegen, war nicht besonders in Eile.

»Willst du dich jetzt anziehen?« fragte der Wachmann und nickte in Richtung Schrank. »Deine Sachen sind da drin.«

Als ich aufstand, um sie zu holen, zitterten meine Knie; ich mußte mich aufs Fußende des Bettes aufstützen, um nicht hinzufallen. Ich hatte das Gefühl, mein Gleichgewicht verloren zu haben, fühlte mich ausgekuppelt, wie ein kleiner Zinnsoldat, mit dem etwas nicht stimmt.

Als ich meine Sachen herausnahm, fand ich getrocknetes Blut am Kragen meines Overalls und oben an meinem Unterhemd. Ich mußte geblutet haben wie ein Hund, dachte ich. Ich lehnte mich gegen den Schrank, um mich abzustützen, und zog Unterwäsche und Overall an, ohne die Verbände abzureißen. Aber als ich mich bückte, um die Socken anzuziehen, fiel ich fast vornüber aufs Gesicht. Und meine Knöchel waren geschwollen, so daß ich meine Stiefel nicht zuschnüren konnte.

Der Wachmann saß da und beobachtete mich interessiert. »Fast so gut wie neu«, bemerkte er jovial. »Bei Gott, ich hab' nie'n Mann gesehen, der so viel Prügel hat einstecken können.«

Ich sah meine Armbanduhr nicht, und Brieftasche, Schlüsselbund, Lederjacke, Helm und Ausweispapiere auch nicht. »Wo sind meine anderen Sachen?« fragte ich und lispelte die Worte sorgfältig.

Er kicherte. »Der Schlag auf die Birne hat deinem Gedächtnis nicht geschadet«, sagte er, zog meine Armbanduhr, Schlüssel und Brieftasche aus seiner Tasche. »Hier bitte, mein Sohn. Du hast Glück, daß jemand so nett war, sie abzugeben.«

Ich fragte nicht nach meinen Abzeichen und Ausweisen; ich war fertig damit, ich würde sie sowieso nicht mehr brauchen. Das Glas meiner Uhr war zerbrochen, und sie war stehengeblieben. Ich zählte meine Schlüssel; sie waren alle da. Ich dachte an meine Kontrollmarken für das abgegebene Werkzeug, aber ich fragte nicht danach. Ich würde all das am Morgen klären. Dann sah ich nach, ob etwas aus meiner Brieftasche fehlte. Mein Führerschein, die Musterungskarte, ein kleiner Schnappschuß von Alice und die anderen Papiere waren da, aber mein Geld, zwei Zehner und vier Einer, war weg. Ich fragte auch danach nicht. Ich würde dafür sorgen, daß der ganzen verdammten Bande noch alles sehr leid tun würde, was geschehen war, beschloß ich und stopfte alles in die Tasche.

»Das ist 'n Foto von 'nem hübschen Mädchen, das du da hast«, bemerkte der Wachmann. »Ist sie weiß?«

Ich antwortete nicht.

»Nimm lieber deine Medizin«, sagte er.

Ich sah auf das Tischchen neben dem Bett, auf dem sich eine Flasche mit braunen Pillen und ein Pappbecher mit Wasser befand, der so lange dort gestanden hatte, daß sich Bläschen darin gebildet hatten. Ich nahm die Flasche und steckte sie in die andere Tasche.

Der Wachmann stand auf. In seiner Uniform, der regulären olivgrauen Montur mit dem Sam-Browne-Gürtel und dem Hilfspolizistenabzeichen an seinem Ärmel, einen Meter neunzig oder mehr groß und an die zweihundertfünfzig Pfund, sah er eindrucksvoll aus. »Willst du jetzt mit mir kommen?« fragte er und öffnete die Tür in den Behandlungsraum der Unfallstation.

Ich holte tief Luft und ging, schwach und wacklig auf den Beinen, vor ihm hinaus. Im Behandlungsraum waren zwei weißgekleidete Ärzte, eine Schwester und mehrere Patienten. Sie hörten mitten in der Arbeit auf, um mich anzustarren. Ich sah starr geradeaus und trat hinaus auf den Hof.

Es war dunkel. Es kam mir vor, als ob es ziemlich spät war. Auf dem Erdboden tauchten Hunderte von Lampen die Werft zum Teil in taghelles Licht, aber über mir war es Nacht. Hier und da blitzten die bläulich weißen Lichtbögen der Schweißer. Die ankernden Schiffe, große, dunkle, unheimliche Formen mit einer Million Lichtern, lagen hinter mir; aber ich sah mich nicht um. Arbeiter huschten umher, Lastwagen fuhren vorbei, der Lärm war immer noch da; die Arbeit ging weiter. Ich wußte, es war die Friedhofsschicht.

»Wir gehen rüber zum Lastwagentor«, sagte der Wachmann.

Ich ging in die Richtung; er ging neben mir. Als wir an den von Glasscheiben umgebenen Wachraum kamen, hielt er die Tür auf. Ich ging hinein. Am Eingang stand vor dem Fenster eine Art Pult, auf dem Schreibblöcke, Blätter, provisorische Abzeichen und die üblichen Formulare verstreut lagen, die Pförtner ausfüllen müssen, bevor sie Fahrzeuge hineinlassen dürfen.

Zwei massige Pförtner in blauen Uniformen mit Pistolentaschen saßen auf hohen Hockern, die Füße zwischen die Sprossen geklemmt und die Ellbogen aufs Schreibpult gestützt, und hörten einem kleinen dicklichen, grauhaarigen Mann in der Uniform eines Wachhauptmanns zu, der vor ihnen stand. Er hatte ein rundes, rosiges Gesicht und funkelnde graue Augen, aber als er mich sah, wurden seine Augen hart.

»Is' das der Junge?« fragte er den Wachmann.

»Das ist er«, sagte der Wachmann.

Einen Augenblick sahen sie mich alle neugierig an. Dann kicherte einer der Pförtner. »Verdammt, wenn die dich nicht höllisch verdroschen haben«, sagte er.

Der Wachhauptmann sagte: »Du hast Glück, daß du in

Kalifornien bist. In meinem Heimatstaat hätten wir dich gehängt.«

Ich sagte nichts; ich erwartete das von den Wachleuten. Die meisten von ihnen waren ohnehin aus den Südstaaten. Ich wartete nur darauf, daß er meine Stempelkarte holte, so daß ich sie stempeln und nach Hause fahren konnte.

Statt dessen hob er den Telefonhörer am Ende des Schreibtischs auf und wählte. Als er eine Antwort bekam, sagte er: »Schickt jemand raus hier zu Atlas, der den farbigen Jungen abholt – wegen der Vergewaltigungs-Sache.« Er hörte einen Augenblick zu, dann sagte er: »Ja, ihr habt einen Haftbefehl für ihn . . . O.k., ich erwarte euch.« Er hängte auf und drehte sich um, sah mich an. »Du bekommst dreißig Jahre in diesem Staat, Junge.«

Ich begriff es nicht so schnell. Zuerst war ich überrascht. »Was, zum Teufel?« lispelte ich. »Sie lassen mich verhaften?« Halb dachte ich irgendwie, sie machten Witze.

Alle im Raum warfen mir einen raschen, verwunderten Blick zu. Dann sagte der große Wachmann: »Das ist richtig, Junge. Die Lady hat eine Anzeige gemacht.«

Niemand sonst sagte etwas; sie sahen mich nur an.

Ich bekam es nicht sofort mit der Angst; ich hatte so angestrengt darüber nachgedacht, was mit ihr geschehen würde, wenn die Leute die Wahrheit erführen. Ich lächelte sogar bei dem Gedanken daran, daß sie so naiv war zu glauben, daß sie damit in Kalifornien durchkommen könnte. Aber ich fing an, die Beweise zu prüfen. Ich war noch immer nicht alarmiert.

Dann traf es mich wie ein Schlag ins Gesicht, erschütterte mich bis ins Mark. Ich weiß nicht, was es in Gang setzte; es muß die ganze Zeit in mir verborgen gelegen haben. Ich wußte in einem einzigen großen Blitz: Sie können mich wirklich für dreißig Jahre ins Zuchthhaus schicken. Mein Wort gegen ihres, und alle Indizien auf ihrer Seite. Ich wußte, daß es auf der Welt keine Möglichkeit gab, zu beweisen, daß ich nicht versucht hatte, sie zu vergewaltigen.

Zuvor, oben in dem Raum mit ihr, als der Mob an die Tür schlug, hatte ich instinktiv Angst davor gehabt, mit einer weißen Frau erwischt zu werden, die ›Vergewaltigung‹ schrie. Angst vor dem Mob; Angst vor der Gewalt; Angst einfach, weil ich schwarz war und sie weiß; eine körperliche Angst, die Angst eines in die Enge Getriebenen, in der Falle Sitzenden.

Aber jetzt hatte ich vor etwas anderem Angst. Nicht vor der Gewalt. Nicht vor dem Mob. Nicht vor den körperlichen Schmerzen. Sondern vor Amerika, vor der amerikanischen Gerechtigkeit. Vor den Geschworenen und den Richtern. Vor den Leuten, vor dem Volk selbst. Vor der Unerbittlichkeit einer Schlußfolgerung – daß ich schuldig war. In diesem einen kurzen Blitz konnte ich sehen, wie ich meine Unschuld zu beweisen versuchte und niemand mir glaubte. Eine weiße Frau, die ›Vergewaltigung‹ schreit, und ein Neger – erwischt in einem verschlossenen Raum. Die ganze Struktur des amerikanischen Denkens war gegen mich; die amerikanische Tradition hatte mich schon vor hundert Jahren verurteilt. Und ich stand da in einem amerikanischen Gerichtssaal mit all den zur Irreführung bestimmten Formalitäten eines amerikanischen Gerichtsverfahrens, mußte es hinnehmen, wußte, daß ich unschuldig war und daß ich keine Chance hatte.

Ich hatte größere Angst als je zuvor in meinem Leben; eine vernünftige, logische, unwiderlegbare, eiskalte Angst. Aber ich geriet nicht in Panik. Mein Bewußtsein wurde scharf, listig; ich dachte nur an eins – *Flucht*.

Ein Lastwagen fuhr vor, hielt zwecks Inspektion. Einer der Pförtner ging nach vorn aus der Tür hinaus; der andere griff nach einem Formular, um die Zulassungsnummer aufzuschreiben. Ich traf den großen Wachmann mit einem schwungvollen linken Haken, in den ich alles hineinlegte, was ich hatte, in den Bauch, sprang hinaus, dem Pförtner auf die Schultern, warf ihn zu Boden. Ich stolperte über ihn, fiel auf die Hände und ein Knie, fühlte, wie der Kies in meinen Handflächen biß, vom Knie her durchfuhr mich der Schmerz; ich hörte den Wachmann rufen: »Nicht schießen! Fangt ihn!« Der Selbsterhaltungstrieb brachte mich hoch und in Bewegung. Ich verlor einen Stiefel und schüttelte den anderen ab; hörte das plötzliche Durcheinander des Alarms hinter mir, rannte los, so schnell ich konnte. Ich brauchte zwölfhundert Jahre, bis ich am Heck des

Lastwagens, dann herum und auf der anderen Seite war; und noch einmal solange, um über den hellerleuchteten Zufahrtsweg zu gelangen, bevor ich die Dunkelheit des Parkplatzes erreichte.

Ich überlegte nicht; mein Bewußtsein folgte nur blind dem, was ich zu tun hatte, und konzentrierte sich auf das Problem, aus meinem Körper eine höhere Geschwindigkeit herauszuholen. Und sonst nichts.

Ich nahm an, daß mein Wagen ganz weit links unten stand, duckte mich hastig zwischen zwei Wagen, schürfte mir das Schienbein an einer Stoßstange auf, stolperte über etwas im Dunkeln, fiel der Länge nach hin und stand wieder auf. Ich lief an meinem Wagen vorbei und sah ihn nicht, fuhr herum und ließ den Blick über die Wagenreihe gleiten, starr, gespannt, verzweifelt, aber nicht erschreckt. Ich entdeckte ihn drei Wagen hinter mir, hörte die Wachen zwei Wagenreihen entfernt nach mir suchen, ließ mich auf Hände und Knie nieder und lief so, hinter den Kotflügeln der Wagen versteckt, bärenartig zu ihm zurück.

Ich dachte, ich würde das Türschloß nie aufbekommen; den Schlüssel ins Zündschloß zu stecken, dauerte sogar noch länger. Aus dem Augenwinkel heraus sah ich die Wachleute auf mich zukommen. Ich hatte in einer Doppelreihe geparkt, in der die Wagen, v-förmig und eng beisammen, einander mit den Kühlern gegenübestanden. Eine Doppelreihe von Absperrlatten trennte die beiden Reihen und diente als Barriere. In einem Winkel von sechzig Grad schräg vor mir war ein freier Platz. Ich riß das Steuer scharf herum und fuhr darauf zu, ohne zu überlegen, ob ich es schaffen könnte; nahm die Doppelreihe der Absperrung beim Starten mit einem Satz, bevor der Motor ansprang, hörte, wie der hintere Stoßdämpfer sich in den Kotflügel eines anderen Wagens hakte, und gleichzeitig das Aufheulen des Motors. Es krachte laut, als ich den Kotflügel abriß, an dem Wagen in der anderen Reihe entlangkratzte und auf die Fahrbahn einbog.

Unten, auf dem hell erleuchteten Teil der Parkplatzeinfahrt, rannte jemand auf den Fahrdamm. Ich fuhr weiter, verfehlte ihn um Haaresbreite, als er beiseite sprang, riß das Steuer nach links herum und bog mit quietschenden Reifen auf die zur Hafenstraße führende Fahrbahn ein, aber nicht scharf genug, denn ich rammte im Vorbeifahren mit meinen vorderen und hinteren Kotflügeln die beiden Pfosten.

Ein Pacific-Electric-Zug kam auf die Kreuzung zu, und mir blieb keine Zeit zum Schalten. Ich schaffte es so knapp vor ihm hinüber, daß ich ihn gegen meine hintere Stoßstange schlagen hörte, als er das Wagenheck beiseite schob. Ich mußte den Wagen aus einem Graben herauskämpfen, fühlte ihn wahnsinnig unter mir schlingern, zog ihn mit einem Satz und einem Stoßseufzer auf die Hafenstraße hinauf.

Ich hatte die Scheinwerfer nicht eingeschaltet, und bei der ersten Kurve fuhr mich ein großer, schneller Diesellastwagen, der fast die ganze Breite der Straße einnahm, beinahe über den Haufen. Ich streckte die Hand aus und schaltete die Scheinwerfer ein, merkte, daß Nebel aufgekommen war, und schaltete die Nebelscheinwerfer ein. Ich stemmte meinen bestrumpften Fuß aufs Gaspedal, als wollte ich mich wiegen. Die schlangenartig gewundene Straße kam über die Kühlerhaube herauf, krümmte sich, streckte sich aus, kam wieder herauf. Hinter mir brüllte der Motor wie der eines P-38-Jagdflugzeugs. Die Kühlerhaube lag so niedrig, daß es aussah, als kratze das Kurbelgehäuse auf dem Straßenbelag.

Ich bremste, um nach links in die Figueroa Street einzubiegen, sah einen Lastwagen kommen und wußte, daß ich es nicht schaffen konnte, und fuhr weiter zur Alameda Street. Außerhalb von Wilmington heulte eine Sirene für mich, aber ich verlangsamte meine Fahrt nicht einmal. Alles, woran ich denken konnte, war Flucht, verzweifelte, eiskalte Flucht.

Hinter den Raffinerien, wo die Schienen der Pacific Electric die Straße wieder kreuzten, geriet ich so heftig ins Schleudern, daß ich die Kurve nicht schaffte und statt dessen über die Geleise in den Abzugsgraben holperte, Wasser spritzen hörte, kam, auf dem Boden sitzend, das Steuer um des lieben Lebens willen umklammernd aber wieder zur Straße hinauf. Einen Augenblick lang dachte ich, daß ich den Wagen diesmal zuschanden gefahren hätte, aber als ich aufs Gas trat, setzte er sich wieder in Bewegung.

Dann hatte ich ein Stück freie Bahn und sah den Tachometerzeiger klettern. Die Geschwindigkeit kühlte mich ein bißchen ab, und der Buick fuhr wie von selbst. Gedanken tauchten wieder in meinem Bewußtsein auf, ich stellte Berechnungen an. Ich warf einen Blick auf die Benzinuhr. Der Zeiger stand auf eins; ich wußte, daß ich einschließlich der beiden Reservegallonen knapp zwölf Liter Treibstoff hatte. Ich konnte irgendwo tanken. Dann erinnerte ich mich plötzlich daran, daß ich kein Geld hatte. Und dann begriff ich, daß ich meinen Wagen ohnehin nicht benutzen konnte; die Polizei würde nach ihm fanden; sie würden die Beschreibung und die Zulassungsnummer von der Werft bekommen.

Die Angst hing über mir wie ein kalter, grauer Nebel, aber ich wußte, daß ich klar denken konnte. Ich wußte, daß ich vor Tagesanbruch aus Kalifornien heraus sein mußte, ich würde irgendwohin fahren und mich verstecken, bis ich ausgeheilt war. Nach Las Vegas vieleicht. Alle möglichen seltsamen Neger waren nach Las Vegas gegangen; ich konnte mich eine Zeitlang, ohne aufzufallen, in einem der Bordelle dort verstekken. Später würde ich in den Osten, vielleicht Harlem, gehen, einen anderen Namen annehmen, ein neues Leben beginnen. Denn ich wußte, daß ich gegen Madges Beschuldigungen nicht ankommen konnte.

Aber zuerst brauchte ich Geld. Ich hatte in meinem Zimmer knapp zweihundert Dollar. So weit ließ ich meine Gedanken kommen. Ich würde auf dunklen Seitenstraßen und nicht schneller als fünfzig Stundenkilometer fahren. Ich fuhr weiter in Richtung 50. Straße, bog nach links in Richtung Untility Fan ab, kam an der Konservenfabrik nach Long Beach hinein, bog wieder nach links in die 54. Straße, nach rechts in die Central Avenue, fuhr die Central Avenue weiter bis zur 51. Straße, dann links ab in die San Pedro Street. Ich wollte gerade in die Wall Street einbiegen, als ich plötzlich einsah, daß ich besser zuerst anrufen sollte.

Ich kehrte um, fuhr die 51. Straße zurück bis zu dem Barbecue kurz vor der Central Avenue, parkte einen Block davon entfernt, stieg aus und ging den Rest des Wegs in meinen Socken. Bevor ich hineinging, warf ich einen Blick die

Straße hinauf, wo mein Wagen stand, sah dann durchs Fenster hinein. Der Laden war voll von lärmenden, lachenden, halb betrunkenen Menschen, Männern und Frauen, alles Farbige. Ich nahm mich zusammen und trat ein, ging geradeaus weiter durch bis zur Telefonzelle hinten. Die Leute drehten sich um und sahen mir nach. Eine Frau kicherte, und eine andere witzelte: »Was hat denn den für'n Ding überfahren?«, aber der Kerl, der bei ihr stand, sagte: »Kümmere dich um deinen eigenen verdammten Kram.«

Ella Mae war am Apparat. »Hör mal, ich stecke in der Patsche . . .«, aber sie unterbrach mich.

»Bist du's, Bob?«

»Ja, hör zu . . .«

»Komm nicht nach Haus«, flüsterte sie. »Die Polizei ist hier . . .« Ihre Stimme brach ab. Ich hörte ein Gerangel. Im Hintergrund konnte ich sie immer noch hören, aber jetzt schrie sie, ich solle nicht nach Hause kommen. Dann sagte eine Männerstimme: »Hören Sie zu, Jones, das Beste, was Sie tun können . . .«

Ich hängte auf, hastete ohne nach rechts oder links zu sehen aus dem Laden hinaus. Also suchte mich die Polizei von Los Angeles schon; das hieß, daß ich mich von öffentlichen Orten fernhalten mußte. Ich hatte das Gefühl, in der Falle zu sitzen, sie waren hinter mir her, und ich wirkte verdächtig. Ich wendete, wollte zurück zur Tankstelle an der 54. Straße und versuchen, dort etwas Benzin auf Kredit zu bekommen, erinnerte mich dann, daß ich mein Heft mit den Benzinmarken zu Hause gelassen hatte. Jedesmal, wenn ich an einem Wagen vorbeikam, krümmte ich mich, verknotete ich mich innerlich. Ich hatte ein Gefühl, als ob ich mit einem Feuerwehrfahrzeug umherführe.

Schließlich erinnerte ich mich an eine Frau, die ich kannte und die in der Crocker Street wohnte. Sie arbeitete als Hausangestellte bei einer Familie, aber Donnerstag abends hatte sie frei, und vielleicht war sie zu Hause. Sie hatte ein paar Zimmer vermietet, aber die Mieter würden entweder schon schlafen oder ausgegangen sein, und ich mußte es riskieren.

Ich fuhr zur Crocker Street hinüber, fuhr tief genug in die

Garageneinfahrt hinein, so daß man den Wagen von der Straße aus nicht bemerken würde, stieg aus und klopfte an ihr Fenster. Zuerst kam keine Antwort, und ich klopfte noch einmal. Eine Frauenstimme fragte: »Wer ist da?«

»Ich bin es, Bob, Hazel«, lispelte ich. »Ich bin ein bißchen in Schwierigkeiten und möchte dein Telefon benutzen.«

»Du klingst nicht wie Bob«, sagte sie mißtrauisch. »Was ist mit deiner Stimme?«

»Man hat mir ein paar Zähne ausgeschlagen«, lispelte ich.

»Oh!« Dann sagte sie: »Was für Schwierigkeiten? Du hast doch nichts gestohlen, oder?«

»Nein, ich habe einen Hinterwäldler mit dem Montierhebel geschlagen«, log ich. »Die Polizei sucht mich.«

Sie war einen Augenblick still. »Also gut, komm herum an die Hintertür.«

Ich ging über den Hof, fühlte das kühle, feuchte Gras an meinen bestrumpften Füßen. Sie öffnete die Tür zur Küche, ohne Licht anzuschalten. In der Dunkelheit war sie nur eine große, undeutliche Figur.

»Ich sollte das nicht tun«, schimpfte sie. »Wer weiß, in was für Schwierigkeiten du mich bringst.«

»Ich bleibe nicht lange«, versprach ich.

»Du weißt, wo das Telefon steht«, sagte sie. Und dann, einen Augenblick später, fragte sie: »Du hast doch niemanden umgebracht?«

»Nein, er ist nicht schwer verletzt.«

Sie schwieg einen Augenblick und sah mich in der Dunkelheit an, dann fragte sie: »Was hast du denn da für Verbände auf dem Kopf? Hat dich jemand verprügelt?«

»Die Polizei«, log ich.

»Oh!« Sie wich zurück, blieb stehen. »Brauchst die Tür nicht zuzumachen, wenn du gehst.«

Das Telefon war in der Küche, ich wählte im Dunkeln Alices Nummer. Sie war selbst am Telefon. Sie hatte einen Nebenanschluß in ihrem Zimmer und ging nach Mitternacht immer ans Telefon.

»Ich bin es, Bob«, lispelte ich. »Ich bin . . .«

Sie unterbrach mich sofort. »Wenn du betrunken bist, Bob,

möchte ich nicht mit dir reden. Wir haben eine Stunde lang mit dem Abendessen auf dich gewartet . . .«

»Ich bin icht betrunken«, unterbrach ich sie. »Man hat mir ein paar Zähne ausgeschlagen. Ich bin in Schwierigkeiten. Und ich hab's eilig.«

»Was für Schwierigkeiten?« Ihre Stimme war scharf, ängstlich.

»Ich bin auf der Werft in eine Sache hineingeraten«, lispelte ich, sprach leise, damit Hazel es nicht hörte.

»Sprich lauter«, sagte sie. »Ich verstehe dich nicht.«

»Ich habe auf der Werft Ärger gekriegt«, sagte ich lauter. »Ich bin da in etwas hineingerutscht mit der weißen Frau, mit der ich den Streit hatte, und sie behauptet, ich hätte sie vergewaltigen wollen . . .«

»Vergewaltigen!« Ihre Stimme klang entsetzt, ungläubig.

»Hör mal, ich kann's dir jetzt nicht erklären. Ich bin schrecklich in Eile«, sagte ich. »Die Polizei ist hinter mir her, sie suchen mich. Ich hab's nicht getan – du weißt es –, aber ich werde es dir erklären müssen, wenn wir uns sehen.«

»O Bob, du mußtest ja in so etwas hineinschlittern«, sagte sie. Ihre Stimme klang, als weine sie.

»Ich sage dir ja, ich habe überhaupt nichts getan«, sagte ich ungeduldig. »Aber niemand wird es glauben. Jetzt muß ich unbedingt verschwinden. Was ich möchte, ist, daß du mir soviel Geld gibst, wie du kannst – und deinen Wagen. Ich kann meinen nicht benutzen und kann auch nicht nach Hause, um Geld zu holen – die Polizei ist dort. Ich fahre zur Western Avenue hinüber und . . .«

»Aber wenn du nichts getan hast, warum mußt du dann weglaufen . . .?«

»Ich hab' dir doch gesagt, sie werfen mir vor . . .«

»Aber das klingt verrückt. Ein Vorwurf allein genügt nicht. Was können sie dir denn tun?«

»Sie können mich für dreißig Jahre ins Zuchthaus stecken«, sagte ich. »Hör mal, ich erkläre es dir, wenn wir uns sehen . . .«

»Aber wenn du unschuldig bist, ist es das Schlimmste, was du tun kannst, wegzulaufen.«

»Hör zu«, fing ich an. »Du verstehst nicht. Ich habe nichts getan, aber ich kann es nicht beweisen. Ich war in dem Raum mit der Frau, und als sie zu schreien anfing . . .«

»An zu schreien!« Sie geriet wieder völlig durcheinander. »Hast du sie angegriffen – körperlich, meine ich?«

»Ich kann's dir jetzt nicht erklären«, sagte ich wieder. »Es kam einfach so, daß ich mit ihr zusammen erwischt wurde, und sie fing an zu brüllen: ›Vergewaltigung!‹ Ich erzähle dir später . . .«

»Aber ich werde dir nicht helfen wegzulaufen«, unterbrach sie mich, ihr amerikanisches Gewissen trat in Aktion. »Das ist völlig widersinnig. Ich werde Blakeley Moore als Verteidiger für dich bekommen. Wenn du unschuldig bist, Bob, dann wird man dich freisprechen. Du vergißt, daß es Gesetze gibt. Es kann dich niemand eines Verbrechens anklagen, das du nicht begangen hast.«

»Sieh doch, Alice, es ist ernst«, sagte ich. »Das ist nicht mehr nur Gerede. Ich erwarte nicht von dir, daß du unsere Verlobung aufrecht erhältst. Das ist natürlich vorbei. Aber ich brauche Hilfe. Ich weiß, was ich tue. Du weißt nicht, wovon du sprichst. Aber ich weiß, daß ich verurteilt werde, wenn man mich vor Gericht stellt. Ich weiß, daß ich keine Chance habe. Ich sage dir . . .«

»Aber du kannst das nicht wissen, wenn du unschuldig bist«, widersprach sie.

»O.k., ich weiß es nicht, aber darum geht es jetzt nicht.« Mein Mund tat mir weh, und ich war am Ende meiner Geduld. »Worum es geht, ist: Wirst du mir etwas Geld und deinen Wagen geben? Ich muß weg. Wenn ich fort bin, kannst du Moore den Fall untersuchen lassen . . .«

»Wenn ich es – für dich – für richtig hielte, würde ich keinen Augenblick zögern«, sagte sie. »Aber ich weiß, daß es das nicht ist. Du bist erregt und hast Angst und überlegst nicht richtig. Wir sind hier in Kalifornien – ich bin hier geboren. Warum kannst du nicht einmal Vernunft annehmen – stell dich, und ich komme mit Blake gleich morgen früh . . .«

»Tust du's, oder tust du's nicht?« unterbrach ich sie.

»Nein, ich tu's nicht«, sagte sie. »Ich will alles andere tun –

wenn es vernünftig ist. Aber ich werde dir nicht zu einer Flucht Beihilfe leisten. Wenn du unschuldig bist, hast du nichts zu fürchten. Ich werde es mit dir vor den Gerichten durchkämpfen, bis . . .«

Ich hängte auf, saß einen Augenblick da, überlegte, ob ich Hazel noch einmal rufen und um Geld bitten sollte. Schließlich entschied ich mich dagegen. Es könnte sie in Schwierigkeiten bringen.

Mit einem Mal fing ich an zu zittern; mir wurde überall heiß und kalt, als hätte ich Frostbeulen. Ich sah mich im Dunkeln um, ob sie irgend etwas zu trinken herumstehen hatte, fand eine halbvolle Flache mit irgendeinem Whisky. Ich hob sie an den Mund, trank, schluckte, würgte, trank weiter. Dann erinnerte ich mich an die Tabletten. Ich schüttelte ein paar, ich weiß nicht wie viele, auf die Handfläche, holte mir vom Ausguß ein halbes Glas Wasser und spülte sie hinunter.

Ich hörte draußen Motorengeräusche, dachte, es könnte die Polizei sein, lief aus der Hintertür hinaus über den Hof zu dem Zaun, der die Grundstücke voneinander trennte, wollte darüberspringen und zur anderen Straße hindurchlaufen. Der Wagen fuhr vorbei. Ich ging ums Haus, stieg in meinen Wagen und fuhr rückwärts auf die Straße.

Instinktiv zog es mich mitten ins Getto, in die Central Avenue. Ich parkte an einem dunklen Fleck in der Mitte des Blocks hinter dem Dunbar-Hotel. Vor meinem Anruf bei Alice hatte ich keine Schmerzen gefühlt, aber jetzt taten mir alle Gelenke weh.

Die Verbände waren von den Knien heruntergerutscht, von den Ellbogen heraufgewandert. Ich zog die Hosenbeine meines Overalls hoch, tastete über die Fleischwunden an meinen Knien. Ich mußte auf den Knien gelandet sein, als ich von der Leiter fiel. Dann suchte ich den Boden unter dem Sitz ab, bis ich den Verbandskasten fand, fand die Flasche mit dem Mercurochrom und bepinselte langsam und sorgfältig die wunden Stellen. Als meine Augen sich mehr an die Dunkelheit gewöhnt hatten, wickelte ich frische Verbände um die Knie, befestigte sie mit Klebeband und versuchte auch die Ellbogen neu zu bandagieren, was mir aber nicht gelang.

Solange ich unterwegs gewesen war, hatte sich mein Bewußtsein auf das, was zu tun war, konzentriert. Aber jetzt war eine dumpfe Hoffnungslosigkeit, ein Gefühl vollkommener Sinnlosigkeit über mich gekommen. Ich war unter Druck, saß in der Falle, ein Schwarzer so klein und schwach und hilflos wie ein schwarzer Pächter in Georgia, dem der weiße Mob auf den Fersen war. Ich fühlte mich seelenlos, bewußtlos, völlig am Ende. Alles war sinnlos, kämpfen war sinnlos, nichts, was ich tun konnte, würde jetzt irgend etwas ändern. Ich schaltete die Zündung ein, sah auf die Benzinuhr. Sie stand auf ›leer‹ – ich wußte nicht, wie lange schon. Ich wollte nicht irgendwo mitten in einem weißen Viertel wegen Benzinmangels stehenbleiben. Wenn man mich schon erwischte, dann lieber hier, mitten im Negerviertel. Wahrscheinlich würden sie mich ohnehin noch vor Tagesanbruch aufgreifen.

Ich ging noch einmal alles durch, was geschehen war, in allen Einzelheiten. Ich konnte jetzt nicht darüber nachdenken: Es war vollkommen einerlei. Ich hatte ein ganz ruhiges Gefühl, war sehr vernünftig. Sie würden mich schnappen und mir dreißig Jahre Gefängnis geben. Für die Vergewaltigung einer weißen Frau, die ich nicht einmal zu vergewaltigen versucht hatte. Dann brach etwas in meinem Bewußtsein auf. Ich war nicht aufgeregt. Ich betrachtete es objektiv, als ob es jemand anderen beträfe. Ich würde Johnny Stoddart töten und mich dafür hängen lassen. Dann konnten sie mir kein Unrecht antun, würden mich nur dafür büßen lassen. Ich müßte sterben, aber ich nahm ihn mit.

Ich öffnete das Handschuhfach, nahm meine Waffe heraus, die ich am Montag hineingelegt hatte, schaltete die Innenbeleuchtung an und sah nach, ob sie geladen war. Zufrieden legte ich sie zurück, schaltete das Licht aus, drückte auf den Starterknopf, schaltete die Scheinwerfer ein, tastete nach einer Zigarette, ich hatte keine. Ich merkte, daß meine Hände zitterten, aber ich fühlte mich nicht nervös.

Ich fuhr geradeaus zur Central Avenue, bog nach Süden in die Slauson Avenue, fuhr langsame fünfundvierzig Stundenkilometer, beachtete alle Verkehrsregeln, hielt an den Vorfahrtsschildern, streckte den Arm hinaus, wenn ich abbog. Von der

Slauson Avenue bog ich in die Soto Street ein, hielt an, als die Ampel Rot anzeigte.

Ein Polizeiauto hielt neben mir. Der Polizist auf dem Beifahrersitz warf mir einen beiläufigen Blick zu, sah, daß ich Neger war, und wurde aufmerksam. Er beugte sich aus dem Fenster und sagte: »Fahr an den Bordstein, Junge.«

Einen Augenblick lang überlegte ich, ob ich flüchten sollte, aber ich wußte, daß ich nicht genug Benzin hatte, um ihnen entkommen zu können, und es war nicht nötig, für nichts noch einmal verprügelt zu werden. Ich fuhr zum Bordstein und stellte den Motor ab. Die Polizisten hielten vor mir, stiegen aus und kamen zurück.

»Lassen Sie mich Ihren Führerschein sehen«, sagte einer.

Ich fischte meine Brieftasche heraus und gab sie ihm.

Er sah sie an, blätterte sie auf und sah sich meine Musterungskarte an, entdeckte Alices Bild. Er zeigte es dem anderen Polizisten. Sie grinsten.

Einer leuchtete mich mit seiner Taschenlampe an. »Hui!« pfiff er, dann sagte er. »Steigen Sie aus!«

Dann erst erinnerte ich mich an meine Waffe, aber es war nun zu spät, mir deshalb Gedanken zu machen. Einen Augenblick zögerte ich, überlegte, ob ich es versuchen sollte; dann dachte ich: Was hat es für einen Sinn, zum Teufel? Ich stieg aus und blieb neben dem Trittbrett stehen.

»Mit wem hast du denn gekämpft, Junge?« fragte einer.

Das überraschte mich. Nun wußte ich, daß sie nichts von der Fahndung wußten; sie hatten mich nur angehalten, weil ich ein schwarzer Junge in einem großen Wagen in einer weißen Gegend war.

»Ich habe einen Betriebsunfall gehabt, wo ich arbeite«, lispelte ich.

»Wo ist dein Werksausweis?«

»Hab' ich zu Hause gelassen.«

»Was suchst du hier draußen in der Gegend.«

»Ich war auf dem Heimweg.«

Er wandte sich an den anderen Polizisten. »Laufenlassen?« fragte er.

Der andere Polizist zuckte mit den Achseln.

Der erste Polizist leuchtete mit seiner Taschenlampe in den Wagen, öffnete das Handschuhfach und nahm die Pistole heraus.

»Aha!« sagte er.

Der andere Polizist nahm mich beim Arm, während der mit der Taschenlampe den Zündschlüssel herumdrehte und herauszog, die Fensterscheiben heraufkurbelte und die Türen verschloß. Dann nahmen sie mich in die Mitte, und wir gingen zu ihrem Wagen. Der eine setzte sich mit mir zusammen nach hinten, während der andere fuhr.

Sie hielten mich am Tisch fest. Schließlich kam ein Leutnant heraus und sah mich an. »Bist du nicht der Junge, den sie in Pedro wegen der Vergewaltigung bei Atlas suchen?«

Ich antwortete nicht. Er schlug mich.

»Antworte, wenn ich mit dir rede«, sagte er.

Ich antwortete noch immer nicht. Ich sah, daß er überlegte, ob er mich hart anpacken oder es sein lassen sollte, dann wandte er sich ungeduldig an die Polizisten, die mich aufgegriffen hatten. »Weshalb haben wir ihn hier?« fragte er.

»Waffe in seinem Wagen«, sagte der Polizist.

Der Leutnant wandte sich an den Wachtmeister am Schreibtisch. »Sperren Sie ihn ein, und rufen Sie Pedro an. Wir überlassen ihn erst mal denen.« Dann stand er da, wirkte einen Augenblick lang wichtig und ging zur Tür.

Der Wachtmeister am Schreibtisch ließ mich vom Gefängniswärter wegbringen. Der führte mich nach hinten und steckte mich in eine Zelle zu einem Kerl mit einer Schnittwunde am Kopf. Er lag in seiner Koje und wimmerte. Ich nahm an, er war mehr erschrocken als verletzt. Ich stand da und lehnte mich gegen die Gitterstäbe, dachte an überhaupt nichts. Etwas später, wieviel später, weiß ich nicht, kam der Gefängniswärter und holte mich wieder heraus, und zwei andere Polizisten begleiteten mich hinaus, am Schreibtisch des Wachtmeisters vorbei, setzten mich in einen Wagen und fuhren mich nach San Pedro hinunter.

Sie steckten mich diesmal allein in eine Zelle. Es war eine schmutzige Zelle, sie stank nach Urin, Schweiß und Unrat. Auf der Baumwollmatratze lag keine Decke, sie war fleckig und sah aus, als wimmele sie von Läusen. Mir war's verdammt gleich; ich streckte mich darauf aus. Ich dachte nicht, daß ich je wieder schlafen würde.

22

Ich träumte, daß es dunkel war, als ich zu Johnny Stoddarts Haus kam, und ich ging hinauf zur Tür und drückte die Klingel, dann klopfte ich an die Tür und rief ›Telegramm!‹, und drinnen ging ein Licht an, und jemand schloß die Tür auf, und ich legte meine linke Hand auf den Türknopf, zog mit der rechten einen Revolver und schob ihn hinein.

Johnny Stoddarts Augen traten hervor, und die Farbe wich aus seinem Gesicht, und er stand, fertig zur Arbeit gekleidet, erstarrt und überrascht da, und über seine Schulter sah ich seine Frau aus der erleuchteten Küche kommen, um zu sehen, was los war. Ich richtete den Revolver auf sein Herz und drückte dreimal auf den Abzug, und die Explosionen hallten durchs Haus, und Echos kamen von der Straße, und die Geschosse stießen ihn ein bißchen zurück. Er hielt sich immer noch am Türknopf fest, als er stürzte und langsam zu Boden sank, als hocke er sich nieder und als sei es schmerzhaft, und schließlich ließ seine Hand den Türknopf los, und sein Brustkorb schlug auf die Knie, und er klappte zusammen und fiel mir vor die Füße.

Ich sah auf ihn hinab und wußte, daß er tot war, und fühlte einen verrückten Triumph, als hätte ich die Welt erobert und wäre durchgekommen und hätte unsterblichen Ruhm gewonnen und wäre frei, verdammt, wie Thomas Jefferson, ach verdammt, ihr hattet mich, aber jetzt bin ich draußen – *draußen* – ich bin ausgebrochen, und jetzt könnt ihr weißen Hurensöhne alle zur Hölle gehen. Es war alles, was ich tun konnte, um nicht die restlichen Kugeln in seinen Körper zu feuern.

Da sah ich das Gesicht der Frau, und es war in senkrechte

Linien gestreckt, geräuschlos öffnete und schloß sich ihr Mund, als sie im Eingang vor der Küche stand, und ihre Hände hielt sie starr mit einer eigenartigen Geste vor sich hingestreckt, und ich drehte mich um und ging langsam zurück auf die Straße und fühlte mich innerlich geschwollen und zum Bersten voll Freude, als hätte ich gerade hunderttausend Dollar gewonnen. Ich hatte Lust zu laufen und zu springen und mein Glück in die gottverdammte Straße hinauszuschreien.

Ich ging an Häusern vorbei und fühlte mich gut, großartig, wundervoll und fühlte etwas Schweres in meiner Hand und sah hin und sah den Revolver, und ohne an das zu denken, was ich tat, setzte ich mich auf den Bordstein und nahm mein Taschentuch heraus und fing an, die Waffe sorgfältig wegen der Fingerabdrücke abzuwischen, und dachte dann an den weißen Jungen, wie er mir tot vor die Füße gefallen war, und platzte plötzlich heraus und lachte höhnisch.

Die Frau rannte hinaus auf die Straße und fing an, mit hoher, hysterisch kreischender Stimme ›Mord! Mord! Mord!‹ zu schreien, und ich sprang auf und warf den Revolver hin und fing an zu laufen, und die Frau schrie immerzu: ›Polizei! Haltet ihn fest! Da läuft er! Mörder!‹ und ihre Stimme trieb mich an.

Einen Augenblick später hörte ich Schritte hinter mir und sah über die Schulter und erblickte den größten Mann, den ich je gesehen hatte, in der Uniform eines Marinesergeanten mit Reihen von Streifen und Auszeichnungen auf der Brust, und ich drehte mich um und duckte mich, um seine Beine zu packen, aber er sprang über mich hinweg und drehte sich auf den Ballen um, und ich taumelte und kam wieder hoch und wich ihm aus und rannte um die Ecke, und ein Hund kam aus dem Dunkeln und fing an zu bellen, und in der Ferne konnte ich noch immer die Frau schreien hören.

Der Marinesergeant trabte hinter mir her und kicherte vor sich hin, und nachdem wir ungefähr einen Block weit gelaufen waren, blieb ich stehen, fuhr herum und schlug mit der Faust auf ihn ein, er packte meinen Arm, drehte ihn mir auf den Rücken, packte meinen Kopf mit einem Halb-Nelson und marschierte so, meinen Kopf unter seinen Arm geklemmt, die Straße hinunter. Ich wehrte mich nicht. Ich wußte, daß es keinen Zweck hatte. Wir kamen an einen schmalen Durchgang, und er stieß mich hinein, blieb stehen und drehte sich herum, so daß ich ihn ansah, und ließ mich los, und ich konnte sein Gesicht nicht sehen, aber sein Atem roch wie ein Ginfaß.

›Was hast du'n gemacht? Jemand umgebracht?‹ fragte er mich in einem heiseren Geflüster, das aus seinem Brustkorb kam, und ich wußte, daß er sehr betrunken war. ›Ja, ich hab' den Hurensohn umgebracht, was willst du nun machen?‹ Er fragte: ›War er ein Jude?‹ und ich sagte: ›Nein, er war ein verdammter weißer Hinterwäldler wie du‹, und einen Augenblick bewegte er sich nicht, sagte keinen Ton. Ich konnte ihn atmen hören, und ich wartete darauf, daß er mich schlagen würde, wahrscheinlich würde er mich totschlagen, und es war mir verdammt gleich. Dann fing er an zu kichern, und ich konnte wieder sein Atem auf mir riechen, und er fragte: ›Warum hast'n denn umgebracht?‹, und ich sagte: ›Er hat mich einen Nigger genannt.‹ Er lachte lauter und lauter, bis sein dröhnendes Lachen die Leute in der Nachbarschaft aufweckte, und er sagte: ›Das is' richtig, bring sie um, jedesmal.‹ Er lachte noch etwas, und dann sagte er: ›Ich hab' mich immer gefragt, ob ihr uns auch so gern umbringen wollt, wie wir euch umbringen wollen.‹ Er hielt inne und keuchte und wischte sich die Tränen aus den Augen und sagte: ›Ich bin aus Florida, und jeder, den ich kenne, sagt, er hat einen oder zwei – wenigstens einen – Nigger getötet, und ich hab's ihnen geglaubt und mein Gewehr genommen und mich nach einem Nigger umgesehen, um ihn umzubringen, bis mein alter Mann gemerkt hat, was ich tat, und sagte, ich könnte keine Nigger umbringen, bevor ich einundzwanzig wär, und zu der Zeit bin ich zu den Marines gegangen, so hab' ich nie 'n Nigger umgebracht.‹ Es klang traurig und er sah mich dabei an, und ich überlegte, ob er wohl daran dachte, mich umzubringen, also sagte ich ihm: ›Ich habe auch eine weiße Frau vergewaltigt‹, und das fand er wieder sehr komisch, und er lachte laut und lange und sagte: ›Zum Teufel, ich hab' schon alle möglichen Frauen vergewaltigt, weiße Frauen, schwarze Frauen, gelbe Frauen, rote Frauen, und der einzige Grund, warum ich noch keine grüne Frau vergewaltigt habe, ist, daß ich keine gefunden habe.‹ Dann hörte er auf und lachte wieder und sagte: ›Ich hab' alle möglichen Hurensöhne umgebracht, alle möglichen Frauen vergewaltigt‹ – und deutete auf die Auszeichnungen auf seiner Brust – ›sieh mal her: Purple Heart, Bronze Star, Presidential Memorial Citation, sogar Good Conduct Medal für gute Führung. Ich hab' sie dafür bekommen, daß ich eine Menge Hundesöhne umgebracht habe, die ich noch nie gesehen hatte, die ich erst gesehen habe, als sie tot waren.

Zum Teufel, Junge, also, du hast einen Mann getötet, weil er dich einen Nigger genannt hat, sagte er und lachte, ›und eine weiße Frau vergewaltigt, alles in einer Nacht. War sie die Frau des Mannes, den du getötet hast?‹ ›Nein‹, sagte ich, ›sie wohnt nicht mal hier irgendwo in der Nähe‹, und das brachte ihn wieder in Fahrt. ›Verdammt, du bist mir ja so ein Junge‹, sagte er, ›vergewaltigst 'ne weiße Frau in einem Teil der Stadt und jagst dann durch die ganze Stadt ans andere Ende und bringst'n weißen Mann um, weil er dich'n Nigger genannt hat.‹ Er hielt inne, wischte sich die Tränen aus den Augen und sagte traurig, während er mich ansah: ›Ich hab' noch nie'n Nigger umgebracht.‹ Dann holte er langsam aus und legte los, und ich sah es kommen groß wie ein Haus, aber ich konnte nichts dagegen machen, nur darauf warten . . .

Ich wachte auf dem Fußboden auf. Jemand hämmerte gegen die Gitterstäbe und sagte: »Verdammt will ich sein, wenn du nicht geradewegs aus deiner Koje gefallen bist. Sie müssen hinter dir her gewesen sein.«

Ich muß gedacht haben, er wäre der Marinesoldat, denn mein erstes Gefühl ihm gegenüber war, daß ich mir nichts daraus machte, ob er mich umbrachte oder nicht; ich hatte es geschafft. Dann sah ich, daß es der Gefängniswärter war, und der Tag kam zurück. Als ich aufzustehen versuchte, wollte es mir nicht gelingen; ich versuchte es dreimal, schließlich schaffte ich es stückweise. Ich war verwundet, steif, und alle Gelenke schmerzten. In meinem Kopf hämmerte es, und die Wunde pulsierte mit meinem Herzen im gleichen Rhythmus. Mein Mund fühlte sich nutzlos und zugeschwollen an; ich war durstig, verlaust und wirklich am Ende – seelisch am Boden, wie ein Mann nur sein kann. Ich rieb mir mit den Knöcheln den Schlaf aus den Augen, stand auf und zwinkerte benommen.

Er schloß die Tür auf. »Komm mal her«, sagte er. »Du hast Glück. Richter Morgan möchte dich in seinem Amtszimmer sehen.«

Ich trat in den Gefängniskorridor hinaus und folgte ihm stumm. Wir gingen durch einige Tore, verschiedene Gänge entlang, betraten ein Büro mit einem großen, reich verzierten Schreibtisch und einigen großen kastanienbraunen Ledersesseln. Auf dem Boden lag ein dunkelgrüner Teppich, und an den beiden Fenstern hingen saubere weiße Jalousien. In der Ferne war der Hafen in strahlendem Sonnenlicht zu sehen.

»Wir warten hier«, sagte er und blieb stehen.

Ich blieb ebenfalls stehen, antwortete nicht. Der Traum war so real, daß ich dachte, sie hätten mich wegen des Mordes verhaftet. Dann fing ich an, mich an die Einzelheiten des Vortages zu erinnern, an Madges großen, brutalen Mund, der ›Vergewaltigung‹ schrie, an den Schlosserhammer, der gegen meinen Kopf flog, während ich nicht ausweichen konnte, an das Bett im Krankenrevier, als ich zu mir kam. Dann an meine Flucht, die Fahrt zurück in die Stadt. Als ich mich an mein Gespräch mit Alice zu erinnern begann, versuchte ich, nicht daran zu denken, aber es kam trotzdem zurück. Nun wußte ich es ein für allemal. Sie hatten mich geschnappt und würden mich festnageln. Ich hatte überhaupt keine Hoffnung mehr, sie zu schlagen; ich hatte nicht einmal mehr die Kraft, es zu versuchen; ich konnte mich ebensogut gleich für schuldig erklären und das Urteil annehmen und fertig, zum Teufel. Ich fühlte mich anders, als wäre ich ein anderer Mensch, ich hatte keinen Kampf mehr auszustehen, haßte die weißen Hinterwäldler nicht einmal mehr, in mir war überhaupt nichts mehr übrig. Was ich an der ganzen Sache am meisten haßte, war, daß ich auf dieser verdammten Welt weiterleben mußte.

Zwei Männer kamen durch die andere Tür ins Zimmer und unterbrachen meinen Gedankengang. Der eine war ein kleiner, untersetzter Mann mit groben Gesichtszügen, bleicher Haut und halb kahlem Kopf, der sich schnell bewegte. Er trug eine Schildpattbrille, einen zerknitterten braunen Anzug und redete schnell und undeutlich. Er setzte sich hinter den Schreibtisch, bat den anderen Mann mit einer Handbewegung, Platz zu nehmen, sah zu mir herüber und fragte den Gefängniswärter: »Ist das der Junge?«

Der andere Mann war groß, breitschultrig, grauhaarig, wirkte athletischer und bedächtiger in seinen Bewegungen. Er hatte ein sicheres Auftreten, sah in seinem teuren grauen Flanellanzug makellos aus, sein Gesichtsausdruck war nachdenklich und ernst. Er ließ sich vorsichtig in dem Sessel neben dem Schreibtisch nieder, schlug die Beine übereinander und betrachtete mich aufmerksam.

»Ja, Euer Ehren, Robert Jones«, antwortete der Gefängniswärter dem kleinen Mann hinter dem Schreibtisch und faßte mich gleichzeitig am Arm.

»Sie brauchen ihn nicht festzuhalten«, fuhr ihn der Richter unwirsch an. »Er wird uns schon nicht beißen.«

Der Gefängniswärter ließ meinen Arm los und ging wieder einen Schritt zur Seite.

Der Richter sagte: »Der Direktor der Atlas Corporation, Mr. Houghton hier, hat Fürsprache für Sie eingelegt, Jones. Er ist extra gekommen, um mit Ihnen zu reden.« Seine schnelle, beiläufige Stimme wurde scharf. »Ich möchte, daß Sie ihm zuhören.«

Als ich zu sprechen versuchte, kam meine Stimme das erstemal überhaupt nicht, dann versuchte ich es wieder und lispelte: »Ja, Sir«, und es war nicht mehr als ein Flüstern.

Mr. Houghton räusperte sich, und in seinem Gesicht erschien ein Ausdruck tiefer Betroffenheit. »Ich habe gestern abend und heute morgen noch einmal mit Mrs. Perkins gesprochen«, fing er an. »Sie ist eine tolerante und intelligente Frau, ich freue mich, das sagen zu können, die persönliche Rachegefühle und das Wohl der Nation gegeneinander abzuwägen weiß. Sie begreift, daß, sollte sie eine Klage gegen Sie einreichen, dies aller Wahrscheinlichkeit nach rassische Spannungen unter den Beschäftigten hervorrufen und unseren Produktionsplan ernsthaft behindern würde. Also hat sie sich bereit erklärt, ihre Klage gegen Sie zurückzuziehen, und Richter Morgan hat mich informiert, daß das zulässig ist.« Er hatte die kultivierte Stimme eines gebildeten Mannes, sachlich bestimmt, aber ohne Emotionen. »Es ist eine patriotische Geste, vergleichbar nur mit dem Heldentum von Männern in der Schlacht, und ich habe die allergrößte Hochachtung vor ihrem Verhalten.«

Ich wußte sofort, was geschehen war; sie hatten Madge in die Mangel genommen und die Wahrheit oder jedenfalls so viel erfahren, daß sie sich das Übrige denken konnten. Sein schlechtes Gewissen quälte ihn zu sehr, als daß er mich die Sache einfach so ausbaden lassen mochte, aber er würde es nie geradeheraus zugeben; er würde sie in Schutz nehmen, bis die Hölle zufröre, und sich selbst einreden, daß er es zum Wohl des Landes täte. Aber es war mir gleich, wie er es spielte – ich war geschlagen.

»Ich bedaure aufrichtig, daß die Umstände es Ihnen erlauben, einer Bestrafung zu entgehen«, fuhr er fort, »denn Sie, mehr als jeder andere Verbrecher, sollten bestraft werden. Sie hatten kein Motiv, nicht einmal eine verständliche Entschuldigung für Ihre Tat. Sie haben ein Verbrechen hemmungsloser Wollust begangen – Sie haben gehandelt wie ein Tier. Und daß von allen Negern, die bei Atlas arbeiten, ausgerechnet Sie dieses Verbrechen begehen, ist doppelt entmutigend und bedrückend, nicht nur für die Menschen Ihrer Rasse, sondern auch für diejenigen von uns, die sich für das Wohlergehen Ihrer Leute mit ganzem Herzen eingesetzt haben.« Er machte eine Pause und holte seinen Ich-habe-Ihnen-vertraut-Blick heraus. »Man hat Ihnen jede Möglichkeit geboten voranzukommen. Sie waren der erste Neger, den unsere Corporation in einer verantwortungsvollen Position beschäftigt hat, und Sie waren in einer Position, in der Sie Ihre Rasse repräsentieren und ihr bislang verweigerte Vorteile hinzugewinnen konnten. Sie wurden ausgewählt, weil man Sie für den höchstentwickelten Typ von Neger hielt. Wir machten Sie zu einem Führer Ihrer Leute wie Joe Louis, den Preisboxer, Marian Anderson, die Sängerin, und andere. Wir hatten Vertrauen zu Ihnen. So etwas zu tun, zu einer Zeit, in der Neger so rapide Fortschritte machen, in der Negersoldaten sich die Achtung der Nation verdienen, in der Negerarbeiter in allen Zweigen der Industrie beschäftigt werden, ist es mehr als eine Schande für Sie selbst, es ist ein Verrat an Ihrem Volk . . .«

Er sprach sehr flüssig, aber ich wollte, daß er sich beeilte und damit fertig wurde.

»Mr. MacDougal und Mr. Kelly haben sich beide sehr große Mühe gegeben, Ihnen den Weg zum Erfolg in diesem Job zu ebnen«, fuhr er fort. »Sie wollten, daß Sie den anderen schwarzen Beschäftigten mit Ihrem Beispiel vorangingen und denen, die überdurchschnittlich geschickt sind, den Weg bahnten. Ich persönlich bin sehr darauf bedacht, daß die Neger in der Industrie gute Leistungen erbringen, und es ist in der Tat bedauerlich zu erfahren, das versichere ich Ihnen, daß man es Ihnen nicht zutrauen kann, mit weiblichen weißen Beschäftigten zusammenzuarbeiten.

Das ist alles, was ich Ihnen zu sagen habe«, schloß er und stand auf. »Aber ich hoffe ernstlich, daß Sie darüber nachdenken werden.«

Er mußte das alles sagen, dachte ich, nur um eine miserable weiße Schlampe zu decken, die zufällig weiß statt schwarz geboren war.

Er wandte sich an Richter Morgan. »Guten Morgen, Euer Ehren, und vielen Dank.«

»Mir ein Vergnügen«, murmelte der Richter und erhob sich halb.

Mr. Houghton ging hinaus.

»Und lassen Sie sich das eine Lehre sein«, sagte der Richter munter und fing an, einige Papiere, die er mitgebracht hatte, hin und her zu schieben. »Wie ich sehe, verlangt Los Angeles Ihre Bestrafung für das Mitführen einer versteckten Waffe«, bemerkte er, dann sah er mich an. »Angenommen, ich gebe Ihnen eine Chance, Junge. Wenn ich Sie in die Streitkräfte eintreten lasse – jede Waffengattung, die Sie wollen –, geben Sie mir dann Ihr Wort, sich von weißen Frauen fernzuhalten und Streitigkeiten zu vermeiden?«

Ich wollte einfach loslachen, wie der Marinesoldat in meinem Traum immer nur lachen und lachen. Denn alles, was ich je gewollt hatte, war immer nur eines gewesen – ich hatte ein Mann sein wollen. Aber mein Gesicht blieb ausdruckslos, und über meine angschwollenen Lippen brachte ich diese Worte: »Ja, Sir, ich verspreche es.«

»Gut«, murmelte er und stand auf. »Machen Sie sich keine Gedanken wegen dieser Sache in Los Angeles.« Er drohte mir mit dem Finger und sagte: »Bewähren Sie sich, damit man Sie am Ende ehrenhaft entläßt. Mit guten Papieren haben Sie nach diesem Krieg auch gute Chancen.« Er sprach mit dem Gefängniswärter. »Lassen Sie den Jungen zum Rekrutierungsbüro bringen.«

»Ja, Euer Ehren«, sagte der Gefängniswärter und nahm mich wieder beim Arm.

Wir gingen hinaus, zurück durch die Korridore, diesmal weiter geradeaus bis zum Schreibtisch. »Richter Morgan läßt den Jungen zum Rekrutierungsbüro bringen«, sagte der Gefängniswärter zum diensthabenden Wachtmeister.

Der Wachtmeister sah mich nicht einmal an; er rief mit gelangweilter Stimme einem Polizisten zu, der an der Tür stand: »Hier's noch ein Soldat!«

»Komm mit, Junge«, sagte der Polizist.

Die beiden jungen Mexikaner, die er bei sich hatte, grinsten ein Willkommen.

»Laß uns gehen, Mann, der Krieg wartet«, witzelte der eine.

»Laß den Mann mal in Ruhe«, sagte der andere. »Dem geht's nicht so gut.« Und als ich näher kam, sagte er: »Gar nicht gut. Der sieht aus, als käme er schon aus einem Krieg. Wie geht's, Mann?«

Sie waren beide braunhäutig, ungefähr meine Farbe, schlank und leicht vorgebeugt, mit indianischen Gesichtszügen und dickem, lockigem Haar. Beide trugen ausgebeulte Hosen, die aussahen, als würden sie gleich herunterfallen, und gräulich schmutzige T-Shirts. Sie sprachen ihren melodischen mexikanischen Singsang.

»Ich bin immer noch da«, lispelte ich schmerzhaft.

Sie traten neben mich, und wir gingen hinaus, den Hügel hinauf zum Einberufungszentrum, wir drei vorneweg und der Polizist hinter uns her.

Zwei Stunden später war ich bei der Armee.

ENDE

Nachwort

Die Kritik ist mit diesem glänzenden Roman, seit er vor über vierzig Jahren zum erstenmal veröffentlicht wurde, nicht immer freundlich umgegangen, sondern hat ihn als ›Protest‹ abgelehnt. Taschenbuchverlage bemächtigten sich seiner, um ihn unter Betonung der sensationellen Aspekte des ›zwischenrassistischen Sex‹ zu vermarkten. Anfang der 70er Jahre war *If He Hollers Let Him Go* vergriffen. Anläßlich dieser neuen Ausgabe scheint es an der Zeit, Chester Himes' literarische Leistung zu würdigen, denn das Buch ist ein Diamant, der das Leben der Schwarzen im Amerika der 40er Jahre in ungeschminkter Wahrheit reflektiert.

Das beherrschende Thema des Buchs ist der Antagonismus zwischen den Rassen. Die Erzählung erinnert in ihrer Brutalität an den harten, zynischen Stil der Kriminalromane der 30er und 40er Jahre. Sie wird in der ersten Person von Bob Jones, einem jungen Schwarzen, berichtet, der während des 2. Weltkriegs in der Rüstungsindustrie von Los Angeles arbeitet. Das Lynchen war damals nichts Ungewöhnliches, und so wirkt der Rassismus auf alles ein, was Jones denkt und tut. Fälschlicherweise beschuldigt, eine weiße Frau vergewaltigt zu haben, verliert Jones innerhalb von vier Tagen seinen Job, sein Mädchen und seine Zurückstellung von der Armee; man zwingt ihn, Soldat zu werden, um dem Gefängnis zu entgehen.

Die Weißen in diesem Roman sind ebenso vom Rassismus besessen, und Himes dramatisiert diese Gefühle auf eindrucksvolle Weise am Ende des zweiten Kapitels. Jones fährt mit seinen Leuten zur Arbeit, und diese Fahrt quer durch Los Angeles wird zu einem mörderischen Rennen. Als Jones schließlich, nur ein paar Minuten zu spät, in seinem Betrieb ankommt, wird er vom weißen Kontrolleur mit einem rassistischen Vorwurf beleidigt. Jones sagt zu sich selbst: ›Die Weißen hatten ihr Weiß an dem Morgen wirklich zur Arbeit mitgebracht.‹

Thematisch ist die Feindschaft zwischen den Rassen der

Angelpunkt des Romans, stilistisch ist er für Himes aber auch eine sprachliche *tour de force*. Seine spannungsgeladene, harte Prosa erinnert an die von Gewalttätigkeiten strotzende Schreibweise gewisser Detektivromanautoren wie Raymond Chandler, Dashiell Hammett, Cornell Woolrich und David Goodis. Einen zusätzlichen Einfluß haben auf Himes sicher auch die Kriminalautoren der *Black-Mask*-Schule ausgeübt, die er früher, während einer siebenjährigen Gefängnishaft, studiert hatte.

Später schrieb Himes, um Geld zu verdienen, zahllose Kriminalromane über zwei Harlemer Detektive für französische Verlage. Zwei dieser Bücher, *Cotton Comes to Harlem* und *The Crazy Kill,* sind in den Vereinigten Staaten wieder aufgelegt worden, andere kann man noch in manchen Antiquariaten finden. Wenn man sie neben den anderen, ernsteren Romanen liest, die er nach *If He Hollers Let Him Go* geschrieben hat, wird man sich der Faszination bewußt, die der *roman noir* für ihn hatte.

If He Hollers drückt wie die Detektivromane der Epoche eine existentielle Verzweiflung aus. Die Ereignisse überwältigen Bob Jones; der Vergewaltigungsvorwurf, den man gegen ihn erhebt, hat in seiner eklatanten Ungerechtigkeit zahllose Parallelen in den grausamen Schicksalen anderer Romanhelden dieser Zeit. Im Unterschied zur *tough guy novel* erzählt Chester Himes das Schicksal seines Helden Bob Jones jedoch nicht im Sinne eines unerbittlichen und unerfindlichen Fatums, sondern stellt es vielmehr direkt in den historischen Zusammenhang des Rassenantagonismus in Amerika.

Eine wesentliche Parallele zwischen *If He Hollers* und ähnlichen Kriminalromanen besteht auch in der Darstellung der Gewalt. Überall, unter allen Oberflächen, lauert eine mörderische Wut. Nach einem Würfelspiel wird Jones von einem jungen Weißen k.o. geschlagen. Als er wieder zu sich kommt und feststellt, daß der größte Teil seines Gewinnes fort ist, beschließt er sich zu rächen. Jones empfindet ein süßes Gefühl der Befriedigung und eine Art Besitzerstolz auf ›seinen weißen Jungen‹, als ihn die mörderische Energie seiner Leidenschaft durchströmt. Obwohl seine Wut ein Reflex auf Richard Wrights sechs Jahre zuvor erschienenen *Native Son* sein mag, hat Bob Jones doch mehr mit den kühlen und gewissenlosen Mördern der Detektivromane gemein. Die genaue und nuancierte Analyse der Rassenfrage hebt *If He Hollers* allerdings auf eine höhere künstlerische Ebene.

Himes ätzende Prosa wird von Zeit zu Zeit durch Beschreibungen der Menschen und Stadtlandschaften des damaligen Los Angeles gemildert. Durch die Augen von Jones bekommen wir in beinahe fotografischem Detail Einblick in die Bars, Restaurants, Schnellrestaurants und Partyszenen der Stadt. Der Roman ist ein Baedecker des Lebens der höheren und niedrigen Klassen von Los Angeles während der 40er Jahre.

If He Hollers ist schließlich auch eine knappe, prägnante Geschichte der schwarzen Arbeiter in dieser wichtigen Übergangsperiode. Die jähe Nachfrage nach Arbeitskräften in der Kriegswirtschaft öffnete den Afroamerikanern neue Beschäftigungsmöglichkeiten. Auf der Suche nach Arbeit auf den Werften und in den Munitionsfabriken wanderten Schwarze aus den Südstaaten nach Los Angeles und San Diego ein. Die Saga dieser schwarzen Arbeiter ist wenig bekannt, und *If He Hollers* stellt ein wichtiges Dokument dieser vernachlässigten Geschichte dar.

Dieser erste Roman von Chester Himes ist ein genaues Porträt einer wichtigen Ära kurz vor Beginn der Integration. Wenn seine Botschaft zu bitter erscheint, sollten wir uns daran erinnern, daß der amerikanische Traum von der Gleichheit der Rassen noch zu verwirklichen ist. Chester Himes hat eine Geschichte geschrieben, an die wir ehrlich herangehen müssen.

Graham Hodges

Schwarze SERIE

BASTEI LÜBBE

Lieferbare Titel:

19 100 Leonard Schrader
Yakuza
19 101 Fredric Brown
Hunters erste Jagd
19 102 Loren D. Estleman
Das Sterben in Detroit
19 103 Max Allen Collins
Ein Veteran kehrt heim
19 104 Fredric Brown
In den Straßen von Chicago
19 105 Max Allan Collins
Der Einäugige
19 106 Max Allan Collins
Mordkongreß
19 107 Stephen Greenleaf
John Tanner, Privatdetektiv
19 108 Ted Lewis
Jack Carters Heimkehr
19 109 David Goodis
Der Mond in der Gosse
19 110 Fredric Brown
Die Detektive von Chicago
19 111 Ted Lewis
Jack Carters Gesetz
19 112 Stephen Greenleaf
Peggys Geheimnis
19 113 David Goodis
Nightfall
(Die Nacht bricht an)
19 114 Howard Browne
Der Geschmack von Asche
19 115 Max Allan Collins
Auch Blumenkinder
sterben
19 116 Mickey Spillane
Morgen werde ich
tot sein
19 117 Ted Lewis
Jack Carters Wut
19 118 Howard Browne
Grüße in Blut
19 119 J. W. Rider
Der Teufel hat
viele Masken
19 120 James Grady
Washington-Blues
19 121 Bill Pronzini
Knochen
19 122 Fredric Brown
Der Tod in Chicago
19 123 Max Allan Collins
Wochenendmorde
19 124 J. W. Rider
Der Teufel kennt
kein Gesetz
19 125 Robert W. Campbell
Kettenhund
19 126 David Goodis
Dark Passage
(Die schwarze Natter)
19 127 Bill Pronzini
Die letzten Worte
19 128 Robert Crais
Die gefährlichen
Wege
des Elvis Cole
19 129 Max Allan Collins
Die dunkle Stadt

Schwarze SERIE

BASTEI LÜBBE

Lieferbare Titel:

19 130 Robert W. Campbell
Glitzerland
19 131 David Goodis
Straße der Barbaren
19 132 Timothy Downey
Der Tod ist in der Stadt
19 133 Reed Stephens
Der Mann, der seinen Bruder tötete
19 134 Howard Browne
In Luft aufgelöst
19 135 Mike Lupica
Peggy ist verschwunden
19 136 Robert W. Campbell
Alice im Glitzerland
19 137 Jean-Patrick Manchette
Die Position des schlafenden Killers
19 138 Derek Raymond
Alptraum in den Straßen
19 139 Max Allan Collins
Killer in der dunklen Stadt
19 140 Robert W. Campbell
Der eiskalte Gorilla
19 141 Benjamin M. Schutz
Wie ein Wolf
19 142 Kurt Bracharz
Höllenengel
19 143 Robert Crais
Die schwarze Welt des Elvis Cole
19 144 Howard Browne
Grüße für den Satan
19 145 Jean-Patrick Manchette
Rette deine Haut, Killer
19 146 Robert W. Campbell
Krokodile weinen nicht
19 147 David Goodis
Am Ende der Nacht
19 148 Howard Browne
Blutige Stadt
19 149 Pronzini/Greenberg (Hg.)
Mach's noch einmal, Schnüffler
19 150 Pronzini/Greenberg (Hg.)
Schau mir in die Augen, Schnüffler
19 151 Benjamin M. Schutz
Flieh vor der Bestie
19 152 Jean-Patrick Manchette
Mit fast heiler Haut
19 153 David Goodis
Schwarzer Freitag
19 154 Bill Pronzini
Fesseln
19 155 Robert Edmund Alter
Sumpf-Schwester
19 156 Robert W. Campbell
Dämmerung im Glitzerland
19 157 Jean-Patrick Manchette
Der Killer im Labyrinth
19 158 Benjamin M. Schutz
Krieg in den Straßen
19 159 David Goodis
Schießen Sie auf den Pianisten